Diogenes Taschenbuch 23098

detebe

Liaty Pisani

Der Spion und der Dichter

Roman

Aus dem Italienischen von Ulrich Hartmann

Diogenes

Die Originalausgabe
erschien 1997 im Diogenes Verlag
Umschlagfoto: Copyright
© Burt Glinn/MAGNUM

Meinen Kindern

Veröffentlicht als Diogenes Taschenbuch, 1999

120/99/8/1
ISBN 3 257 23098 2

In Berlin regnete es. Das plötzliche Donnern ließ den Alten an seinem Schreibtisch zusammenfahren. Mit einem Seufzen erhob er sich aus dem Ledersessel und trat ans Fenster. Doch bevor er es schloß, betrachtete er das dunkle Wasser der Spree unter dem Wolkenhimmel. Möwen streiften die vom Wind gekräuselten Wellen des Flusses. Er beobachtete sie: schöne und grausame Tiere, eine Beschreibung, die eigentlich eher auf die Menschen zutraf. Casparius machte das Fenster zu, ging wieder an seinen Schreibtisch und fuhr fort, die vor ihm liegenden Papiere zu studieren. Das Summen der Sprechanlage unterbrach ihn.

»Gibt es etwas Neues?« fragte eine Stimme, die durch den Apparat verzerrt war.

»Ja, komm bitte her.«

Kurz darauf betrat ein etwa vierzigjähriger Mann in einem dunklen Anzug das Zimmer.

»Nimm Platz, Stuart.« Der Alte zeigte auf den Sessel vor dem Schreibtisch. Als sein Besucher sich gesetzt hatte, reichte er ihm einige Papiere. »Laß die Sprechanlage mal überprüfen«, fuhr er fort. »Deine Stimme klang eben ausgesprochen unangenehm.«

Stuart sah sich die Unterlagen an und gab sie dann dem Alten zurück.

»Er ist vollkommen verrückt geworden...«, murmelte er.

Casparius zuckte gleichgültig mit den Schultern. »Verrückt, gesund... Ogden hat einfach eine Möglichkeit gefunden, diese Frau weiterleben zu lassen, das ist alles. Er benutzt ein ziemlich simples Verfahren, das nicht viel Zeit in Anspruch nimmt: Das Foto eines Gesichts wird in den Computer eingegeben, dieser analysiert achtundvierzig Schlüsselpunkte und reproduziert es – um so viele Jahre gealtert, wie man will.«

Casparius beobachtete Stuart mit einem zufriedenen Lächeln. »So weiß er, wie seine Frau aussehen würde, wenn sie noch am Leben wäre«, sagte er. »Das ist wahre Liebe, findest du nicht? Auch wenn ich nicht begreife, welchen Gefallen man daran haben kann, einen Menschen altern zu sehen, dem diese gräßliche Erfahrung erspart geblieben ist. Jedenfalls wird diese Methode von der Polizei angewandt, um vermißte Personen wiederzufinden, und zwar sehr erfolgreich bei Kindern, die nach einigen Jahren selbst von ihren Eltern nicht mehr wiedererkannt würden. Es ist ein harmloses Spiel. Wenn ich nicht so skandalös alt wäre, würde ich mir einen Spaß machen und das gleiche mit meinem Gesicht tun.«

Stuart antwortete nicht. Ihm kam der Gedanke, daß in diesem Fall auf dem Monitor ein Totenkopf erscheinen würde. Er ging zum Fenster und beobachtete einen Augenblick lang, wie der Regen auf den Fluß peitschte, dann wandte er sich wieder um.

»Worauf warten wir? Wollen wir zulassen, daß er so weit durchdreht, bis wir ihm auf Wiedersehen sagen müssen?« fragte er und setzte sich Casparius wieder gegenüber.

Der Chef des Dienstes sah ihn gleichmütig an.

»Beruhige dich, er wird bald wieder dabeisein. Nur noch ein wenig Geduld. Ich verstehe deine Eile nicht, im Grunde könnt ihr euch doch gegenseitig nicht ausstehen. Du wirst doch nicht etwa deine Feinde vermissen...«

»Das ist wirklich Unsinn«, erwiderte Stuart, »Sie wissen genau, daß wir ihn für den neuen Auftrag brauchen. Wir haben zur Zeit nicht gerade viele Spitzenleute. Ich muß Sie doch sicher nicht an die letzten Abgänge erinnern?«

Der Alte machte eine ungeduldige Geste: »Einverstanden, Schluß mit dem sentimentalen Getue. Setz dich mit der Schweiz in Verbindung, du weißt, was du zu tun hast.«

Trotz der beißend kalten Luft entschied Ogden sich für einen Tisch im Freien, um die warme Mittagssonne zu genießen. Er bestellte einen Kaffee, zündete sich eine Zigarette an und bewunderte die schneebedeckten Berge, die über dem See aufragten. Er fand die Landschaft beruhigend, wie alle einfachen und natürlichen Dinge. Ascona war die letzte Etappe eines Exils, das schon ein Jahr dauerte: immer nur wenige Tage an einem Ort, eine wirkungsvolle Art, auch vor sich selbst zu fliehen. Der Dienst hatte beschlossen, ihn gewähren zu lassen, zumindest im Augenblick. Allerdings wurde er durch zwei Agenten beschattet, die er am liebsten ausgeschaltet hätte, doch sie räumten das Feld demonstrativ, um ihm zu verstehen zu geben, daß sie brave Jungs seien.

Als er seinen Kaffee getrunken hatte, ließ er ein paar Franken auf dem Tisch liegen und machte sich auf den Rückweg zum Hotel. Er spürte, daß er diese mustergültige kleine Stadt am See satt hatte. Die saubere Luft, der klare Himmel, die gelassene Art ihrer Bewohner, all das erinnerte ihn zu sehr an ein Sanatorium. Es war einer dieser Orte, wo man sich zuviel mit sich selbst zu beschäftigen beginnt. Er würde so schnell wie möglich dorthin zurückkehren, woher er gekommen war: in eine unbewohnbare, vergiftete Stadt.

Vor dem Hotel machte er halt, unschlüssig, ob er jetzt gleich zum Reisebüro gehen oder es auf morgen verschieben sollte. Er warf einen Blick auf die Uhr: zu spät, das Reisebüro schloß um fünf.

»Morgen«, murmelte er und ging durch die Glastür ins Hotel.

Michael Queriand schaltete den Computer aus und lauschte noch dem Summton nach, bis das Gerät endgültig still war. Dann verließ er seinen Schreibtisch und ging auf die Terrasse. Es sah nach Regen aus, der Wind jagte schwere dunkle Wolken über den Himmel von London und fegte die dürren Blätter mit einem Geräusch über den Boden, das sich wie das Krabbeln kleiner Tiere anhörte. Queriand sah nach, ob die Kletterpflanze gut am Fensterrahmen befestigt war, trug die Korbmöbel in die Abstellkammer, brachte die Azalee in Sicherheit und schloß die Tür, als die ersten Regentropfen fielen.

Er hatte keinerlei Lust, sich noch einmal an die Arbeit zu machen, denn er war in einer Phase, in der Nichtstun eigentlich mehr bringt als Beschäftigung um jeden Preis.

Als er sich gerade einen Whisky einschenken wollte, klingelte das Telefon.

»Hallo, Michael, ich bin es, Nina... Was treibst du Schönes?«

»Ich arbeite.«

»Du arbeitest zuviel! Ich habe immer gesagt, daß du nicht weißt, wie man das Leben genießt. Hast du Lust, heute abend mit zu einer spiritistischen Sitzung zu kommen?«

»Um mit dir auszugehen, bin ich zu allem bereit...«

Die Frau lachte: »Du bist immer noch der alte. Dann komme ich also um acht mit Max vorbei und hole dich ab. Max ist mein neuer Freund.«

»Und was ist er von Beruf? Medium?«

»Nein, Mediziner. Verzichte heute abend bitte auf deine spitzen Bemerkungen. Es sind seriöse Leute.«

»Du kannst ganz beruhigt sein, ich werde mich vorbildlich benehmen.«

Er legte auf, froh darüber, daß er ans Telefon gegangen war. Diese sonderbare Einladung bewahrte ihn vor einem Abend, den er sonst damit verbracht hätte, sich überflüssigerweise noch einmal mit der letzten Seite seines Manuskripts zu beschäftigen.

Nachdem er eine Dusche genommen hatte, ging er ins Schlafzimmer und schaltete den Fernseher ein. Bilder einer kleinen Stadt am See flimmerten über den Bildschirm. Er erkannte Ascona wieder und lächelte, weil er sich an ein Wochenende erinnerte, das er dort im letzten Jahr mit der Frau eines deutschen Industriellen verbracht hatte. Während er sich anzog, mußte er daran denken, daß diese Frau derart ekstatisch gewesen war, als wäre sie ihm direkt von den metaphysischen, freien Gipfeln des Monte Verità in die Arme gefallen.

Anflüge von Kopfschmerzen vertrieben wenige Minuten später das wohlige Gefühl nach dem Duschen. Er legte sich aufs Bett, versuchte sich zu entspannen, wie sein Yogameister es ihn gelehrt hatte, und schlief schließlich ein. Er träumte in leuchtenden Farben von der Stadt am See. Zwischen den schneebedeckten Bergen schien die Sonne. Er sah Straßen mit grauem Kopfsteinpflaster und von niedrigen Steinmauern umgebene Gärten. Ein Mann war mit schnellen Schritten auf der Seepromenade unterwegs, ein Boot machte am Steg fest, die Menschen gingen von Bord und strömten in die Allee. Der Mann mischte sich unter die Leute, doch Queriand behielt seinen hellen Regenmantel im Auge. Er folgte ihm auf einen kleinen Platz, der von einem Gebäude aus dem 19. Jahrhundert beherrscht wurde. Der Mann ging eilig auf ein Hotel zu. Als er es erreicht hatte, blieb er einen Augenblick vor der Glastür stehen, dann trat er ein.

Queriand wurde von einem besonders lauten Werbespot geweckt. Er schaltete den Fernseher aus und sah auf die Uhr: noch eine Viertelstunde bis zu seiner Verabredung mit Nina.

Er war gerade fertig angezogen, als die Sprechanlage summte. Michael hatte Nina seit Monaten nicht gesehen. Sie erschien ihm schöner als je zuvor, und er fragte sich, wieso er sie während ihrer kurzen Beziehung so schlecht behandelt hatte.

Sie fiel ihm um den Hals und küßte ihn voller Begeisterung. »Michael, ich freue mich so, dich zu sehen...«, rief sie aus und hielt ihn weiter in den Armen.

Er machte sich sanft von ihr los und lächelte dem Mann zu, der sie begleitete.

»Du siehst wunderbar aus, Nina, so heiter und unbeschwert.«

»Das ist alles sein Verdienst«, sagte sie und zeigte auf ihren Begleiter. »Darf ich dir Max vorstellen? Max, das ist Michael, der liebste und unerträglichste Freund auf der Welt...«

Max gab ihm die Hand. Er war ein attraktiver Mann, ungefähr in Michaels Alter, und er wirkte ernst und verläßlich.

»Freut mich, Sie kennenzulernen. Nina hat mir viel von Ihnen erzählt. Zuviel vielleicht...«, fügte er mit einem liebenswürdigen Lächeln hinzu.

»Das stimmt nicht«, protestierte Nina und zog ihren Mantel aus. Sie trug einen sehr kurzen Rock, der viel Bein zeigte. Michael hatte den Eindruck, daß sie abgenommen hatte, doch ihr Busen war immer noch üppig. Insgesamt kam sie ihm begehrenswerter vor, als er sie in Erinnerung hatte.

Michael ließ sie im Wohnzimmer Platz nehmen und erkundigte sich nach der spiritistischen Sitzung.

»Wie ich dir schon am Telefon gesagt habe, handelt es sich um eine ernsthafte Angelegenheit. Die Frau des bekannten Kardiologen Dr. Cornell ist ein sehr begabtes Medium. Denk nur, Michael: eine sechzigjährige Dame, die sich mit dem Jenseits amüsiert...«

»Sie amüsiert sich nicht damit«, stellte Max einigermaßen verärgert klar. »Daisy Cornell ist ein angesehenes Mitglied der Parapsychological Foundation und natürlich der British Society for Psychical Research, die sich seit vielen Jahren mit paranormalen Phänomenen beschäftigen.«

Queriand fand, daß Max übertrieben empfindlich reagierte, und sah zu Nina, weil er einen ihrer Wutausbrüche erwartete, doch nichts geschah.

»Entschuldige, Max«, sagte Nina betreten, »du weißt sehr wohl, daß ich mich nicht darüber lustig machen wollte. Es ist schwierig, diese Dinge richtig darzustellen…«

»Ich kann mir denken«, kam Michael ihr zur Hilfe, »daß es dieses Problem in einer höherentwickelten Kultur als der unseren nicht geben würde. Aber wir sind noch voller Vorurteile. Wo soll die Sitzung denn stattfinden?« fragte er schließlich, um das Thema zu wechseln und die Situation zu entspannen.

»Ganz in der Nähe, bei den Cornells«, antwortete Max. »Sie wohnen in der Sloane Avenue. Wir haben also noch genügend Zeit, vorher essen zu gehen.«

»Wieso bist du eigentlich auf mich gekommen, Nina?« fragte Queriand.

Sie antwortete nicht gleich. Max betrachtete interessiert eine Zeichnung von Helleu an der Wand.

»Ich weiß nicht, wahrscheinlich habe ich mir gesagt, daß es für einen Schriftsteller eine interessante Erfahrung sein könnte…«, meinte sie schließlich verlegen.

In London angekommen, suchte Ogden direkt ein Maklerbüro auf, um sich eine Mietwohnung vermitteln zu lassen. Die Maklerin meinte, in der Jubilee Place gebe es ein Haus, das für ihn geeignet sein könnte. Ogden bat darum, es gleich besichtigen zu dürfen, worauf die Frau die Schlüssel aus der Schreibtischschublade nahm und ein Taxi bestellte.

Die Agentur »Home Everywhere You Want« hatte nichts

mit dem Dienst zu tun. Wenn Casparius wollte, konnte er ihn natürlich ohne Schwierigkeiten ausfindig machen, doch das beunruhigte Ogden nicht. Er war jetzt wieder da und erwartete eigentlich, daß der Dienst Kontakt mit ihm aufnahm.

Das Taxi fuhr nach Chelsea hinein. Ogden sah die Pastellfarben der Albert Bridge vor dem grauweißen Himmel. Bruchstücke einer fernen Vergangenheit kamen ihm zu Bewußtsein. Letztlich, dachte er, war es eine Art Heimkehr.

Als sie in der Jubilee Place angekommen waren, ließ die Maklerin das Taxi vor einem kleinen zweistöckigen Haus halten. Die Gegend kam ihm geeignet vor: eine ruhige Ecke in Chelsea, eine elegante, schmale Straße, die eine gewisse Abgeschiedenheit zu garantieren schien.

Das Haus war geschmackvoll eingerichtet. Das Erdgeschoß bestand aus einem Wohnzimmer, einem Arbeitszimmer und einer großen Küche, im ersten Stock gab es zwei Schlafzimmer und zwei Bäder. Eines der Schlafzimmer ging auf einen Garten im Innenhof hinaus, der klein, aber sehr gepflegt war. Der zweite Stock bestand aus einer geräumigen Mansarde ohne Möbel und Tapeten.

»Wenn Sie wollen, können Sie daraus ein Dienstbotenzimmer oder eine Garderobe machen«, sagte die Maklerin. »Der Eigentümer würde Ihnen bei den Kosten sicher entgegenkommen. Sie ist ja wirklich groß, finden Sie nicht?«

Ogden stimmte ihr zu und bat dann darum, den Keller und die Garage sehen zu dürfen. Als sie wieder im Wohnzimmer waren, erklärte er, daß das Haus ihm gefalle und er den Vertrag möglichst bald unterschreiben wolle. Ganz begeistert von seiner Entschlossenheit, vereinbarte die Frau mit ihm einen Termin für den nächsten Tag und versicherte ihm, daß der Vertrag bis dahin fertig sein werde.

Ogden brachte die Maklerin im Taxi zurück zur Agentur und ließ sich dann zum Grosvenor House fahren, wo er eine Suite reserviert hatte. Auf der Fahrt beschloß er, am Abend bei Leith's in Kensington essen zu gehen.

Als er im Hotel ankam, hatte der Portier eine Nachricht für ihn. Er öffnete den Umschlag im Aufzug und las den Zettel: Die furchtbare Schrift von Franz hätte er auch hinter einer Milchglasscheibe erkannt.

Es regnete, und auf der Straße ergossen sich kleine Sturzbäche in die Gullys. Ogden ging mit raschen Schritten am Chelsea Embankment entlang und registrierte gereizt, daß ihm Wasser in den Kragen lief. Er richtete den Blick nach vorn: Jenseits des Flusses erkannte man die Schornsteine der Battersea-Power-Station.

Ein Schatten löste sich aus der Dunkelheit und kam auf ihn zu. Ogden griff nach der Pistole in seiner Tasche und ging weiter. Er hatte Franz an der Art erkannt, wie er den Regenmantel trug: Humphrey Bogart, doch zwei Nummern zu groß. Sie blieben wenige Meter voneinander entfernt stehen.

»Wie in alten Zeiten?«

Ogden erwiderte das Lächeln des anderen. »Vielleicht«, antwortete er, »doch wir wollen zusehen, daß wir von hier wegkommen.«

Franz machte eine gleichgültige Geste. »Den Treffpunkt

hier benutzt keiner mehr. Zu kinomäßig. Aber du hast recht. Komm mit, wir haben ein Hausboot, wo wir einen heißen Kaffee trinken können. Der Dienst hat in mobile Immobilien investiert«, sagte er, ganz stolz auf sein Wortspiel.

Das kleine schwimmende Haus schien etwas überstürzt von einem unordentlichen, doch recht feinsinnigen Bewohner verlassen worden zu sein. Ogden setzte sich auf die Couch, nachdem er ein paar Segelzeitschriften und ein Buch mit Fotografien von Man Ray beiseite geschoben hatte. Franz kümmerte sich inzwischen um den Kaffee.

»Nun, wie darf ich das neu entflammte Interesse verstehen?«

Franz antwortete nicht gleich, nahm eine Zigarette aus einem zerdrückten Päckchen, zündete sie an und sah auf die Lichter des Battersea Parks hinaus.

»Casparius will wissen, wie's dir geht«, sagte er leise, »ob du was brauchst. Schließlich ist mehr als ein Jahr vergangen...«

Ogden zuckte mit den Schultern. »Das letzte Mal, als Casparius sich derart gesorgt hat, gab es zwei Tote. Sogar drei, wenn wir diesen Scheißkerl von Vernon mitzählen. Und ich denke, den muß man mitzählen, er geht auf das Verlustkonto von Casparius, so ist es doch, oder? Und meine Verluste sind Guthrie und Veronica Mantero. Erinnerst du dich an sie, Franz?«

Franz nickte und hielt den Blick gesenkt. Sie schwiegen eine ganze Weile, Ogden trank seinen Kaffee aus und stellte die Tasse auf das Tischchen, wo neben dem Man-Ray-Band zwei makrobiotische Kochbücher lagen. Ogden fragte sich, was für ein Typ der Agent sein mochte, der für den Dienst diese konspirative Wohnung hütete.

»Nun, Franz?« fragte er und sah sein Gegenüber mit amüsierter Miene an. »Ich esse heute abend in einem Restaurant, wo man vorbestellen muß. Der Tisch bleibt eine Viertelstunde reserviert, nicht länger. Also sag mir, weshalb sie dich geschickt haben. Fürchtet Casparius vielleicht, ich will nicht wieder arbeiten? Dann wäre ich nicht hier. Ich hätte schon eine Möglichkeit gefunden zu verschwinden. Diesmal wirklich.«

Franz räusperte sich. »Sicher, das weiß er genau. Es gibt Arbeit, und Casparius hatte beschlossen, mit dir in der Schweiz Kontakt aufzunehmen. Doch als wir in Ascona angekommen sind, warst du schon nach London abgereist, und rein zufällig ist das auch der Einsatzort. Ihr seid exakt im gleichen Augenblick aktiv geworden, vollkommen synchron«, fügte er hinzu.

Gereizt verdrehte Ogden die Augen. »Ich kann mir die Kommentare vorstellen...«

»Allerdings«, nickte Franz zufrieden. »Casparius hat gesagt, zwischen euch gebe es eine empatische Beziehung, wie zwischen Vater und Sohn...«

»Selig sind die Waisen«, unterbrach ihn Ogden angewidert. »Aber laß uns mit diesem Unsinn aufhören. Also, worum geht es?«

»Das wirst du von Casparius erfahren. Er kommt in diesem Augenblick in London an und setzt sich morgen mit dir in Verbindung.«

»Und du? Bist du geschickt worden, um dich zu vergewissern, daß ich keine Mordgelüste ihm gegenüber hege?«

Franz schien beleidigt. »Für eine solche Arbeit würde er nicht mich nehmen, das solltest du wissen. Ich habe dir doch gesagt, daß Casparius besorgt war, er wußte nicht...«

»Hör auf, Franz. Casparius hat immer alles gewußt. Ihr weicht mir seit zwölf Monaten nicht von der Pelle. Meinst du, ich habe das nicht gemerkt? Ihr habt wohl gedacht, ich habe inzwischen Brei im Hirn.«

»Der Chef hat sich ernsthaft Sorgen gemacht...«, wiederholte Franz, der sich offenbar immer unbehaglicher fühlte.

»Ach wirklich?« kommentierte Ogden sarkastisch. »Zuerst setzt er mich auf die Liste der Agenten, die geopfert werden können, dann macht er sich Sorgen. Man muß schon sagen, er wäre ein perfekter Vater. Hör zu, Franz: Was mich angeht, so gehört die Eventualität, für den Erfolg einer Mission geopfert zu werden, mit zum Spiel. Ich bin Profi und werde dafür bezahlt, solche Risiken einzugehen. Doch Guthrie und Veronica Mantero sind gestorben, weil der Dienst hinter seinen Möglichkeiten zurückgeblieben ist. Man sollte sich nicht für was Besseres halten, wenn man sich dann wie die Schlächter von der CIA benimmt.«

»Aber wir haben es geschafft, die Sache zu klären. Wenn wir nicht gewesen wären, hätte es sehr viel mehr Tote gegeben. Es war eine schmutzige Geschichte...«

»Wie alle.« Ogden stand auf und gab Franz einen Klaps auf die Schulter. »Sag Casparius, er kann mich im Grosvenor House finden.«

»Wohnst du noch nicht in der Jubilee Place?«

Ogden lachte. »Ich muß wirklich zerstreut gewesen sein, ich habe vergessen, daß man vor euch nichts verbergen kann. Nein, ich wohne noch nicht da, vielleicht werde ich in ein paar Tagen umziehen. Richte Casparius aus, er soll das Haus nicht mit dem ganzen Mistzeug vollstopfen, wenn er nicht das gleiche Ende nehmen will wie Vernon. Und grüße mir Stuart.«

Ogden verließ das Hausboot und machte sich auf den Weg in die Beaufort Street. Zum ersten Mal seit vielen Monaten fühlte er sich wieder lebendig. Das einzige Leben, das er kannte, fing wieder an, auch wenn Veronica und Guthrie nicht mehr da waren und er nie aufhören würde, sich für ihren Tod verantwortlich zu fühlen.

›Julian war besessen vom Tod. Schon als Kind hatte ihn dieser Einschnitt fasziniert, der den Sterbenden aus der Mitte jener reißt, die zurückbleiben müssen. Oft hatte er den Tod mit dem Übergang von einem Ort zu einem anderen verglichen, der nur mit dem Akt des Sterbens zu erreichen ist. Wenn er selbst vom Tod eines geliebten Menschen betroffen war, empfand er nicht nur Schmerz, sondern auch Wut, denn er war sich sicher, daß die Toten woanders ein Leben weiterlebten, das ihn ausschloß. Als Junge schrieb er Gedichte voller herbstlicher Friedhofsstimmung, denn Friedhöfe vermittelten ihm ein Gefühl des Friedens, das er nur schwer an anderen Orten zu empfinden vermochte. Er hatte jedoch aufgehört, mit anderen über diese Dinge zu sprechen, als ihm klar wurde, daß niemand seine Einstellung teilte. Trotz seines Interesses für das Jenseits hatte Julian spiritistische Experimente immer abgelehnt, weil er davon überzeugt war, daß die Toten das Recht hatten, in Ruhe gelassen zu werden.‹

»So ist es«, rief Queriand mit lauter Stimme aus, als er die letzte Seite speicherte, bevor er den Computer ausschaltete. Queriand dachte genauso wie Julian, die Hauptfigur in seinem neuen Roman, und doch hatte er akzeptiert, als Nina ihm am Abend zuvor vorgeschlagen hatte, zu den Cornells zu gehen.

Er stand von seinem Schreibtisch auf und beschloß, noch einen kurzen Spaziergang zu machen. Er brauchte ein bißchen frische Luft. Draußen war es kalt, die Jubilee Place lag verlassen da, es war schon fast Essenszeit. Bei Nummer 33 angekommen, fiel ihm auf, daß die Fenster erleuchtet waren. Dieses moderne Haus, das so anders als die anderen aussah, schien endlich einen Mieter gefunden zu haben. Als er die Ecke King's Road erreichte, beschloß er, noch ein Stück weiter zu gehen. Seit dem Besuch bei den Cornells war er voller Unruhe, und auch wenn er sich den ganzen Tag über gezwungen hatte, nicht darüber nachzudenken, was geschehen war, und noch kein Urteil darüber zu fällen, wußte er, daß er das nicht bis in alle Ewigkeit durchhalten konnte.

Der alte Doktor Cornell hatte ihn herzlich empfangen, ohne große Umstände zu machen. Auf Queriand hatte er nicht wie der mächtige und einflußreiche Universitätsprofessor gewirkt, der er war. Seine Frau Daisy, eine zierliche Person mit auffallend hellen Augen, schien älter als er zu sein. Man beschränkte die Förmlichkeiten auf ein Minimum und stellte Queriand gleich den anderen Teilnehmern vor. Es waren dies ein Journalist und Fachmann für Parapsychologie, eine Ärztin für Neuropsychiatrie und ein katholischer Priester, alle im Alter zwischen fünfzig und Mitte Sechzig. Dr. Cornell nahm nicht an der Sitzung teil. Vor

Jahren hatte er die paranormalen Fähigkeiten seiner Frau mit einer für einen Wissenschaftler ungewöhnlichen Offenheit akzeptiert, doch als er einmal an einer Sitzung teilnehmen wollte, war seine Anwesenheit so störend gewesen, daß das Experiment abgebrochen werden mußte. Von da an hatte er darauf verzichtet und es dabei belassen, die Gäste zu empfangen und sich dann in ein anderes Zimmer zurückzuziehen, bereit, einzugreifen, wenn es nötig sein sollte – was zum Glück noch nie der Fall gewesen war.

Queriand war gleich aufgefallen, wie vertraut die Mitglieder der Gruppe miteinander umgingen, deshalb fragte er Mrs. Cornell, warum sie gerade ihn eingeladen hatten.

»Jemand aus der anderen Dimension hat verlangt, mit Ihnen zu sprechen«, war ihre beunruhigende Antwort. Und seelenruhig fügte sie noch hinzu: »Ich weiß nicht, ob es dazu kommen wird, denn nicht immer folgt auf einen Ruf auch ein Gespräch. Wir werden sehen...«

Queriand warf Nina einen irritierten Blick zu. Nina sah ihn schuldbewußt an und räusperte sich.

»Seit mehr als einem Jahr nehme ich an den Sitzungen teil«, sagte sie und hielt seinem Blick stand, »und in der letzten Woche hat der Geistführer nach dem Schriftsteller verlangt, mit dem Nina befreundet ist. Genau das hat er gesagt, Michael, ich schwöre es dir! Und weil du nun einmal der einzige Schriftsteller bist, den ich kenne...«

»Du hättest offener zu mir sein können«, antwortete er und verbarg nur mit Mühe seine Verstimmung.

Nina wollte noch etwas sagen, doch da rief Mrs. Cornell nach ihnen. Sie setzten sich bei gedämpftem Licht um einen runden Tisch, und jemand legte eine Kassette mit klassischer

Musik ein. Innerhalb weniger Augenblicke fiel Mrs. Cornell in Trance, und als sie zu sprechen anfing, sprach sie mit der Stimme von Esther, einer jungen Frau, die vor dreißig Jahren bei einem Schiffbruch gestorben war. Queriand stellte sich diese ihm unbekannte Frau auf der Brücke des Schiffs vor, eingeschlossen von einer Menschenmenge, die sich auf die wenigen Rettungsboote stürzte und dabei die Schwächsten wegstieß und zu Tode trampelte. In seiner Vision bewahrte Esther die Ruhe, so, als habe sie beschlossen, auf ihre eigene Rettung zu verzichten, weil sie sich nicht derart unmenschlich verhalten wollte. Queriand war ganz in seine Phantasien versunken, als Esther sich an ihn wandte: »Es stimmt, Michael, ich habe das Leben losgelassen. Ein anderer nahm meinen Platz im Boot ein, und ich tat nichts, um mich zu retten. Doch es war richtig so, dieser Mann hatte seine irdische Aufgabe noch nicht erfüllt, ich hingegen schon, auch wenn ich das nicht wußte. Es hieß, ich wollte mich umbringen, doch das ist nicht wahr.«

Ein langes Schweigen folgte, und Queriand beobachtete die anderen: Sie wirkten konzentriert – und so, als beträfe sie diese Botschaft nicht. Dann fuhr Esther fort: »Jemand will mit dem Schriftsteller in Verbindung treten...«

Wenige Augenblicke später sagte die Stimme von Ioan Lupescu aus dem Mund des Mediums laut und deutlich seinen Namen. Queriand sprang auf. Er dachte an einen Rekorder, den sie irgendwo versteckt hatten, an eine alte Aufnahme der Stimme Ioans, vielleicht bei einem Vortrag gemacht. ›Sie haben das Band manipuliert, seine Rede zerschnitten. Die Sätze werden wenig Sinn haben‹, sagte er sich. Er betrachtete Nina und die anderen, ohne auf ihren

Gesichtern den betont entrückten Ausdruck zu entdecken, der nach seiner Vorstellung bei Betrügern unbedingt dazugehörte.

Dann fuhr die Stimme fort: »Michael, ich bin Ioan. Mir geht es gut… Dies ist ein schwieriger Kanal… ich muß dich warnen… mein Tod… Gefahr.«

Es gab keine weiteren Nachrichten mehr, weder von Lupescu noch von Esther. Der Kontakt und die Sitzung waren beendet. Nach einigen Minuten, als das Medium sich erholt hatte, hörten sie sich die Bandaufnahme der Sitzung an. Daisy Cornell, die sich der Worte, die sie im Trancezustand sagte, nicht bewußt war, zeigte sich betroffen von dem, was der Geist Lupescus geäußert hatte.

»Ich kann mir vorstellen, daß die Worte Ihres Freundes Sie verwirrt haben«, sagte sie zu Queriand und sah ihn mitfühlend an. »Es ist eine unvollständige und doch eine beunruhigende Botschaft. Die Person, um die es geht, ist erst vor kurzem verstorben, nicht wahr?«

»Vor wenigen Monaten«, antwortete Queriand, noch ganz eingeschüchtert.

»Handelt es sich vielleicht um Professor Lupescu, den Religionswissenschaftler, der von Unbekannten in der Universität ermordet worden ist?« fragte der Priester.

Queriand nickte, unfähig zu sprechen.

»Deshalb ist die Verbindung so mühselig gewesen«, bemerkte Daisy Cornell. »Nach einem gewaltsamen Tod benötigt ein Geistwesen Zeit, bis es versteht, daß es nicht mehr von dieser Welt ist. Auch wenn Ihr Freund sicher besser als viele andere auf den Übergang von dieser in die andere Dimension vorbereitet war.«

Queriand verabschiedete sich gleich darauf und lehnte die Einladung, doch noch zu bleiben, ab. Die Erinnerung an den Freund hatte den Schmerz wieder aufbrechen lassen.

All das war erst vierundzwanzig Stunden her, und doch schien es, daß diese Unruhe ihn schon seit Monaten plagte.

Queriand bemerkte, daß er fast am Sloane Square angekommen war. Es war spät, und er hatte Hunger. Er entschloß sich zu einem Abendessen in seinem Lieblingsrestaurant, winkte nach einem Taxi, stieg ein und nannte dem Fahrer die Adresse.

Während sie sich durch den zähflüssigen Verkehr schoben, dachte er an Nina. Am Nachmittag hatte sie ihn mehrmals angerufen, doch er hatte am Schreibtisch gesessen und sich nicht gemeldet. Fast alle Nachrichten auf dem Anrufbeantworter stammten von ihr. Sie machte sich Sorgen und wollte ihn sprechen. Er hatte sie nicht zurückgerufen.

Im Restaurant kam ihm der Kellner, der ihn normalerweise bediente, lächelnd entgegen. Doch als er vor ihm stand, fragte er konsterniert, ob er einen Tisch bestellt habe.

»Nein, heute abend nicht«, antwortete Queriand und fürchtete das Schlimmste. »Ich sehe, daß viel Betrieb ist. Dann werde ich eben warten.«

»Leider ist die Lage heute abend wirklich heikel, Mr. Queriand«, sagte der Kellner verlegen. »Wir haben Reservierungen bis Mitternacht...«

»Jetzt erzählen Sie mir bitte nicht, Pedro, daß ich gerade heute bei Ihnen nichts zu essen bekomme!« sagte Queriand gereizt. »Versuchen Sie, eine Lösung zu finden, irgendeine, es geht um meine psychische Gesundheit«, fuhr er fort und steckte ihm ein großzügiges Trinkgeld zu.

»Vielleicht läßt sich doch etwas machen.« Pedro sah wie ein Verschwörer auf die Uhr: »Wir haben einen Tisch, der für acht bestellt war, doch der fragliche Herr hat sich schon sehr verspätet. Ich glaube, ich kann Ihnen den Tisch geben. Es ist ja kein Geheimnis, daß wir Pünktlichkeit verlangen«, schloß er mit beleidigter Miene.

Als Pedro ihn durch den Saal begleitete, fiel Queriand ein anderer Kellner auf, der mit einem großgewachsenen Mann in einem auffallend gut geschnittenen Anzug ebenfalls auf den einzigen freien Tisch zuging. Sie erreichten ihn gleichzeitig: zwei streitende Parteien, begleitet von ihren jeweiligen Sekundanten. Der Mann, offensichtlich der verspätete Gast, erfaßte die Situation und stellte amüsiert fest: »Ich habe das Gefühl, daß wir uns beide um den gleichen Tisch bemühen...«

»Gewiß«, nickte Queriand. »Doch ich vermute, daß Sie eine Reservierung haben.«

»Das stimmt, aber ich habe gegen die Hausregeln verstoßen und bin zu spät gekommen. Ich würde mich freuen, wenn Sie sich zu mir setzten«, sagte er und lud Queriand ein, Platz zu nehmen.

»Ich danke Ihnen.« Verwundert nahm Queriand an. Im allgemeinen gefiel es ihm gar nicht, in Gesellschaft von Fremden zu essen, doch es war spät, er hatte Hunger, und er fand die Vorstellung abschreckend, wieder gehen und ein anderes Restaurant suchen zu müssen, besonders an diesem Abend.

Die Kellner, hocherfreut über die unverhoffte Lösung, kreisten beflissen lächelnd mit Speise- und Weinkarten um den Tisch. Als sie gegangen waren, stellte Queriand sich vor.

»Meine Name ist Michael Queriand. Ich bin Ihnen sehr dankbar, heute abend hätte ich es nicht ertragen, mich nach etwas anderem umsehen zu müssen.«

»Ogden, sehr erfreut. Sie müssen sich nicht bedanken, ich bin froh, in Gesellschaft essen zu können«, fügte er mit einem liebenswürdigen Lächeln hinzu.

»Ich komme oft zum Essen hierher, und Sie?« fragte Queriand, um die Unterhaltung in Gang zu halten.

»Ich ebenso, wenn ich in London bin.«

»Sie sind nicht von hier?« erkundigte sich Queriand verwundert.

»Nein, ich bin Schweizer, ich komme aus Bern.«

»Kompliment, Ihre Aussprache ist ausgezeichnet.«

»Als Kind habe ich eine Zeitlang in London gelebt.«

Erleichert sah Ogden den Kellner näher kommen. Dieser Typ war neugierig, und er hoffte, daß er seine Freundlichkeit nicht bereuen müßte.

Doch sein Gast erwies sich als angenehme Gesellschaft, auch wenn er manchmal den Eindruck machte, als quäle ihn etwas. Dies hinderte ihn aber nicht, eine akzeptable Unterhaltung zu bestreiten. Als die Ente mit Mandeln serviert wurde, warf Queriand einen unentschlossenen Blick auf das Gericht.

»Es ist wirklich eine Schande, aber ich habe keinen großen Appetit. Und gewöhnlich lasse ich dann das Essen stehen, doch heute mache ich eine Ausnahme. Ich will versuchen, mich nicht zu sehr von meiner Laune bestimmen zu lassen...«

»Das ist eine gute Einstellung«, stimmte Ogden ihm zu. »Im allgemeinen führt es zu nichts, auf etwas Angenehmes zu verzichten, nur weil die Dinge nicht so gehen, wie sie sollten.«

Queriand nickte. »Doch das lernt man leider erst, wenn man älter wird. Als ich noch jünger war, schien mir die Welt reichlich problematisch, und eine üble Laune konnte dazu führen, daß ich auf alles verzichtete. Das ist tatsächlich dumm.«

»Sie können sich glücklich schätzen, denn manche Menschen machen diesen Fehler auch dann noch, wenn von ihrer Jugend nur die Fotos geblieben sind«, bemerkte Ogden gedankenverloren.

Der Schriftsteller fand es seltsam, daß ein Mann wie dieser, der nicht gerade gefühlsbetont wirkte, so persönlich redete und sich dabei vermutlich auf sich selbst bezog. Doch vielleicht waren seine Überlegungen nur das Ergebnis einer *déformation professionnelle*, die ihn veranlaßte, bei jedem, den er traf, seine Phantasie spielen zu lassen und ihn zu einer Romanfigur im Wartestand zu machen. Auch dieser Mann mußte eine Geschichte haben, wie jeder Mensch. Neugierig geworden, versuchte er nachzuforschen.

»Das muß tatsächlich eine wenig angenehme Erfahrung sein. Ist es Ihnen auch so ergangen?« wagte er sich vor.

Er war sicher, ins Schwarze getroffen zu haben, denn sein Gegenüber sah ihn plötzlich mit einem kalten und distanzierten Blick an. Doch gleich wurde seine Miene wieder liebenswürdig.

»In einem gewissen Sinn, aber das ist kein interessantes Thema. Und womit beschäftigen Sie sich, Mr. Queriand?«

»Ich schreibe Romane«, antwortete er, enttäuscht über die ausweichende Antwort.

»Eine beneidenswerte Arbeit, vor allem, weil man sie allein machen kann.«

Queriand nickte: »Ich habe mich wohl auch deshalb dafür entschieden.«

»Wer weiß ...« Ogden schien unschlüssig. »Es gibt Berufe, die man wählen kann und andere, die uns auswählen. Ich glaube, daß ein Schriftsteller ausgewählt wird, auf gewisse Weise.«

»Würden alle davon ausgehen, würde sich die Berufsgruppe verkleinern«, sagte Queriand.

Ogden lachte. »Wie kommt es eigentlich, daß wir uns mit denen, die die gleiche Arbeit wie wir tun, nie verstehen?«

»Ich weiß es wirklich nicht. Jedenfalls verkehre ich nicht viel mit meinen Kollegen, sonst hätte mein Beruf sehr viel weniger positive Aspekte.«

»Schreiben Sie im Augenblick an etwas?«

»Ja, aber mit dem Roman geht es nicht so voran, wie ich möchte. Es hat sich etwas ereignet, das mich von der Arbeit ablenkt. Ich versuche, nicht daran zu denken, doch das ist nicht leicht. Heute beispielsweise habe ich nichts zustande gebracht.«

Queriand unterbrach sich, weil er es bereute, daß er einem Fremden diese Dinge erzählte: »Ich will Sie nicht mit meinen Kreativitätskrisen langweilen, sonst tut es Ihnen noch leid, daß Sie mich an Ihren Tisch eingeladen haben. Womit beschäftigen Sie sich denn?«

»Ich bin Verleger von Kunstbüchern. Doch Sie langweilen mich ganz und gar nicht. Ich fühle mich geschmeichelt, daß Sie mir erzählt haben, wie es Ihnen geht. Darf ich Sie fragen, was Ihnen widerfahren ist?«

Queriand mußte die Geschicklichkeit Ogdens anerkennen, mit dieser Bitte, doch mehr von sich zu erzählen, das Gespräch erneut von sich selbst abzulenken. Nun, wo er sich schon so weit vorgewagt hatte, beschloß er, von seinem Erlebnis zu berichten, auch weil er davon ausgehen konnte, daß er sein Gegenüber nie mehr wiedersehen würde, wenn sie das Restaurant verlassen hätten.

»Weil Sie mich darum bitten und weil die Erfahrung nicht gerade alltäglich ist, will ich Ihnen erzählen, was ich erlebt habe. Vielleicht belastet es mich dann weniger.«

Queriand steckte sich eine Zigarette an und räusperte sich.

»Es ist nicht ganz leicht, darüber zu reden, vor allem, weil ich Sie nicht kenne und also nicht wissen kann, was Sie von paranormalen Phänomenen halten.« Er unterbrach sich unschlüssig.

Ogden sah ihn beruhigend an. »Ich verschließe mich diesem Thema nicht von vornherein«, antwortete er. In Wirklichkeit war es ein Bereich, der ihn nicht besonders interessierte, auch wenn er sehr gut wußte, daß die Geheimdienste der ganzen Welt mit Psiphänomenen arbeiteten.

Queriand schienen diese Worte zu ermutigen. »Nun gut, gestern abend habe ich an einer spiritistischen Sitzung teilgenommen, die von qualifizierten Leuten geleitet wurde. Insgesamt eine ernstzunehmende Angelegenheit. Ich glaubte, es sei eine zufällige Einladung, doch in Wirklichkeit wurde die Séance eigens für mich abgehalten. Bei meiner Ankunft erfuhr ich, daß jemand von der anderen Seite« – Queriand vollführte eine Geste, als wolle er auf einen fernen Ort verweisen – »um meine Anwesenheit gebeten hatte. Natürlich hätte ich das gerne vorher gewußt, dann hätte ich mich wenigstens weigern können teilzunehmen, aber nun war es, wie es war. Das Medium fiel also in Trance, und bald darauf meldete sich ein Geistführer. Wissen Sie, wie solche Dinge ablaufen?«

Ogden schüttelte den Kopf.

»Also: Das Medium ist praktisch ein Kanal, eine Art Radio, der es dem Geistwesen ermöglicht, sich zu äußern. Bei der Dame, um die es hier geht, bedienen sich die Geistwesen der Stimmbänder. Um es kurz zu machen: Gestern abend habe ich aus dem Mund dieses Mediums die Stimme eines kürzlich verstorbenen Freundes meinen Namen sagen hören.«

Queriand verstummte und goß sich Wein ein. Ogden dachte, daß das wirklich Beunruhigende nun erst kommen würde. Er enthielt sich jeder Bemerkung und wartete. In sich versunken, schwieg der Schriftsteller eine Weile, und als er weitersprach, war er sichtlich erregt.

»Dieser Freund von mir ist ermordet worden«, sagte er leise.

»Und die Stimme klang genau wie die Ihres Freundes?« fragte Ogden neugierig.

»Absolut, es war tatsächlich seine Stimme. Ich gebe zu, daß ich sofort an irgendeinen Betrug gedacht habe, doch dann bin ich davon abgekommen. Es sind vertrauenswürdige Leute, die den bedeutendsten Institutionen angehören, die im Bereich der Parapsychologie tätig sind. Und welchen Zweck hätte es außerdem, mir einen solchen Streich zu spielen? Das hätte doch keinen Sinn.«

»Das hätte es wirklich nicht«, stimmte Ogden zu. »Wenn

die Beteiligten zuverlässig sind, dann geht es nur um die Frage, ob Sie an die Möglichkeit glauben, daß der Geist Ihres Freundes oder eines anderen Verstorbenen den physischen Tod überleben und mit uns in Verbindung treten kann. Wie ich Ihnen schon gesagt habe«, sprach er ruhig weiter, »verschließe ich mich diesem Thema keineswegs von vornherein. Ich sehe nicht ein, warum wir uns sperren sollten, über derartige Phänomene nachzudenken, wenn Wissenschaftler dies schon seit langem tun.«

Queriand nickte überzeugt: »Doch die Überlegungen der Wissenschaftler gehen von Elementarteilchen aus, für Laien völlig unverständlich. Jedenfalls ist es bisher den Wissenschaftlern nicht gelungen festzustellen, ob es ein Jenseits gibt oder nicht. Und ebensowenig, eine Antwort auf viele andere Probleme zu finden, beispielsweise auf die Frage, wie große Teile unseres Gehirns funktionieren ...« Queriand beendete den Satz nicht und hielt nachdenklich inne.

»Jedenfalls sind Sie jetzt verwirrt, weil Sie die Stimme Ihres Freundes wiedererkannt haben. Und das ist eine Tatsache.«

»So ist es leider«, gab Queriand zu. »Jenseits hin oder her.«

»Ich würde gerne wissen, was Ihnen diese Stimme gesagt hat. Aber ich bin mir bewußt, daß ich indiskret bin.«

Queriand kam zu dem Schluß, daß er seinem Gastgeber nun auch alles erzählen könnte. Es schien ihm unangebracht, jetzt zurückhaltend zu werden, nachdem er ihn über weite Teile des Abends genötigt hatte, eine Geschichte anzuhören, die er vermutlich für die pittoreske Phantasie eines neurotischen Schriftstellers hielt.

»Es ist eine Art Warnung«, fuhr Queriand fort. »Ioan teilte mir mit, ich solle mich vor etwas in acht nehmen. In Wirklichkeit war die Botschaft außerordentlich kurz, quasi im Telegrammstil. Er hat gesagt, es gehe ihm gut, dies sei ein schwieriger Kanal und er müsse mich warnen... Das Wort ›Gefahr‹ hat er deutlich vom übrigen abgesetzt. Und da er ja tot ist, darf man wohl annehmen, daß die Gefahr mich betrifft.«

»Das hört sich an wie eine Radiodurchsage...«, bemerkte Ogden nachdenklich.

»Genau, und die Nachricht wurde wie durch Störungen unterbrochen.«

»Werden Sie die Warnung beachten?«

»Ich weiß es nicht.« Queriand wirkte ratlos. »Sie haben eben gesagt, daß es davon abhängt, ob man an ein Weiterleben der Seele glaubt. Für mich ist es immer ein ganz normaler Gedanke gewesen, daß die Toten woanders leben, in einer Parallelwelt. Ich sträube mich also nicht gegen die Vorstellung, daß mein Freund irgendwo ist. Doch ich bin sehr mißtrauisch gegenüber spiritistischen Sitzungen.«

Ogden sah Queriand prüfend an. Er fand diese Auffassung beneidenswert, vor allem nach Veronicas und Guthries Tod. »In einem gewissen Sinn«, meinte er, »denken Sie, daß es den Tod nicht gibt.«

»In einem gewissen Sinn«, wiederholte Queriand und nickte. »Doch wie ich Ihnen bereits sagte, finde ich keinen Gefallen an spiritistischen Sitzungen, weil ich davon überzeugt bin, daß man die Toten in Ruhe lassen soll. Ich weiß also nicht, aus welchem Grund ich es akzeptiert habe, gestern abend in das Haus dieses Mediums zu gehen. In der

Vergangenheit habe ich solche Gelegenheiten immer gemieden. Ich glaube nämlich, daß Spiritismus auch gefährlich sein kann, man begegnet dabei vielleicht eher negativen Wesenheiten als unseren Toten...«

Queriand unterbrach sich mit dem Gefühl, zuviel geredet zu haben. »Es ist also recht kompliziert, doch das macht nichts.« Er lächelte. »Denn was ich in diesem Leben nicht verstehe, das verstehe ich im nächsten...«

»Glauben Sie an Reinkarnation?« fragte Ogden überrascht.

»Dies scheint mir die einzige Möglichkeit, allem, was uns geschieht, einen Sinn zu geben.«

Ogden warf einen Blick auf die Uhr. Queriand, dem dies nicht entging, bemerkte, daß beinahe alle Tische um sie herum leer waren.

»Ich habe Sie aufgehalten«, meinte er und rief den Kellner. »Natürlich sind Sie mein Gast...« Ogden wollte protestieren, doch Queriand ließ ihn nicht ausreden. »Sie haben nicht nur Ihren Tisch mit mir geteilt, sondern auch noch meine metaphysischen Geständnisse ertragen. Es ist also das mindeste, was ich tun kann. Ich bitte Sie, ich bestehe darauf.«

»Wie Sie möchten. Ich danke Ihnen. Beim nächsten Mal bin ich an der Reihe. Wenn ich richtig verstanden habe, sind Sie in diesem Restaurant Stammgast. Jetzt, wo ich in London bin, werde ich wohl auch häufig hier essen. Wir begegnen uns also sicher wieder einmal.«

Nach Begleichen der Rechnung traten sie gemeinsam hinaus auf die Straße, auf der Suche nach zwei Taxis. Sie fanden aber nur eins.

»Wo wohnen Sie?« fragte Queriand.

»Im Grosvenor House.«

»Dann begleite ich Sie im Taxi bis dorthin und fahre dann weiter zu mir, es ist ganz in der Nähe.«

»Einverstanden, aber nur, wenn ich mich am Fahrpreis beteiligen kann.«

Als das Taxi vor dem Grosvenor House hielt, stieg Ogden aus, gefolgt von Queriand.

»Es hat mich wirklich gefreut, Sie kennenzulernen«, sagte Queriand und gab Ogden die Hand, »und entschuldigen Sie, wenn ich Sie mit meinen Problemen gelangweilt habe.«

»Dieser erste Abend in London hat sich als unerwartet interessant herausgestellt, und das ist Ihr Verdienst. Ich habe also zu danken«, sagte Ogden. »Ich wünsche Ihnen alles Gute, und geben Sie auf sich acht.«

»Das werde ich tun.« Queriand lächelte und stieg mit einem letzten Winken wieder ins Taxi.

Ogden betrat das Hotel in der Erwartung, dort gleich auf Franz zu treffen, doch die Halle war leer. Vielleicht war Casparius schon in London. Er hätte sich nicht gewundert, an der Rezeption eine Nachricht vorzufinden. Und tatsächlich reichte ihm der Portier, als er seinen Schlüssel holte, einen Umschlag. Ogden öffnete ihn in seiner Suite. Er enthielt ein Blatt mit wenigen maschinengeschriebenen Worten: »Morgen früh am Markham Square, zehn Uhr.«

Eine Nachricht im Telegrammstil, doch für ihn absolut ausreichend: Der Dienst hatte ein Haus am Markham Square. Dort würde er Casparius und Stuart treffen.

Ogden ging zur Minibar und schenkte sich einen großen

Whisky ein, trat dann ans Fenster und sah hinaus. Es begann zu regnen, feine Tropfen liefen über die Scheibe und ließen die Lichter der Straße unter ihm verschwimmen. Er wandte sich um und besah sich das Zimmer, dachte an die unzähligen Hotelzimmer, die er seit Jahren bewohnte, Räume ohne Erinnerung, wo man sich verstecken und ausruhen konnte. Doch morgen würde er in die Jubilee Place ziehen, eine Nachricht, die Casparius nicht gefallen dürfte, überlegte er zufrieden und streckte sich auf dem Bett aus. Er schaltete den Fernseher ein und zappte auf der Suche nach einem interessanten Film durch die Kanäle. Ohne Erfolg. Als er den Apparat ausschaltete, meinte er, gerade in diesem Moment ein bekanntes Gesicht gesehen zu haben. Sofort machte er ihn wieder an. Zwei Männer saßen in Sesseln und führten ein Gespräch. Er stellte lauter.

»Wir sind von Ihnen packende Bücher gewöhnt«, sagte einer der beiden gerade, ein Mann in mittlerem Alter mit professoralem Gebaren, »Ihre Stories fesseln den Leser, ohne daß – so jedenfalls die Meinung der Kritik – der Stil darunter leidet. Bisher ist es Ihnen gelungen, gute Literatur mit guten Plots zu verknüpfen, heutzutage eine ungewohnte Kombination. Wovon handelt Ihr nächstes Buch?«

Die Kamera zeigte den Interviewten, und Ogden erkannte den Schriftsteller wieder, mit dem er bei Leith's zu Abend gegessen hatte. Michael Queriand war telegen, wirkte aber auch ein wenig angestrengt; ernst und mit einer leicht gelangweilten Miene machte er den Eindruck, daß er eigentlich lieber woanders wäre.

»Ich finde es traurig, daß es heutzutage als ungewöhnlich gilt, einen spannenden Plot mit gutem Stil zu verbinden. Ich war immer der Auffassung, daß jeder Schriftsteller, der etwas auf sich hält, dazu in der Lage sein sollte. Doch es sieht so aus, als wäre das heute anders, und wir können also nur den Zeiten nachtrauern, da sich dieses Problem nicht stellte. Wie hätte Dostojewskij sonst seine Spielschulden begleichen können?«

Ogden lachte und stellte den Fernseher lauter.

»In meinem nächsten Buch«, sagte der Schriftsteller gerade, »geht es um einen Mann, der mit vierzig Jahren entdeckt, daß er ganz anders ist, als er dachte. Etwas, das den Glücklichsten unter uns passiert. Normalerweise sterben die Leute mit einem vollkommen falschen Bild von sich selbst. Auch in diesem Roman ist der Protagonist in einer verwickelten Lage, wie wir ja übrigens alle. Mehr kann ich nicht sagen, denn meine Bücher entstehen beim Schreiben«, schloß er.

Der Moderator dankte Queriand, und der Nachspann lief über die Aufnahme der beiden Männer, die sich weiter unterhielten, ohne daß man den Ton noch hörte. Ogden schaltete den Apparat aus. Sicherlich war die Sendung vor der paranormalen Erfahrung Queriands aufgezeichnet worden. Der Mann, mit dem er den Abend verbracht hatte, war sehr viel weniger überheblich gewesen als der Schriftsteller im Fernsehen. Während Ogden seinen Whisky austrank, fragte er sich, ob Queriand auch bei sich entdeckt hatte, daß er anders war, als er gedacht hatte.

Queriand erwachte mit furchtbaren Kopfschmerzen. Er hatte die Vorhänge nicht zugezogen, und das Sonnenlicht flutete ins Zimmer. Er fluchte, hielt sich eine Hand schützend vor die Augen und klingelte mit der anderen nach der Haushälterin.

Kurz darauf kam Linda mit dem Frühstückstablett herein. Sie war eine Frau um die Sechzig mit einem unmißverständlich strengen Gesicht. Seit Jahren kümmerte sie sich um Queriand, wie sie sich um seine Mutter gekümmert hatte, bis diese gestorben war. Queriand betrachtete sie als ein sehr wertvolles Erbe.

»Sie haben länger als sonst geschlafen...« Linda stellte das Tablett auf dem Bett ab und sah ihn mit einem forschenden Blick an. »Wissen Sie, wie spät es ist? Schon nach elf. Das Telefon hat den ganzen Vormittag über ununterbrochen geläutet; ich habe eine halbe Stunde gebraucht, das Wohnzimmer zu staubsaugen.«

Queriand versuchte, die Hand von den Augen zu nehmen: »Wer wollte mich denn sprechen?«

»Dreimal Fräulein Nina«, sagte sie in einem verwunderten Ton. »Was haben Sie dem armen Mädchen bloß angetan? Sie wirkte so besorgt...«

»Linda, ich habe furchtbare Migräne. Bringen Sie mir doch bitte ein Aspirin.«

Kopfschüttelnd ging Linda hinaus. Queriand trank den Pampelmusensaft und biß in eine Brioche. Er schlug die Morgenzeitung auf und warf einen Blick auf die Schlagzeilen, legte sie aber wieder beiseite, als Linda mit zwei Aspirin-Tabletten zurückkam.

»Sie sehen schlecht aus, wissen Sie das?«

Queriand verdrehte die Augen und lächelte.

»Es ist kein Kater, Sie können ganz beruhigt sein.«

»Oh, was mich angeht...«, rief sie gekränkt aus. »Sie sind

ja alt genug, Sie können tun und lassen, was Sie wollen. Ach, wissen Sie übrigens, daß die Nummer 33 vermietet worden ist?«

»Ja, gestern abend ist mir aufgefallen, daß im Haus Licht brannte. Ich habe auch an einen neuen Mieter gedacht. Aber vielleicht hat nur jemand vom Immobilienbüro nach dem Rechten gesehen.«

Mit Entschiedenheit schüttelte Linda den Kopf: »Das glaube ich nicht. Heute morgen, als Sie noch schliefen, habe ich Milch geholt und gesehen, daß jemand mit dem Auto in die Garage gefahren ist. Das ist bestimmt der neue Mieter, das sage ich Ihnen!«

Es war nicht klug, Linda zu widersprechen. Queriand stand auf.

»Gut«, sagte er, »ich glaube, ich nehme eine Dusche. Wenn Sie gehen müssen, lassen Sie das Zimmer, wie es ist. Aber bringen Sie mir doch bitte meine Agenda.«

»Natürlich muß ich gehen. Aber ich bringe Ihnen die Agenda und die Liste der Anrufer. Ich habe allen gesagt, Sie seien bei der Arbeit und möchten nicht gestört werden.«

Als Linda gegangen war, steckte Queriand das Telefon wieder ein und rief bei Nina an, sie war jedoch nicht zu Hause. Dann rief er bei seinem Verleger an, er war nicht im Büro. Queriand beschloß, die anderen könnten warten, und nahm seine Dusche.

Als er angezogen war, ging er nach oben in sein Arbeitszimmer, zog ein Buch von Lupescu aus dem Regal und schlug es auf. Ioan hatte ihm eine freundschaftliche Widmung hineingeschrieben: »Für Michael, meinen Lieblingsdichter. Herzlichst, Ioan.«

Queriand hielt das Buch in den Händen und starrte vor sich hin. Lupescu war einer seiner besten Freunde gewesen. Vor einigen Jahren, kurz nach dem Tod seiner Mutter, hatten sie sich bei einem von Ioans Lehrer gehaltenen Vortrag zum Thema Mythos kennengelernt. Sie wurden von gemeinsamen Freunden miteinander bekanntgemacht und verstanden sich gleich sehr gut. Von da an hatten sie sich regelmäßig gesehen und viele Gemeinsamkeiten entdeckt.

Queriand fuhr hoch, als es an der Haustür klingelte. Er stellte das Buch zurück an seinen Platz und ging nach unten. Bevor er öffnete, sah er durch den Türspion. Er wunderte sich selbst darüber, und ihm kam der Gedanke, daß Ioans Botschaft vielleicht schon seine Gewohnheiten zu ändern begann. Nina stand vor der Tür.

»Hallo, Nina«, rief er aus und öffnete schwungvoll die Tür. Sie zuckte zusammen.

»Endlich, da bist du ja! Es ist unmöglich, dich zu erreichen. Entweder du bist nicht da, oder du gehst nicht ans Telefon. Jedenfalls rufst du nicht zurück«, sagte sie vorwurfsvoll.

Queriand trat zur Seite, um sie hereinzulassen, und sie legte ihren Mantel ab. Sie trug Hosen aus kastanienbraunem Flanell und einen nußfarbenen Kaschmirpullover.

»Womit habe ich so viel Aufmerksamkeit verdient? Wir haben uns doch im ganzen letzten Jahr nicht gesehen...«

Sie warf ihm einen ernsten Blick zu.

»Nach der Sitzung habe ich mir Sorgen gemacht. Alle anderen übrigens auch.«

»Willst du einen Kaffee?« fragte er und wandte sich Richtung Küche. Sie folgte ihm.

»Ja, gerne, aber hör bitte damit auf, mir auszuweichen! Wenn du mir etwas Unangenehmes zu sagen hast, dann bitte gleich. Ich glaube, ich habe es wohl verdient.«

»Das kannst du laut sagen! Der Rest der Gesellschaft allerdings auch. Deshalb will ich dich nicht allein dafür verantwortlich machen. Sag mal, habt ihr noch andere Leute da hineingezogen?«

Nina schüttelte traurig den Kopf.

»So darfst du nicht reden. Es ist das erste Mal, daß so etwas passiert. Vielleicht sind wir nicht ganz korrekt gewesen, das gebe ich zu, und wahrscheinlich ist das meine Schuld. Doch jetzt erzähle ich dir, wie alles gekommen ist: Als Esther uns bei einer Sitzung mitteilte, daß jemand mit dem Schriftsteller sprechen möchte, der mit Nina befreundet ist, habe ich von dir erzählt. Die anderen haben mich dann gefragt, was für eine Art Mensch du bist, und ich habe ihnen Auskunft gegeben. Am Ende waren wir alle der Meinung, daß du dich wahrscheinlich weigern würdest, an der Sitzung teilzunehmen. Und dieses Risiko wollten wir nicht eingehen.«

Der Kaffee begann zu brodeln. Queriand nahm die Kanne vom Feuer, goß zwei Tassen ein und reichte Nina eine.

»Du hast vielleicht vergessen«, sagte Nina, nachdem sie einen Schluck Kaffee getrunken hatte, »daß wir zu Zeiten unserer Beziehung nicht immer nur im Bett waren, sondern auch ab und zu ein paar Worte miteinander geredet haben. In einem dieser seltenen Augenblicke, als du zu bemerken schienst, daß ich ein denkendes Wesen bin, hast du zu mir gesagt – in welchem Zusammenhang, das weiß ich allerdings nicht mehr –, daß du spiritistische Sitzungen falsch fändest.« Sie zuckte mit den Schultern. »Natürlich, wenn du die Einladung zu dem Abend nicht angenommen hättest, dann hätten wir dir alles gesagt und versucht, dich zu überzeugen. Wir wollten unbedingt, daß dich diese Botschaft erreicht.«

»Ach was«, rief Queriand aus. »Ihr konntet doch gar nicht wissen, was Ioan mir sagen würde. Statt ›dieser‹ Botschaft hätte er mir auch sagen können, daß es da oben haufenweise schöne Mädchen gibt!«

Nina sah ihn verärgert an und schüttelte den Kopf: »Wenn ein Geistwesen ausdrücklich verlangt, mit jemandem zu reden, der außerdem nicht einmal zur Gruppe gehört, dann sicher nicht, um irgendwelchen Unsinn zu erzählen.«

Sie wirkte sehr bekümmert, und obwohl er wütend war, versuchte Queriand, etwas weniger schroff mit ihr zu reden. »Warum sollte es nicht wichtig sein, zu erfahren, ob es da oben haufenweise schöne Mädchen gibt oder nicht?« fragte er. »Aber was geschehen ist, ist geschehen – reden wir nicht mehr darüber. Du darfst allerdings nicht glauben, daß ich noch einmal mit zu deinen Freunden gehe, um mir den Rest der Botschaft anzuhören, wenn es denn einen gibt.«

»Bist du sicher?« Nina sah ihn mit herausfordernder Miene an. »Er wollte dir etwas sagen, und das ist ihm nicht geglückt, doch er wird es wieder versuchen. Lupescu meint, daß du in Gefahr bist...«

»Vergiß es«, sagte Queriand entschieden. »Ich werde nicht noch einmal mitgehen, denn ich möchte die Toten nicht stören. Wenn Ioan mir helfen will, wird es ihm auch so gelingen. Es wird doch ein paar Vorteile haben, in der anderen Welt zu sein, glaubst du nicht? Und jetzt sorge dich bitte nicht mehr um mich.«

Er rückte näher zu Nina heran und hob ihren Kopf hoch. Nina sah ihn aus ihren großen grünen Augen an. Sie lächelte, legte ihre Arme um seinen Hals und lehnte sich an ihn.

»Dann verzeihst du mir also?«

»Sicher, was glaubst du denn.«

Er wollte sie gerade auf die Stirn küssen, doch Nina wandte sich ihm zu und gab ihm einen langen Kuß auf den Mund.

Als sie sich von ihm löste, sah Queriand ihr in die Augen: »Bist du sicher, daß unter deinen Geisterfreunden keine Spione sind? Ich glaube nicht, daß Max das gefallen würde.«

Sie antwortete nicht, nahm seine Hand und zog ihn ins Schlafzimmer.

Anita Moss ging mit schnellen Schritten. Sie hatte sich verspätet, und das machte sie nervös. Sir Quentin hatte sie wie üblich klar und erschöpfend informiert, doch sie war trotzdem unruhig.

Nach dem Tod Lupescus, der dem Tod jenes anderen Rumänen so ähnlich war, hatte sich zunächst nichts weiter ereignet – bis vor zwei Tagen im Hause der Cornells. Ioans Tod war für sie ein schwerer Schlag gewesen, genauso wie für alle anderen Mitglieder ihrer Sektion, die aus Wissenschaftlern und Menschen mit paranormalen Fähigkeiten bestand. Der Secret Service griff selten auf diese Abteilung zurück, meistens leugnete er sogar ihre Existenz. Doch nach ihrem Bericht über die Sitzung im Hause Cornell hatte man sie aktiviert. Die Strangers, so der Name, den die Regierung ihnen gegeben hatte, erhielten ihre Anweisungen direkt von ihr, und sie wiederum direkt von Sir Quentin. Doch an diesem Morgen hatte ihr Chef sie angewiesen, zum Markham Square zu kommen und dort alle Fragen von zwei »Unabhängigen« zu beantworten. Und diese Neuigkeit gefiel ihr nicht.

Anita Moss entschied sich, den Bus zu nehmen, der an der Ecke Sloane Square hielt. Als sie eingestiegen war, sah sie sich um, bevor sie sich erleichtert hinsetzte. Niemand schien ihr gefolgt zu sein. Sie seufzte. An diese Art von Vorsichtsmaßnahmen war sie nicht gewöhnt, doch seit Lupescus Tod hatten sich die Dinge verändert, und jetzt wurde ihr vielleicht zum ersten Mal wirklich bewußt, daß sie eine Agentin des Secret Service war.

Sie stieg an der Ecke King's Road / Bywater Street aus und war gleich am Markham Square. Die Nummer 10 lag auf der anderen Seite des Platzes, jenseits des Parks: ein weißes, zweistöckiges Haus. Sie klingelte, und fast gleichzeitig erschien ein gutaussehender, elegant gekleideter Mann in der Tür.

»Frau Dr. Moss?« fragte er mit einem freundlichen Lächeln. »Kommen Sie bitte herein, wir erwarten Sie bereits.«

Anita Moss folgte Stuart in den ersten Stock. Sie betraten ein geräumiges, helles Zimmer. Dort saß ein alter Mann an einem Mahagonischreibtisch.

»Nehmen Sie bitte Platz«, sagte der Alte und sah sie aus Augen undefinierbarer Farbe an. Er zeigte auf einen Sessel und lächelte. »Ich bin Casparius, und das ist Stuart...« Der Mann, der ihr die Tür geöffnet hatte, lächelte ebenfalls.

»Sir Quentin hat uns nur das Allerbeste von Ihnen erzählt. Ich glaube, wir brauchen Ihre Hilfe...«, fuhr er mit einem gezierten Gehabe fort.

Anita Moss besah sich die beiden. Der alte Mann machte einen verknöcherten Eindruck, der junge war sicherlich attraktiv, doch als Schwiegersohn hätte sie ihn nicht gewollt.

»Ich hoffe, daß ich Ihnen nützlich sein kann«, sagte sie und versuchte, einen freundlichen Ton in ihre Stimme zu legen, »man hat mich angewiesen, mit Ihnen zusammenzuarbeiten.«

Der Alte nickte. »Wir wissen, daß Sie Professor Lupescu kannten. Und wohl recht gut...«

Anita Moss hob eine Augenbraue, dann nickte sie. »Unsere Beziehungen waren sehr freundschaftlich, doch wir verkehrten nur an der Universität und als Wissenschaftler miteinander«, stellte sie fest.

»Natürlich«, bestätigte Casparius ein wenig übereifrig. »Wie Sie wissen, weist die Ermordung Lupescus viele Analogien mit dem Mord an Monteanu einen Monat zuvor auf. Beide Opfer waren Rumänen und kannten sich seit ihrer Studienzeit. Sie waren Freunde geblieben, obwohl sie sehr unterschiedliche Berufe hatten. Monteanu war Informatiker, ein hervorragender Programmierer, Lupescu dagegen ein bedeutender Religionswissenschaftler. Beide sind mit einer Stichwaffe ermordet worden, und ihre Wohnungen wurden auf sehr professionelle Art durchsucht, als habe der Mörder es in beiden Fällen auf einen sehr kleinen Gegenstand abgesehen.«

Anita Moss neigte den Kopf, ohne etwas zu sagen.

»Sir Quentin hat mir erzählt, daß es sich bei Ihrer Abteilung um etwas ganz Besonderes handelt«, fuhr Casparius fort. »Und ich möchte Ihnen nicht verhehlen, daß ich mich geschmeichelt fühlte, als Ihr Vorgesetzter mir erklärte, womit Sie sich beschäftigen. Das Wissen um Ihre Existenz muß wirklich auf wenige Eingeweihte beschränkt bleiben...«

Dieser Mann hatte die Fähigkeit, mit Komplimenten zu beleidigen, dachte Anita wütend. Doch sie beherrschte sich und verzog den Mund zu einem schwachen Lächeln.

»Die Strangers«, wiederholte Casparius mit Nachdruck. »Ein eigenartiger Name, woher kommt er?«

»Genau weiß ich es nicht«, antwortete Anita, »doch ich glaube, ein Schriftsteller hat Menschen mit paranormalen Fähigkeiten einmal so genannt.«

Casparius steckte sich eine Zigarre an. »Aber es ist doch nicht zufällig der Schriftsteller, der an der spiritistischen Sitzung teilgenommen hat?« fragte er mit einer maliziösen Miene.

»O nein, natürlich nicht«, beeilte sich Anita zu antworten, als müsse sie Queriand in Schutz nehmen; und gleich schrieb sie ihre naive und übereilte Reaktion der Antipathie zu, die sie für diesen schrecklichen Alten empfand.

»Queriand ist ein relativ junger Schriftsteller, die Strangers gibt es seit Jahren«, erklärte Stuart, der das Geplänkel zwischen Casparius und dieser Frau für Zeitverschwendung hielt.

»Natürlich«, sagte der Alte nachsichtig. »Es sollte eigentlich auch nur ein Einstieg in unser Thema sein. Frau Dr. Moss, was können Sie mir über diese Angelegenheit erzählen? Am liebsten wäre mir, Sie beginnen mit dem Tod Lupescus und Ihren Beziehungen zu ihm.«

Anita nickte. »Wie Sie wissen, arbeite ich am Institut für Neuropsychiatrie der Universität. Ich interessiere mich seit vielen Jahren für Parapsychologie, und Ioan Lupescu teilte meine Interessen. Als er ermordet wurde, offenbarte mir Sir Quentin, daß seine Ermordung viel Ähnlichkeit, zuviel Ähnlichkeit mit dem Mord an einem gewissen Monteanu habe, der der Gegenspionage bekannt war...« Anita schüttelte ärgerlich den Kopf und fuhr dann fort: »Meine Beziehung zu dem Professor war von gegenseitiger Achtung und Sympathie geprägt, beschränkte sich aber auf den beruflichen Bereich, und wir trafen uns nur selten außerhalb der Universität. Nach seiner Ermordung ist weiter nichts Berichtenswertes geschehen, bis zu dem bewußten Abend im Hause der Cornells. Ich gehöre zu der Gruppe, die sich wöchentlich dort trifft, um spiritistische Sitzungen abzuhalten. Mrs. Cornell ist ein ausgezeichnetes Medium und wird regelmäßig von der SPR in London und von der amerikanischen Duke University untersucht. Lupescu kannte sie aber nicht, und ich habe ihr auch nie von ihm erzählt. Nun gut, an dem bewußten Abend wurde der Schriftsteller Michael Queriand zu einer Sitzung eingeladen, um ihm eine Botschaft zukommen zu lassen. Sie haben ja sicher in meinem Bericht gelesen«, fuhr sie fort, entnervt darüber, alles wiederholen zu müssen, was sie schon geschrieben hatte, »daß Queriand vorher nie einen Fuß in das Haus der Cornells gesetzt hatte und – wie übrigens die anderen Anwesenden auch – aus allen Wolken fiel, als er Lupescus Nachricht erhielt.«

Casparius verzog sein Gesicht. »Leider fallen auch wir aus allen Wolken, liebe Frau Doktor«, seufzte er. »Natürlich habe ich Ihren Bericht gelesen, doch der Fall weist viele Eigentümlichkeiten auf, und ich bin mir sicher, daß Ihre Erzählung mir helfen kann, in diese Atmosphäre des Übernatürlichen einzudringen. Mich interessiert, welchen Eindruck Sie von den Teilnehmern hatten, vor allem von Michael Queriand und seiner kleinen Freundin. Wie heißt sie gleich? Ach ja, Nina.«

Anita nahm die Zigarette, die Stuart ihr anbot, zwang sich, die Aversion zu überwinden, die der Alte bei ihr auslöste, räusperte sich und sprach weiter.

Ogden stellte das Auto in die Garage des Hauses in der Jubilee Place, lud die Koffer aus und stieg die Treppe zur Wohnung hoch. Er ließ das Gepäck im Gang und ging ins Wohnzimmer, zog die Vorhänge zurück und sah sich um: Das Haus gefiel ihm noch genausogut wie beim ersten Mal. Jetzt müßte er es nur noch sicherer machen, aber das würde kein Problem sein. Er brachte das Gepäck nach oben ins Schlafzimmer und überlegte, daß er wohl leider nicht ohne Hausgehilfin auskommen würde.

Er warf einen Blick auf die Uhr und sah, daß ihm bis zur Verabredung am Markham Square noch Zeit blieb. Also rief er im Büro des Immobilienmaklers an und fragte, ob es möglich sei, ihm eine Haushaltshilfe auf Stundenbasis zu vermitteln. Man schlug ihm eine Haushälterin vor, die über Referenzen verfügte und gleich anfangen könnte.

»Sie heißt Margherita und ist Italienerin, lebt aber seit zwanzig Jahren in London«, sagte die Maklerin. »Ich kenne sie persönlich: Sie ist tüchtig, ehrlich und hat viel Erfahrung.«

»In Ordnung«, sagte Ogden, »richten Sie ihr bitte aus, daß ich immer im Restaurant esse. Sie muß nur das Haus sauberhalten und sich um die Garderobe kümmern.«

»Wirklich schade«, meinte die Frau, »Margherita ist eine ausgezeichnete Köchin, sie könnte Ihnen wunderbare Gerichte zubereiten.«

»Dann wollen wir eine Ausnahme machen, wenn ich das Vergnügen habe, Sie zum Abendessen einzuladen«, sagte Ogden, was ihm das zufriedene Lachen der Maklerin eintrug und sicherlich auch bewirken würde, daß man für sein häusliches Wohlbefinden sorgte.

Ogden legte auf und ging hinaus, um Garten und Haus von außen zu inspizieren. Dann brach er auf, um einen kleinen Spaziergang zu machen. Die Straße war ruhig, jedes Haus hatte einen kleinen Garten, entweder nach vorn oder nach hinten hinaus gelegen. Er beschloß, bis zur King's Road zu gehen, um sich einen Eindruck von der Gegend zu verschaffen.

Die Luft war eisig und es begann zu schneien.

In der Mitte der Straße angekommen, hörte er den Krach zersplitternder Scheiben, der von einem Haus auf der anderen Straßenseite kam. Er wandte den Blick dorthin. Das Fenster einer Mansarde war in Scherben gegangen. Ogden behielt es noch einen Moment im Auge und ging dann, als er keine Bewegung dort oben sah, über die Straße auf das Haus zu. In dem Augenblick, als er das Tor zu dem kleinen Garten erreichte, wurde die Haustür aufgerissen, ein Mann stürzte aus dem Haus und stieß mit ihm zusammen.

»He«, protestierte Ogden, »geben Sie doch acht!«

Der Mann antwortete nicht, rannte auf den Bürgersteig, sprang in einen Rover und raste mit ihm davon.

Ogden prägte sich die Nummer ein, warf einen Blick auf die sperrangelweit offenstehende Haustür, stieg über das kleine Tor und gelangte so in den Garten. In diesem Augenblick erschien ein Mann im Hausmantel in der Tür. Er wirkte benommen, stützte sich mit einer Hand am Türpfosten ab und hielt sich mit der anderen die Stirn. Als er die Hand vom Gesicht nahm, erkannte Ogden in dem Mann Michael Queriand wieder. Er mußte einen Schlag abbekommen haben, denn er blutete aus einer Augenbraue und war leichenblaß. Ogden ging zu ihm hin.

»Stützen Sie sich auf mich«, sagte er und legte sich den Arm des Schriftstellers um die Schultern. Queriand sah ihn aus einem Auge an, das andere war inzwischen vollkommen geschlossen.

»Was machen Sie denn hier?«

»Ich wohne weiter oben in der Straße«, antwortete Ogden und half ihm zurück ins Haus. »Soll ich einen Arzt holen?«

»Nein, ich glaube, es ist nichts gebrochen. Zum Glück ist der Kerl nur mit den Fäusten auf mich losgegangen.«

Im Wohnzimmer angekommen, half Ogden dem Schriftsteller, sich auf der Couch auszustrecken.

»Könnten Sie mir einen Schluck Whisky einschenken?« fragte Queriand.

»Zuerst Eis, wenn Sie keinen Schaden davontragen wollen. Wo ist die Küche?«

Queriand zeigte auf eine angelehnte Tür, hinten im Zimmer. Kurz darauf kam Ogden mit einem Plastikbeutel voll Eis und einer Serviette zurück.

»Nehmen Sie das und halten Sie es an Ihr Auge. Wo ist denn Ihre Bar?«

»Dort im Regal, in dem Fach unten rechts. Da sind auch Gläser.«

»Trinken Sie nichts?« fragte Queriand, nachdem er einen Schluck Whisky genommen hatte.

»Es ist noch früh, und mir fehlt dafür ja eine Entschuldigung, wie Sie sie haben. Wissen Sie, wer Sie so zugerichtet hat?«

»Nein, ich habe nicht die leiseste Ahnung. Normalerweise schlafe ich um diese Zeit, und das muß der Kerl gewußt haben. Er hat mich im Schlafzimmer vermutet. Aber heute morgen bin ich ungewöhnlich früh wach geworden, und so bin ich, noch im Morgenmantel, in mein Arbeitszimmer hinaufgegangen. Seltsamerweise ist er hinter mir hergekommen.«

»Verstehe ich richtig«, unterbrach ihn Ogden, »der Mann ist nicht gegangen, als er bemerkt hat, daß Sie wach sind, sondern hat Sie in der Mansarde gesucht? Sind Sie sich da sicher?«

Queriand nickte. »Ich saß oben in der Mansarde, als ich Lärm hörte. Meine Haushälterin hat heute Ausgang, also wußte ich, daß jemand ins Haus eingedrungen sein mußte. Versehentlich habe ich mein Kästchen mit Schreibzeug heruntergeworfen, doch dieser Typ ist nicht etwa weggelaufen, als er bemerkte, daß ich da war, sondern zu mir hergekommen. Und er sah wenig vertrauenserweckend aus, das kann ich Ihnen versichern. Er hat versucht, mich k. o. zu schlagen, doch zum Glück bin ich in Kampfsportarten ganz gut, also habe ich es geschafft, mich zu befreien, und eine Bronze nach ihm geworfen, ihn aber verfehlt und nur ein Fenster damit zertrümmert.«

»Diese Bronze hat Sie gerettet...«

»Das glaube ich eigentlich nicht, sie hat ihn nicht einmal gestreift. Der Typ hat durch das zertrümmerte Fenster nach draußen geschaut, hat mich mit einem Faustschlag außer Gefecht gesetzt und ist abgehauen. Ich verstehe nicht, warum...«

»Weil ich in diesem Moment unten vor dem Haus war und gehört habe, wie die Scheibe zu Bruch gegangen ist. Der Mann muß mich gesehen haben und wollte kein Risiko eingehen. Ein Profi...«

»Was für ein Profi? Bei mir gibt es nichts zu holen, oder fast nichts. Und außerdem bricht man nicht morgens um zehn in Häuser ein, um irgend etwas zu stehlen, meinen Sie nicht auch?«

»Das stimmt allerdings...«, gab Ogden nachdenklich zu. »Ein besonders unvorsichtiger Dieb.«

Ogden sah aus dem Fenster. Die Straße war ruhig.

»Sie haben eine Haushälterin?« fragte er und wandte sich wieder um.

»Ja, aber wie ich Ihnen bereits gesagt habe, hat sie heute ihren freien Tag.« Queriand unterbrach sich. »Bedeutet das, daß dieser Typ das wußte?« fragte er besorgt.

»Wahrscheinlich. So, wie es wahrscheinlich ist, daß er Ihre Gewohnheit kannte, lange zu schlafen.«

Queriand stand auf, befühlte eine Schulter, bewegte den Arm und verzog dabei vor Schmerzen das Gesicht.

»Wollen Sie nicht die Polizei rufen?« fragte Ogden.

»Ich werde es wohl tun. Auch wenn mir die Vorstellung nicht behagt.«

»Ich glaube, es ist besser. Ich wäre Ihnen jedoch dankbar, wenn Sie mich aus der Sache heraushalten könnten. Als ich einmal Zeuge eines Verkehrsunfalls war, nahm das gar kein Ende mehr. Außerdem haben Sie den Kerl besser gesehen als ich. Ihre Aussage wird genügen.«

»Sie haben den Mann gesehen?«

»Ja, er ist auf seiner Flucht mit mir zusammengestoßen und dann in einen Rover gestiegen, der hier vor dem Haus parkte. Im Auto saß ein Komplize.«

Ogden nahm einen Stift aus der Jacke und schrieb etwas auf einen Zettel. »Hier ist die Nummer. Ich glaube nicht, daß man viel herausbekommen wird, aber es ist besser als nichts. Also, sind Sie einverstanden, daß ich mich nicht als Zeuge melde?«

»Natürlich«, antwortete Queriand. »Sie haben schon genug getan.«

Ogden sah auf die Uhr. Er würde zu spät zu seiner Verabredung am Markham Square kommen. »An Ihrer Stelle würde ich die Polizei sofort benachrichtigen. Ich muß jetzt gehen, weil ich eine Verabredung habe und schon furchtbar spät dran bin.«

»Sie haben recht, ich rufe gleich an.« Queriand stand auf und ging zum Telefon. »Und machen Sie sich keine Sorgen, mir geht es schon wieder gut.«

»Ich glaube nicht, daß Ihr Einbrecher sich noch einmal meldet, aber ich würde Ihnen doch raten, die Polizei zu bitten, das Haus zu überwachen. Sagen Sie einfach, Sie hätten in den letzten Tagen Drohanrufe bekommen. Das funktioniert normalerweise.«

Queriand telefonierte mit der Polizeiwache und lächelte müde, nachdem er wieder aufgelegt hatte.

»Sie werden in wenigen Minuten hiersein. Besser, Sie gehen jetzt, wenn Sie nicht in der Tür mit ihnen zusammenstoßen wollen. Und haben Sie vielen Dank, es sieht so aus, als wären Sie immer in der Nähe, wenn ich jemand brauche, der mir unter die Arme greift. Eine Art Schutzengel...«

Ogden drückte die ausgestreckte Hand.

»Seien Sie nicht voreilig, ich könnte mich als sehr lästiger Nachbar herausstellen. Es sieht eher so aus, als hätte sich Ihr Schutzengel schon bei dieser spiritistischen Sitzung gemeldet. Im Grunde«, fügte er hinzu, »hatte Ihr Freund recht, meinen Sie nicht?«

Franz saß in einem Wagen, der vor dem Haus am Markham Square geparkt war. Von seinem Posten aus hatte er Ogden vor einer Stunde kommen sehen und wartete nun befehlsgemäß darauf, daß er das Gebäude wieder verließ. Ogden war mit gut zwanzig Minuten Verspätung aufgetaucht: ganz ungewöhnlich für ihn. Vielleicht, dachte Franz, hatte die Geschichte in Wien ihn tatsächlich verändert.

Die Tür von Nr. 10 ging auf, und Ogden erschien. Er blickte sich um und sah Franz, kam auf ihn zu und stieg in das Auto ein. »Hallo, Franz, es scheint, wir arbeiten wieder zusammen...«

Franz stieß einen Seufzer der Erleichterung aus. Bis vor wenigen Augenblicken hatte er befürchtet, daß ihr Team definitiv der Vergangenheit angehöre, genauso wie er gedacht hatte, daß Ogdens Karriere beendet sei.

Ogden, der seine Gedanken erriet, lächelte: »Sieht so aus, als hinge Casparius wirklich an seinem Wunderkind. Wir haben einen neuen Auftrag, also fahr los.«

»Was haben sie dir über Lupescu erzählt?«

»Was man wissen muß und was du auch weißt. Wir sollen herausfinden, ob sein Mörder die DDR-Disketten – oder eine davon – gefunden hat. Monteanu war nicht nur mit Lupescu, sondern auch mit Sacha befreundet, und die Engländer, vor allem aber die Amerikaner sind davon überzeugt, daß Sacha bei Monteanu etwas sehr Wichtiges deponiert hat, eine Art Lebensversicherung. Und natürlich denkt das auch die Gegenspionage der Bundesrepublik. Sacha war einer der fähigsten Top-Agenten des Ostblocks, der mit den meisten Dienstjahren in Ostdeutschland. Er und seine Männer waren die Speerspitze jenes Heeres von Maulwürfen, das in die Bundesrepublik eingedrungen war. Heute fürchten viele, daß er seine Dossiers verbreiten will. Dieser Mann hütet Dutzende von Sündenfällen der Weltpolitik und eine Menge Namen von Spionen, die über jeden Verdacht erhaben sind. Was Monteanu und Lupescu als dessen Freund und möglichen Erben des Materials zugestoßen ist, hat zu der Vermutung geführt, daß die beiden bei dem Versuch, dieses Material wiederzubeschaffen, getötet worden sind. Von wem, das ist allerdings schwer zu sagen: Alle fürchten diese Dossiers. In jedem Fall haben die Engländer um unsere Hilfe gebeten, vielleicht gedrängt von ihren amerikanischen Vettern, doch wie üblich bestrebt, sich wenn möglich einen Vorteil zu verschaffen.

Franz schüttelte den Kopf. »Das Dossier über den Professor bringt einen doch absolut nicht auf die Idee, daß eine Geistesgröße wie er in eine solche Geschichte verwickelt sein könnte. Daß Monteanu sein Freund war, heißt doch nicht, daß er von ihm etwas erhalten haben muß...«

»Richtig, doch auch Lupescu ist getötet und seine Wohnung durchsucht worden. Monteanu ist mit Sicherheit überwacht worden, und man muß die beiden zusammen gesehen haben. Und weil sie bei Monteanu nichts gefunden haben, müssen sie auf den Gedanken gekommen sein, daß der Programmierer seinem Freund etwas zur Aufbewahrung gegeben hat.«

»Der alte Sacha...«, sagte Franz erstaunt, »hat er doch tatsächlich einen Vertrag mit dem wiedervereinigten Deutschland geschlossen, in dem er sich verpflichtet, seine vom dahingeschiedenen KGB und wer weiß von wem sonst noch gegengezeichneten Dossiers nicht in alle Welt zu posaunen. Und dafür läßt man ihn ruhig und unbehelligt in seiner Villa in Berlin wohnen.«

»So ist es«, bestätigte Ogden, »doch nach einer der Hypothesen, die man aus den Morden an Monteanu und Lupescu ableitet, hat Sacha zwar einen guten Teil seiner Dossiers dazu verwandt, sich seine Ruhe zu sichern, aber doch noch etwas für sich zurückbehalten, als letzte Garantie, falls das neue Deutschland beschließen sollte, die Abmachungen nicht einzuhalten. Die übliche Methode: Jemand, der heiße Nachrichten besitzt, schützt seine Unantastbarkeit dadurch, daß er einen Teil der Dokumente an eine Person seines Vertrauens übergibt, die sie veröffentlicht, falls ihm etwas zustoßen sollte. Wenn man auf diese Möglichkeit geschickt anspielt, hält sich die Gegenseite mit Gewaltaktionen normalerweise zurück. Es ist möglich, daß Monteanu für Sacha diese Funktion hatte. Wenn Monteanu dann später irgend etwas an Lupescu weitergegeben hat, kann es sein, daß dieser nicht einmal wußte, daß er es besaß. Wer weiß, vielleicht ist Monteanu aufgeflogen und hat das Material, um es zu retten, bei Lupescu versteckt; und dann haben seine Mörder, weil sie dachten, der Professor wüßte etwas, ihn gefoltert und umgebracht und die ganze Wohnung Stück für Stück zerlegt. Wir vermuten, daß es sich um eine Diskette handelt.«

»Ein schönes Chaos«, meinte Franz. »Sicher werden die Engländer die Diskette gut gebrauchen können...«

Ogden nickte. »Natürlich. Wenn dieser kleine Schatz existiert, ist er freie Ware, außerhalb der internationalen Absprachen, die es Sacha erlauben, ungestört in Berlin zu bleiben. Die Regierung, die sie als erste findet, wird etwas in der Hand haben, um ihre Gegner in Schach zu halten.«

»Ich habe Casparius um das Haus am Markham Square als Basis gebeten«, fügte Ogden nach kurzem Schweigen hinzu.

Franz zog die Augenbrauen hoch: »Und dein Haus in der Jubilee Place, hat es dazu irgendwelche Kommentare gegeben?«

»Ein paar. Doch mein Freiheitsstreben hat sich als sehr vorteilhaft herausgestellt: Es ist fast nicht zu glauben, aber Queriand ist einer meiner Nachbarn.«

»Wir haben es bemerkt, als das Dossier des Schriftstellers gekommen ist. Ein toller Zufall! Den muß bei dieser spiritistischen Sitzung ja fast der Schlag getroffen haben. Anita

Moss hat Casparius berichtet, daß er an dem bewußten Abend wie ein Verrückter aus dem Haus der Cornells gerannt ist…«

»Inzwischen hat er noch mehr Aufregendes erlebt. Heute morgen ist er in seinem eigenen Haus von irgendeinem Irren zusammengeschlagen worden, der dann geflüchtet ist.«

»Verdammt!« rief Franz erschrocken aus. »Und was wollte dieser Kerl von ihm? Soweit wir wissen, gibt es in dem Haus nicht viel zu stehlen.«

»Du hast recht«, stimmte Ogden zu. »Wahrscheinlich wollte er Queriand außer Gefecht setzen, um dann alles zu durchwühlen. Der Schriftsteller hat etwas nach ihm geworfen und damit die Scheiben eines Fensters zertrümmert. In diesem Moment kam ich unten am Haus vorbei und blieb stehen. Der Typ hat mich von oben gesehen und ist abgehauen.«

»Noch mehr Zufälle, wie in Wien. Glaubst du an eine Verbindung mit dem Fall Lupescu?«

»Das ist ja wohl schwer zu übersehen: Monteanu kannte Lupescu, Lupescu kannte Queriand, und alle drei sind überfallen worden. Zum Glück ist Queriand noch einmal glimpflich davongekommen. Doch dieser letzte Überfall läßt vermuten, daß die Mörder noch nicht gefunden haben, wonach sie suchen. Wahrscheinlich glauben sie, daß Lupescu vor seinem Tod dem Schriftsteller etwas gegeben hat. Und was die Zufälle angeht, die dich zu beunruhigen scheinen, da habe ich noch mehr zu bieten: Gestern abend, also bevor ich von dem Auftrag wußte, habe ich Queriand zufällig in einem Restaurant getroffen…«

Franz verzog das Gesicht zu einer Grimasse und schüttelte den Kopf: »Das ist doch nicht möglich!«

»Doch, das stimmt. Vielleicht spielt in dieser Geschichte das Übernatürliche ja wirklich eine Rolle.«

»Davon will ich nichts hören«, wehrte sich Franz. »An so etwas glaube ich nicht. Aber wie dem auch sei, Gespenster oder nicht, der Schriftsteller ist in Schwierigkeiten. Wenn er sie überlebt, hat er allerdings ein Thema für seinen nächsten Roman. Falls er nicht selbst in der Sache drinsteckt...«, schloß er und fuhr an die Seite.

»Wir müssen zusehen, daß er am Leben bleibt, und ihn fragen, ob Lupescu ihm etwas übergeben hat. Vor allem müssen wir schneller als die anderen sein. Jedenfalls glaube ich, daß er sonst absolut nichts mit der Sache zu tun hat.«

Das Auto stand vor dem Haus Nr. 33 in der Jubilee Place. Ogden wandte sich Franz zu und fragte ihn verwundert: »Kannst du mir mal sagen, wieso wir seit einer halben Stunde im Auto sitzen, wenn der Markham Square nur zwei Häuserblocks von hier entfernt ist?«

»Wir hatten zu reden«, meinte Franz und sah vor sich hin, »und ich war mir nicht sicher, ob du Lust hast, mich in dein Haus einzuladen.«

»Komm«, sagte Ogden mit einem Lächeln, »wir reden drinnen weiter. Ich kann dir ein Bier anbieten, etwas anderes habe ich im Moment nicht da.«

»Wußtest du, daß Mozart seine erste Arie im Alter von zwölf Jahren geschrieben hat?« fragte Queriand die junge Frau, die neben ihm auf dem Bett saß. »Sie heißt: ›Non ti scordar di me...‹, der Text ist von Metastasio. Drei Monate bevor er starb, mit fünfunddreißig Jahren, schrieb er seine letzte Arie. Der Text stammt von ihm und beginnt mit den Worten: ›Scordati di me…‹«

Queriand schwieg und legte den Eisbeutel zurück auf sein rechtes Auge. Die Pendeluhr im Wohnzimmer schlug eins, und dieser eine Ton hallte lange durch die Zimmer.

»Ich muß mich von dieser Uhr befreien«, sagte Queriand, »doch sie gehört zu den wenigen Dingen aus meiner Kindheit, die den Gläubigern entgangen sind. Meine Mutter wollte sich nicht davon trennen und gab sie nicht zur Versteigerung frei, als wir gezwungen waren, die vornehmen Viertel zu verlassen, und so ist sie bei jedem Umzug mitgekommen. Sie gehörte meinem Vater, und ich bin davon überzeugt, daß sie die Uhr nur deshalb behalten wollte, damit sie bei jedem Schlag daran erinnert würde, was für einen Mistkerl sie geheiratet hatte.«

Er lächelte der Frau zu, die ihn besorgt ansah.

»Mir geht es gut. Ich habe nur einen Schlag auf den Kopf bekommen, weiter nichts. Mach mir doch einen Martini, Schatz, ich muß mich wieder aufrappeln, wenn ich arbeiten will. Es sieht ganz so aus, als förderte ein Überfall die Kreativität.«

»Bist du sicher, daß das gut für dich ist?« fragte Nina. Er sah sie an und verbarg hinter einem Lächeln, wie unerträglich er diesen beschützenden Tonfall fand.

»Liebes, ich hasse Krankenschwestern. Wenn du mir helfen willst, mach mir den Martini.«

Nina antwortete nicht und verließ das Zimmer. Queriand stand auf, und genau in diesem Moment läutete das Telefon.

»Queriand? Hier ist Ogden, Ihr neuer Nachbar. Wie geht es Ihrem Kopf?«

»Danke, schlecht. Aber ich trinke gleich einen therapeutischen Martini, und dann wird es mir bald besser gehen. Kommen Sie doch vorbei, wenn Sie in der Nähe sind, und leisten Sie uns Gesellschaft. Eine Freundin von mir ist da und pflegt mich.«

»Mit Vergnügen. Vielen Dank, daß Sie mich aus der Sache herausgehalten haben. Wenn ich meine Verabredung versäumt hätte, wäre mir wahrscheinlich ein gutes Geschäft entgangen.«

»Das hätte ich mir nie verziehen. Dann also bis gleich.«

Queriand ging ins Wohnzimmer. Nina erwartete ihn mit dem Glas in der Hand.

»Könntest du noch einen Martini machen?« fragte er und streichelte sie sanft. »Gleich wird ein Nachbar vorbeikommen, der Mann, dem ich es vermutlich verdanke, daß mir nichts Schlimmeres passiert ist...«

Nina sah ihn erstaunt an: »Was willst du damit sagen? War da nicht nur ein kleiner Dieb, der dann weggelaufen ist?«

Queriand antwortete nicht, sondern beschränkte sich auf eine ausweichende Geste.

»Michael, was ist wirklich passiert?«

Queriand seufzte. Nina war unangemeldet vorbeigekommen, kurz nachdem die Polizei das Haus verlassen hatte. Als er ihr erzählt hatte, was geschehen war, hatte er den Überfall heruntergespielt und aus dem Einbrecher einen jungen Drogenabhängigen gemacht, der Geld für seine nächste Dosis brauchte. Die blauen Flecken im Gesicht hatte er einem

Sturz von der Treppe zugeschrieben, der passiert sei, als er versucht habe, den Jungen zu packen.

»Die Sache ist ein klein wenig anders gewesen«, gab er schließlich zu. »In Wirklichkeit hat dieser Typ richtig auf mich eingeschlagen, und als er merkte, daß jemand vor dem Haus stand, ist er geflüchtet. Ich habe keine Ahnung, was er gesucht hat. Aber er war weder jung noch ein Drogenabhängiger.«

Nina sah ihn eine Weile an, ohne ein Wort zu sagen. Dann setzte sie sich in einen Sessel und murmelte etwas.

»Was hast du gesagt?« fragte Queriand, den dieses dramatische Getue nervös machte.

»Ich habe gesagt, daß Lupescu recht hatte«, antwortete sie und sah hoch.

»Lieber Himmel!« rief Queriand, der nach allem, was geschehen war, keine Hinweise aufs Jenseits ertrug.

Es klingelte an der Tür, und Queriand ging öffnen. Ogden sah ihn an und warf einen prüfenden Blick auf sein Gesicht: Das rechte Auge war vollkommen geschlossen.

»Da ist ja mein Retter«, begrüßte ihn Queriand und bat ihn herein. »Kommen Sie, Ihr Aperitif wartet schon auf Sie«, fügte er hinzu und führte ihn ins Wohnzimmer. »Das ist Nina, die Freundin, von der ich Ihnen erzählt habe. Niemand mixt Drinks so wie sie.«

Ogden ging auf den Sessel zu, in dem Nina saß. Eine sehr reizvolle junge Frau, wie er fand. Sie gab ihm die Hand und lächelte: »Michael hat mir erzählt, daß er dank Ihres Eingreifens glimpflich davongekommen ist; zuerst hatte er mir ja eine Geschichte von einem kleinen Dieb aufgetischt. Vielleicht können Sie mir sagen, wie es wirklich war...«

Die Frau schien zu wissen, was sie wollte. Ogden sah den Schriftsteller an, der resigniert mit den Schultern zuckte: »Nina denkt, daß ich irgend etwas vor ihr verberge.«

Ogden kannte diesen Typ Frau. Sie würde das Thema nicht so leicht fallenlassen.

»Ich glaube nicht, daß ich Ihnen mehr sagen kann«, erklärte er mit unschuldiger Miene. »Ich kam hier vorbei, habe den Krach von zerberstendem Glas gehört, und gleich darauf rannte ein Mann aus dem Haus. Dann sah ich Michael.«

»Genauso war es«, mischte Queriand sich verärgert ein. »Würdest du Ogden jetzt bitte seinen Martini geben, Nina?«

Sie stand auf und goß das Glas ein, ohne noch etwas zu sagen. Doch Ogden war sich sicher, daß sie ihre Nachforschungen nur aufgeschoben hatte. Am Morgen hatte er in Ninas Dossier gelesen, daß sie vor einem Jahr Queriands Geliebte gewesen war. Offensichtlich hatte sie sich noch nicht von ihm gelöst. Ihre Anwesenheit in diesem Haus bewies es.

»Nina ist mir heute morgen von der Vorsehung geschickt worden. Ohne ihre Ratschläge sähe mein Gesicht noch schlimmer aus, falls das überhaupt möglich ist.«

»Lupescu...«, murmelte Nina.

Queriand hob gereizt die Augen zum Himmel: »Ich bitte dich, hör auf mit dieser Geschichte! Wir wollen uns doch nicht lächerlich machen.«

»Warum lächerlich? Ich nehme an, Ihre Freundin meint diese spiritistische Sitzung...«, warf Ogden lächelnd ein.

»Allerdings«, sagte sie. »Doch Michael will nichts davon hören, und ich verstehe nicht, wieso.«

Queriand wandte sich an Ogden: »Nina hat mich ins Haus der Cornells eingeladen. Für diese Leute ist alles ganz einfach, sie haben einen direkten Draht ins Jenseits...«

»Michael weigert sich, an einer weiteren Sitzung teilzunehmen«, fuhr Nina unbeirrt fort. »Wenn er es täte, könnte sein Freund sich vielleicht verständlicher machen.«

»Ich werde das auf keinen Fall tun, und ich habe dir erklärt, warum. Was halten Sie davon, Ogden?«

Ogden zündete sich eine Zigarette an, um ein wenig Zeit zu gewinnen.

»Ich weiß nicht«, antwortete er. »Sicher, ich fände es heikel, mir das Leben von irgend etwas bestimmen zu lassen, das ich mir nicht erklären kann. Doch dieses Risiko geht man ja auch ein, ohne Geister zu bemühen.«

»Ich kann es tatsächlich nicht akzeptieren«, pflichtete Queriand ihm bei, »von irgend etwas abhängig zu sein. Schon gar nicht von einem sogenannten Geistwesen. Und außerdem weiß ich, wohin eine solche Abhängigkeit führen kann.«

»Aber du bist in Gefahr«, rief Nina, »du hast gerade den Beweis dafür bekommen, daß dir jemand etwas antun will!«

»Hör auf, Nina, bitte! Wie kannst du sicher sein, daß es eine Verbindung zwischen dem, was Ioan gesagt haben soll, und dem Ereignis von heute vormittag gibt? Und selbst wenn es so sein sollte, werde ich allein damit fertig. Ich habe mit angesehen, wie meine Mutter Jahre ihres Lebens damit vertan hat, einem Gespenst nachzulaufen«, murmelte er. »Gott bewahre mich davor! Ich hoffe, daß sie sich zum Schluß wenigstens begegnet sind...«, fügte er hinzu und starrte vor sich hin.

»Wovon sprichst du?« Nina ging auf ihn zu, doch Queriand drehte sich von ihr weg und schenkte sich etwas zu trinken ein.

»Meine Mutter hatte eine esoterische Ader«, sagte er, als er sich ihnen wieder zuwandte. »Sie hatte ähnliche Freunde wie du, Nina, doch das war nicht immer so gewesen.« Er schwieg eine Weile. »Sie war eine sehr schöne Frau«, fuhr er fort, »und sehr intelligent. Eine Göttin, versehentlich auf die Erde heruntergefallen ...« Er lächelte und blickte seine Zuhörer an. »Dieses Urteil stammt nicht von mir, sondern von ihrer besten Freundin, ist also über jeden Ödipus-Verdacht erhaben. Doch diese Freundin hatte recht: Thea war wirklich so. Solche Menschen mag der Rest der Menschheit nicht; man gefällt sich darin, sie leiden zu lassen. Wer weiß, vielleicht passen sie nicht in diese Welt... Doch das ist das Thema eines Buchs, das ich niemals schreiben werde«, brach er unvermittelt ab.

Es folgten einige Augenblicke verlegenen Schweigens. Dann beschloß Ogden, sich diese unerwartete Vertraulichkeit zunutze zu machen.

»Was für ein Gespenst verfolgte Ihre Mutter, wenn ich fragen darf?«

Queriand wandte sich ihm zu: »Der Mann, den sie liebte, starb sehr früh. Ein tragisches Unglück: für ihn, natürlich, aber auch für sie, die gehofft hatte, noch einmal die Liebe zu erleben. Von diesem Zeitpunkt an verstärkte sich ihr natürlicher Hang zum Okkulten. Sie begann, an spiritistischen Sitzungen teilzunehmen und alles zu tun, um mit ihm in Kontakt zu treten. Natürlich hatte sie immer an das Jenseits geglaubt, und so war es für sie nicht schwierig, die Vorstellung zu akzeptieren, mit einem Verstorbenen kommunizieren zu können. Ich weiß nicht, ob es ihr je gelungen ist – mit diesem Mann zu sprechen, meine ich. Ich wünsche mir aber, daß es so war.«

»Seltsam, daß Sie sich nie mit diesen Phänomenen beschäftigt haben...«, bemerkte Ogden.

»Die Sitzungen fanden nicht in unserem Haus statt«, fuhr Queriand fort, »und meine Mutter sprach nicht gern darüber. Dafür werde ich ihr immer dankbar sein.«

»Deine Einstellung dazu ist absurd«, warf Nina eifrig ein. »Seit dem letzten Jahrhundert bemühen sich bedeutende Wissenschaftler, okkulte Phänomene zu erklären. Es gibt eine parallele Wirklichkeit zu der unseren, die wir nicht kennen und die uns deshalb angst macht.«

»Denk darüber, wie du willst, Nina. Aber jetzt möchte ich gern das Thema wechseln, wenn du erlaubst.«

Ogden bemerkte die Röte auf Ninas Wangen und ihr sichtbares Bemühen, sich nicht anmerken zu lassen, wie gedemütigt sie war. Er beschloß sich zu verabschieden und die Fragen, die er Queriand stellen wollte, auf einen günstigeren Zeitpunkt zu verschieben.

Nina gab ihm die Hand. »Michael der Eigenbrötler hat einen sympathischen Nachbarn, der ihm aus der Klemme geholfen hat: ein echter Glücksfall heutzutage. Ich hoffe, Sie bald wiederzusehen«, sagte sie und lächelte.

Queriand brachte Ogden zur Tür: »Ich danke Ihnen noch einmal für Ihre Hilfe heute morgen und für Ihren Besuch. Nina ist eine liebe Freundin, doch ihre Fixierung auf den Spiritismus ist unter den gegebenen Umständen nicht gerade entspannend...«

»Wer weiß«, sagte Ogden, »vielleicht hat Ihre Freundin nicht unrecht.«

Queriand sah ihn überrascht an: »Jetzt sagen Sie mir nicht, daß auch Sie meinen, ich sollte noch einmal an einer Sitzung teilnehmen!«

»Warum nicht? Heute hätten Sie mehr Gründe dafür als damals, als Sie zum ersten Mal hingegangen sind. Ich rufe Sie heute abend an, um zu hören, wie es Ihnen geht«, sagte Ogden und drückte ihm die Hand.

Queriand sah ihm verwundert nach, bis er verschwunden war.

Anita Moss kam in ihr Appartement in Pimlico zurück, wo sie wohnte, seit ihre einzige Tochter geheiratet hatte.

Susans Ehe hatte nicht lange gehalten, wie Anita schon bei ihrer Verlobung mit dem Semiologen vorausgesehen hatte – er war wohl voller guter Absichten, aber außergewöhnlich langweilig.

Nach der Scheidung hatte Susan es vorgezogen, sich in einem eigenen kleinen Appartement einzurichten, das nicht weit entfernt lag. Sie war der Ansicht, daß sie beide ihre Privatsphäre brauchten. Anita war vollkommen damit einverstanden, doch an diesem Abend hätte sie gerne ein kleines Schwätzchen mit ihrer Tochter gehalten, ohne sich dem Telefon anvertrauen zu müssen.

Sie war müde, hatte Kopfschmerzen und empfand ein Gefühl der Unzufriedenheit. Dabei hatte sie alles richtig gemacht, das jedenfalls war die Meinung Sir Quentins, den sie nach dem Gespräch mit den beiden Männern am Markham Square aufgesucht hatte. Er zeigte sich seltsam verschwenderisch mit Lob, was sie verwunderte, denn es war nun wirklich nicht schwierig gewesen, zu erzählen, was sie von dem armen Lupescu wußte.

Anita hatte bei Sir Quentin eine ungewohnte Anspannung gespürt, die vielleicht daher rührte, daß die Strangers sehr selten einbestellt wurden. Sie bildeten eine wenig genutzte Abteilung des Secret Service, des Mutterhauses, wie die Agenten sagten. In den oberen Etagen betrachtete man sie als eine »Laune«, nur deshalb eingerichtet, um sich den Russen und Amerikanern ebenbürtig zu fühlen. Doch die Abteilung bestand seit langer Zeit, und Anita gehörte von Anfang an dazu. Vor vielen Jahren war Sir Quentin eines Tages an die Universität gekommen, begleitet von einem gemeinsamen Freund. Sehr schnell hatte er sie überzeugt, daß sie ihrem Land nicht nur in ihrem Beruf als Neuropsychiaterin nützlich sein könne, sondern auch als Mitglied einer Spezialabteilung des Geheimdienstes, zu der Menschen mit übersinnlichen Kräften gehörten. Ob sie wisse, daß der KGB seit Jahren Experimente in diesem Bereich anstelle? Nein, das wußte Anita nicht, doch sie hatte akzeptiert. Und jetzt existierte der KGB nicht mehr – oder es sah jedenfalls so aus –, während die Strangers sogar in den aktiven Dienst gerufen wurden.

Anita ging sich eine heiße Schokolade und etwas zu essen machen. Die Erinnerung an Ioan Lupescu quälte sie. Sie wußte, daß er vor seinem Tod gefoltert worden war. Nach dem Verbrechen hatte Sir Quentin zu ihr gesagt: »Ihr Kollege hat einen unerfreulichen Tod gehabt, Frau Dr. Moss.«

Und nun tauchte dieser Söldnerdienst auf, mit dem sie zusammenarbeiten sollte. Sie machte eine ungeschickte Bewegung, und die Tasse, die sie gerade vollgoß, wäre beinahe umgefallen. »Die besten Unabhängigen, die auf dem Markt zu haben sind«, hatte Sir Quentin festgestellt. Doch bei den beiden Männern, die sie am Morgen getroffen hatte, hatte es sie geschaudert.

Anita brauchte nicht lange für ihr Abendessen, das sie vor dem Fernseher einnahm, mit dem Tablett auf den Knien. Sie hatte noch Arbeit für die Universität zu erledigen, aber gerade, als sie ihre Mappe öffnen wollte, läutete das Telefon.

»Hallo, Anita? Hier ist Nina.«

Anitas Aufmerksamkeit war gleich geweckt. »Guten Abend, Nina, was für eine Überraschung.«

»Ich würde gerne mit dir sprechen, Anita, hast du ein paar Minuten Zeit? Ich weiß, daß es spät ist...«

»Aber ich bitte dich«, unterbrach Anita sie, »du störst mich überhaupt nicht. Sag, was ist los?«

»Es geht um Michael Queriand«, antwortete Nina, »den Schriftsteller.«

»Hm.«

»Wie du weißt, ist er ein guter Freund von mir. Heute habe ich ihn besucht, um mich zu entschuldigen, weil ich ihn doch in diese Sache hineingezogen habe...« Nina schien das Ganze peinlich zu sein, und Anita, die ungeduldig wurde, zwang sich, ruhig zu bleiben.

»Nun gut«, fuhr Nina fort, »heute morgen ist ein Mann in Queriands Haus eingedrungen und hat ihn überfallen...«

Anita Moss entspannte sich. Es ging nur darum, sich noch einmal anzuhören, was Sir Quentin ihr schon erzählt hatte. Sie tat, als fiele sie aus allen Wolken.

»Mein Gott!« rief sie aus. »Ja was wollte denn der Einbrecher von ihm? War es ein Dieb oder ein Drogensüchtiger oder was sonst?«

Nina zögerte mit der Antwort.

»Vielleicht ein Dieb, man weiß es nicht genau. Er ist geflüchtet, als er bemerkte, daß Michaels Nachbar sich dem Haus näherte.«

Anita Moss hörte zum dritten Mal an diesem Tag von diesem Unabhängigen, von dem sowohl Sir Quentin als auch die beiden Männer am Markham Square voll des Lobes gewesen waren. »Ein unglaublicher Zufall«, hatte ihr Chef am Nachmittag gesagt. »Der Agent, der mit uns zusammenarbeitet, wohnt nur wenige Schritte von Queriand entfernt, und heute morgen war sein Eingreifen schicksalhaft.«

»Begreifst du, Anita?« sagte Nina aufgeregt. »Es ist eingetroffen, was Lupescu vorhergesagt hat! Ich habe versucht, Michael davon zu überzeugen, an einer weiteren Sitzung teilzunehmen, doch er wollte nichts davon wissen. Was können wir tun, um ihn zu überreden?«

Anita Moss versuchte, die »Regeln des Zuhörens« in die Praxis umzusetzen, die sie vor Jahren gelernt hatte, dann aber selten anwenden mußte. Sie nahm sich Zeit, zündete eine Zigarette an, bezwang den Wunsch, Nina zu drängen, und wartete mit der Antwort, bis sie den ersten Zug genommen hatte.

»Ich weiß auch nicht. Wir dürfen ihn sicherlich nicht noch einmal belästigen. Er kann selbst seine Schlüsse ziehen und entscheiden, meinst du nicht?«

»Doch, du hast recht. Aber er ist voreingenommen, er will nichts davon wissen…«

Anita hörte aus Ninas unglücklichem Tonfall die Gefühle heraus, die sie für den Schriftsteller hegte, und sie empfand Zuneigung für die junge Frau.

»Ich glaube nicht, daß da viel zu machen ist«, fuhr sie verständnisvoll fort. »Es war versuchter Diebstahl. Wenn Queriand fürchtet, daß er sich wiederholen könnte, wird er seine Vorkehrungen treffen. Für so etwas ist die Polizei da.«

»Gewiß«, gab Nina zu. Sie schien zu schwanken, ob sie etwas sagen oder es für sich behalten sollte. Anita Moss schwieg geduldig. ›Wenn der andere sich anvertrauen will, nicht unterbrechen‹, hatte ihr Ausbilder gemahnt. ›Er würde sich an deine Worte klammern und dankbar dafür sein, selbst nichts sagen zu müssen.‹

»Weißt du, Anita,« fuhr Nina fort, »es scheint, das war nicht einfach ein Einbrecher. Queriand hat zum Schluß gesagt, daß dieser Mann nur die Flucht ergriffen habe, weil er durch den Nachbarn gestört worden sei, und nicht, weil Michael ihn entdeckt habe.«

Nina ließ den Satz im Raum stehen und wartete, daß Anita Schlußfolgerungen daraus zog. Doch diese tat, als verstehe sie nicht recht.

»Was bedeutet das?« fragte sie.

»Ich weiß es nicht«, sagte Nina verzagt, »doch es ist eine seltsame Geschichte. Deshalb bin ich davon überzeugt, daß Queriand mit Lupescu Kontakt aufnehmen sollte.«

Anita war erstaunt. Ihr kam der Gedanke, daß das unbegrenzte Vertrauen, das Nina ins Jenseits setzte, auch zeigte, wie wenig sie dagegen ihren Mitmenschen vertraute.

»Ich weiß nicht«, antwortete sie. »Wir können ihn ja nicht dazu zwingen, nicht wahr?«

»Natürlich nicht«, gab Nina zu. »Doch falls es mir gelingt, ein Treffen mit ihm zu arrangieren, könntest du dann versuchen auf ihn einzuwirken, damit er seine Meinung ändert? Ich bin nicht gebildet und nicht besonders intelligent, und meine Worte können niemals so überzeugend sein wie deine. Du bist Psychiaterin...«

»Nun rede aber kein dummes Zeug, Nina«, protestierte Anita, ehrlich betroffen von dem Minderwertigkeitsgefühl, das aus diesen Worten und insbesondere auch aus Ninas Tonfall sprach. »Du bist intelligent und gebildet genug; schöne hochgelehrte Frauen haben wenig Erfolg bei Männern, das kannst du mir glauben. Jedenfalls: Wenn du meinst, es nützt etwas, daß ich mit deinem Freund spreche, dann werde ich das tun. Queriand soll sich allerdings nicht bedrängt fühlen, sonst erreichen wir nur das Gegenteil. Also lassen wir ein paar Tage vergehen.«

»Natürlich, mach dir deshalb keine Sorgen«, sagte Nina. »Ich rufe dich dann am Donnerstag an, wenn ich mit ihm geredet habe. Danke, Anita, du bist ein Engel!«

Immer himmlische Wesen, dachte Anita, als sie den Hörer auflegte. Ein von Nina herbeigeführtes Treffen mit Queriand könnte nützlich sein, überlegte sie, als sie aus dem Sessel aufstand. Sie war müde, gab die Idee auf, sich noch an die Arbeit zu setzen, und beschloß, schlafen zu gehen. Doch in diesem Augenblick läutete das Telefon erneut.

»Wenn man unfähig zur Liebe ist, gibt es, glaube ich, nichts Verheerenderes, als schließlich doch einen Menschen zu finden, den man liebt, und ihn durch den Tod zu verlieren«, sagte Stuart, ganz in sich selbst versunken.

Casparius sah ihn erstaunt an. »Gut gebrüllt, Löwe.« Dann zuckte er die Achseln und nahm eine Zigarre. »Doch du übertreibst«, meinte er und zündete sich die Zigarre an. »Ich fand eher, daß Ogden in ausgezeichneter Form war. Daß Veronica Mantero und dieser Arzt gestorben sind, war nur ein Unfall. Und was die Liebe angeht, ich bitte dich, Stuart, dagegen sind Leute wie wir doch praktisch immun. Eine Krankheit von kurzer Dauer. Und außerdem«, fügte er mit einer Grimasse hinzu, »stirbt es sich sehr schnell. Nein«, der Alte machte eine Handbewegung, als wollte er ein Insekt verjagen, »Ogden ist immer ein Profi gewesen, und das ist er auch heute noch. Meiner Ansicht nach hat ihn dieser kurze Aufruhr der Gefühle sogar noch leistungsfähiger gemacht. Die besten Agenten sind keine Roboter, sondern Menschen, die gelernt haben, die Gefühle anderer zu manipulieren, weil die eigenen Erfahrungen sie immunisiert haben. Also«, schloß er befriedigt, »sagen wir, daß diese traurige Geschichte für Ogden eine Art Impfung war. Er funktioniert jetzt besser als vorher.«

»Schön für Sie, daß Sie so optimistisch sind«, sagte Stuart zweifelnd. »Ich hatte nicht den Eindruck, als würde er derart über den Dingen stehen. Wie dem auch sei: Er wird ganz schön was zu tun haben in London, mit diesen Irren und ihren Gespenstern.«

»Ich verstehe nicht, warum du so voreingenommen bist. Im Grunde setzen die Geheimdienste schon eine ganze Weile Agenten mit paranormalen Fähigkeiten ein. Auch die Engländer, wie wir gesehen haben. Die Strangers –«, murmelte er mit einem matten Lächeln. »Ein ungewöhnlicher Name für eine Abteilung.«

»Ein Stranger«, sagte Stuart, als hätte er es auswendig gelernt, »hat einen inneren Drang zur Freiheit, der ihn dazu bringen kann, im Widerspruch zu den Forderungen der Gesellschaft zu handeln, obwohl er eigentlich bequem leben und von den Mitmenschen akzeptiert werden möchte...«

Verwirrt unterbrach Stuart sich selbst: »Das habe ich irgendwo gelesen, aber ich weiß nicht mehr, wo.«

Casparius sah ihn an. »Du hast wirklich ein außergewöhnliches Gedächtnis, doch du solltest das, was dein Hirn – auch unfreiwillig – wie ein Computer speichert, mit Quellenangaben versehen. Ich würde ja gerne wissen, woher sie diesen Namen haben, aber nicht einmal unsere kratzbürstige Frau Doktor hat uns das erklären können. Auf jeden Fall trifft dein geheimnisvolles Zitat den Kern: Ein Stranger mit paranormaler Begabung zu sein kompliziert mit Sicherheit das Leben. Doch Menschen wie diese können für uns von Nutzen sein, vor allen Dingen solche mit telepathischen Fähigkeiten. Nach der Mission von Apollo 11 im Februar '71 erfuhr die Öffentlichkeit eine erstaunliche Tatsache: Der Astronaut Mitchell hatte versucht, einen telepathischen Kontakt mit vier ausgewählten Personen auf der Erde herzustellen. Diese Experimente folgten der klassischen Methode des ›card guessing‹, die viele Jahre lang von Professor Rhine an der Duke University angewandt wurde. Nach seinem Flug ging Mitchell zu Rhine, um die Ergebnisse zu analysieren. Sie sind niemals veröffentlicht worden. Doch Captain Mitchell ließ sich von ein paar Journalisten entlocken, daß das Ergebnis dieses Experiments weit über den Erwartungen lag. Wie du weißt«, fuhr Casparius fort und drückte seine Zigarre aus, »sind zwei dieser Personen dem

Dienst sehr nützlich gewesen. Natürlich als externe Mitarbeiter, auf die nur bei Bedarf zurückgegriffen wird. Es ist nicht ausgeschlossen, daß wir sie bei dieser sonderbaren Londoner Geschichte aktivieren.«

»Vor Jahren, bei diesem Geiseldrama auf dem Flughafen, haben wir doch aus der Gruppe jemanden eingesetzt, ein sehr hübsches Mädchen, wenn ich mich recht erinnere«, sagte Stuart.

»Du erinnerst dich sehr richtig.«

»Es heißt, je intelligenter man ist, desto weniger taugt man für Telepathie.«

»Dummes Zeug. Man könnte eher sagen, daß man diese Fähigkeiten um so weniger entwickelt, je zivilisierter man ist. Die meisten dieser Leute haben zu unserem Glück allerdings einen normalen oder niedrigen Intelligenzquotienten, was sie besonders geeignet für unsere Zwecke macht.«

»Ich bin immer der Meinung gewesen, daß es gefährlich ist, diese Leute einzubeziehen«, sagte Stuart.

Casparius nickte. »Natürlich werden sie nur selten und mit größter Vorsicht aktiviert, und die Einsatzleiter sind darin geschult, sich nicht von ihnen beeinflussen zu lassen. Für unsere Zwecke ist vor allem ein Aspekt der Telepathie interessant, und das ist die Hellseherei, also die außersinnliche Wahrnehmung von real eintretenden Ereignissen, ein ganz anderes Phänomen als die telepathische Wahrnehmung der Gedanken einer anderen Person. Wußtest du, daß dank Professor Schmidt, ebenfalls von der Duke University, die Präkognition wissenschaftlich dargestellt worden ist? Das gelang ihm auf ziemlich originelle Art: Er ließ die Versuchspersonen die Erscheinungen auf der Quantenebene zu Beginn des radioaktiven Zerfalls vorhersagen. Und das ist ein Geschehen, das nach Ansicht der modernen Physik theoretisch unvorhersehbar ist.«

»Jedenfalls besser solche Hexer wie die Strangers«, meinte Stuart, »als die Neuerwerbungen der internationalen Spionage. Nach dem Zusammenbruch des Ostblocks haben die Geheimdienste ja begonnen, Agenten in Banken, an der Börse und bei Finanzgesellschaften zu rekrutieren. Die zeigen keine besonderen Qualitäten.« Stuart verzog das Gesicht. »Alles Leute, die von einer bedingungslosen Liebe zum Geld geprägt sind. Doch zum Glück können wir jetzt das Niveau heben, indem wir Zauberer, Astrologen und Kartenleser einstellen.«

Casparius breitete resigniert die Arme aus. »Ich habe immer gesagt, daß dein Talent durch eine gewisse Engstirnigkeit geschmälert wird. Viele Physiker, angefangen bei Einstein, haben mit der Parapsychologie geliebäugelt. Das zeigt allein schon die Liste der Präsidenten der British Society for Psychical Research. Sir Joseph Thomson, der Entdecker des Elektrons, war eines der ersten Mitglieder der SPR. Thomson ließ bei einem Experiment ein einziges Teilchen gleichzeitig zwei Löcher eines Schirms durchdringen. Wie Cyril Burt bemerkte, ist das mehr, als irgendein Gespenst kann. Wenn also die klassische Physik nur durch Beleidigung des sogenannten gesunden Menschenverstands und auf der Basis von Konzepten, die man früher unwissenschaftlich fand, vorankommen konnte und wenn die Physik des 20. Jahrhunderts ihre Angriffe gegen alle Konventionen noch rücksichtsloser fortsetzen mußte, dann glaube ich, mein Lieber, daß auch wir unseren guten Namen riskieren und diese mysteriösen Fähigkeiten für unsere Zwecke einsetzen können, die leider ein bißchen weniger nobel sind.«

In seinem Arbeitszimmer in der Mansarde warf Michael Queriand einen verärgerten Blick auf die zerbrochene Scheibe. Erst am nächsten Tag würde ein Handwerker kommen und das Fenster richten. Er nahm ein Stück Karton und befestigte es mit Klebeband am Rahmen. Dann zündete er ein Feuer im Kamin an und schaltete einen elektrischen Ofen ein, worauf die Temperatur schließlich doch noch akzeptabel wurde.

Er setzte sich an den Scheibtisch und betastete vorsichtig sein Auge: Es war geschwollen und schmerzte. Doch unbeirrt davon begann er voller Tatendrang mit der ersten Seite einer vollkommen neuen Arbeit. Er schrieb ein paar Stunden, und als er um sieben den Computer ausschaltete, fühlte er sich zufrieden. In diesem Augenblick läutete das Telefon.

»Ich hatte versprochen, daß ich Sie anrufen würde. Wie geht es Ihnen?« Queriand erkannte Ogdens Stimme wieder.

»Sehr viel besser, danke, auch wenn ich nicht besonders gut aussehe.«

»Das Gegenteil würde mich wundern. Es wird ein paar Tage dauern, bis Ihr Gesicht wieder normal aussieht. Haben Sie Lust, heute abend mit mir zu essen?«

»Gerne«, sagte Queriand. »Ich habe heute nachmittag gut gearbeitet und glaube, daß ich mir ein bißchen Erholung verdient habe. Wohin wollen wir gehen?«

»Zu Leith's; oder wäre Ihnen ein anderes Restaurant lieber?«

»Nein, Leith's finde ich ausgezeichnet.«

»Soll ich Sie um acht Uhr abholen?«

»Einverstanden.«

Queriand ging ans Fenster, öffnete es und sah nach unten. Die Jubilee Place lag verlassen da, erleuchtet von den Straßenlaternen und den Lichtern aus den Häusern. Er dachte an den Mann, der ihn am Morgen überfallen hatte. Vielleicht beobachtete er ihn in diesem Augenblick. Ein Windstoß trug eine Melodie zu ihm herüber. Er erkannte ein Lied von Paul Young wieder, das er vor vielen Jahren geliebt hatte, und lauschte so lange, bis es ihn fröstelte. Dann schloß er das Fenster und zog sich für den Abend um.

Draußen, in einem nicht weit entfernt geparkten Lieferwagen, hörten die Männer des Dienstes die Telefonate ab, die von Queriands Apparat aus geführt wurden. Die ganze Gegend wurde überwacht. Hätte einer ins Haus eindringen wollen, wäre er von Franz und seinen Männern abgepaßt worden.

Ganz in der Nähe trank Ogden im Wohnzimmer seines neuen Hauses einen Whisky. Als es läutete, ging er in den Gang und schaltete die Kamera neben der Tür ein. Franz sah ihn von dem kleinen Bildschirm mit dem ein wenig deformierten Kopf und dem bläulich schimmernden Gesicht eines Ansagers im Schwarzweißfernsehen an. Ogden ließ das Sicherheitsschloß aufschnappen, und Franz kam herein und nahm den Hut ab, zog aber seinen Mantel nicht aus.

»Es ist schweinekalt«, beklagte er sich und folgte Ogden ins Wohnzimmer. »Queriand hat gute Laune, wir haben ihn ein Lied trällern hören. Sieht so aus, als hätte das Abenteuer von heute morgen ihn mit neuer Energie aufgeladen.«

»Er ist Schriftsteller«, kommentierte Ogden und machte Franz ein Zeichen, daß er sich setzen solle.

»Ja dann erst recht!« rief Franz aus. »Das sind doch sensible Menschen, nicht wahr? Er sollte eigentlich durcheinander sein. Sogar in Angst und Schrecken versetzt, wenn wir an den Beitrag von seinem Freund, dem Gespenst, denken.«

Ogden goß ihm einen Whisky ein und reichte ihm das Glas. »Besser so. Queriand nutzt seine Adrenalinstöße produktiv, wie alle Schriftsteller, die etwas auf sich halten.«

Franz schien nicht überzeugt. Er zuckte mit den Schultern, als ginge es hier um seltsame Dinge, die er nicht verstand. »Wie dem auch sei«, fuhr er fort, »er ist gut beschützt, das Telefon wird abgehört, und sein Haus ist so voll mit Mikrophonen, als wäre es eine Botschaft.«

»Sehr gut«, sagte Ogden, »dann bleibt uns nur zu warten.«

»Weißt du, daß er eine Beziehung mit dieser Nina hat?«

Ogden nickte. »Ja, sie ist heftig in ihn verliebt.«

»Also, du würdest es nicht glauben«, sprach Franz amüsiert weiter, »Nina hat ihn heute nachmittag angerufen, als er beim Arbeiten war...« Er schnitt eine Grimasse: »Störe nie den Künstler, wenn er schafft! Nicht daß er grob gewesen wäre, dafür ist er zu gut erzogen, aber abweisend kann der vielleicht sein! ›Ja, nein, nicht jetzt, meine Liebe, danke, Schatz, mach dir keine Sorgen, Liebling.‹« Franz imitierte Queriand mit sichtlicher Antipathie. »Und als ob das nicht genug gewesen wäre«, fuhr er fort, »hat die Ärmste sicherlich genauso wie wir das Klick-Klack der Tastatur gehört. Verstehst du, was ich meine? Während er Nettigkeiten murmelte, hat er weiter geschrieben. Frauen sind verrückt nach solchen Typen…«, schloß er und schüttelte den Kopf.

Ogden lachte. »Tröste dich, sie sind auch verrückt nach Spionen, das solltest du doch wissen.«

Franz nickte zufrieden. »Wie sieht das Programm für heute abend aus?« fragte er und stellte das leere Glas hin.

»Du gehst heute abend zu Anita Moss, gleich nach dem Abendessen. Sie wartet darauf, daß wir uns mit ihr in Verbindung setzen. Morgen werde ich sie besuchen, frag sie bitte, wann es ihr am besten paßt. Nimm sie genau unter die Lupe, ich will wissen, welchen Eindruck sie auf dich macht. Ich werde mit Queriand essen gehen, bei Leith's. Ein Mann in der Nähe ist mehr als genug. Du kannst mich da anrufen, doch nur, wenn es etwas Wichtiges gibt, sonst warte, bis du zurück am Markham Square bist.«

Franz nickte und wandte sich zum Gehen.

Wie jeden Abend rief Susan Moss bei ihrer Mutter an. Es war besetzt, also machte sie sich etwas zu essen und wählte dann noch einmal: ohne Erfolg. Sie versuchte es jede Viertelstunde wieder, mit wachsender Sorge. Als die Vermittlung ihr sagte, der Telefonhörer sei nicht richtig aufgelegt, zog sie sich eilig an und machte sich trotz des strömenden Regens und der späten Stunde auf den Weg.

Sie nahm ihren Mini Cooper und kam nach wenigen Minuten vor der Wohnung ihrer Mutter an. Sie stellte den Motor ab, und noch bevor sie aus dem Auto stieg, sah sie hoch zu den erleuchteten Fenstern des Appartements im zweiten Stock. Für einen Moment war sie beruhigt, doch als sie die Haustür offen fand, machte sie sich erneut Sorgen.

In Situationen wie dieser bereute sie es, nach ihrer Scheidung nicht wieder mit ihrer Mutter zusammengezogen zu sein. Anita hatte die Sechzig überschritten und war eine unabhängige und patente Frau. Susan verhielt sich ihr gegenüber jedoch sehr beschützend, seit ihr Vater sie verlassen hatte. Wenn sie es damit allzusehr übertrieb, zog Anita sie gutmütig auf und erinnerte sie daran, daß eigentlich ja sie die Mutter sei.

Susan betrat das Appartementhaus, der Aufzug war nicht unten. Um keine Zeit zu verlieren, stieg sie die Treppe hoch, immer zwei Stufen auf einmal. Außer Atem und mit zittrigen Knien kam sie vor der Wohnung an. Sie holte tief Luft, bevor sie läutete. Die Tür öffnete sich sofort, als hätte man sie erwartet, und ein Mann im weißen Regenmantel sah sie lächelnd an.

»Susan Moss?« fragte er mit der Miene eines Handelsreisenden.

»Wer sind Sie? Wo ist meine Mutter?« schrie sie beinahe.

Der Mann trat beiseite und sagte ruhig: »Kommen Sie herein, Ihre Mutter ist nicht zu Hause, doch wir erwarten sie...«

Immer verwirrter tat Susan einen Schritt nach vorn, machte dann plötzlich kehrt und rannte die Treppe hinunter. Sie hatte schon fast den zweiten Treppenabsatz erreicht, als jemand sie rief: »Mrs. Avonio, ich bitte Sie, kommen Sie zurück.«

Susan blieb stehen. Seit sie geschieden war, wagte es niemand, sie mit diesem Namen anzusprechen.

Sie sah nach oben, hinauf zu dem Treppenpodest. Dort stand ein Mann, mit einem Ellbogen auf das Geländer gestützt, und sah zu ihr herunter, als wäre sie ein unartiges Kind. Es war kein Drängen in seinem Blick, auch keine Sorge: Er schien überzeugt, daß sie schließlich tun würde, was er von ihr wollte; man mußte nur Geduld haben. Es gibt solche Menschen, die in jeder Situation glaubwürdig wirken, dachte Susan, während sie ihn anstarrte. Er war attraktiv, doch zu kalt, um Vertrauen einzuflößen. Aber er machte ihr weniger angst als der Mann im Regenmantel.

»Wir hatten die Absicht, mit Ihrer Mutter zu sprechen«, sagte er, ohne zu lächeln, »doch wir haben sie nicht angetroffen. Vielleicht können Sie uns helfen. Ich bitte Sie, kommen Sie hoch, es wäre gut, nicht soviel Lärm zu machen...«

Was sie überzeugte, war tatsächlich die Aufforderung, keinen Lärm zu machen. Sie begann, die Treppe wieder nach oben zu steigen, zuerst langsam, dann immer eiliger. Als sie vor ihm stand, ein wenig keuchend, aber entschlossen, fuhr sie ihn an: »Wo ist meine Mutter?« – und versuchte, ihre Stimme unter Kontrolle zu halten.

»Lassen Sie uns nach drinnen gehen«, sagte Ogden.

Als sie im Wohnzimmer waren, entdeckte Susan die Aktenmappe ihrer Mutter, die vor dem Sessel auf dem Teppich lag. Susan spürte bei diesem Anblick ihre Angst wieder aufsteigen. Der Mann bat sie, sich zu setzen, während sein Kompagnon sich am Fenster postierte.

»Wir sind Freunde Ihrer Mutter, Sie brauchen keine Angst zu haben«, sagte Ogden. »Wir hatten heute abend eine Verabredung mit ihr, doch als wir gekommen sind, war sie nicht da.«

Susan schüttelte den Kopf, immer beunruhigter.

»Wie sind Sie in die Wohnung gekommen?«

»Die Tür stand offen...«, antwortete Ogden.

»Was?« rief Susan ungläubig aus.

»Doch, so war es«, bestätigte Franz, ohne den Blick von der Straße zu wenden.

Susan ignorierte ihn.

»Wer sind Sie überhaupt?« fragte sie Ogden.

»Mein Name ist Ogden, ich bin Verleger. Ich habe Ihre Mutter vor einiger Zeit im Hause von Ioan Lupescu getroffen. Kannten Sie ihn?«

Susan schüttelte den Kopf. »Nein, aber meine Mutter hat mir von ihm erzählt: der Religionswissenschaftler, der vor einigen Monaten tot aufgefunden worden ist, nicht wahr?«

»Das ist leider richtig.«

»Meine Mutter würde um diese Zeit nur aus einem sehr triftigen Grund aus dem Haus gehen.« Susans Stimme klang wieder erregt. »Und außerdem würde sie nicht alles in einer solchen Unordnung zurücklassen«, fügte sie hinzu und zeigte auf die Aktenmappe auf dem Teppich. »Wir müssen etwas unternehmen!«

»Sie meinen, wir sollten die Polizei rufen«, sagte Ogden. »Dafür ist es noch zu früh. Seit wann haben Sie nichts mehr von ihr gehört?«

»Seit heute morgen. Wir telefonieren jeden Tag.«

»Es ist noch zu früh für eine Anzeige. Man würde uns bitten, mindestens vierundzwanzig Stunden zu warten.« Ogden lächelte zum ersten Mal. »Ich kann Ihre Unruhe verstehen. Ich kenne Ihre Mutter erst seit kurzem, doch ich habe ihre Pünktlichkeit und Korrektheit schon schätzen gelernt. Auch wir waren erstaunt, sie nicht anzutreffen. Auf unser Klingeln hat sich niemand an der Sprechanlage gemeldet. Die Haustür wurde uns schließlich von einem Nachbarn geöffnet, und hier oben sahen wir dann, daß die Tür zur Wohnung nur angelehnt war...«

»Das ist seltsam«, sagte Susan, »meine Mutter ist sonst nicht zerstreut.«

»Heute abend war sie es aber.« Ogden setzte sich ihr gegenüber. »Ich möchte Ihnen gerne helfen, doch ich glaube, daß wir im Augenblick nur warten können. Anita kann jeden Moment zurückkommen...«

Susan sah ihn an und nickte. »In Ordnung, ich werde warten, doch wenn sie bis morgen früh nicht aufgetaucht ist, gehe ich zur Polizei«, sagte sie und machte Anstalten, aus dem Sessel aufzustehen. Doch sie schwankte, und Ogden beeilte sich, sie zu stützen.

»Franz, in der Küche steht eine Flasche Scotch, bring sie doch bitte her.«

»Es ist nichts«, sagte Susan. »Mir ist nur ein bißchen schwindlig.«

Franz reichte ihr ein großes Glas Scotch.

»Trinken Sie, das wird Ihnen guttun.« Ogden sah zu, daß sie sich wieder hinsetzte.

Sie zögerte und warf einen mißtrauischen Blick auf das Glas in ihrer Hand.

»Sehr zu empfehlen bei niedrigem Blutdruck und Angst«, sagte Ogden liebenswürdig.

Sie trank einen Schluck und verzog das Gesicht. »Ich verabscheue Alkohol«, sagte sie und verdrehte die Augen. »Aus welchem Grund wollten Sie meine Mutter sehen?« fragte sie dann und musterte ihn.

»Wie ich bereits sagte, bin ich Verleger. Lupescu war dabei, ein Buch zu schreiben, und Ihre Mutter arbeitete mit ihm zusammen. Natürlich haben sich die Dinge nach Ioans Tod kompliziert. Zum Glück war die Arbeit so gut wie beendet, und Ihre Mutter hat sich anerboten, sie abzuschließen. In diesen Tagen sollte sie den Rest des Manuskripts abliefern.«

Franz sah Ogden an und versuchte, sich seine Bewunderung nicht anmerken zu lassen. Ein Glück, dachte er, daß es aus den Zeiten des Falls Mantero noch diese Tarnung gab, die man jetzt gut gebrauchen konnte. In Bern existierte tatsächlich ein auf Kunstbücher spezialisierter Verlag namens Caledonia.

»Ich dachte, daß meine Mutter diesen Mann kaum kannte...«

»Wie Sie sehen, hatten Ihre Mutter und Professor Lupescu so viele gemeinsame Interessen, daß sie zusammen ein Buch geschrieben haben. Eine Neuropsychiaterin, die sich mit paranormalen Phänomenen beschäftigt, und ein Religionswissenschaftler, der sich für Ekstase interessiert, müssen sich doch zwangsläufig etwas zu sagen haben.«

»Ich weiß, daß meine Mutter sich seit einer Weile mit paranormalen Erscheinungen befaßt. Geht es in Lupescus Buch um solche Dinge?« fragte Susan mit einer skeptischen Miene, die sie jünger aussehen ließ.

»Ja, zum Teil«, antwortete Ogden und machte ein Gesicht wie jemand, der nicht über ein Thema reden mag, das sein Gesprächspartner offenbar nicht schätzt.

Eine Weile sagte niemand etwas. Franz sah Ogden mit einer gewissen Eindringlichkeit an. Er hielt es für richtig, jetzt zu gehen und die Arbeit woanders fortzusetzen, nachdem sie das Haus kontrolliert und nun die Tochter von Anita Moss am Hals hatten. Doch als er einen neuerlichen Blick aus dem Fenster warf, sah er Anita aus einem Taxi steigen, die Straße überqueren und auf den Eingang zugehen. Franz trat vom Fenster zurück.

»Ich glaube, sie kommt gerade zurück«, sagte er, an Ogden gewandt.

Sie gingen auf den Flur und hörten nach kurzer Zeit, daß jemand außen an der Tür war, die sie wieder geschlossen hatten.

»Machen Sie sich bemerkbar«, murmelte Ogden Susan zu, »sie könnte sich sonst erschrecken.«

Sie sah ihn an, als würde sie nicht verstehen, und tat dann, was er sagte. »Mama, ich bin hier. Ich mache dir die Tür auf.«

Als Anita den Schlüssel herauszog, öffnete Susan die Tür. Anita Moss trat ein und sah ihre Tochter und die beiden Männer erstaunt an.

»Grüß dich, Mama«, Susan nahm sie in den Arm, »ich habe dich telefonisch nicht erreicht, da habe ich mir Sorgen gemacht und bin hergekommen, um nachzusehen, was los ist…«

Anita Moss löste sich aus Susans Umarmung. »Du bist überängstlich. Bald muß ich dich noch um Erlaubnis fragen, wenn ich abends weggehen will.« Sie lächelte und sah dann die beiden Männer an. Ogden ließ ihr nicht die Zeit, ihr Erstaunen auszudrücken.

»Wir hatten eine Verabredung, Anita, hast du die vergessen?« improvisierte er. »Ich habe dich wie vereinbart gegen acht angerufen, um es noch einmal zu bestätigen, und als du dich nicht gemeldet hast, habe ich mich entschlossen, trotzdem vorbeizukommen, weil ich mir dachte, daß du sicher nur kurz noch einmal aus dem Haus bist. Franz und ich haben hier gleich in der Nähe zu Abend gegessen.«

Anita nickte und zog ihren Mantel aus. »Das war gut so. Es ist schon richtig, ich hätte heute abend zu Hause bleiben sollen, aber eine Freundin hat mich gebraucht, und in solchen Fällen sieht man nicht auf die Uhr. Ich habe versucht, dich anzurufen«, log sie und sah dabei den Mann an, den sie noch nie zuvor gesehen hatte, »doch du warst schon unterwegs.«

»Gut«, meinte Ogden, »dann wollen wir dich jetzt zu Bett gehen lassen. Ich rufe dich morgen früh an, damit wir etwas ausmachen können. Die Zeit drängt, und das Buch von dir und Lupescu muß in Druck gehen«, sagte er noch und hoffte, daß Susan ihrer Mutter nicht allzu viele Fragen stellen würde.

Anita Moss brachte Ogden und Franz zur Tür.

»Gute Nacht.« Ogden gab ihr die Hand und sah ihr in die Augen. »Und denk bitte daran, diesmal die Tür abzuschließen.«

Sie schien nicht zu verstehen. »Das mache ich immer...«, murmelte sie.

»Komisch, als wir gekommen sind, war die Tür offen. Wer weiß, vielleicht haben wir einen Einbrecher verjagt«, antwortete Ogden. Anita wandte irritiert den Blick ab, als versuchte sie sich an etwas zu erinnern.

»Das ist sehr sonderbar, ich verstehe es nicht...«, sagte sie verwirrt.

»Du hast es sicher eilig gehabt, das passiert manchmal«,

versuchte Ogden die Sache herunterzuspielen. »Aber nun leg dich hin, du siehst müde aus. Gute Nacht.«

Anita und Susan verabschiedeten sich von den beiden Männern, und die Tür des Appartements schloß sich. Ogden und Franz sahen sich an.

»Glaubst du nicht, daß es gefährlich ist, die beiden so zurückzulassen?« fragte Franz.

»Wir haben keine andere Wahl«, antwortete Ogden, während sie die Treppen hinuntergingen. Als sie auf der Straße waren, blieben sie vor dem Hauseingang stehen.

»Ruf mit dem Handy deine Jungs und laß das Haus überwachen«, sagte Ogden. »Und natürlich darf ab morgen auch die Tochter keinen unbewachten Schritt mehr tun.«

Franz tippte eine Nummer in sein Handy, gab die Anweisungen und ließ das Telefon wieder in der Tasche seines Regenmantels verschwinden.

»Du hast einen guten Eindruck von der Moss, oder?«

Ogden nickte. »Sie hat sich gut geschlagen, doch die Geschichte mit der Tür war nicht überzeugend. Nun ja, morgen wird sie uns erzählen, was heute abend los war, hoffe ich wenigstens.«

»Was willst du damit sagen?«

»Ich habe sie noch nie vorher gesehen, doch ich habe ihr Dossier gelesen. Anita Moss gehört zu den Agenten, die wir ›Theoretiker‹ nennen. Sie ist also ausgebildet, hat aber nie an einer Operation teilgenommen. Das birgt natürlich immer ein beträchtliches Risiko.«

Sie waren am Auto von Franz angekommen, stiegen ein und warteten auf die Männer, die das Haus überwachen sollten. Nach ein paar Minuten näherte sich ein Auto und blendete kurz auf. Franz antwortete ebenfalls mit den Scheinwerfern, startete und fuhr Richtung Chelsea.

»Sind es die Strangers gewesen, die Lupescus Botschaft empfangen haben?« fragte Franz.

»Nein, Mrs. Cornell ist ein bemerkenswertes Medium, doch sie gehört nicht zur Agentengruppe von Anita Moss. Von den Leuten, die sich seit einiger Zeit in ihrem Haus treffen, hat niemand etwas mit dem Geheimdienst zu tun, abgesehen von Anita Moss natürlich, die das Haus aus wissenschaftlichem Interesse frequentiert. Die Gruppe Cornell ist für ärztlichen Beistand bei den Experimenten dankbar, und da Dr. Cornell sich für das Ganze unempfänglich gezeigt hat, ist Anita Moss genau die Richtige für sie.«

»O diese sensitiven Menschen«, brummte Franz. »Lupescu hätte uns das Leben erleichtern und sich direkt mit Anita Moss und ihren Hexern in Verbindung setzen können. Dann hätte es weniger Probleme gegeben.«

»Das habe ich auch schon gedacht, aber es scheint, die emotionale Komponente ist ungeheuer wichtig, damit diese Verbindungen zustande kommen. Der Umweg über Queriand ist jedenfalls nützlicher als gar kein Kontakt«, meinte Ogden und lächelte.

»Queriand könnte auch ein bißchen medial veranlagt sein«, sagte Franz. »Aber wenn wir so weitermachen, werden wir verrückt. Ich finde, was die Menschen anstellen, reicht völlig, um Chaos zu schaffen. Lassen wir also das Übernatürliche aus dem Spiel. Wir haben zwei Morde und irgendwo die Diskette von Sacha. Wir sollten uns darauf beschränken, die zu suchen.«

»Gewiß, doch Lupescu und Monteanu sind ermordet

worden, und Queriand wäre es wahrscheinlich genauso ergangen, wenn ich nicht an seinem Haus vorbeispaziert wäre; und das ist sehr real, meinst du nicht? Offensichtlich haben sie bei Lupescu nicht gefunden, was sie suchten, sonst hätten sie den Schriftsteller in Ruhe gelassen. Queriand ist durch einen Geist in die Geschichte hineingezogen worden, der sich über das bevorzugte Medium von Anita Moss gemeldet hat, und Anita war nicht nur die Freundin Lupescus, sondern ist auch eine Agentin des Secret Service. Das Reale vermischt sich mit dem Übernatürlichen. Daß diese ganze mysteriosophische Folklore entnervend ist, da stimme ich dir zu, und wir müssen sie kritisch beobachten, für den Fall, daß sich unter den Spiritisten jemand verbirgt, der in die Affäre verwickelt ist. Und weil es in dieser Geschichte drunter und drüber geht – die einen reden mit den Toten, und die anderen bringen die Lebenden um –, müssen wir, jedenfalls für den Augenblick, unsere Vorurteile zurückstellen.«

Franz nickte unwillig. »Zum Glück führe ich nur Befehle aus. Es ist eure Sache, wieviel Glauben man wackelnden Tischen und denen, die sie zum Wackeln bringen, schenken kann. Und wenn wir auf Gespensterjagd gehen müssen, ist das für mich in Ordnung, auch wenn es mir lieber gewesen wäre, ohne dieses seltsame Drumherum die Diskette von unserem Ex-Spion wiederzubeschaffen.«

Sie waren vor Ogdens Haus angekommen. Franz fuhr an die Seite und stellte den Motor ab. Ogden wandte sich ihm zu: »Nur Mut«, sagte er und gab ihm einen Klaps auf die Schulter, bevor er ausstieg, »am Ende der Mission wirst auch du zum Spiritismus bekehrt sein.«

Michael Queriand tippte die Computerseite zu Ende, streckte sich und zündete sich eine Zigarette an. Er sah auf die Uhr: Es war fast ein Uhr nachts. Am Abend war er mit seinem Nachbarn bei Leith's gewesen, doch das Essen war unterbrochen worden, als Ogden im Restaurant einen Anruf bekam. An den Tisch zurückgekehrt, hatte er sich entschuldigt: Er müsse leider sofort weg, es tue ihm leid, den Abend so zu beenden, doch er habe ernste Gründe dafür. Zum Glück waren sie schon beim Dessert angelangt, und so verabschiedeten sie sich kurz darauf ohne großes Bedauern vor dem Restaurant.

Queriand stand auf und ging durch sein Arbeitszimmer. Das Abendessen war ausgezeichnet gewesen, doch er hatte zuviel getrunken, und der Kopf tat ihm weh.

Er trat ans Fenster und sah hinaus: Die Jubilee Place lag verlassen im Schein der Laternen. Gerade wollte er zurück an seinen Schreibtisch, als er ein Auto anhalten sah. Neugierig geworden, blieb er am Fenster stehen. Die Wagentür öffnete sich, und Ogden stieg aus, sagte etwas zu dem Fahrer und ging dann auf sein Haus zu.

Queriand fragte sich, wo sein Nachbar um diese Zeit herkam und wer wohl der Fahrer des Wagens war. Dann setzte er sich wieder an seinen Schreibtisch, las noch einmal die letzten drei Seiten, machte ein paar Korrekturen und schaltete den Computer aus.

Er wollte gerade hinunter in sein Schlafzimmer gehen, als das Telefon klingelte. Queriand verabscheute nächtliche Telefonate. Es hatte einmal zwei Menschen gegeben, die ihn nachts anrufen durften, doch das war schon lange her, und von ihnen war nur die Erinnerung geblieben. Er meldete sich unwillig, und sein verärgerter Tonfall änderte sich nicht, als er Ninas Stimme hörte.

»Entschuldige bitte, daß ich um diese Zeit anrufe«, fing sie an, »aber ich konnte nicht schlafen…«

»Das tut mir leid, ich habe allerdings schon geschlafen…«, log er in einem ziemlich unfreundlichen Ton.

Nina, die nicht zu stolz gewesen war, ihn anzurufen, war doch stolz genug, ihm seinen Tonfall übelzunehmen.

»Dann entschuldige noch einmal«, sagte sie gekränkt. »Gute Nacht.«

»Aber nicht doch, Schatz«, versuchte Queriand es wieder gutzumachen, »jetzt, wo du mich geweckt hast, wirst du dich doch nicht gleich wieder verabschieden wollen. Das wäre unverzeihlich. Was ist los?«

Sie legte nicht auf. »Seit dieser Mann in dein Haus eingebrochen ist, mache ich mir Sorgen«, sagte sie mit sanfter Stimme. »Ich habe Angst, daß er zurückkommt…«

Queriand verwünschte seine Leichtfertigkeit, mit einer Frau ins Bett gegangen zu sein, die er schon einmal mit dem Gefühl der Befreiung verlassen hatte.

»Mach dir keine Sorgen, die neue Alarmanlage ist schon installiert.«

»Um so besser, ich habe mich gefragt, ob die Arbeiter es noch geschafft haben. Du hast vergessen, mich heute abend anzurufen…«, warf sie ihm vor.

»Ich bin mit Ogden zum Essen ausgegangen, weißt du, mit meinem sympathischen Nachbarn, den du auch kennengelernt hast…«

»Aber du hattest versprochen, mich anzurufen…« Sie ließ nicht locker.

»Nina«, unterbrach er sie, erneut genervt, »du solltest wissen, daß ich nicht verläßlich bin und auch nicht die Absicht habe, es zu werden. Das war der Hauptgrund für unsere Trennung, erinnerst du dich?«

»Ja, ich erinnere mich gut. Ich war nur besorgt um dich, sonst nichts«, kapitulierte sie.

»Laß uns jetzt schlafen gehen, es ist spät. Ich rufe dich morgen an, ich versprech's dir. Bis bald, Schatz...«

»Gute Nacht, Michael.«

Queriand legte auf und stieß einen Seufzer der Erleichterung aus. Es war ihm kaum etwas peinlicher als nicht erwiderte Gefühle. Er löschte das Licht in seinem Arbeitszimmer und ging hinunter ins Schlafzimmer.

Ein Traum, ein Alptraum weckte ihn um drei Uhr morgens auf. Er knipste seine Nachttischlampe an, um die Angst zu verscheuchen, die ihm die Kehle zuschnürte. Das Ticken des kleinen Weckers schien im ganzen Haus widerzuhallen.

Er versuchte sich an den Traum zu erinnern. Er ging über die Albert Bridge, mit eiligen Schritten, Richtung Battersea, es war Tag, doch er wußte nicht, ob der Morgen oder der Abend dämmerte. Als er Schritte hinter sich hörte, drehte er sich um. Ein Mann ging hinter ihm. Er konnte sein Gesicht noch nicht sehen, doch er meinte ihn zu kennen. Der Mann nannte ihn beim Namen. Da blieb er stehen, um auf ihn zu warten, und als der andere näher kam, erkannte er Ioan Lupescu. Wenige Schritte von ihm entfernt, machte der Mann halt, aber als er ihm erneut ins Gesicht sah, verwandelte Ioan sich in Ogden, und an seiner Seite erschien eine Frau. Sich des Traumzustands bewußt, überlegte er, daß es, da es sich um einen Traum handelte, normal war, daß diese Frau sich so plötzlich materialisiert hatte. Queriand rief Ogden an, doch dieser antwortete nicht, starrte weiter vor sich hin, unbeweglich, wie versteinert. Da lächelte die Frau Queriand zu, löste sich von Ogden und begann auf der Brücke zurück in Richtung Cadogan Pier zu gehen. Queriand sah hinter ihr her, bis sie sich, bevor sie die Albert Bridge verließ, umdrehte und den Arm zu einer weit ausholenden Abschiedsgeste hob. In diesem Augenblick wurde er wach.

Queriand stand auf und ging ins Bad. Seine Kehle war trocken, er drehte den Hahn auf und ließ das Wasser laufen. Er fragte sich, was ihn an diesem Traum, der doch eigentlich harmlos gewesen war, erschreckt hatte. Vielleicht das verkrampfte Gesicht Ogdens, das sich über das seines toten Freundes geschoben hatte, oder das unangenehme Gefühl, daß diese Frau eine Rolle in seiner realen Existenz spielte. Ihr Gesicht ließ ihn nicht wieder los, es blieb klar und deutlich in seinem Gedächtnis. Und doch war er sich sicher, nie eine Frau gekannt zu haben, die dieser ähnlich war.

Er nahm drei Baldrianpillen und ging wieder zu Bett. Er griff nach einem Buch auf dem Nachttisch, doch die Worte verschwammen vor seinen Augen, ohne daß es ihm gelang, zu verstehen, was sie bedeuteten. Die Bilder des Traums überlagerten die des Romans, und das Gesicht der Frau quälte ihn weiter. Schließlich fühlte er, wie ihn die Müdigkeit überkam. Er löschte das Licht und schlief ein.

Susan Moss betrachtete ihre noch schlafende Mutter in der anderen Hälfte des Doppelbetts. Anita hatte sich in der

Nacht herumgewälzt und sie mehr als einmal aufgeweckt. Erst gegen Morgen war ihr Schlaf ruhig geworden.

Am Abend vorher, als die beiden Männer gegangen waren, hatte Susan sich entschlossen, die Nacht in der Wohnung am Eccleston Square zu verbringen, um etwas über dieses mysteriöse nächtliche Ausgehen zu erfahren. Doch ihre Mutter hatte auf ihre Fragen ausweichend geantwortet. Eine Freundin, die unter Depressionen leide, habe sie angerufen, und sie sei zu ihr hingefahren, obwohl es schon sehr spät war. Als Susan sie fragte, wer denn diese Freundin sei, murmelte Anita einen Namen und setzte hinzu, sie kenne sie sowieso nicht.

Susan stand auf und versuchte dabei keinen Lärm zu machen. Es war Samstag, und an diesem Tag arbeitete ihre Mutter erst am Nachmittag im Krankenhaus. Susan ging in die Küche, um Kaffee zu kochen, und als sie sich gerade eine Tasse eingießen wollte, läutete das Telefon, das aus irgendwelchen Gründen auf höchste Lautstärke gestellt war. Sie zuckte zusammen und beeilte sich, den Hörer abzunehmen.

»Wer spricht da?« fragte sie verängstigt.

»Hier ist Ogden. Mrs. Avonio?«

Susan war reichlich verärgert darüber, innerhalb weniger Stunden zum zweiten Mal mit dem Namen ihres Ex-Ehemanns angesprochen zu werden.

»Ich heiße nicht Avonio, Mr. Ogden«, stellte sie klar. »Ich bin seit Jahren von meinem Mann geschieden. Ich möchte Sie doch bitten, mich Moss zu nennen, Susan Moss.«

»Natürlich, entschuldigen Sie bitte. Ich würde gerne mit Ihrer Mutter sprechen, ist sie zu Hause?« Der Tonfall schien

Susan übertrieben freundlich, beinahe spöttisch. Doch sicher lag es nur an ihrer ungeheuren Empfindlichkeit gegenüber allem, was sie an ihre Ehe erinnerte, daß sie auf solche Gedanken kam, sagte sie sich.

»Sie schläft noch...« Susan wollte schon weitere Erklärungen geben, unterbrach sich aber, weil sie verärgert feststellte, daß dieser Mann ihr zwar nicht angenehm war, sie aber trotzdem dazu brachte, mit ihm zu sprechen.

»Ich verstehe. Um wieviel Uhr könnte ich noch einmal anrufen? Ich möchte sie nicht stören...«

»Ich kann meiner Mutter ausrichten, daß sie Sie zurückzurufen soll, wenn Sie heute vormittag erreichbar sind.«

»Wer ist dran, Susan?« fragte Anita Moss, die gerade in die Küche kam.

»Warten Sie, ich glaube, meine Mutter ist aufgestanden.« Susan hielt die Muschel mit der Hand zu: »Es ist Mr. Ogden. Willst du mit ihm sprechen?«

Ihre Mutter kam eilig auf sie zu: »Natürlich, gib ihn mir... Hallo, Ogden? Guten Tag.«

»Guten Tag, Anita. Ich möchte dich gerne so bald wie möglich sehen. Meinst du, es geht heute nachmittag?«

Anita zögerte einen Augenblick. »Ich müßte ins Krankenhaus, aber wir können vorher etwas zusammen essen...«

»In Ordnung, dann treffen wir uns doch um zwölf im Café Royal in der Regent Street.«

»Sehr schön, also bis später.« Anita legte auf und sah sich um.

»Wieviel Uhr ist es?« fragte sie.

»Fast zehn«, antwortete Susan. »Willst du einen Kaffee?«

»Ja, bitte, den brauche ich wirklich, ich fühle mich wie erschlagen.«

»Du hast heute nacht schlecht geschlafen.«

»Habe ich dich gestört, Liebes?« Anita setzte sich an den Küchentisch.

»Du hast im Schlaf gestöhnt.«

»Das tut mir leid. Wahrscheinlich hat mich der Besuch gestern abend ein bißchen deprimiert. Es nimmt einen immer mit, Patienten leiden zu sehen, und wenn es Freunde sind, ist es noch schlimmer«, sagte sie, ganz in sich versunken. »Und du«, fragte sie Susan mit einem nachsichtigen Lächeln, »was hast du nun davon gehabt, dir unnötig viele Sorgen um mich zu machen? Eine schlaflose Nacht.«

Susan drehte sich zu ihr um. »Manchmal verstehe ich dich nicht«, sagte sie heftig. »Soll es denn niemand kümmern, wenn wir uns nicht am Telefon melden, obwohl wir eigentlich zu Hause sein müßten? Meinst du, unsere Ex-Ehemänner würden sich dann Gedanken machen?«

Anita lächelte sie liebevoll an. »Nun reg dich nicht so auf, du weißt, daß ich dir für deinen Besuch gestern abend wirklich sehr dankbar bin. Doch ich möchte, daß du ein bißchen mehr an dich selbst denkst. Du mußt diesen unmöglichen Anspruch aufgeben, alles unter Kontrolle haben zu wollen. Du bist immer so verantwortungsbewußt gewesen, schon als kleines Mädchen. Wenn du einmal selbst Kinder hast, wirst du dich vor lauter Sorgen ganz verrückt machen.«

»Wenn man dich so hört, muß ich ein ziemlich anstrengendes Kind gewesen sein, so ein altkluges Gör. Da habe ich ja Glück gehabt, daß du mich nicht gegen die Wand geschleudert hast.« Anita wollte gerade protestieren, doch Susan ließ sie nicht zu Wort kommen: »Jedenfalls weißt du, daß ich keine Kinder will, also besteht keine Gefahr, daß jemand von meiner Liebe erstickt wird. Abgesehen von dir natürlich.«

»In Ordnung, aber wir wollen jetzt nicht streiten. Ich wollte nur etwas Nettes sagen, ich bin immer stolz darauf gewesen, wie reif du warst. Ich glaube, ich esse ein bißchen Plum Cake«, sagte sie und machte der Diskussion damit ein Ende.

Susan öffnete den Schrank, um den Kuchen herauszuholen. »Mußt du den Mann treffen, der gestern abend hier war?«

»Ja, wir essen zusammen.«

»Ein komischer Typ...« Susan reichte ihrer Mutter die Platte mit dem Plum Cake.

»Wieso komisch? Er war ein guter Freund von Ioan...«

Susan setzte sich ihr gegenüber, trank ein paar Schluck Kaffee und zündete sich die erste Zigarette des Tages an. »Wie, hast du gleich gesagt, heißt die Freundin, zu der du gestern abend gefahren bist?«

Anita lächelte. »Ich habe es nicht gesagt, aber sie heißt Marion.«

»Und Marion ging es so schlecht?«

Anita schob die Tasse beiseite und sah ihre Tochter resigniert an. »Ja, ziemlich schlecht«, murmelte sie.

Susan sagte nichts weiter dazu. Sie hatte das Thema nur angesprochen, um den Namen der Frau zu erfahren. Sie stand auf, räumte den Tisch ab und stellte die Tassen ins Spülbecken.

»Wenn du willst, kann ich dich mitnehmen«, sagte sie zu ihrer Mutter, als diese aus der Küche ging.

»Danke, Liebes, mach dir keine Umstände, ich nehme ein Taxi. Wenn es dir recht ist, gehe ich als erste unter die Dusche, ich brauche heute etwas länger, um mich zurechtzumachen.«

Später, als sie fertig war, ging sie ins Wohnzimmer. Susan sah gerade die 11-Uhr-Nachrichten. Sie gab ihr einen Kuß auf die Wange.

»Ich rufe dich heute nachmittag aus dem Krankenhaus an.«

Susan nickte und stand auf, um sie zur Tür zu begleiten. Sie bemerkte, daß Anita ein recht elegantes Kleid angezogen hatte und daß ihr Gesicht keineswegs müde wirkte. Eher sah sie an diesem Morgen jünger als fünfundsechzig aus.

»Grüß Ogden von mir. Ist sein Kompagnon auch dabei?«

»Er ist nicht sein Kompagnon«, stellte Anita klar. »Und ich glaube nicht, daß er mit uns zusammen ißt. Aber ich richte auf jeden Fall Ogden deine Grüße aus.«

Nachdem ihre Mutter gegangen war, nahm Susan eine Dusche, zog sich an und schminkte sich mit ein bißchen Lippenstift und Puder, was sie beides immer in der Handtasche dabei hatte. Zum Schluß sah sie in den Spiegel und fand sich furchtbar. Sie war naturblond und hatte dunkle Augen, ein paar Sommersprossen auf der Nase und eine gute Figur. Doch sie zweifelte an ihrer Attraktivität, auch wenn die Männer sich, seit sie ein junges Mädchen war, auf der Straße nach ihr umdrehten.

Bevor sie ging, räumte sie das Wohnzimmer auf und

machte die Betten, weil die Hausgehilfin erst am Montag morgen wieder kommen würde.

Sie stand schon in der Tür und wollte gerade die Wohnung verlassen, als das Telefon läutete.

»Anita?« fragte eine Frauenstimme.

»Hier ist Moss, wer spricht bitte?«

»Guten Tag. Ich bin eine Freundin von Frau Dr. Moss. Ist sie zu Hause?«

»Tut mir leid, sie ist ausgegangen. Ich bin ihre Tochter. Kann ich ihr etwas ausrichten?«

»Ach, dann sind Sie Susan!« rief die Frau begeistert aus. »Ihre Mutter hat mir schon viel von Ihnen erzählt. Ich hoffe, Sie kommen bald beide einmal zum Essen zu mir. Meinen Sie, ich kann Anita später im Krankenhaus erreichen? Ich möchte sie für heute abend ins Theater einladen. In eine sehr witzige Komödie...«

Susan konnte kaum glauben, daß diese Frau mit ihrer überschwenglichen Art eine Freundin ihrer Mutter war. Aber sie kannte offensichtlich nicht alle ihre Freunde, sagte sie sich. Das hatte sich ja am Abend zuvor gezeigt.

»Sie können sie später im Krankenhaus erreichen. Sagen Sie mir wohl noch Ihren Namen?«

»Oh, Susan, Sie müssen entschuldigen!« unterbrach die Frau sie erschrocken. »Ich rede einfach drauflos und sage Ihnen nicht einmal, wie ich heiße. Ich bin Marion, Ihre Mutter hat Ihnen sicher schon von mir erzählt...«

Susan räusperte sich, um Zeit zu gewinnen.

»Natürlich«, antwortete sie. Sie konnte nicht glauben, daß diese Marion dieselbe Frau sein sollte, wegen der ihre Mutter am Abend zuvor noch aus dem Haus gegangen war.

»Wie geht es Ihnen?« fragte sie unsicher.

»Sehr gut, ich bin gestern von den Barbados zurückgekommen. Uns Alten bleibt ja nur das Reisen. Ein wunderbares Klima, doch am Ende konnte ich keinen Strand und keine Palmen mehr sehen. Jedenfalls bin ich braun, und das Rheuma ist auch weg, wenigstens für den Augenblick.«

»Sie sind wirklich Marion?« fragte Susan und fühlte sich augenblicklich dumm.

»Aber sicher!« Die Frau lachte herzlich. »Tun Sie mir einen Gefallen«, fuhr sie fort, als sie sich beruhigt hatte, »wenn Sie mit Anita sprechen sollten, sagen Sie ihr, sie möchte mich anrufen. Ich habe zwei Karten fürs Theater, und es würde mich freuen, mit ihr hinzugehen.«

Susan legte auf. Sie war durcheinander. Sie konnte nicht glauben, daß ihre Mutter sie auf so kindische Art angelogen hatte. Und aus welchem Grund bloß? Wem mußte sie Rechenschaft darüber ablegen, was sie tat? Vielleicht den beiden Männern, die gestern abend in ihre Wohnung eingedrungen waren?

Michael Queriand hatte den ganzen Morgen geschrieben. Die Trägheit der letzten Monate, die ihn um das Schicksal seines neuen Buchs hatte fürchten lassen, hatte sich als berechtigtes Widerstreben herausgestellt, eine Vorbereitung auf etwas, das noch kommen sollte. Und doch spürte er, daß da noch etwas Grundsätzliches war, das er nicht zu fassen bekam.

Er ließ den Blick über den Tisch schweifen, eine große Kristallglasplatte, die auf zwei Böcken lag, mit Papieren überhäuft. Ihm gegenüber, an der Wand, stand ein Regal mit seinen Lieblingsbüchern und ein paar Fotografien. Darunter ein Porträt seiner Mutter, die vor einigen Jahren, noch jung, an einer Hirnblutung gestorben war. Bei ihrem Tod hatte Queriand gedacht, daß ihr Leben, wenn auch nicht wirklich unglücklich, so doch ohne große Freude gewesen war. Manchmal, wenn er an dem Foto vorbeiging, geschah es ihm, daß er sich an sie wandte, als sei sie da: zumeist nur mit einem Gruß oder einer kurzen Bemerkung über etwas, das ihm gerade widerfahren war. Er führte oft Selbstgespräche, daher fürchtete er nicht, daß diese Gewohnheit das Symptom einer übertriebenen Sohnesliebe sei. Seine Beziehung zu den Toten war immer auch ein Dialog gewesen, und nicht nur ein geistiger. Queriand bat sie um Rat oder Hilfe, weil er davon überzeugt war, daß, wer ihn als Lebender geliebt hatte, dies auch als Toter weiterhin tat und ihm immer helfen könne. Er betrachtete das Porträt seiner Mutter und winkte ihr zu; wie immer war ihre Antwort ein in sich versunkener, doch heiterer Blick. Queriand hatte diese Fotografie ausgesucht, weil sie ihn an eine Zeit erinnerte, in der Thea sich glücklich gefühlt hatte. Eine kurze Zeit, von der dieses Foto das einzige Zeugnis war. Ein Sommer an der Côte d'Azur, in der Gegend von Cap Ferrat. Damals war er fünfzehn Jahre alt, seine Mutter fünfunddreißig. Nur ein Jahr später begannen die spiritistischen Sitzungen, und sie fing an, sich vom Leben zurückzuziehen. Gewiß, seine Mutter blieb jung und schön und beschäftigte sich – abgesehen von den Stunden, in denen sie den spiritistischen Zirkel frequentierte – mit normalen Dingen, kümmerte sich um ihn, ging ihren Interessen nach, traf Leute, reiste...

Und doch, trotz der offenbaren Normalität war dem

fünfzehnjährigen Michael klargeworden, daß seine Mutter darauf verzichtet hatte, glücklich zu sein. Es kam ihm so vor, als hätte sie dem Leben, das sich ihr noch immer bot, geantwortet: »Danke, es würde mir sehr gefallen, aber ich kann es mir nicht erlauben« – ganz undramatisch, wie wenn man auf den Kauf eines zu teuren Gegenstands verzichtet. Zum Glück für ihn hatte diese Veränderung aus ihr keine unfähige Mutter gemacht. Sie vermittelte ihm weiterhin ihre Liebe, war für ihn da und half ihm, wo nötig. Doch dieses Abrücken vom Leben hatte sich tief in sein Bewußtsein eingebrannt, ein blutrotes Mal, das er geerbt zu haben meinte.

Michael Queriand betrachtete noch einmal das schöne nachdenkliche Gesicht, dann ging er in die Küche und machte sich ein Sandwich mit dem Schinken, den Linda gekauft hatte.

Am Morgen war sie wie immer um neun Uhr gekommen. Als sie sah, daß er schon am Computer saß, schaute sie ihn erstaunt an.

»Wie ich sehe, ist die Arbeit in Gang gekommen«, sagte sie, »dann ist es sicher besser, ich gehe los und kaufe etwas zu essen für Sie. Wenn man zu einer anständigen Zeit aufsteht, hat man auch zu einer anständigen Zeit Hunger.«

Die alte Haushälterin schien besser als er selbst zu wissen, wann er auf der richtigen Fährte war und mit dem Schreiben richtig loslegen konnte. Sie hatte dies auch schon andere Male bemerkt, und Michael nahm ihre Worte als gutes Omen.

Als er sich sein Schinkensandwich machte, hörte er hinter sich Geräusche. Er drehte sich um und sah Linda ausgehfertig in der Küchentür stehen.

»Ich gehe jetzt, Michael. Brauchen Sie noch irgend etwas?«

»Nein, danke, Linda. Der Schinken ist ausgezeichnet.«

»Ja, der neue Metzger ist nicht schlecht. Ich fürchtete ja schon das Schlimmste, als Mr. Olivares geschlossen hat.«

Queriand lachte. Olivares hatte die Familie über Jahre beliefert. Vor einigen Monaten hatte er sich zurückgezogen und sein Geschäft einem anderen Metzger übergeben. Linda hatte mehrmals ihre Besorgnis geäußert, doch jetzt schien der neue Metzger endlich ihr Vertrauen gewonnen zu haben.

Queriand konnte sich das Haus nicht ohne Linda vorstellen, die ihm half, die Härten eines Junggesellenlebens zu vermeiden, und es ihm erlaubte, nur dessen Vorteile zu genießen. Die alte Haushälterin war Witwe, ihre Söhne waren beruflich erfolgreich, und sie selbst bezog eine gute Rente. Sie hätte aufhören können zu arbeiten. Doch sie hatte überhaupt nicht die Absicht, das zu tun, zu sehr liebte sie es, unabhängig zu sein. Außerdem war Michael davon überzeugt, daß seine Mutter ihn vor ihrem Tod dieser Frau ans Herz gelegt hatte, die für sie eher eine Freundin als eine Angestellte gewesen war.

»Linda, erinnern Sie sich daran, wie sehr meine Mutter weiße Blumen liebte?«

Sie sah ihn an, als hätte sie nicht verstanden. Queriand wollte gerade den Satz wiederholen, da nickte sie.

»Natürlich«, antwortete sie, als sei es völlig unvorstellbar, so etwas zu vergessen. »Ihr gefielen vor allem weiße Rosen. Ich verstehe nicht«, fügte sie hinzu und sah ihn ärgerlich an, »wieso Sie eigentlich keine auf der Terrasse haben...«

Michael nickte. »Sie haben recht, ich werde welche pflanzen lassen. Sagen Sie bitte«, sprach er weiter, als habe er eine plötzliche Eingebung, »erinnern Sie sich noch, wie ich fünfzehn Jahre alt war?«

»Was für eine Frage. Natürlich tue ich das, ich habe ja noch kein Alzheimer.« Linda lächelte. »Sie waren manchmal ein ganz schöner Frechdachs...«

»Wissen Sie noch, wann der Freund meiner Mutter starb? Das war nach dem Sommer an der Côte d'Azur...«

Linda runzelte die Stirn, wandte den Blick ab und ließ ihn auf einem unsichtbaren Staubkörnchen auf der Anrichte ruhen. Dann wandte sie sich erneut um und sah ihm direkt in die Augen. »Ja, natürlich. Warum fragen Sie mich das?«

Michael wurde verlegen, er fühlte sich wieder wie ein kleiner Junge.

»Ich habe heute nacht von ihm geträumt«, log er. »Er war ein netter Mann, nicht?«

»Ja, er war sehr nett. Es sind immer die Besten...«, fügte sie leise hinzu.

Diese Worte beschworen bei Queriand eine Erinnerung herauf. Er sah Linda wieder, wie sie versuchte, seine Mutter zu trösten, kurz nach Roberts Tod. Es waren endlose Tage der Trauer gewesen, und je mehr sich Thea bemühte, ihren Schmerz zu verbergen, um so spürbarer war er. Damals hatte er unbemerkt zugehört, wie Linda, über seine Mutter gebeugt, die gleichen Worte gesagt hatte. Dann, vielleicht erbittert über ihre Ohnmacht, hatte sie etwas über das Unkraut, das nie vergeht, hinzugefügt. Michael ahnte, daß Linda damit seinen Vater meinte, doch das erschütterte ihn nicht, eher stimmte er mit ihr überein.

»Meine Mutter liebte ihn sehr, nicht wahr?« fragte er mit leiser Stimme.

Linda antwortete nicht gleich. Sie sah ihn streng an, wie früher, wenn sie ihn erwischte, wie er mit der Taschenlampe unter der Bettdecke las.

»Sie waren sehr verbunden miteinander«, sagte sie ungeduldig. »Außerdem hat Mr. Bert in einer schwierigen Zeit viel für Ihre Mutter getan. Sie waren damals noch zu klein, Sie können sich nicht daran erinnern...«, schloß sie.

»Ach kommen Sie, Linda! Ich war ein junger Mann und nicht dumm. Ich weiß genau, in welchem Schlamassel mein Vater uns zurückgelassen hatte, aber ich weiß auch, daß meine Mutter für diesen Mann mehr als nur Dankbarkeit empfand!«

»Wenn Sie das wissen, warum fragen Sie mich dann?« Linda schien verbittert, als hätten die Worte Queriands sie genötigt, ein Geheimnis zu verraten.

»Weil das, was ich weiß, sicherlich nur die Hälfte, wenn nicht noch weniger von dem ist, was Sie wissen, und ich möchte mehr verstehen. Wenn meine Mutter nicht über sich sprach, dann nicht, weil sie etwas verbergen wollte, sondern weil Zurückhaltung zu ihrem Charakter gehörte. Ein Charakter, den ich – leider, oder glücklicherweise – geerbt habe.«

Linda warf ihm einen Blick wie Blitz und Feuer zu. »Wenn Sie etwas von Ihrer Mutter geerbt haben, können Sie Gott dankbar sein, vergessen Sie das nie!« sagte sie. »Aber es stimmt, sie liebte diesen Mann, und dieser Mann liebte sie, doch es ist nun einmal so gewesen, wie es gewesen ist. Er ist gestorben, und sie hat weitergelebt.«

»Das ist der Punkt«, sagte Queriand beschwichtigend. »Ich habe nicht den Eindruck, als hätte meine Mutter weitergelebt…«

»Wieso? Hat Ihnen irgend etwas gefehlt? Ist sie keine gute Mutter gewesen?«

»Aber nein«, verteidigte sich Queriand, »das wollte ich damit nicht sagen…«

»Ja, warum reden Sie dann so? Ihre Mutter hat weitergelebt. Jedenfalls ist sie erst vor wenigen Jahren gestorben. Glauben Sie mir, Michael, wenn jemand nicht mehr leben will, dann schafft er es auch, sich umzubringen, und sei es durch irgendeine Krankheit. Doch Thea ist hiergeblieben, hat ihren Sohn großgezogen, ohne sich bei ihm auszuheulen, und hat vielen Menschen ihre Freundschaft geschenkt. Sie war eine außergewöhnliche Frau«, seufzte Linda, »doch sie hatte kein Glück…«

»Was ich sagen wollte«, setzte Michael verwirrt noch einmal an, »ist, daß eine fünfunddreißigjährige Frau nicht drauf verzichten kann, sich wieder ein Leben aufzubauen, wieder glücklich zu sein.«

Linda schüttelte den Kopf. »Ihr jungen Leute seid gleichzeitig naiv und überheblich. Was bringt Sie denn auf den Gedanken, daß ein Mensch voll und ganz über sein Leben bestimmen kann?«

»Aber meine Mutter hat sich nach dem Tode dieses Mannes so verhalten, als hätte sie darauf verzichtet zu leben!«

»Wenn das, was Sie sagen, wahr wäre, dann wären Sie schon vor langer Zeit Waise geworden.« Linda band sich den Schal fest um den Hals und griff nach der Tasche, die sie auf dem Tisch abgestellt hatte. »Was Ihrer Mutter geschehen ist, hätte einen Stier umgeworfen. Und ich meine nicht nur den Tod von Mr. Bert. Das war nur der letzte Tropfen. Sie war eine starke und kluge Frau, doch das genügt oft nicht, wenn man kein Glück hat. Sie entschied sich, sich nicht irgendwie zu begnügen, und der Preis dafür war natürlich Einsamkeit.«

Linda blieb noch einen Augenblick schweigend stehen und sah nachdenklich vor sich hin. »Schreiben Sie nur Ihr Buch«, sagte sie dann nachsichtig. »Wenn es Ihnen hilft, können wir noch mehr über Ihre Mutter sprechen. Aber wenn Sie wirklich verstehen wollen, wie alles gegangen ist, müssen Sie begreifen, daß Thea keinen Verzicht geleistet, sondern eine Entscheidung getroffen hat.«

Anita Moss ging eilig die Straße hinunter, den Blick streng geradeaus gerichtet. Einer der Männer von Franz behielt sie vom gegenüberliegenden Gehsteig aus diskret im Auge, und nicht weit entfernt stand ein Auto bereit, ihr zu folgen, falls sie in ein Taxi steigen sollte.

Sie bog zum St. George's Square ab, in Richtung U-Bahn-Station Pimlico, doch als sie an der Ecke Belgrave Road war, hielt sie ein Taxi an und stieg ein. Der Mann, der ihr bis zu diesem Augenblick gefolgt war, murmelte etwas in sein Walkie-talkie, und ein schwarzer BMW setzte sich in Bewegung, um dem Taxi zu folgen.

Anita Moss nannte dem Fahrer als Fahrtziel die Regent Street und ließ sich in den Sitz zurückfallen. Es war dichter Verkehr, und sie fragte sich, warum sie sich bloß im letzten Moment entschlossen hatte, nicht mit der U-Bahn von Pimlico nach Piccadilly zu fahren. Mit Sicherheit würde es mit dem Taxi um diese Zeit länger dauern. Doch wenn sie es sich recht überlegte, war das im Grunde sogar besser. Sie wollte für dieses Treffen, das ihr Sorgen machte, in Form sein, und das Taxi würde es ihr ersparen, in einer überfüllten U-Bahn hin- und hergestoßen zu werden. Während sie im Schrittempo vorankamen, ließ sie sich noch einmal alles durch den Kopf gehen, was Sir Quentin ihr erzählt hatte: daß Ogden durch einen unglaublichen Zufall Queriand in einem Restaurant kennengelernt hatte und – als ob das noch nicht genug wäre – daß er dreißig Meter von ihm entfernt wohnte. Für die paranormale Forschung waren Zufälle etwas anderes als für die Spionage. Etwas anderes, dachte sie, doch nicht weniger beunruhigend.

Im Restaurant angekommen, schob sie sich langsam zwischen den Tischen durch, bis sie Ogden sah. Sie hob die Hand zum Gruß, und ihre Miene entspannte sich, als sie auf ihn zuging. Ogden stand auf und erwartete sie. Mit einem anerkennenden Blick registrierte er die schlichte Eleganz des cremefarbenen Jerseykleids, das das Goldbraun ihres getönten Haares unterstrich, das sicher einmal ihre natürliche Farbe gewesen war.

»Hier bin ich endlich!« Anita Moss setzte sich, und ein flüchtiges Lächeln spielte um ihren Mund. »Bitte entschuldigen Sie, daß ich mich verspätet habe. Ich habe ein Taxi genommen, und natürlich hat es länger gedauert…«

»Machen Sie sich deshalb keine Sorgen, Mrs. Moss – aber vielleicht darf ich weiter Anita sagen, wie gestern abend. Es wäre schwierig, Susan diese Rückkehr zur Förmlichkeit zu erklären.« Ogden lächelte sie an und setzte sich nun ebenfalls.

»Natürlich, das ist ja nur logisch«, nickte sie, ein wenig verlegen.

Der Kellner kam und brachte die Speisekarten. Ogden schlug seine nicht auf.

»Wollen wir Scampi nehmen?« fragte er sie. »Die sind hier ausgezeichnet.«

»Ja, natürlich.« Anita Moss zog ein Päckchen Zigaretten und ein Feuerzeug aus der Handtasche. Ogden beugte sich über den Tisch vor und gab ihr Feuer. Erstaunt sah Anita ihn an. »Sie sind wirklich sehr freundlich, Mr. Ogden…« Sie unterbrach sich und sprach den Satz nicht zu Ende.

»Wenn man bedenkt, was ich bin?« ergänzte Ogden mit einem Lächeln. »In diesen Kreisen gibt es viele Leute, die sehr auf Manieren achten – doch ich bin einfach so erzogen worden. Du solltest vorsichtiger sein, Anita. Und denk daran, daß wir nicht förmlich miteinander sein sollten.«

»Ich sehe, daß du nicht gerne zweimal das gleiche sagst«, sagte sie gekränkt. »Ich weiß sehr gut, auf welchem Terrain wir uns bewegen, und es tut mir leid, daß du gezwungen bist, mit Leuten zusammenzuarbeiten, die unter deinem gewohnten Niveau sind. Doch ich werde wohl nicht deine einzige englische Gesprächspartnerin sein, und meine Kollegen sind ja bekanntlich einigermaßen ausgebildet. Wie dem auch sei, ich kümmere mich nur um die paranormalen Aspekte des Falls. Ich kannte den armen Lupescu persönlich, und als wäre das nicht genug, gehöre ich seit Jahren zu dem spiritistischen Zirkel, in dem Queriand seine Nachricht bekommen hat. Wie du siehst, habe ich mit dieser Sache weniger deshalb zu tun, weil ich zum Secret Service gehöre, sondern eher wegen meiner Freundschaft zu Lupescu und meiner

Zugehörigkeit zur Gruppe Cornell. Ich bin also die Kontaktperson einer Geisterwelt, und nicht die eines Geheimdienstes – was für den Rest unserer Kollegen amüsant sein mag, aber nicht für mich. Leider oder zum Glück habe ich bisher nie an einer Operation teilgenommen. Die kleine Abteilung, die ich leite, beschäftigt sich ausschließlich damit, die mögliche Anwendung von Psikräften für die Interessen des englischen Geheimdienstes zu untersuchen. Doch vor diesem seltsamen Fall sind wir Strangers nur eine Studiengruppe gewesen, praktisch abgetrennt vom Rest der Organisation, abgesehen davon, daß wir auf ihrer Gehaltsliste stehen.« Anita holte tief Luft und trank einen Schluck Wein. »Was ich sagen will: Wir haben im Laufe der Jahre die gleiche Arbeit geleistet, die wir getan hätten, wenn unser Auftraggeber nicht die englische Regierung, sondern irgendein Forschungsinstitut gewesen wäre.«

Anita machte eine Pause, ihr Ärger war verraucht, sie wirkte eher müde. »Ich bin auch, oder vielleicht sollte ich sagen: vor allem Psychiaterin. Der Zufall hat es so gewollt, daß die Gruppe um Daisy Cornell, ich selbst, Lupescu und Queriand miteinander in Verbindung stehen. Wenn wir es einmal Zufall nennen wollen«, schloß sie und sah ihn aufmerksam an.

Ogden hatte Anita Moss während ihres Redeschwalls beobachtet, und es gefiel ihm, mit welcher Klarheit und Energie sie die Situation auf den Punkt brachte.

»Anita«, sagte er bedauernd, »was ich gesagt habe, war weder überheblich noch aggressiv gemeint. Es tut mir leid, wenn ich mich so ausgedrückt habe, daß bei dir dieser Eindruck entstanden ist. Tatsache ist, daß du eher persönlich als beruflich in die Sache verwickelt bist. Man hat dir einen Auftrag erteilt, doch du hast mit dieser Geschichte vor allem deshalb zu tun, weil du mit einem der Opfer befreundet warst, und dann natürlich, weil du die Abteilung der Strangers leitest. Außerdem gehörst du zur...«, Ogden zögerte, als suchte er das richtige Wort, »paranormalen Szene. Die Mission weist einige Aspekte auf, die ich einmal ›unwägbar‹ nennen möchte, ein kaum wünschenswertes Szenario, wenn man eine sehr konkrete Operation durchführen soll, bei der es um geheime Informationen und Morde geht. Das, was Monteanu und deinem Freund Lupescu geschehen ist, läßt keine Zweifel; von dem Angriff auf Queriand ganz zu schweigen. Deshalb«, schloß er, »ist es für mich eine Belastung, daß Leute wie du und Queriand in diese Angelegenheit hineingezogen werden.«

Anita sah ihn an und kniff die Augen zusammen: »Machst du dir Sorgen um uns oder um den Erfolg der Operation?«

Ogden lächelte, mit einem Ausdruck, als kapitulierte er. »Bei dieser Arbeit ist eine gewisse Gleichgültigkeit ratsam«, antwortete er und sah sie an. »Doch du bist ein bemerkenswerter Mensch, genauso wie Queriand. Es würde mir leid tun, wenn euch irgend etwas zustößt. Leider läßt eure Unerfahrenheit diese Möglichkeit nicht ganz abwegig erscheinen.«

Anita schien zu überlegen. Dann, nachdem sie den Blick durch den Saal hatte schweifen lassen, sah sie ihn erneut an.

»Sonderbar«, meinte sie, »du machst dir mehr Sorgen um mich als Sir Quentin. Wie kommt das?«

Ogden straffte sich. »Vielleicht hängt es damit zusammen, daß ich ein Südländer bin…«, sagte er mit einem jungenhaften Ausdruck.

Anita war einen Augenblick lang sprachlos, dann lachte sie. Ogden tat das gleiche, froh darüber, daß die Atmosphäre sich entspannt hatte.

»Wohin bist du gestern abend gegangen? Du hast uns allen Sorgen gemacht, einschließlich deiner Tochter«, fragte er, während Anita noch lachte.

Sie wurde wieder ernst und wandte den Blick ab. »Ich habe eine Freundin besucht.«

Ogden wartete, doch sie sagte nichts weiter.

»Und wer ist diese Freundin?« fragte er und schenkte zu trinken ein.

»Sie war meine Patientin. Und gestern abend war sie sehr deprimiert. Menschen wie ich, die nicht mehr jung sind und allein leben, können unter solchen Umständen nützlich sein, vor allem, wenn sie meinen Beruf haben.«

»Gehört diese Frau zu den Strangers?«

Anita nickte, als koste es sie Mühe. »Ja, aber ich wäre dir sehr dankbar, wenn du Sir Quentin nichts darüber sagen würdest. Er ist davon überzeugt, daß Serena sich von ihrer Depression, die sie vor einem Jahr plagte, vollkommen erholt hat. Und so ist es auch tatsächlich, doch manchmal geschieht es ihr immer noch, daß sie am Boden zerstört ist, und dann helfe ich ihr ein bißchen, weniger als Ärztin, eher als Freundin…«

»Wie heißt sie mit Nachnamen?« wollte Ogden wissen.

»Preston. Serena Preston.«

»Und in welchem Zustand war deine Freundin?« fragte er zerstreut.

»Sie hatte Alpträume gehabt, die sie ziemlich belasteten, fast so etwas wie Träume mit offenen Augen. Sie ist hellseherisch begabt, also haben die Bilder aus dem Traum sie erschreckt. Sie fürchtet, daß sie sich auf ein zukünftiges Geschehen beziehen. Doch ich glaube, daß sie sich gestern abend ein bißchen allein fühlte und sich in gutem Glauben an mich wandte, weil ich verfügbar war.«

»Ich bitte dich, in Zukunft weniger verfügbar zu sein, vor allem zu so später Stunde.«

»Ja, du hast recht …«, lenkte Anita ein. »Ich habe auch Susan gestern abend belogen, aber ich mochte nicht über Serena reden, aus dem gleichen Grund, aus dem ich dich gebeten habe, kein Wort darüber zu Sir Quentin zu sagen. Es gibt immer noch viele Vorurteile, was psychische Krankheiten angeht, auch wenn es nur leichte Störungen sind. Wahrscheinlich war ich übervorsichtig. Susan hat ja keine Kontakte zu Sir Quentin.«

»Sir Quentin könnte welche zu ihr haben, also hast du das richtig gemacht. Du kannst beruhigt sein, ich werde nichts von dem, was du mir gesagt hast, berichten. Ich habe sowieso nicht mit Sir Quentin, sondern mit meinem Chef zu tun. Wir sind immer noch ein unabhängiger Dienst.«

Anita wollte ihm gerade danken, doch er wechselte das Thema.

»Was hältst du von Queriands Freundin Nina?«

»Ein liebes Mädchen, und nicht ohne übernatürliche Fähigkeiten. Doch die intensivsten Erfahrungen verschafft ihr im Augenblick wohl eher dein Nachbar Queriand«, meinte sie mit einem Augenzwinkern.

»Ja, das ist uns auch aufgefallen. Du hast eine reizend ironische Art, die Dinge darzustellen, Frau Doktor«, nahm Ogden sie auf den Arm.

»In meinem Alter ist eine Frau gegen solche Leiden gefeit, also kann sie mit Ironie darüber reden. Ich glaube, das ist einer der wenigen Vorzüge des Alters.«

»Nina ist eine der vielen Außenstehenden, die in diese Geschichte verwickelt sind«, sagte Ogden nachdenklich. »Aber wer weiß, vielleicht ist nicht alles so, wie es aussieht.«

»Ziehst du die Authentizität der Sitzung in Zweifel?« fragte sie erstaunt. »Ich kann dir versichern, daß es eine außergewöhnliche Erfahrung war! Ich kenne das Medium und die anderen Mitglieder der Gruppe seit vielen Jahren. Und weder diesmal noch in der Vergangenheit hat es irgendwelche Tricks gegeben.«

»Du bist die Expertin, und wenn du sagst, daß alles echt ist, habe ich keinen Grund, daran zu zweifeln. Natürlich wäre es einfacher, wenn sich unter euch ein Betrüger befände.«

Anita sah ihn verständnisvoll an: »Diese Phänomene machen immer ein bißchen ratlos, aber es gibt sie nun einmal, und wir können nichts daran ändern.«

»So wenig wie an vielen anderen Dingen«, bemerkte Ogden. »Doch laß uns noch einmal auf Nina zurückkommen. Sie scheint der Typ Frau, der nicht losläßt, auch wenn das Objekt ihrer Liebe eher desinteressiert ist. Eine Masochistin?« fragte er unsicher.

»Sie mag diesen Eindruck erwecken, doch in Wirklichkeit leidet sie unter Verlustängsten, ich will damit sagen...«

»Ich verstehe schon«, unterbrach Ogden sie.

Anita sah ihn an. »Ah, gut … Nina zeigt bisweilen diese Symptome, aber ich glaube nicht, daß sie unserem Schriftsteller noch lange zusetzen wird, wenn er sie weiterhin so behandelt. Sie hat mich gestern abend angerufen und mich gebeten, ihr zu helfen, Queriand zu überreden, an einer zweiten Sitzung teilzunehmen. Sie hofft, daß eine weitere Botschaft von Lupescu klären könnte, welche Art von Gefahr Queriand droht.«

»Wir brauchen Lupescu nicht zu bemühen, um uns das vorstellen zu können. Diese Leute müssen davon überzeugt sein, daß sie das, was sie weder bei Monteanu noch beim Professor gefunden haben, bei Queriand finden werden.«

»Allerdings«, stimmte Anita zu, »doch es ist verständlich, daß Nina, da sie ja die Hintergründe nicht kennt, als Spiritistin davon überzeugt ist, daß Lupescu dem Schriftsteller geradezu Anweisungen geben könnte, wie er der Gefahr ausweichen kann.«

Sie schwiegen eine Weile. Ogden bot ihr eine Zigarette an und nahm selbst auch eine.

»Ich weiß, daß du diese Phänomene nicht nur als Wissenschaftlerin erforschst, sondern auch glaubst, daß sie Manifestationen einer parallelen Realität sind, die wir erst noch begreifen lernen müssen«, sagte er nach dem ersten Zug. »Und doch scheinst du mir in diesem Fall die Hoffnungen Ninas nicht zu teilen.«

Anita Moss nickte. »Kontakt mit unserer Dimension aufzunehmen ist für ein Geistwesen keine Kleinigkeit«, antwortete sie. »Obwohl die Sitzung ein Erfolg gewesen ist, scheint mir Ninas Optimismus leicht übertrieben. Doch man kann nie wissen, sie könnte auch recht haben.«

Sie wartete einen Moment, doch Ogden schien mit seinen Gedanken woanders.

»Meinst du, Queriand könnte irgendeine paranormale Begabung haben?« fragte Ogden nach einer Weile.

»Ich wüßte nicht. Glaubst du es?«

»Als Michael Queriand und ich uns kennengelernt haben, unterhielten wir uns lange. Nachdem Queriand mir von dieser Sitzung erzählt hatte, sprachen wir über unsere jeweiligen Einstellungen zu diesen Phänomenen. Queriand sagte mir, daß er schon immer an das Weiterleben der Seele geglaubt habe, das er sich in einer anderen Dimension vorstellt, ohne Materie, wie wir sie verstehen. Seit frühester Jugend sei er davon überzeugt gewesen, noch bevor er seine Nase in östliche Philosophien gesteckt und etwas über Reinkarnation gehört habe. Deshalb ist mir durch den Kopf gegangen, er könnte außer den literarischen auch noch andere Talente haben.«

»Das ist nicht ausgeschlossen«, gab Anita zu, »sicherlich steht diese Geschichte im Zeichen der Synchronizität, und wir wissen, daß eine Untersuchung der Fakten in diesem Sinne uns weit bringen kann…«

»Gewiß«, meinte Ogden, »doch bei allem Respekt für Jung: Ich darf mich nicht allzuweit in diese Richtung bewegen; das ist nicht meine Methode.«

»Du kennst dich sehr gut aus«, sagte Anita Moss und betrachtete Ogden interessiert. »Und was denkt ein Agent, der die heiligen Texte kennt, über das Jenseits?«

»Ich habe nicht die gleichen Gewißheiten wie Queriand. Ich beschränke mich darauf, den Tod nicht zu akzeptieren«, antwortete er schroff.

»Also stimmst du in einem gewissen Sinn mit uns überein.«

»Nein. Ihr glaubt ja, daß der Tod nicht existiert, daß er nur eine Veränderung des Zustands ist: Zuerst haben wir einen Körper, hier auf der Erde, dann gehen wir woanders hin, leichter und glücklicher...« Ogden schüttelte den Kopf. »Wenn ich sage, daß ich den Tod nicht akzeptiere, dann meine ich damit, daß ich mich auf eine kindlichere und dickköpfigere Art gegen ihn wehre. Praktisch verdränge ich selbst die Vorstellung vom Tod, vor allem vom Tod der anderen, denn die anderen fehlen einem ja. Sagen wir, meine Beziehung zum Tod ist aggressiv. Wenn ich könnte, würde ich ihn töten«, schloß er, und seine Augen funkelten spöttisch.

»Du mußt durch den Tod eines Menschen sehr gelitten haben. Hast du vielleicht als Kind deine Eltern verloren?«

Ogden brach in Gelächter aus. Dann wurde er wieder ernst und sah sie mit Sympathie an, oder vielleicht mit einer gewissen Nachsicht.

»Ihr Psychiater habt alle die gleiche Manie. Ihr müßt einfach den armen Eltern die Schuld geben, selbst dafür, daß sie gestorben sind! Nein, was mich betrifft, sind die Schäden, die meine Mutter und mein Vater angerichtet haben, nicht mit ihrem Tod verbunden, sondern eher mit ihrem Leben. Außerdem glaube ich nicht, sie je geliebt zu haben. Wenn ich es getan habe, kann ich mich nicht daran erinnern...«

Anita Moss betrachtete ihr Gegenüber, als sehe sie diesen Mann zum ersten Mal. Er war knapp über vierzig, das Gesicht leicht eingefallen, die Augen blau, mit goldenen Funken in der Iris. Sein Blick schien, auch wenn er lächelte, unfähig zur Freude. Die Haare waren blond, doch Anita überraschte sich bei dem Gedanken, daß sie erst, wenn sie grau wären, diesem Gesicht seine volle Schönheit geben würden. Sie fragte sich, welches Leid dieser Mann verbarg.

»Und selbst wenn irgendwo etwas von denen, die wir geliebt haben, bliebe«, fuhr Ogden fort, »was würde es ändern? Wir sind hier und sie woanders, nicht wahr?« Er sah sie an, als erwarte er Widerspruch von ihr.

»Gewiß«, antwortete Anita, »es stimmt, daß wir hier sind, aber wir werden nicht ewig hierbleiben, meinst du nicht auch? Oder glaubst du, unsterblich zu sein?«

Er reagierte nicht gleich, so, als hätten ihre Worte ihm irgend etwas Überraschendes enthüllt. Doch er faßte sich schnell wieder, und als er antwortete, hatte er erneut die Maske gewechselt.

»Natürlich bin ich unsterblich«, rief er. »Hat Sir Quentin dir das nicht gesagt?«

Beide lachten, und Anita fühlte sich besser. Ogden gab dem Kellner ein Zeichen und verlangte die Rechnung.

»Ich möchte, daß du mir ein kleines Dossier über jedes Mitglied der Gruppe Cornell machst, einschließlich Daisys Ehemann«, sagte Ogden.

An Anitas Gesichtsausdruck konnte Ogden erkennen, daß ihr die Aufgabe mißfiel.

»Anita, du bist eine Agentin, und was ich da von dir verlange, ist eine reine Routineangelegenheit. Natürlich haben wir schon alle eure Dossiers, doch ich möchte deine persönliche Meinung über diese Leute. Wer immer in diese Geschichte verwickelt ist, muß nach der bewußten Sitzung neu eingeschätzt werden, ist dir das klar?«

Anita Moss nickte. »Weiß Sir Quentin davon?«

»Natürlich. Ich glaube, ich habe bei ihm den Eindruck erweckt, daß paranormale Phänomene mich sehr anziehen.«

»Wer weiß«, murmelte Anita, »daran könnte viel mehr Wahres sein, als du denkst.«

Am Samstagnachmittag ging Michael Queriand ins Fitneßstudio. Er spürte das Bedürfnis, sich körperlich zu verausgaben, und das wunderte ihn, denn normalerweise fühlte er sich entspannt, wenn er mit der Arbeit zufrieden war. Im Studio nahm er sich die Bank vor und erhöhte das Gewicht gleich um zehn Kilo. Doch danach war er noch nicht erschöpft genug, also wechselte er zum Sandsack, wo ihm schließlich auffiel, daß es ihm eine gewisse Befriedigung verschaffte, mit den Fäusten zuzuschlagen.

»Queriand, bist du irgendwie wütend?«

George, der Trainer, sah ihm amüsiert zu. Er war ein dreißigjähriger Mann mit einer beeindruckenden Masse Muskeln.

»Nur weiter so, du solltest dich öfter aufregen.«

Queriand hörte auf, nahm ein Handtuch und wischte sich den Schweiß ab. »Ich bin nicht wütend«, sagte er.

»Das sah aber ganz so aus. Was ist los, fällt dir für einen Roman kein Schluß ein?«

Queriand lachte. »Ich habe eine Ginseng-Kur gemacht. Das kannst du deinen Jungs mal empfehlen.«

Der Trainer gab ihm einen Klaps auf die Schulter.

»Komm, ich gebe dir einen Milchshake aus, sonst hebst du mir nachher noch ab.«

An der Bar flirtete eine bodygebuildete Blonde mit einem Mann, der nicht mehr jung, doch beneidenswert gut in Form war. George zwinkerte Queriand zu: »Nicht schlecht, was?«

»Ich hätte Angst, daß sie mich im Bett nach dem Orgasmus zerquetscht«, antwortete Queriand.

»Sie ist neu hier«, erklärte George und ließ dabei die Frau nicht aus den Augen. »Ich finde, sie ist sehr sexy, was meinst du?«

Queriand nickte und besah sich die Blonde, die jetzt auf sie zukam.

»Grüß dich, George.« Sie lächelte beide an und stieg auf einen Hocker neben dem Trainer.

»Grüß dich, Carol. Darf ich dir Michael Queriand vorstellen?«

Die Blonde reichte Queriand die Hand und warf ihm einen interessierten Blick zu. Sie war klein, und ihr fast kindliches Gesicht stand im Kontrast zu ihrem muskulösen Körper, der jedoch gut proportioniert war. Und sie hatte einen schönen Busen.

»Michael Queriand, der Schriftsteller?«

Er nickte, erstaunt darüber, daß sie ihn kannte.

»Ich habe Ihren letzten Roman gelesen, er hat mir sehr gefallen.«

»Danke.«

»Hör mal, George«, sagte sie, an den Trainer gewandt, der sie mit schmachtenden Blicken ansah, »ich gebe heute abend ein Fest, und ich möchte euch alle beide dazu einladen. Sie können mitbringen, wen sie wollen, Mr. Queriand. Es ist eine 60er-Jahre-Party...«, erklärte sie.

»Das ist sehr freundlich. Ich werde auf jeden Fall versuchen zu kommen.«

»George kann Ihnen meine Adresse geben. Dann also bis heute abend, ab neun Uhr geht's los.« Sie kletterte von ihrem Hocker, verabschiedete sich mit einem Winken und ging Richtung Umkleideräume.

Queriand wandte den Blick nicht von ihr, bis sie hinter der Tür verschwunden war.

»So muskulös ist sie nun auch wieder nicht, oder?« fragte George.

»Stimmt. Vielleicht brauche ich heute eine andere Art von Gymnastik. Wo wohnt die schöne starke Frau denn?«

»In Kensington. Komm nachher im Büro vorbei, dann gebe ich dir die Adresse. Ich lasse mir diese Party nicht entgehen. Und du, hast du heute abend schon was vor?«

»Ich glaube nicht.«

»Dann komm, es wird bestimmt spannend. Jedenfalls ist sie eine tolle Frau, und außerdem gehört sie zur besseren Gesellschaft.« George zwinkerte ihm zu und lachte: »Also etwas für dich, mein Freund, ich bin schließlich ein Prolo.«

Nachdem er das Fitneßstudio verlassen hatte, ging Queriand in die Regent Street, wo er sich ein paar Krawatten und einen Pullover kaufte. Dann fuhr er mit der U-Bahn zurück nach Chelsea.

Zu Hause fand er auf dem Anrufbeantworter eine Nachricht von Nina und eine von Anita Moss. Dieser letzte Name kam ihm zwar bekannt vor, aber er konnte trotzdem nicht direkt etwas damit anfangen. Sie hatte keine Telefonnummer hinterlassen und kündigte einen weiteren Anruf für den Abend an.

Queriand ging in sein Arbeitszimmer und setzte sich an den Schreibtisch. Er hätte Nina zurückrufen müssen, tat es aber nicht. Die Vorstellung, den Abend mit ihr zu verbringen, machte ihn nervös.

Er las die letzten Seiten durch, die er am Morgen geschrieben hatte, und sie gefielen ihm. Doch die Unruhe, die ihn ins Fitneßstudio getrieben hatte, war noch immer da. Er stand vom Schreibtisch auf und ging im Zimmer auf und ab. Wer wollte sich Gehör verschaffen? fragte er sich. Welche seiner Figuren hatte er vernachlässigt?

»Du spinnst, Queriand,« sagte er mit lauter Stimme zu sich selbst und goß sich einen Whisky ein. Als er ihn ausgetrunken hatte, ging er hinunter ins Erdgeschoß, ins Zimmer seiner Mutter. Das Zimmer war so geblieben, wie Thea es verlassen hatte. Queriand hatte sich darauf beschränkt, ihre Papiere in eine Kommode zu räumen, falls er selbst mehr Platz brauchen sollte. Doch er hatte dieses Zimmer nie benutzt und schließlich all seinen Krempel in seinem Arbeitszimmer angehäuft.

Er ging ans Bücherregal, nahm ein Lexikon der Parapsychologie heraus, schlug einen Begriff nach, den er am Morgen in seinem Roman gebraucht hatte, stellte das Buch wieder an seinen Platz und schaute sich um. Er fuhr mit den Fingern über die Platte des kleinen Schreibtischs aus Kirschholz – kein Staub.

Der kleine weiße Apparat auf dem Schreibtisch fing plötzlich an zu läuten.

»Michael Queriand?« fragte eine Frauenstimme.

»Ja, wer spricht bitte?«

»Guten Abend, hier ist Dr. Anita Moss. Wir haben uns im Hause von Daisy Cornell an diesem ein wenig peinlichen Abend kennengelernt…«

»Das haben Sie ganz richtig gesagt, Frau Dr. Moss, es war wirklich peinlich«, unterbrach Queriand sie. »Was kann ich für Sie tun?«

»Vor allem möchte ich wissen, wie es Ihnen geht.«

»Ich bin vollkommen wiederhergestellt, danke.«

»Sie sind noch wütend, und das kann ich Ihnen nicht verübeln«, sagte Anita in einem bedauernden Tonfall. »Doch die Umstände waren außergewöhnlich. In den vielen Jahren, in denen wir diese Sitzungen schon abhalten, ist es nie zuvor geschehen, daß ein Geistwesen ausdrücklich mit einer bestimmten Person zu sprechen verlangte. Und dann handelte es sich nicht einmal um ein Mitglied der Gruppe. Wenn wir Ihnen den Hintergrund erklärt und Sie gebeten hätten, an der Sitzung teilzunehmen, hätten Sie wahrscheinlich abgelehnt. Stimmt's?«

»Da können Sie ganz sicher sein.«

Anita überhörte den feindseligen Ton in Queriands Stimme.

»Wir waren es, die Nina gedrängt haben, Sie in Daisy Cornells Haus einzuladen. Wir waren sicher, daß die Botschaft von großer Wichtigkeit für Sie sein würde. Was ich sagen möchte: Wir haben abgewogen, ob es besser ist, Sie zu belügen oder das Risiko einzugehen, daß Sie die Botschaft nicht erhalten. Da haben wir es vorgezogen zu lügen.«

»Also sollte ich Ihnen dankbar sein?«

»Ja, was meinen Sie, Mr. Queriand?«

»Wer weiß, vielleicht haben Sie recht.«

»Hat sich Lupescus Warnung irgendwie bestätigt?«

»In einem gewissen Sinn...«

»In einem gewissen Sinn?« wiederholte Anita und tat so, als würde sie nicht verstehen.

»Irgendein Kerl, vielleicht ein Drogensüchtiger, ist in mein Haus eingedrungen und hat mich angegriffen, mir aber zum Glück nur ein blaues Auge verpaßt.«

»Lieber Himmel«, rief sie aus, »das ist ja furchtbar!«

»So etwas geschieht in London jeden Tag. Doch natürlich mache ich mir so meine Gedanken, daß die Sache ausgerechnet nach der Botschaft Lupescus geschehen ist...«

Anita räusperte sich: »Hören Sie, Mr. Queriand, ich habe Sie eigentlich angerufen, um Sie zu bitten, an einer zweiten Sitzung teilzunehmen. Nach dem, was Sie mir erzählt haben, ist es meiner Meinung nach wichtig, daß Sie sich für ein weiteres Experiment zur Verfügung stellen.«

»Mir reicht es vollauf, wenn die Polizei in dieser Sache ihre Arbeit tut – und die Toten möchte ich gerne in Ruhe lassen.«

»Und was sagt die Polizei?«

»Sie tappt natürlich im dunkeln«, gab er resigniert zu.

»Wenn Sie nicht an die Möglichkeit eines Lebens nach dem Tode glauben, ist mir klar, daß all dies Ihnen albern vorkommt. Doch im Grunde müßte es für einen Schriftsteller doch eine interessante Erfahrung sein, meinen Sie nicht?«

»So betrachtet kann jede beliebige Erfahrung für einen Schriftsteller ›interessant‹ sein, auch die Eiserne Jungfrau. Vielleicht ergänzen wir Erfahrung deshalb mit Phantasie, sonst würden wir ja nicht lange leben...«

Anita Moss lachte. »Verzeihen Sie mir. Gemeinplätze über Berufe sind immer dumm. Doch ich möchte Sie nicht länger belästigen. Wenn Sie Ihre Meinung ändern sollten, bitte ich Sie, es Nina wissen zu lassen, die sich dann mit mir in Verbindung setzen würde. Guten Abend, Mr. Queriand.«

Michael legte auf. Während des Gesprächs hatte er sich an Dr. Moss erinnert: eine ältere Frau von angenehmem Äußerem. Er bedauerte es, so schroff mit ihr umgegangen zu sein und ihr nicht widersprochen zu haben, als sie davon ausgegangen war, daß er nicht an ein Leben nach dem Tod glaubte.

Es war fast sieben Uhr, und er hatte Hunger. Er ging in die Küche und machte sich ein Toastbrot. Er überlegte sich, ob er zu der Party dieser Frau aus dem Fitneßstudio gehen sollte, doch als er seinen Toast gegessen und ein wenig Wein getrunken hatte, beschloß er, an diesem Abend zu arbeiten. Das Telefon läutete. Da er fürchtete, es könnte Nina sein, schaltete er nach dem ersten Läuten den Anrufbeantworter neben dem Apparat in der Küche ein.

»Hallo, Michael, ich bin es, George. Ich hätte gerne gewußt, ob du dich entschlossen hast, zu Carols Party zu kommen. Ich gehe natürlich hin. Ich bin in einem Restaurant ganz in deiner Nähe. Wenn es dir recht ist, kann ich dich abholen, dann können wir zusammen hingehen. Ruf meine Handy-Nummer an, tschüs.«

Queriand lächelte über Georges Begeisterung. Ganz offensichtlich plante er eine Eroberung. Er wollte gerade die Küche verlassen, als das Telefon noch einmal läutete. Er blieb in der Tür stehen, um die Nachricht mitzuhören.

Es war Nina, die ihn zum Abendessen einlud. Queriand meldete sich nicht. Er hörte ihre Nachricht bis zum Ende an, dann schaltete er den Anrufbeantworter aus und wählte Georges Nummer. Die Stimme des Freundes kam aus einer lauten Geräuschkulisse.

»Hier ist Michael. Gilt das Angebot noch, daß du mich mitnimmst?«

»Natürlich, Alter. Wann soll ich dich abholen?«

»Gib mir Zeit für eine Dusche.«

»Okay, ich bin mir sicher, daß wir uns amüsieren. Du hast Carol beeindruckt, ich verstehe mich auf so was.«

»Wenn du es sagst. Bis gleich.«

»Was treibt denn unser Schriftsteller?« fragte Ogden.

Franz sah ihn an und verzog das Gesicht: »Im Moment macht er sich gerade fertig, um mit George, diesem Muskelberg aus dem Fitneßstudio, auf eine Party zu gehen. Wir werden in Kürze wissen, wohin der ihn mitnimmt.«

Ogden und Franz saßen im Wohnzimmer des Hauses in der Jubilee Place. »Irre ich mich, oder hat unser Schützling mal wieder dein Mißfallen erregt?«

»Der Typ ist wirklich ein Arschloch«, platzte Franz heraus. »Ich habe seine Telefongespräche direkt mitbekommen, weil ich bei den Jungs im Lieferwagen war. Hör zu und sag mir, was du davon hältst. Bevor er aus dem Fitneßstudio und von seinem kleinen Einkaufsbummel zurück war, haben Nina und Anita Moss angerufen und Nachrichten hinterlassen. Kaum war er wieder zu Hause, hat er einen weiteren Anruf von der Moss bekommen. Du kannst dir die Bänder anhören, die Moss hat sich gut geschlagen. Danach hat das Telefon wieder geläutet, und er hat den Anrufbeantworter laufen lassen, offensichtlich, weil er fürchtete, es könnte Nina sein.« Franz schüttelte mißbilligend den Kopf. »Wenn ihm nichts an dem Mädchen liegt, soll er doch Schluß mit ihr machen!«

»Vielleicht liegt ihm doch etwas an ihr...«

Franz riß die Augen auf: »Nicht auszudenken, wie nett er wäre, wenn ihm nichts an ihr läge!«

»Manche Leute verhalten sich seltsam, wenn Gefühle im Spiel sind.«

»Wirklich?« Franz schüttelte den Kopf. »Das scheint mir die beste Art, sich das Leben schwerzumachen.«

»Allerdings...«, meinte Ogden nachdenklich.

Franz gab keinen Kommentar dazu ab. Ogden sah ihn amüsiert an: »Nina wäre weniger deprimiert, wenn sie wüßte, daß sie einen Beschützer wie dich hat.«

Franz verbarg seine Verlegenheit hinter einem geschäftigen Ton: »Auf jeden Fall bleiben die Jungs an Queriand dran und schleichen sich bei der Party ein, wenn es irgendwie geht.«

Franz' Handy piepste, und er meldete sich: »Okay, verliert ihn nicht aus den Augen.« Er steckte das Telefon in die Jackentasche. »Bei der Party scheint es drunter und drüber zu gehen, die Jungs sind ohne Probleme reingekommen, und ich gehe jetzt auch hin«, sagte er und zog seinen Mantel an.

»In Ordnung, halt mich auf dem laufenden.«

Als Ogden allein war, machte er sich daran, das Dossier über Serena Preston zu lesen. Er war gerade damit fertig, als auch sein Handy piepste. Er dachte, es sei Franz, und fürchtete schon, ebenfalls zu dem Fest zu müssen. Doch es war nicht Franz.

»Ogden, ich bin es.« Anitas Stimme klang aufgeregt.

»Was ist los?«

»Jemand versucht in meine Wohnung einzudringen...«

»Wo bist du jetzt?«

»Im Wohnzimmer.«

»Schließ dich ins Schlafzimmer ein, ich komme sofort.«

Ogden lief hinunter in die Garage, sprang ins Auto und raste Richtung Pimlico. Auf der Fahrt versuchte er die Männer von Franz, die Anitas Wohnung überwachten, ans Telefon zu bekommen, doch ihr Handy war nicht in Betrieb.

Zehn Minuten später war er in der Eccleston Street. Er rannte auf das Haus zu, sah sich dabei nach allen Seiten um: keine Spur von Franz' Männern. Als er vor Nr. 20 stand, fand er die Haustür geschlossen. Er drückte alle möglichen Klingeln, bis jemand öffnete.

Bevor er die Tür anlehnte, zog er aus seinem Hemdkragen eines der schmalen Plastikstäbchen und steckte es so ins Schloß, daß die Tür nicht schließen konnte. Im Hausflur nahm er sein Handy aus der Manteltasche und wählte Anitas Nummer. Sie war besetzt. Er versuchte es noch einmal: mit dem gleichen Ergebnis. Daraufhin rief er Franz an, der sich sofort meldete.

»Was für ein Auto haben die Männer, die vor der Wohnung von Anita Moss postiert sind?«

»Einen Audi. Warum, was ist los?«

»Ich bin in der Eccleston Street, und der Audi ist nicht da. Anita sitzt in der Klemme, komm mit ein paar Leuten, beeil dich.«

Ogden bewegte sich langsam. Das Licht im Treppenhaus funktionierte nicht, nur durch ein Fenster im ersten Stock fiel der matte Schimmer einer Straßenlaterne. Er warf einen Blick auf den Aufzug: Nicht einmal das rote Licht des Druckknopfs brannte. Es sah so aus, als gäbe es nirgendwo im Haus Strom. Eine Tür öffnete sich, und auf der Schwelle erschien eine alte Frau mit einem Kerzenhalter in der Hand.

»Das Licht ist ausgegangen«, rief sie und sah ihn an, als sei er für diese Schererei verantwortlich.

»Wieso funktionieren dann die Klingeln?« fragte er die Frau.

»Sie haben einen anderen Anschluß, damit wir nicht ganz isoliert werden. Das Haus ist alt, es passiert oft, daß der Strom ausfällt. Wohin wollen Sie denn, junger Mann?« fragte sie mißtrauisch.

»Zu Frau Dr. Moss.«

»Dann grüßen Sie sie von mir und sagen ihr bitte, daß ich den Verwalter schon angerufen habe. Der Elektriker müßte bald kommen.«

Als die Frau wieder in ihrer Wohnung verschwunden war, zog Ogden seine Pistole aus der Pistolentasche unter der Jacke und stieg die Treppe hinauf, schnell und leise. Nach wenigen Sekunden war er im zweiten Stock. Er schob sich an der Wand lang auf Anitas Tür zu, dann streckte er eine Hand aus und berührte sie: Sie war angelehnt. Er wollte sie gerade mit einem Ruck aufstoßen, ohne aus seiner Deckung herauszutreten, damit er kein allzu leichtes Ziel bot, als die eiserne Tür des Aufzugs hinter ihm plötzlich aufflog und ihn an die Wand preßte. Die dunkle Gestalt eines Mannes sprang aus der Kabine und dann zur Seite und stürzte sich auf ihn. Ogden konnte dem Angreifer ausweichen und ihm einen Schlag mitten ins Gesicht versetzen. Der Mann prallte gegen die Aufzugtür, hielt sich aber auf den Beinen. Ogden wollte gerade zum endgültigen Schlag ausholen, als ihm jemand von hinten mit voller Wucht auf den Kopf schlug. Er verlor das Bewußtsein und fiel seinem Gegner mit der blutenden Nase in die Arme.

Queriand sah sich um. Carol hatte das Ereignis zutreffend beschrieben: eine 60er-Jahre-Party, auf der sich eine Unmenge Leute drängten. Sie fand in einem gut eingerichteten, großzügigen Appartement statt, das über zwei Stockwerke ging.

George lächelte ihn an: »Na, was sagst du? Das sieht ja vielversprechend aus. Wo ist denn unsere Gastgeberin?«

Wie durch Zauber tauchte Carol neben ihnen auf und berührte Queriand sanft an der Schulter. Sie war praktisch nackt: Ein Oberteil aus schwarzem Georgette bedeckte nur knapp ihren Busen, und ein extrem kurzer Rock ließ ihre Beine frei, die in den fuméfarbenen Strümpfen nicht mehr so muskulös aussahen.

»Ihr seid gekommen, wie schön!« Sie umarmte George, schmiegte sich dann an Queriand und wollte gar nicht mehr von ihm lassen.

»Ich bin so glücklich, daß eine Berühmtheit zu meiner dummen kleinen Party gekommen ist! Ihr werdet euch sicher amüsieren, es sind viele Leute da, aber nur nette Menschen...«, rief sie voll Überzeugung aus.

Die Musik war ohrenbetäubend, Carol brachte sie zu einem Tisch, wo es Getränke gab.

»Hier haben wir alles Trinkbare. Und wenn ihr noch nicht gegessen habt, gibt es in dem anderen Zimmer ein Buffet. Bis gleich dann.« Sie hauchte ihnen von den Fingerspitzen einen Kuß zu und verschwand zwischen den Gästen.

»Schön hier!« meinte George zufrieden. »Die Wohnung hat sicher einer dieser berühmten Architekten eingerichet, die tonnenweise Glas und Stahl verbrauchen.«

»Ja, hier muß Quarnero seine Hände im Spiel gehabt haben. Die Einrichtung ist so kalt wie er«, bemerkte Queriand.

»Kennst du ihn?«

»Wir sind zusammen zur Schule gegangen.«

George machte eine verlegene Geste. »Ich habe nicht so berühmte Freunde, abgesehen von dir, meine ich. Gut, jetzt sollten wir uns trennen und auf die Pirsch gehen. Wir sehen uns dann später.«

Queriand blieb neben dem Buffet stehen und nippte an einer Bloody Mary. Ein Mann trat auf ihn zu und lächelte: »Guten Abend, wie geht es Ihnen?«

Queriand lächelte ebenfalls, wie immer, wenn es ihm nicht gelang, sich an ein Gesicht zu erinnern.

»Bemühen Sie sich nicht«, sagte der andere freundlich, »wir kennen uns nicht, ich war heute nachmittag zusammen mit Carol bei George.«

»Ach natürlich!« rief Queriand aus und erkannte den Mann wieder, der mit Carol an der Bar im Fitneßstudio gestanden hatte.

»Schönes Fest, nicht wahr?«

Queriand nickte und ließ den Blick erneut durch den Raum schweifen.

»Carol ist voller Leben, weiß nicht, wie sie ihr Geld ausgeben soll und vergnügt sich auf diese Weise. Doch sie ist eine reizende Frau, finden Sie nicht?«

»Wirklich wundervoll«, stimmte Queriand zu.

»Ich bin Alfonso Contrera, Carols Onkel.«

»Michael Queriand, sehr erfreut.«

»Eigentlich bin ich nur ein Nennonkel. Ich war ein Freund ihres Vaters. Als er starb, legte er mir seine Tochter ans Herz. Carol war damals fünfzehn Jahre alt und hatte eine sehr tüchtige Mutter, doch Luis meinte, eine Vaterfigur sei wichtig für ein Mädchen.«

Queriand begann sich zu fragen, warum Alfonso Contrera ihm diese Dinge erzählte, als Carol zu ihnen stieß.

»Alfonso!« rief sie aus und hängte sich bei ihm ein. »Ich könnte wetten, daß du schlecht über mich redest!«

»Schatz, du weißt doch, daß ich nur wunderbare Dinge über dich sagen kann!«

»Ich habe nur Spaß gemacht ...« Carol lachte und sah dann Queriand an. »Würden Sie mit mir tanzen, Mr. Queriand?«

»Sagen Sie doch Michael zu mir. Mit Vergnügen. Kommen Sie.«

Carol ließ Contreras Arm los und nahm Queriand bei der Hand. Sie mischten sich unter die Leute, die sich zum Rhythmus einer dröhnenden Musik bewegten, doch sie zog ihn weiter, in einen Raum, wo einige Paare zu einem Song von Whitney Houston tanzten.

Carol preßte sich an ihn. »Hier ist es besser ... Was hat Alfonso Ihnen erzählt?«

»Daß Sie reizend sind. Das war aber nicht nötig, denn ich hatte es schon von alleine bemerkt.«

Carol lachte auf und schmiegte sich noch enger an ihn. »Hat er Ihnen meine Familiengeschichte erzählt?«

»Er hat mir gesagt, daß er eine Art Ersatzvater ist.«

»Mein Vater starb, als ich noch sehr jung war. Er und Contrera waren eng befreundet, deshalb hat er immer gemeint, er müsse mich beschützen.«

»Sehr lobenswert.«

Sie rückte von ihm ab und sah ihn ernst an.

»Sie sind sehr englisch«, sagte sie beinahe verärgert.

»Ich bin hier geboren.«

»Ich wollte damit sagen...«

»Ich weiß, was Sie sagen wollten, doch Sie sollten sich nicht vom äußeren Schein täuschen lassen.«

»Das tue ich eigentlich nie.« Sie machte sich von ihm los und nahm ihn dann erneut bei der Hand. »Kommen Sie, ich möchte Ihnen etwas zeigen.«

Sie verließen den Raum und gingen durch einen langen Gang. Eine Hausangestellte kam aus einer Tür und wandte sich auf spanisch an Carol. Sie antwortete ihr in der gleichen Sprache und schickte sie fort, betrat dann das Zimmer und gab ihm ein Zeichen, ihr zu folgen.

»Dies ist mein Zimmer, gefällt es Ihnen?« fragte sie. Der Raum war mit venezianischen Möbeln in einem zarten Grün eingerichtet, und an der Wand stand ein Bett mit Baldachin. Carol schloß die Tür ab, griff wieder nach seiner Hand und drückte ihn an sich, als sie neben dem Bett waren. »Ich möchte dich besser kennenlernen«, murmelte sie in sein Ohr. Dann, ohne ihm Zeit zu lassen, ihr zu antworten, preßte sie ihre Lippen auf seinen Mund und gab ihm einen langen Kuß. Queriand schob sie aufs Bett, küßte sie dabei weiter und fuhr sanft über ihren Busen. Sie legte ihre Hand auf die seine und preßte sie fest auf den dünnen Stoff.

»Zerreiß ihn«, flüsterte sie ihm ins Ohr und ließ seine Hand nicht los, bis das Seidentop zerriß und sie vollkommen entblößte. Dann wand sie sich unter ihm und zog sich den Rock aus. Aus halb geschlossenen Augen sah sie ihn an und sagte: »Was du suchst, ist in der Schublade vom Nachttisch.«

Er nahm sie, ohne sich auszuziehen, drang sanft in sie ein und bewegte sich lange in ihr, ohne Eile. Er sah ihr in die Augen, bis Carol auf fast kindliche Art zu stöhnen begann.

Queriands Lust war intensiv und kurz gewesen, wie bei einer guten Masturbation. Er schaute die Frau an, die neben ihm lag: voller Hingabe und als würde sie schlafen. Er machte eine Bewegung, um aufzustehen, und sie öffnete die Augen.

»Wohin gehst du?«

»Ich gehe zurück aufs Fest. Dein Onkel könnte sich Sorgen machen.«

Sie sah ihn kalt an. »Michael Queriand, du bist ein Arschloch. Aber es hat mir gefallen, und ich möchte es gern wieder tun. Was meinst du?«

»Wann immer du willst, Schatz.« Er beugte sich über sie und streichelte ihre Wange. Carol antwortete nicht, drehte sich zur Wand und zog die seidene Decke über sich, ohne noch etwas zu sagen. Er verließ das Zimmer.

Susan Moss parkte ihren Mini an der Ecke Belgrave Road. Sie war mit einer Freundin im Kino gewesen, und auf dem Nachhauseweg war ihr der Gedanke gekommen, kurz bei ihrer Mutter vorbeizusehen. An diesem Samstagnachmittag hatte sie Anita im Krankenhaus angerufen. Sie hatte viel zu tun gehabt, war aber guter Dinge gewesen, und Susan hatte die Geschichte mit Marion nicht angesprochen, sondern sich darauf beschränkt zu fragen, wie ihr Essen mit dem Verleger gewesen sei.

»Sehr gut, meine Liebe, er ist ein kluger und sympathischer Mann«, hatte Anita geantwortet. »Ich muß mich beeilen, dieses Buch abzuschließen. Das ist sicher die beste Art, Ioan zu gedenken.«

Susan erreichte das Appartementhaus und steckte den Schlüssel ins Schloß, doch die Haustür war nur angelehnt, und als sie versuchte, sie hinter sich zu schließen, gelang ihr das nicht. Die Halle war dunkel, Susan kramte auf der Suche nach dem Feuerzeug in ihrer Handtasche und verwünschte den Hausverwalter. Doch nach nur wenigen Schritten ging das Licht an. Sie betrat den Aufzug, und die alte Kabine stieg mit entnervender Langsamkeit nach oben. Als sie endlich den dritten Stock erreicht hatte und mit einem heftigen Ruck anhielt, bot sich Susan ein Bild, das ihr das Blut in den Adern erstarren ließ. Zwei Männer schleppten einen leblosen Körper auf die Wohnung ihrer Mutter zu. Gleichzeitig tauchten aus dem Treppenhaus zwei weitere Männer auf. Sie waren bewaffnet und zwangen die anderen, stehenzubleiben. Diese ließen ihre Last fallen, und einer von ihnen schoß in Richtung Treppe. Susan hörte keinen Schuß, nur ein schwaches Zischen. Von der Treppe her wurde das Feuer erwidert. Susan sank zu Boden, hielt sich schützend die Arme über den Kopf und kauerte sich zusammen.

Es verging eine Zeit, die ihr unendlich vorkam. Sie hatte

das Gefühl, daß der Mann, der zurückgeschossen hatte, Befehle gab. Dann öffnete jemand die Tür des Aufzugs: »Stehen Sie auf. Es ist alles vorbei.«

Susan schlug die Augen auf und sah hoch: Franz hielt ihr seine Hand hin.

»Was ist hier los?« fragte sie mit bebender Stimme, während sie sich aufrappelte.

»Kommen Sie, gehen wir hinein.« Er schob sie sachte weiter, und sie ließ sich von ihm in die Wohnung bringen. Im Flur lag ein Mann auf dem Boden, der sich nicht rührte.

»Nicht hinsehen!« befahl ihr Franz, und sie gehorchte. Im Wohnzimmer sagte ein Unbekannter etwas auf deutsch in ein Handy. Ein anderer Mann war an einen Stuhl gefesselt, mit einem Pflaster auf dem Mund. Auf der Couch ausgestreckt lag ein dritter. Seine Augen waren geschlossen. Susan erkannte Ogden.

»Wo ist meine Mutter?« fragte sie, an Franz gewandt.

»Im Schlafzimmer. Sie schläft jetzt. Setzen Sie sich, Miss Avonio, ich hole Ihnen etwas zu trinken.«

Susan ließ sich in einen Sessel fallen und lehnte sich zurück. Von der Couch kam Ogdens Stimme: »Eine scheußliche Geschichte, tut mir leid...«

Susan richtete sich auf und sah ihn an: »Was ist mit Ihnen passiert?«

»Ich habe einen Schlag auf den Kopf bekommen.«

»Der Mann im Flur ist...«

»Tot«, ergänzte er den Satz, ohne die Hand von den Augen zu nehmen.

»O Gott...«, murmelte Susan.

Franz kam mit zwei Gläsern zurück und reichte Susan

eines: »Trinken Sie, das wird Ihnen helfen, den Schock zu überwinden ...« Dann ging er zu Ogden: »Wie fühlst du dich?«

»Es geht schon wieder...«

»Dr. Samuelson wird gleich hiersein, um Anita zu untersuchen. Er sollte auch kurz nach dir sehen.«

Ogden setzte sich auf: »Das ist nicht nötig, mir geht es gut. Sieh zu, daß es hier wieder sauber wird, und zwar schnell.«

»Die Jungs sind schon unterwegs. Zum Glück steht die Wohnung nebenan leer. Niemand hat irgendwas bemerkt.«

Ogden sah ihn an.

»Bring diesen Typ da zum Markham Square«, sagte er leise und zeigte auf den geknebelten Mann im Sessel. »Du weißt, was zu tun ist. Aber vorher gehst du mit Susan zu ihrer Mutter. Ich will nicht, daß sie den Jungs begegnet, wenn sie zum Aufräumen kommen.«

Franz ging zu Susan, die vergeblich versucht hatte, mitzuhören.

»Kommen Sie, ich bringe Sie zu Ihrer Mutter. Seien Sie ganz ruhig, der Doktor wird gleich hiersein.«

Wie benommen folgte Susan ihm. Ihre Mutter lag auf dem Bett und schien ruhig zu schlafen. Susan beugte sich über sie und hörte, daß sie regelmäßig atmete.

»Was haben sie mit ihr gemacht?«

»Sieht so aus, als wäre sie betäubt worden.«

»Wer ist das gewesen, Ihr Freund Ogden?«

»Reden Sie keinen Schwachsinn«, sagte Franz schroff.

Sie stürzte sich auf ihn. »Wer dann?« schrie sie wütend und schlug mit den Fäusten auf ihn ein.

Franz packte sie bei den Handgelenken und hielt sie fest. In diesem Augenblick kam Ogden ins Zimmer, ging auf die beiden zu und trennte sie: »Beruhigen Sie sich, niemand von uns will Ihnen und Ihrer Mutter etwas Böses. Setzen Sie sich, ich werde Ihnen alles erklären.«

Susan tat, was er gesagt hatte, und ließ sich in einen kleinen Sessel neben dem Fenster fallen. Sie sah die beiden Männer an. Ogden war ohne Jackett, der Kragen seines Hemds stand offen, und eine rote Schramme zog sich über seine linke Schläfe. Franz trug wie immer seinen Regenmantel und sah sie gelassen an, fast so, als sei er zu einem Höflichkeitsbesuch hier.

Sie hörten Stimmen, und kurz darauf kam ein Mann mit einem Köfferchen herein: »Man hat mir gesagt, die Frau sei hier.« Der Arzt trat ans Bett und sah sich Anita an.

»Franz, bring Susan nach draußen«, sagte Ogden.

Sie fuhr aus ihrem Sessel hoch: »Ich will hierbleiben. Sie ist schließlich meine Mutter, ich habe ein Recht darauf, zu erfahren, was mit ihr los ist.«

Ogden ging zu ihr hin.

»Haben Sie Vertrauen, Susan.« Er faßte sie sanft am Arm. »Sobald der Doktor sie untersucht hat, rufen wir Sie. Machen Sie mir doch bitte einen extra starken Kaffee, ich kann ihn brauchen.«

Er schenkte ihr ein herzliches Lächeln, und Susan ließ sich dadurch beruhigen, obwohl sie wußte, daß seine Freundlichkeit nur dazu diente, sie zu überreden. Sie folgte Franz in die Küche.

Im Flur bemerkte sie, daß der leblose Körper, der auf dem Boden gelegen hatte, verschwunden war. Sie warf einen

Blick ins Wohnzimmer: auch von dem Mann mit dem Pflaster auf dem Mund keine Spur mehr.

»Wo sind die Leute geblieben, die eben noch hier waren?«

Franz sah sie an und zögerte: »Sie müssen entschuldigen, daß ich vorhin so grob zu Ihnen war. Ogden wird Ihnen alles erklären. Das liegt außerhalb meiner Kompetenz.«

»Nun ja, ich habe schließlich mit Fäusten auf Sie eingeschlagen, oder es wenigstens versucht...« Susan hätte ihn gerne gefragt, was er mit »Kompetenz« meinte. Doch sie verzichtete darauf, weil ihr klar war, daß sie nichts herausbekommen würde. Schweigend ging sie in die Küche und machte sich daran, Kaffee zu kochen. Franz ließ sie allein.

Sie war gerade dabei, die Tassen auf den Tisch zu stellen, als sie hörte, daß sich hinter ihrem Rücken jemand bewegte. Mit einem Ruck drehte sie sich um: Es war Ogden.

»Der Arzt hat gesagt, daß es Ihrer Mutter gut geht. Aber sie braucht noch eine Weile, bis sie wach wird.«

»Kann ich zu ihr?«

»Natürlich.«

Als Susan das Zimmer betrat, näherte sie sich dem Bett langsam, weil sie fürchtete, daß man sie belogen hatte, doch Anita schien ruhig zu schlafen. Susan beugte sich über ihre Mutter, gab ihr einen Kuß auf die Wange und betrachtete sie eine Weile. Dann ging sie hinaus und ließ die Tür offen.

In der Küche trank Ogden seinen Kaffee. Er gab ihr ein Zeichen, sich ihm gegenüber an den Tisch zu setzen. »Alles in Ordnung?«

»Ich glaube ja. Sie schläft ruhig.«

»Wollen Sie sich nicht ein bißchen ausruhen? Sobald Anita wach wird, rufe ich Sie.«

»Ich kann nicht schlafen, ohne zu wissen, was hier los ist.«

»Ich verstehe«, sagte Ogden, fügte aber nichts weiter hinzu.

»Warum sagen Sie es mir dann nicht?«

»Versprechen Sie mir, daß Sie sich ein wenig hinlegen, wenn ich es tue?«

»Hören Sie«, platzte Susan heraus, »ich habe gesehen, wie Ihr Freund auf diesen Mann geschossen hat.« Sie machte eine Geste, als wolle sie etwas von sich wegschieben. »Ich war gerade dabei, den Aufzug zu verlassen, ich hätte genausogut erschossen werden können, und Sie sagen mir, ich soll schlafen gehen! Sind Sie wahnsinnig oder was?«

Ogden betrachtete sie. Sie war eine attraktive Blondine mit kastanienbraunen Augen, emotional, doch wahrscheinlich auch in der Lage, sich zu kontrollieren. Und sie hatte allen Grund, ihn für verrückt zu halten.

»Wie Sie wollen«, sagte er, bot ihr eine Zigarette an und nahm selbst auch eine.

»Heute abend«, fuhr Ogden fort, »hat Ihre Mutter mich angerufen und mich gebeten, sofort zu kommen, weil sie fürchtete, daß jemand versuchte, in ihr Appartement einzudringen. Als ich ankam, wurde ich noch vor der Wohnungstür niedergeschlagen. Sie und Franz haben die Eccleston Street fast gleichzeitig erreicht. Zum Glück ist der Aufzug in diesem Gebäude ein Museumsstück, und Franz hat es geschafft, oben zu sein, bevor Sie die Kabine verlassen konnten. Den Rest kennen Sie.«

»Ich bin eine ganze Weile in dieser Kabine geblieben...«

»Das stimmt. Die Zeit, die Franz und seine Männer gebraucht haben, um den zweiten Mann, der noch lebte, unschädlich zu machen, mir zu Hilfe zu kommen und nachzusehen, was mit Ihrer Mutter war. Das war gute Arbeit.«

Susan sah ihn gereizt an.

»Ich will wissen, wer hier eingedrungen ist und was er von meiner Mutter wollte!« sagte sie, und ihre Stimme wurde lauter. »Worin genau besteht denn die ›gute Arbeit‹ Ihres Freundes? Wieso wurden Sie angegriffen? Wieso kann Franz Leute umbringen und sie im Nichts verschwinden lassen? Und vor allen Dingen will ich wissen, was meine Mutter mit alldem zu tun hat.«

Ogden betrachtete sie immer noch, ohne zu sprechen. Sie hielt seinen Blick eine Weile aus, sah dann woandershin und griff nach der Kaffeekanne. Doch ihr zitterten die Hände, und der Kaffee ergoß sich auf den Tisch.

»Lassen Sie mich das machen, Sie stehen immer noch unter Schock. Deshalb wollte ich, daß Sie sich ausruhen. Aber ich verstehe sehr gut, daß Sie eine Erklärung verlangen«, sagte er und nahm ihr die Kaffeekanne aus der Hand. Susan hatte das Gefühl, daß er plötzlich mit seinen Gedanken woanders war. Ogden setzte die Kanne ab und massierte sich die Schläfen. Er wirkte resigniert, wie ein Lehrer, der sich gezwungen sieht, einem begriffsstutzigen Schüler die Lektion noch einmal zu erklären.

»Wenn Sie nicht immer meinen würden, Ihre Mutter beschützen zu müssen, und nach dem Kino gleich nach Hause gegangen wären, wäre Ihnen dieses unschöne Erlebnis erspart geblieben.«

Susan sah ihn entgeistert an: »Woher wissen Sie, daß ich im Kino war?«

»Vergessen Sie's. Das ist nicht wichtig.«

»Das ist nicht wichtig?« rief sie verstört. »Ja wer zum Teufel seid ihr denn alle, daß ihr in unserem Leben ein- und ausgeht und Leute umbringt?«

»Wir sind Kollegen Ihrer Mutter.«

»Sie sind Neuropsychiater?« fragte sie ungläubig.

»Nein.«

»Wie können Sie dann ein Kollege meiner Mutter sein?«

»Ihre Mutter ist nicht nur Neuropsychiaterin.«

»Und was soll sie sonst noch sein?«

»Sie arbeitet für den englischen Geheimdienst.«

Susan riß die Augen auf, während ihr Mund halb offen stand. Sie starrte ihn fassungslos an. Ogden lächelte. Sie sah aus wie ein kleines Mädchen.

»Das kann doch nicht sein«, stammelte sie, »davon habe ich nie etwas gemerkt...«

»Schließlich heißt er ja auch Geheimdienst.«

Susan zog noch eine Zigarette aus dem Päckchen, zündete sie an und atmete gierig den Rauch ein. Sie mußte daran denken, wie oft ihr das Verhalten ihrer Mutter sonderbar vorgekommen war. Ogden erriet, was ihr durch den Kopf ging, weil sie ein so bestürztes Gesicht machte, und empfand ein wenig Mitleid mit ihr.

»Das bedeutet, daß meine Mutter in Gefahr ist?« fragte Susan nach einer Weile.

»Richtig«, murmelte Ogden. »Kompliment.«

Sie sah ihn an und runzelte die Stirn: »Wofür? So schwierig ist die Schlußfolgerung nicht«, meinte sie gekränkt.

»Als Schlußfolgerung ist es nicht schwierig, als Überlegung schon. Im allgemeinen löst diese Enthüllung bei den meisten Menschen fast immer Reaktionen moralischer Art aus, aber beinahe nie Sorge um den anderen. Wenn ein Nicht-Agent erfährt, daß ein Verwandter ein Doppelleben geführt hat, von dem auch seine nächsten Angehörigen ausgeschlossen waren, reagiert er normalerweise überkritisch und aggressiv, weil er sich verraten fühlt. Die Gefahr, der sich der Agent durch seine Arbeit aussetzt, ist die letzte Sorge dieser ehrbaren Menschen.« Ogden sah sie mit Sympathie an. »Sie dagegen«, fuhr er fort, »haben gleich die am wenigsten egoistische und vernünftigste Überlegung angestellt und damit bewiesen, daß Sie eine Situation ausgezeichnet erfassen. Das kann nicht jeder, deshalb habe ich Ihnen ein Kompliment gemacht.«

Susan sah ihn verwirrt an, faßte sich aber gleich wieder.

»Gut, nun, da wir geklärt haben, daß ich nicht wie normale Sterbliche reagiere, geben Sie mir bitte eine Antwort. Ist meine Mutter in Gefahr?«

Ogden machte eine ausweichende Geste: »Ihre Mutter ist genauso in Gefahr wie alle, die auf die eine oder andere Weise in diese Geschichte verwickelt sind. Sie selbst eingeschlossen.«

»Was für eine Geschichte?«

»Jetzt ist es genug«, antwortete Ogden abweisend, »ich kann Ihnen nichts weiter sagen, außer daß wir Sie beide beschützen. Nun versuchen Sie, nicht mehr daran zu denken, und wenn Ihre Mutter wach wird, stellen Sie bitte kein Verhör mit ihr an. Abgemacht?«

»Wer hat Sie niedergeschlagen?«

»Wissen wir nicht.«

In diesem Moment läutete Ogdens Handy. Es war Franz.

»Unser Freund hat geredet«, sagte er.

»Interessant?«

»Ich würde sagen ja.«

»Was hast du mit ihm gemacht?«

»Er schläft wie ein Engel.«

»Ich komme zu dir, sobald ich kann. Sieh zu, daß ich dann gleich das Band bei der Hand habe. Und was gibt es Neues von den Jungs aus dem Audi?«

»Die erholen sich gerade; sie haben sie zwei Straßen weiter geschleppt und betäubt.«

»Aber jetzt klappt die Überwachung?«

»Nicht einmal der Unsichtbare Mann könnte sich anschleichen.«

»Das will ich hoffen. Bis später.«

»Mama!« Susan sprang von ihrem Stuhl auf. Bleich und benommen stand Anita Moss in der Küchentür. Susan nahm ihren Arm, führte sie zum Tisch und goß ihr eine Tasse Kaffee ein. »Der Kaffee ist noch heiß, er wird dir sicher guttun.«

»Danke, Liebes.« Anita sah Ogden an: »Es tut mir leid, doch bis ich bemerkte, daß irgend etwas nicht stimmte, war es zu spät. Ich hatte kaum das Telefon aufgelegt, da waren sie schon drin. Sie haben mir eine Spritze gegeben, und ich bin gleich zusammengebrochen. Was ist mit ihnen passiert?«

»Franz hat sich um sie gekümmert. Sie werden uns keinen Ärger mehr machen.«

»Du bist ja verletzt...« Anita zeigte auf Ogdens Wange.

»Ach, das ist nichts. Sie haben mir einen Schlag versetzt, als ich gerade in deine Wohnung wollte. Mach dir deshalb keine Sorgen, mir geht es schon wieder gut.«

Anita sah ihre Tochter an und lächelte bemüht. »Wie kommst du denn hierher, Schatz?«

»Ich war im Kino und wollte auf dem Nachhauseweg eben bei dir vorbeisehen.«

»Susan«, Anita fuhr streichelnd über die Hand ihrer Tochter. »Ich vermute, Ogden hat dir erzählt…«

Er nickte.

»Aber ich möchte, daß du weißt, daß ich dich in all den Jahren nie anlügen mußte. Es ist nämlich das erste Mal, daß ich an einer Operation teilnehme. Ich bin keine richtige Agentin. Die Abteilung, die ich leite, untersucht die Anwendung psychischer Kräfte, und meine Gruppe hat sich immer auf Forschung und Experimente beschränkt.«

»Bis heute …«, murmelte Susan und nahm eine Hand ihrer Mutter in ihre Hände.

»Schatz, versuch zu vergessen, was geschehen ist. Vielleicht gibt es eine Möglichkeit, dich aus dieser Geschichte herauszuhalten…« Anita sah Ogden an und suchte eine Bestätigung für ihre Worte. Doch dieser schüttelte den Kopf.

»Tut mir leid, Anita. Susan ist deine Tochter, und das wissen die auch. Wenn es ihnen heute gelungen wäre, uns bei dem Versuch, das in die Hände zu bekommen, was sie zuerst bei Lupescu und dann bei Queriand gesucht haben, aus dem Weg zu schaffen, hätten sie jedes Mittel eingesetzt, und deine Tochter wäre ein überzeugendes Argument gewesen.«

»Aber ich habe nichts von Lupescu!« rief Anita aufgebracht aus.

»Das wissen die aber nicht…«, entgegnete Ogden.

»Wer sind die denn?« fragte Susan.

»Ich bitte dich, stell keine Fragen, mein Schatz. Im Augenblick wissen nicht einmal wir, wer sie sind«, sagte Anita.

Ogden stand auf. »Ich muß jetzt gehen. Sie, Susan, werden zu Ihrer Mutter ziehen, bis diese Geschichte vorbei ist. Morgen begleiten wir Sie zu Ihrem Appartement, um zu holen, was Sie brauchen. Ich hoffe, daß dies Ihr Privatleben nicht allzusehr stört...«

Susan errötete: »Zum Glück habe ich im Augenblick kein nennenswertes Privatleben.«

»Um so besser«, fuhr Ogden fort und wandte sich dann fürsorglich Anita zu: »Du kannst ganz beruhigt sein, das Haus wird jetzt strengstens überwacht. Was heute abend geschehen ist, wird sich nicht wiederholen. Für alle Fälle lasse ich dir auch die Nummer von Franz da, und morgen bringe ich euch zwei Handys, eins für dich und eins für Susan. Jetzt lasse ich euch allein. Versucht zu schlafen.«

Anita begleitete ihn zur Tür. »Was kann ich Susan erzählen?« fragte sie leise.

»Du kannst ihr sagen, daß Lupescu sich auch um Politik gekümmert hat und daß jemand sich Dokumente aneignen will, die in seinem Besitz waren. Bei dem, was in Rumänien geschehen ist, ist jede Geschichte möglich.«

»Gehst du zu Franz?«

»Ja. Aber leg dich jetzt hin. Und gib Susan ein Beruhigungsmittel, sie kann es brauchen. Gute Nacht.«

»Wir haben das Verhör aufgenommen«, sagte Franz und gab Ogden ein Band. »Der Tote war Rumäne, der andere ist Korse. Der Korse sagt, Abweichler vom Deuxième Bureau hätten ihn angeworben. Über Monteanu weiß er nur, daß er

Ex-Agent der DDR war und die berühmte Diskette besaß, doch er bestreitet, ihn umgebracht zu haben. Es sieht so aus, als ginge es bei den Informationen auf der Diskette um eine mehr als schmutzige Affäre, in die Franzosen, Engländer, Italiener und auch Amerikaner verwickelt sind. Ansonsten weiß der Korse nichts, er sagt, ihr Auftrag sei gewesen, die Diskette zu beschaffen, koste es, was es wolle. Seltsamerweise hat er nie etwas von Lupescu und Queriand gehört. Es sieht so aus, als hätten sie bei ihrer Arbeit nur Anita Moss im Visier gehabt. Vielleicht setzen sie verschiedene Teams ein, die unabhängig voneinander operieren.«

»Hat er dir sonst noch etwas erzählt?«

»Nein, ich habe ihn mit Stoff vollgepumpt, und er hat bis zum Überdruß von sich geredet. Er ist einzig und allein hergeschickt worden, um das Material zu beschaffen. Er weiß nicht, was auf der Diskette ist, aber er glaubt, da sind noch mehr Gruppen in Aktion, und nicht nur welche vom Deuxième.«

Ogden ging schweigend im Zimmer auf und ab.

»Was soll ich mit dem Typ machen. Ihn nach Berlin zu Casparius schicken?« fragte Franz.

Ogden sah ihn an, dann schüttelte er den Kopf.

»Nein, zunächst behalten wir ihn einmal hier. Es gibt ein Zimmer, das für Aufenthalte dieser Art vorgesehen ist. Er bleibt in London, bis wir mehr wissen.«

»Wer auch immer dieses verdammte Material hat. Er ist gut gedeckt...«, meinte Franz.

»Oder er weiß nicht einmal, daß er es hat...«, sagte Ogden nachdenklich. »Im Grunde könnte Monteanu es jedem gegeben haben.«

»Das ist natürlich möglich«, stimmte Franz ihm zu. »Und was meinst du, wo sie es als nächstes versuchen?«

Ratlos zuckte Ogden die Achseln. »Du hast ja Lupescus Dossier gelesen«, sagte er. »Er hatte keine Verwandten, war nicht verheiratet, hatte keine Geliebte. Seine einzigen Freunde waren Queriand, der ihn einigermaßen regelmäßig sah, und Anita, die aus wissenschaftlichem Interesse auch außerhalb der Universität mit ihm verkehrte. Also werden sie es wieder bei unserem Schriftsteller versuchen, viel Auswahl gibt es ja nicht. Wir würden das gleiche tun, allerdings nicht so viele Leichen hinter uns lassen.«

»Dann heißt es also abwarten. Und wie regeln wir das jetzt mit dem Typ?« fragte Franz und deutete dabei auf den Keller.

Ogden lächelte: »Ich glaube, daß keiner Ansprüche auf ihn erhebt.«

»Aber wenn er fürs Bureau arbeitet, werden die Franzosen doch zusammen mit den Engländern und Amerikanern Nachforschungen anstellen«, entgegnete Franz.

»Der Korse hat gesagt, daß er für eine Spezialabteilung arbeitet. Du weiß ja, was das bedeutet. Ich habe das Gefühl, daß unser Auftraggeber, Sir Quentin, an der Nase herumgeführt worden ist, und wir mit ihm. Doch es ist noch zu früh, das zu sagen.«

»Wie willst du dich gegenüber Casparius verhalten? Wir müssen einen Bericht für ihn abfassen.«

»Fürs erste kannst du ihm einmal mitteilen, daß wir den Korsen gefaßt haben und dabei sind, ihn zu bearbeiten.«

»Sonst nichts?« Franz war überrascht.

Ogden sah ihn gelassen an: »Im Augenblick nicht.«

»Das wird ihm nicht gefallen«, bemerkte Franz.

»Vielleicht weiß Casparius schon, was auf der Diskette ist, und vielleicht weiß man auch in den verborgensten Winkeln der englischen und französischen Dienste Bescheid«, fuhr Ogden fort. »Andererseits glaube ich, daß Sir Quentin keine Ahnung davon hat, genausowenig wie wir. Wir müssen erfahren, um was es hier wirklich geht, und zwar schleunigst. Tu, was ich dir gesagt habe, Franz«, ordnete er an. »Ich trage die Verantwortung dafür, wie immer. Ich will verhindern, daß die Spielchen von Casparius uns so teuer zu stehen kommen wie damals in Wien.«

Ogden verließ das Haus am Markham Square um zwei Uhr nachts und erreichte in wenigen Minuten die Jubilee Place. Als er aus dem Auto stieg, sah er, daß hinter Queriands Fenstern Licht brannte. Er war von der Party zurück. Ogden lächelte und dachte, daß Queriands Abend sicher angenehmer gewesen war als seiner.

In Berlin schneite es. Stuart betrat die Büros des Dienstes und schüttelte den Schnee ab. Die Sekreträrin von Casparius begrüßte ihn mit einem schmachtenden Lächeln.

»Der Chef will Sie gleich sehen«, sagte sie und nahm ihm den Mantel ab.

»Danke, Rosmarie. Ich gehe zu ihm, sobald ich einen Kaffee getrunken habe. Wären Sie so nett, mir einen zu machen?«

»Gern. Mit Sahne, wie immer?«

»Natürlich, an einem so ungemütlichen Tag wie heute kann man darauf nicht verzichten.«

In seinem Büro fand Stuart einen Bericht auf dem

Schreibtisch. Er begann ihn zu lesen, und als Rosmarie mit dem Tablett hereinkam, hob er keinen Blick von den Papieren und beschränkte sich darauf, ein kaum hörbares »Danke« zu murmeln. Die Sekretärin verließ das Zimmer auf Zehenspitzen und schloß leise die Tür. Als er zu Ende gelesen hatte, gab Stuart Zucker und Sahne in den Kaffee und trank ihn nachdenklich in kleinen Schlucken. Die Sprechanlage summte.

»Hast du den Bericht gelesen?« krächzte die Stimme von Casparius.

»Ja, ich bin gerade in diesem Moment damit fertig.«

»Dann komm bitte gleich zu mir.«

Stuart erhob sich von seinem Schreibtisch, nahm die Blätter und steckte sie in den Aktenvernichter. Als die Nachrichten aus London nur noch schmale Papierstreifen waren, verließ er sein Zimmer und ging zu Casparius.

Der Alte stand am Fenster und sah zu, wie der Schnee auf das eisige Wasser der Spree fiel. Als er hörte, daß die Tür aufging, wandte er sich um.

»Da bist du ja, Stuart. Ein scheußlicher Tag, nicht? Die Kälte sitzt mir in den Knochen, und die Nachrichten aus London zerren an meinen Nerven«, beklagte er sich und setzte sich hinter seinen Schreibtisch.

»In London haben sie Fortschritte gemacht ...«, sagte Stuart und ließ sich in einem Sessel vor dem Schreibtisch nieder.

»Allerdings, und das war nicht geplant.«

»Vielleicht war es doch keine gute Idee, Ogden einzusetzen ...«

»Ganz im Gegenteil«, meinte Casparius. »Wenn die vom

Bureau nicht eigenmächtig vorgegangen wären, hätte alles seine Ordnung. Doch diese Chauvinisten halten sich nicht an die Regeln. Versuchen Anita Moss zu entführen. Was für eine Riesendummheit!«

»Ogden stellt sich jetzt sicher ein paar Fragen. Er könnte auch auf die Idee kommen, daß er an der Nase herumgeführt worden ist...«

»Aber er ist doch gar nicht an der Nase herumgeführt worden!« protestierte Casparius. »Wir haben es höchstens unterlassen, ihm ein paar Informationen weiterzugeben. Er weiß nicht, daß uns eine spezielle Abteilung des Secret Service zusammen mit ein paar unkontrollierten Gruppen der französischen und amerikanischen Dienste beauftragt hat. Doch gleichzeitig arbeiten wir auch für Sir Quentin, also für den regulären Teil vom MI 5. Wie dir ja bekannt ist, haben unsere geheimen Auftraggeber uns gebeten, jene Dokumente zu beschaffen, die ihren Politikern und der Öffentlichkeit offenbaren würden, wer die Verantwortung trägt für eine Aktion, die seinerzeit nicht das Plazet der Regierungen bekommen hat. Sie decken sich also gegenseitig. Diese Herren des Krieges kennen den Inhalt der CD-ROM sehr gut, deshalb wollen sie sie finden und vernichten. Der arme Sir Quentin dagegen ist davon überzeugt, daß es sich um die übliche Präventivarbeit handelt, und das sollte auch Ogden weiter glauben.«

Casparius rutschte in seinem Sessel hin und her, zündete sich eine Zigarette an und nahm gierig einen Zug. »Bevor wir auf der Szene aufgetaucht sind, hat diese unfähige Bande versucht, Monteanu zum Reden zu bringen, und ihn schließlich getötet. Dann haben sie, wie es bei unfähigen

Leuten immer ist, die Geduld verloren und auch noch diesen Universitätsprofessor eliminiert. Und nach all diesen dummen Fehlern haben sie schließlich beschlossen, mit einem Minimum an Strategie vorzugehen, und Sir Quentin, der keine Ahnung von dem Ganzen hat, dazu gebracht, uns zu engagieren, einen unabhängigen Dienst. Offizieller Auftrag: Nachforschungen über die Morde an den beiden Rumänen anzustellen und eine Diskette zu beschaffen, die heikle Enthüllungen von Sacha, dem Ex-Spion aus dem Osten, enthalten soll. Wir haben die uneingeschränkte Unterstützung von Sir Quentin und können auf diese Weise ungestört in London operieren. Und weil wir unsererseits Ogden die gleiche Geschichte erzählt haben und er davon überzeugt ist, nur für Sir Quentin zu arbeiten, kommen die Engländer schon gar nicht auf die Idee, daß wir von den Gegenspielern in der eigenen Firma bezahlt werden könnten. Der Plan ist perfekt. Unser Agent braucht nicht zu wissen, für wen er in Wirklichkeit arbeitet, und noch weniger, daß er, falls er erfolgreich ist, eine CD-ROM findet und nicht die inexistente Diskette von Sacha. Es genügt, daß er nach irgend etwas sucht.«

»Ja, das galt bis jetzt«, unterbrach ihn Stuart. »Doch etwas hat nicht funktioniert, vielleicht mißtraut uns da jemand und hat sich überlegt, er nimmt sich Anita Moss allein vor, oder es handelt sich einfach um einen Irrtum. Die Franzosen müssen geglaubt haben, Ogden sei vom MI 5, und haben versucht, ihn loszuwerden. Wie dem auch sei, Franz hat den Versuch vereitelt, einen der beiden Männer getötet und den anderen zum Sprechen gebracht.« Stuart lächelte. »Zum Glück ist der Korse nur ein Söldner, der von nichts oder so gut wie nichts eine Ahnung hat. Doch das löst unsere Probleme nicht, denn ich fürchte, daß Ogden Verdacht zu schöpfen beginnt. Vielleicht hätten wir ihm doch besser gesagt, wie die Dinge wirklich stehen.«

Casparius machte eine ärgerliche Geste. »Sei nicht naiv! Glaubst du wirklich, Ogden hätte den Auftrag angenommen, wenn er gewußt hätte, was auf der CD-ROM ist?« Casparius schüttelte den Kopf. »Daran habe ich nämlich meine Zweifel. Nach dem, was in Wien geschehen ist, glaubt er, ein Gewissen zu haben. Deshalb habe ich ihn lieber nicht mit Enthüllungen beunruhigt, durch die er vielleicht abtrünnig geworden wäre – und ich benutze nicht zufällig die Möglichkeitsform.« Casparius schnitt eine Grimasse, und sein Gesicht wurde noch runzliger. »Du weißt doch: Was ich nicht weiß, macht mich nicht heiß. Wenn er also nicht weiß, für welchen Zweck sein unbestreitbares Talent genutzt wird, gibt er einfach nur sein Bestes, wie immer. Doch jetzt, durch die Aktion dieser Dummköpfe, wird die Lage komplizierter.«

»Was gedenken Sie zu tun?«

»Im Augenblick nichts. In dem Bericht, den sie uns geschickt haben, steht, daß sie sich diesen Mann, den Korsen, noch weiter vornehmen. Lassen wir sie in dem Glauben, daß wir geduldig warten. Wir haben sowieso keine andere Wahl. In der Zwischenzeit rede ich mit dem zuständigen Mann, damit es nicht zu noch mehr Stümpereien kommt.«

»Glauben Sie, daß Ogden Sir Quentin über seinen Verdacht informieren wird – immer vorausgesetzt, er hat überhaupt einen?« fragte Stuart.

»Wie soll man das wissen? Ogden ist immer eine unbekannte Größe. Aber ich glaube nicht, daß er uns einen solchen Streich spielen würde, das hätte für uns die schlimmsten Konsequenzen. Nein, wenn er etwas vermuten sollte, wird er zuallererst mich fragen. Er ist immer noch ein Agent unseres Dienstes. Trotz allem bin ich froh, ihn mit dieser Aufgabe betraut zu haben. Wenn einer diese verdammte CD-ROM finden kann, dann er. Vielleicht mit Hilfe der Geister von Anita Moss«, schloß Casparius mit einem Grinsen.

»Jetzt sagen Sie mir aber nicht, Sie glauben tatsächlich an eine solche Möglichkeit!« Stuart starrte ihn ungläubig an.

»Mein lieber Junge, wenn ich seit dem Ende des Zweiten Weltkriegs auf diesem Stuhl sitze, dann weil ich nie irgendwelche vorgefaßten Meinungen gehabt habe. Wenn du mich bitten würdest, aus dem Fenster zu schauen, weil ein Esel vorbeifliegt, dann würde ich hinsehen. Wer weiß, vielleicht wird die Affäre durch die Strangers und ihre Geistwesen geklärt. Wenn das passieren würde«, fügte er vergnügt hinzu, »möchte ich allerdings nicht in der Haut unserer Auftraggeber stecken. Es ist klar, daß ein … sagen wir einmal: transzendentales Eingreifen, daß ein solches Eingreifen zu Gunsten der Guten erfolgen würde, fürchte ich. Doch diese Möglichkeit ist wirklich zu abwegig. Das Spiel wird unter den Lebenden entschieden, und da die Menschheit korrupt ist, wird die Wahrheit nie ans Licht kommen.«

»Das haben Sie gut gesagt«, meinte Stuart, fast ein wenig angewidert, »sie wird nie ans Licht kommen, genausowenig wie die Teile von diesem Wrack, die noch immer auf dem Meeresgrund liegen…«

Casparius warf ihm einen strengen Blick zu. »Es ist nicht angebracht, über diese Geschichte zu reden, nicht einmal unter uns. Der Dienst wird das Material beschaffen, es dem übergeben, der den Auftrag erteilt hat, und dafür eine Bezahlung erhalten, die selbst das Medellin-Kartell erbleichen ließe. Wir sind eine unabhängige Organisation, und als solche stehen wir über den Parteien, daran mußt du immer denken. Die Greueltaten der Regierungen gehen uns nichts an. Vergiß das nie.«

Queriand hatte einen guten Teil des Sonntagvormittags gearbeitet, sich aber darauf beschränkt, die an den Tagen zuvor geschriebenen Seiten zu korrigieren. Wenn er mit einer Arbeit begonnen hatte, hielt er sich normalerweise an einen Rhythmus, der nicht unter zwei Seiten täglich liegen durfte, und wenn er hinter diesem Programm zurückblieb, wurde er kritisch und unzufrieden mit sich selbst. Ein Gefühl, das ihm vertraut war: In seiner Kindheit hatte er lange Phasen in Untätigkeit verbracht und deshalb ein schlechtes Gewissen gehabt. Begleitet wurde dieser Zustand von Übelkeit und Magenkrämpfen. Als Erwachsener hatte er dieses vage Gefühl der Beklemmung verloren, doch die Krämpfe im Magen kehrten bisweilen zurück, wenn sich irgend etwas seiner Kontrolle entzog.

Das Abenteuer mit dem Mädchen auf der Party am Abend vorher war eines von vielen gewesen. Queriand gefielen die Frauen, und sie zu besitzen gab ihm das Gefühl, eine gute Beziehung zu seinem Körper zu haben. Er führte ein recht bewegtes Liebesleben, obwohl er eigentlich ein träger und problematischer Typ war. Ein befreundeter Psychologe hatte bei ihm, nicht ohne Verlegenheit, eine gewisse Gefühlsarmut diagnostiziert, die Queriand selbst jedoch für einen guten Schutz hielt.

Es war halb elf. Queriand beschloß, Ogden anzurufen, um ihn zum Frühstück einzuladen, doch es nahm niemand ab. Er setzte sich erneut an den Computer, rief die letzte Datei auf und las noch einmal, was er geschrieben hatte. Doch er war nicht konzentriert genug. Also ging er zum Bücherregal und nahm ein Buch von Lupescu heraus.

Es war das letzte Werk, das sein Freund veröffentlicht hatte, wenige Monate vor seinem Tod. Er schlug es auf und begann an einer zufälligen Stelle zu lesen: »In Platons Republik berichtet Er, die Öffnungen des Zwischenreichs geschaut zu haben: den ›Spalt im Himmel‹, durch welchen die Seelen aufsteigen, und den ›Spalt in der Erde‹, durch welchen die Seelen absteigen...«

Queriand hörte auf zu lesen, sein Blick vernebelte sich, und er spürte, wie ihn die Kräfte verließen. Da er einen Schwindelanfall befürchtete, stellte er das Buch zurück an seinen Platz und setzte sich in den Sessel. Seine Lider waren schwer, er schloß die Augen und glitt in einen leichten Schlaf. Plötzlich ließ ein lautes Geräusch, eine Art Knall, ihn zusammenfahren: Es war wie eine Explosion im Bücherregal. Er riß die Augen auf, weil er glaubte, das Regal würde auf ihn fallen, und genau in diesem Moment flog ein Buch aus einem Fach heraus, ihm direkt vor die Füße. Panisch sprang er aus dem Sessel auf, doch nach dem ersten Schreck wurde ihm klar, daß das Regal noch stand. Er hob das Buch auf: Es war Lupescus Buch, das er vor ein paar Minuten in der Hand gehabt hatte. Er setzte sich wieder in den

Sessel, ohne seinen Blick davon zu lösen. Vom Umschlag lächelte ihn Ioans freundliches Gesicht an, mit seinen ironischen Augen schien er Queriands verwirrten Ausdruck zu erkennen. Er betrachtete eine Weile dieses Gesicht, dann goß er sich einen doppelten Scotch ein und untersuchte sorgfältig das Bücherregal. Alles war in Ordnung: Das Holz wies keine Risse auf, die Konsolen waren vollkommen stabil, und kein anderes Buch hatte sich auch nur einen Millimeter bewegt.

An diesem Punkt, nachdem er der Suche nach einer vernünftigen Erklärung Genüge getan hatte, wurde ihm bewußt, daß es ihm schwerfiel, das Geschehene nicht als Botschaft Lupescus zu betrachten. Nachdenklich ging er im Zimmer auf und ab. Zum Schluß wählte er Ninas Nummer.

»Hallo, wie geht's dir?«

»Sehr gut, und dir?« antwortete sie frostig.

»Irgend etwas nicht in Ordnung?« fragte er und fürchtete sich schon vor einer Diskussion darüber, warum er sich gestern abend nicht gemeldet hatte.

»Alles okay, abgesehen davon, daß es mir nicht gefällt, einen Liebhaber zu haben, der mich vernachlässigt.«

Queriand antwortete nicht gleich, er verabscheute diese Art von Gespräch, und es war auch nicht gerade der günstigste Moment dafür.

»Den Eindruck habe ich gar nicht…«, sagte er nur distanziert.

»Gestern abend habe ich dich angerufen, weil ich dich zum Essen einladen wollte. Und ich habe dir auch eine Nachricht hinterlassen…«

»Tut mir leid«, unterbrach er sie, »aber ich bin spät nach

Hause gekommen, und heute morgen habe ich den Anrufbeantworter noch nicht abgehört.«

Nina biß sich auf die Lippen, daß es weh tat. Sie wußte, daß ihre Strategie falsch gewesen war. Aber vielleicht gab es überhaupt keine Strategie, und er interessierte sich einfach nicht genug für sie.

»Das macht nichts, ich bin ja daran gewöhnt, daß du dich versteckst«, sagte sie in einem scherzhaften Ton. »Ich wollte dir eigentlich eine Szene machen, aber ich habe es mir anders überlegt, es ist ein so schöner Tag, und ich bin zu faul dazu…«, schloß sie und machte damit den Feindseligkeiten ein Ende.

Queriand stieß einen Seufzer der Erleichterung aus. Er hatte es eilig, sie nach der Nummer von Anita Moss zu fragen, aber er zwang sich, es noch etwas aufzuschieben, weil er nicht unhöflich erscheinen wollte.

»Was machst du heute abend?« fragte er sie.

»Ich weiß nicht. Warum?«

»Wir könnten zusammen essen, wenn ich mit der Arbeit zu einer vernünftigen Zeit fertig bin…«

»Einverstanden«, antwortete Nina und mußte sich zusammennehmen, nicht zu fragen, warum er gestern so lange ausgegangen war, wenn er soviel zu tun hatte.

»Ich kann es dir aber nicht versprechen«, sagte Queriand. »Ich bin mit der Arbeit ein bißchen im Rückstand, und den muß ich erst aufholen. Kann ich dich gegen sieben anrufen?«

»Okay.«

»Ach, noch etwas: Könntest du mir die Telefonnummer von Anita Moss geben?«

»Hast du dich endlich entschlossen, doch noch an einer Sitzung teilzunehmen?« fragte sie mit der ruhigsten Stimme, zu der sie fähig war.

»Vielleicht ja. Es könnte mir insgesamt für die Arbeit von Nutzen sein.«

»Es könnte dir von Nutzen sein, dein Leben zu retten«, erwiderte sie schroff. »Warte, ich hole dir die Nummer.«

Nachdem sie aufgelegt hatte, stellte Nina sich vor, wie ihr Nachmittag ablaufen würde. Wie es seine Art war, würde Queriand sie bis zum Abend im unklaren lassen. Und dann, um sieben, würde er ihr, wenn er etwas Besseres vorhatte, sagen, daß es ihm sehr leid tue, daß er jedoch seine Arbeit nicht unterbrechen könne. Vor einem Jahr, während ihrer kurzen Beziehung, hatte er an einem Abend, als sie ins Theater und dann zum Essen gehen wollten, im letzten Moment angerufen und ihr gesagt, er könne leider nicht kommen, weil er unbedingt ein Kapitel fertigschreiben müsse.

Als Nina sich daran erinnerte, beschloß sie, an diesem Abend auf keinen Fall auf Queriand zu zählen. Sie würde Max anrufen und ihm vorschlagen, gegen sechs Uhr auszugehen, dann würde sie nicht zu Hause sein, wenn Queriand anrief.

Trotz allem fühlte sie sich durch Queriands Entscheidung, an einer weiteren Sitzung teilzunehmen, erleichtert. Nina war sich sicher, daß er tatsächlich erfahren könne, was ihn bedrohte, wenn er sich mit Lupescus Geist in Verbindung setzte. Schon als kleines Mädchen hatte sie erfahren, daß die Realität sich nicht auf das beschränkt, was unsere Augen sehen. In Australien, wo sie geboren war, hatte sie über Jahre mit einem Jungen gespielt, den niemand sonst sah, niemand außer ihr. Er hieß Peter und erzählte ihr viele Geschichten von seinem Leben in London, wo er gewohnt hatte und im Alter von zehn Jahren gestorben war. Ihre Freundschaft mit Peter war abgebrochen, als sie zwölf wurde. Von einem Tag zum anderen war der Kleine ohne Vorwarnung verschwunden. Viele Jahre später hatte Nina in einem Buch über paranormale Phänomene gelesen, daß diese mysteriösen Begleiter, die von den Erwachsenen und den Psychoanalytikern als imaginäre Freunde betrachtet werden, sich Kindern im allgemeinen bis zu einem Alter von sieben Jahren zeigen.

Nach dieser Lektüre hatte sich Nina geschmeichelt gefühlt, weil Peter für sie eine Ausnahme gemacht hatte. Sie war davon so beeindruckt gewesen, daß sie zum Schluß vielleicht sogar wegen ihres kleinen Freundes die Entscheidung getroffen hatte, in London zu leben, und sich ein Appartement in dem Viertel nahm, wo er, nach seinen Erzählungen, gewohnt hatte.

Daß Michael die Hilfe jener unsichtbaren Welt, an die sie glaubte, akzeptiert hatte, gab ihr ein gutes Gefühl, so, als könnte ihr diese Entscheidung irgendwie dabei helfen, ihre Probleme mit ihm zu lösen.

Susan packte ein paar Kleider und Wäsche in einen Koffer. Als sie Franz gefragt hatte, wie lange sie bei ihrer Mutter bleiben müsse, hatte er nur mit den Schultern gezuckt und ihr geantwortet, das könne man nicht wissen.

Sie schloß den Koffer und sah sich um: Das Schlafzimmer war in Ordnung. Sie schrieb ihrer Putzfrau ein paar Anweisungen auf einen Zettel und legte ihn aufs Bett. Als sie ins Wohnzimmer zurückkam, war Franz gegangen. Ogden stand da und wartete auf sie.

»Guten Tag, Susan, alles klar?«

»Soweit alles in Ordnung, danke.«

»Haben Sie Ihren Koffer gepackt?«

»Ja, er ist im Schlafzimmer. Ich möchte aber noch einmal einen kurzen Rundgang machen, weil ich ja wohl eine ganze Weile nicht mehr herkommen kann...«

»Tut mir leid, aber es geht nicht anders. Es ist besser, wenn Sie und Ihre Mutter möglichst wenig unterwegs sind, damit sie leichter geschützt werden können.«

»So hatte ich es auch verstanden, deshalb möchte ich alles ordentlich zurücklassen. Sie wissen schon, Wasser und Gas abstellen und so weiter...«

»Nehmen Sie sich ruhig Zeit, wir haben keine Eile. Wenn Sie fertig sind, bringe ich Sie zu Ihrer Mutter.«

Susan warf einen letzten Blick in Küche und Bad. Als sie zurück ins Wohnzimmer kam, sah sie Ogden in einem Buch blättern.

»Interessieren Sie sich für Psychoanalyse?« fragte sie.

»Ein bißchen. Man kommt heutzutage wohl nicht ohne aus. Sowenig wie ohne Handy.«

Susan sah ihn amüsiert an.

»Sie polemisieren, oder irre ich mich?«

»Nun ja, die Psychoanalyse funktioniert in vielen Fällen, doch nicht in allen. Ich glaube, es gibt Geheimnisse, die für die Psychoanalyse immer unerklärlich bleiben werden. Sagen wir einmal, ihre Interpretationen haben Grenzen, die sie wohl nie überwinden kann, und für die Bereiche jenseits davon sind andere zuständig...«

»Und wer?«

»Wer weiß, vielleicht die Leute, mit denen sich Ihre Mutter umgibt...«

Susan sah ihn verwundert an.

»Sie meinen Hellseher, Spiritisten, Telepathen und so weiter?«

»Warum nicht? Sie sind gegenüber den Interessen Ihrer Mutter voreingenommen. Ein Psychoanalytiker würde es ›reaktiv‹ nennen.«

»Das bin ich ganz und gar nicht«, empörte sich Susan, »ich habe nur Schwierigkeiten, an solche Dinge zu glauben.«

Ogden trat näher zu ihr hin und zeigte auf das Buch.

»Könnten Sie es mir leihen?« fragte er.

Susan las mit lauter Stimme den Titel: »*Kindliche Neurosen* von Vincent Guthrie.« Sie hob den Blick und sah ihn an: »Haben Sie Kinder zu quälen oder Eltern, die Sie gequält haben?«

»Weder Kinder noch Eltern. Ich habe den Verfasser gekannt. Doch wir wollen gehen, es ist spät geworden.«

Ogden fuhr ohne besondere Eile Richtung Eccleston Street. Sie sprachen ein paar Minuten lang kein Wort, und Susan fühlte sich unwohl, wie beim ersten Mal, als sie sich begegnet waren.

»Guthrie ist vor einem Jahr gestorben, wenn ich nicht irre...«, sie beendete den Satz nicht und wartete, daß Ogden etwas sagte. Doch dieser blieb still.

»Aber ja, jetzt erinnere ich mich!« rief sie aus. »Er ist in Italien von einem Verrückten umgebracht worden, mitten auf der Straße. Ist es nicht so?«

Er nickte, ohne den Blick von der Straße zu wenden.

»Was für eine furchtbare Geschichte! Waren Sie eng mit ihm befreundet?«

»Ich kannte ihn kaum.«

»Ein unerklärlicher Tod, wie der von Ioan Lupescu«, murmelte sie, als spräche sie mit sich selbst.

»Jeder Tod ist unerklärlich«, sagte er. »Wir wissen nicht, warum wir zu einem bestimmten Zeitpunkt auf die Welt kommen, und genausowenig, warum wir sie zu einem anderen Zeitpunkt verlassen.«

Susan wandte sich ihm zu und sah ihn an: »Und was meinen Sie, wer die Zeit bestimmt, Gott?«

»Ich stelle mir vor, daß Gott andere Dinge zu tun hat, als den Zeitplan für die An- und Abreise menschlicher Wesen aufzustellen. In Asien glaubt man, daß es der Mensch ist, der für das Wie und das Wann verantwortlich ist, je nach seinem Karma. Nach diesen Lehren wird uns die Aufgabe überlassen, uns selbst für unser Handeln zu belohnen oder zu bestrafen.«

»Dann glauben Sie also an Reinkarnation?«

»Ich weiß nicht, manchmal kommt es mir so vor, als wäre das die einzige vernünftige Interpretation der Existenz.«

Susan nickte. »Ursache und Wirkung«, murmelte sie. »Wenn du im vorigen Leben gut gewesen bist, kommst du in diesem Leben besser zurecht. Doch wenn du im jetzigen Leben etwas Schlimmes anstellst, wirst du zurückgeschickt und wieder und wieder geboren und erleidest das, was du die anderen hast erleiden lassen. Es geht immer weiter, bis deine Seele hoch genug entwickelt ist, daß sie nicht mehr auf die Erde zurückkehren muß.«

Ogden sah sie anerkennend an. »Sie wissen ja sehr gut darüber Bescheid.«

»Bei einer solchen Mutter muß ich ja wohl informiert sein. Aber es ist schon so, daß ich ebenfalls den Eindruck habe, daß die Reinkarnationslehre eine akzeptable Erklärung vom Sinn des Lebens gibt. Vielleicht haben auch wir uns in einem früheren Leben gekannt...«

»Warum hätten wir uns kennen sollen?«

»Ja wissen Sie denn nicht, daß jeder von uns immer den wiedertrifft, der in irgendeinem früheren Leben wichtig gewesen ist, im positiven oder im negativen Sinn? Es scheint so, als würden wir schubweise geboren und sterben, um uns wiederbegegnen zu können, im Guten wie im Bösen. So jedenfalls steht es in den überlieferten Schriften.«

»Doch es könnte ja auch das erste Mal sein, daß wir uns begegnen.«

»Das glaube ich nicht. Diesen Lehren zufolge läßt die komplizierte Geschichte, in die wir verwickelt sind, eine karmische Verbindung älteren Datums vermuten.«

»Dann wollen wir doch hoffen, daß Sie unrecht haben. Wiederholung gefällt mir nicht, auch wenn sich etwas wiederholt, an das ich keine Erinnerung habe. Doch wie dem auch sei: Wir sind da.« Ogden parkte und stellte den Motor ab. »Ich bringe Sie nach oben, Ihre Mutter ist noch zu Hause.«

»Wieso? Wo sollte sie denn sonst sein?«

»Später muß sie noch einmal weg.«

Susan warf ihm einen ernsten Blick zu. »Bei unserer Unterhaltung über Transzendenz habe ich die Realität vergessen. Nämlich daß Sie und meine Mutter Dinge zu tun haben, über die ich sehr wenig weiß.«

»Wenn Anita einverstanden ist und Sie Lust dazu haben, können Sie heute abend mit ihr gehen.«

»Wohin?« fragte Susan.

»Zu einer spiritistischen Sitzung.«

Susan wandte sich ihm zu: »Machen Sie Witze?«

»Keineswegs.« Ogden stieg aus und öffnete ihr die Wagentür.

»Und wo soll diese Sitzung stattfinden?«

»Ich sehe, daß es Sie interessiert. Ihre Mutter kann Ihnen alles erklären, kommen Sie.« Er nahm ihren Arm, und gemeinsam gingen sie auf die Wohnung von Anita Moss zu.

»Wenn du heute abend mitkommen könntest, wäre mir wohler.« Anita warf Ogden einen unsicheren Blick zu.

»Ich weiß, aber Queriand würde wohl Verdacht schöpfen, wenn wir ihm erzählten, daß auch wir uns zufällig kennengelernt haben.«

»Ja, sicher. Doch vielleicht können wir etwas anderes versuchen.« Anita sah ihn an. »Michael Queriand hat ungewöhnlich starkes Vertrauen zu dir. In einem gewissen Sinn bist du von Anfang an bei seinem Abenteuer dabeigewesen. Du bist der, der ihn verteidigt hat, als er in Gefahr war, und der ihn deshalb auch gegenüber uns verteidigen könnte...«

Ogden lächelte angesichts so viel guten Willens.

»Einverstanden, sagen wir, die Voraussetzungen, daß Queriand meine Anwesenheit heute abend akzeptiert, wären da. Aber ich kann ihn ja nicht anrufen und zu ihm sagen: ›Lieber Freund, ich habe zufällig Frau Dr. Moss kennengelernt, und sie hat mir gesagt, daß du noch einmal mit Lupescu reden willst. Wenn du magst, komme ich mit und halte dir die Hand.‹«

»Natürlich nicht. Aber du könntest ihn anrufen, um zu hören, wie es ihm geht. Vielleicht erzählt er dir von sich aus alles und lädt dich ein, ihn zu begleiten. Vergiß nicht, daß er in der Gruppe Cornell ein Fremder ist. Außer Nina, mit der er, wie mir scheint, eine eher wechselhafte Beziehung hat, kennt er niemanden. Und außerdem bringt Nina ihren neuen Freund mit. Um es kurz zu machen: Queriand hat ein Auswärtsspiel, wie man im Sport sagt.«

»Meinst du, meine Anwesenheit würde ihn irgendwie beruhigen?«

Anita nickte voller Überzeugung. »Als er mich gestern angerufen hat, hatte ich das Gefühl, er ist ganz durcheinander. Ich habe ihn gefragt, wieso er denn seine Meinung geändert habe, und er hat sich darauf beschränkt, mir zu sagen, daß es sich ja um eine eher ungewöhnliche Erfahrung handle, die ihm für die Arbeit vielleicht nützlich sein könne. Bei unserem letzten Telefongespräch hatte er allerdings genau das Gegenteil behauptet. Ich glaube, es steckt etwas anderes dahinter.«

Susan kam mit einem Tablett ins Wohnzimmer und brachte ihnen Tee.

»Ich hoffe, Sie mögen Grüntee«, wandte sie sich an Ogden. »Meine Mutter ist ganz verrückt danach, und ich konnte nichts anderes finden.«

»Ja, sehr gerne, danke.«

»Ogden hat gemeint, daß ich heute abend mit dir zu dieser spiritistischen Sitzung gehen kann«, sagte Susan zu ihrer Mutter. »Das würde mich schon interessieren, aber ich habe nicht die leiseste Ahnung, wie sich so etwas abspielt, und ich möchte nicht im Weg sein.«

Anita warf Ogden einen etwas verärgerten Blick zu.

»Hältst du das für richtig?«

»Warum nicht?« antwortete er und nahm die Tasse Tee, die Susan ihm reichte. »Es wird Zeit, daß sie sich für die Experimente ihrer Mutter interessiert.«

»Mir wäre es lieber, wenn meine Tochter aus dieser Geschichte herausgehalten würde. Die Sitzung heute abend ist keine von der üblichen Art.«

»Wir werden dasein, vor dem Haus und im Haus. Franz und seine Männer lassen euch keinen Moment aus den Augen.«

Anita machte eine resignierende Geste. »Also gut, Susan, wenn du dich plötzlich für okkulte Phänomene interessierst, komm nur mit.« Sie wandte sich wieder Ogden zu: »Warum versuchst du nicht, Queriand anzurufen?«

»Okay, ich rufe ihn an.«

Queriand ließ es dreimal läuten, bevor er abnahm. Er schien erleichtert, als er Ogdens Stimme hörte.

»Hallo, ich habe heute schon versucht, Sie zu erreichen, aber Sie waren nicht zu Hause. Ich wollte Sie zum Frühstück einladen.«

»Ich bin gerade erst zurückgekommen, aber haben Sie vielen Dank. Was machen Ihre blauen Flecken?«

»Sie verblassen langsam. Haben Sie heute abend schon etwas vor?«

»Ich glaube nicht...«

»Hätten Sie Lust, an einer spiritistischen Sitzung teilzunehmen?« fragte Queriand.

»Jetzt sagen Sie mir nicht, daß Sie sich doch dazu entschlossen haben!«

»Nun ja, das habe ich. Alles in allem könnte es interessant sein. Außerdem ist mir heute etwas Seltsames passiert...«

»Schon wieder?«

»Keine Sorge, diesmal ist kein Blut geflossen. Ich glaube, ich war Zeuge eines paranormalen Phänomens.«

»Nämlich?«

»Eine ziemlich ähnliche Sache wie die, die Jung passiert ist – jedenfalls nach dem, was ich gelesen habe. Ich war im Wohnzimmer, als ich plötzlich ungeheuer müde wurde. Ich habe mich in einen Sessel fallen lassen und wohl ein paar Minuten gedöst. Dann plötzlich krachte es fürchterlich, als würde das ganze Bücherregal zusammenbrechen. Ich fuhr hoch, und im gleichen Moment, als ich die Augen aufschlug, flog ein Buch aus dem Regal direkt vor meine Füße...«

»Ein Buch von Ioan Lupescu?« unterbrach ihn Ogden.

»Woher wissen Sie das?«

»Da Sie sich nun doch entschlossen haben, noch einmal an einer Sitzung teilzunehmen, war es nicht schwer zu erraten...«

»Na ja, das finde ich eigentlich schon«, sagte der Schriftsteller überrascht.

»Vergessen Sie nicht, daß auch ich Ihnen geraten hatte, das Experiment zu wiederholen...«, fügte Ogden hinzu. »Lassen Sie sich doch einfach auf eine paranormale Deutung ein und betrachten Sie das Ganze als Botschaft Ihres Freundes!«

»Genau das war mein Gedanke, als ich das Regal kontrolliert und festgestellt habe, daß es völlig in Ordnung ist«, gab Queriand zu. »Also, begleiten Sie mich heute abend zu den Cornells?«

»Ich möchte gern, doch vielleicht sind die anderen Mitglieder der Gruppe nicht gerade begeistert, wenn ein Außenstehender mitkommt...«

Queriand antwortete nicht gleich. Ihm ging durch den Kopf, daß die Anwesenheit eines Fremden tatsächlich problematisch sein könnte. Doch er war fest entschlossen, keinen Fuß in dieses Haus zu setzen, ohne daß ihn jemand begleitete.

»Dann sagen wir doch einfach, daß ich nur komme, wenn ich Sie mitbringen kann«, antwortete er mit Entschiedenheit. »Hören Sie, wir könnten zusammen zu Abend essen und dann um neun Uhr zu den Cornells gehen. Wenn Sie nichts mehr von mir hören, heißt das, man hat akzeptiert, daß Sie mich begleiten. In diesem Fall hole ich Sie um halb acht ab. Einverstanden?«

»Wunderbar. Allerdings muß ich gleich aus dem Haus. Ich gebe Ihnen also meine Handy-Nummer, falls doch etwas dazwischenkommt.«

Ogden beendete die Verbindung und sah Anita an.

»Kompliment, Anita. Queriand hat sich genauso verhalten, wie du vorausgesagt hast. Gleich wird er dich anrufen, um zu fragen, ob er mich mitbringen kann. Und er macht es sogar zur Bedingung: Entweder er kommt in meiner Begleitung oder gar nicht.«

In diesem Moment läutete das Telefon, und Anita beeilte sich abzunehmen. Nach wenigen Minuten kam sie mit zufriedener Miene zurück.

»Alles in Ordnung. Wie ich mir gedacht hatte, ist deine Anwesenheit für Queriand ungemein beruhigend«, sagte sie zufrieden.

»Der Arme, er weiß nicht, wem er da soviel Vertrauen entgegenbringt...«, murmelte Ogden. »Bei alldem, was ihm gerade widerfährt, kann ich mir vorstellen, daß er einfach jemanden dabeihaben möchte, der auf seiner Seite ist.«

»Wieso, was ist denn noch geschehen?« fragte Susan.

Ogden erzählte in allen Einzelheiten die Geschichte von dem Buch, das Queriand vor die Füße gefallen war. Als er geendet hatte, machte Anita ein nachdenkliches Gesicht.

»Interessant«, murmelte sie. »Queriand ist vermutlich medial begabt, ohne es zu wissen.«

»Vielleicht sind das alle Künstler«, sagte Susan.

Anita sah sie an. »Es wundert mich, das von dir zu hören. Ich habe immer gedacht, du würdest solche Überlegungen ganz klar ablehnen.«

»Bei Künstlern ist das etwas anderes«, fuhr Susan fort. »Aber vielleicht ist es auch bei allen anderen so.« Verwirrt schüttelte sie den Kopf. »Im Grunde hat Ogden recht, wenn er sagt, daß meine Einstellung zu diesen Dingen reaktiv ist...«

»Ah, gut«, Anita warf Ogden einen Blick zu, »ich sehe, daß du uns alle analysierst.«

»Das wird der Einfluß von Vincent Guthrie sein. Weißt du, daß die beiden befreundet waren?«

»Wirklich?« rief Anita verwundert aus. »Ein großer

Analytiker, einer der wenigen, die tatsächlich die Begabung dazu hatten. Es war ein furchtbarer Verlust für uns alle. Hast du ihn gut gekannt?«

»Nein, doch ich hatte Gelegenheit, ihn schätzen zu lernen«, log Ogden, der von der Wendung, die das Gespräch nahm, unangenehm berührt war.

»Ich kenne die Frau, die er liebte«, fuhr Anita fort. »Sie ist eine Kollegin von mir. Guthrie war auf dem Weg zu ihr, als er ermordet wurde. Sie waren ein Jahr lang getrennt. Eine sehr traurige Geschichte...«

Eine Weile sagte niemand etwas, dann sah Anita Ogden mit einer Miene an, die voller Tatkraft war.

»Also, wie wollen wir heute abend vorgehen?«

Ogden antwortete nicht. Er war in Gedanken versunken. Ihm fiel das Telefongespräch zwischen Guthrie und der Frau ein, die Anita Moss offensichtlich kannte; er hatte es aufgenommen, vor einem Jahr, in Wien. Nur wenige Stunden danach war Guthrie ermordet worden, ohne daß er es irgendwie hätte verhindern können. Genausowenig wie er etwas tun konnte, um Veronica zu retten. Er spürte, wie der Schmerz wieder hochkam, den er mit seinen Reisen kreuz und quer durch Europa monatelang unterdrückt hatte.

»Ogden«, Anita legte eine Hand auf seinen Arm, »irgend etwas nicht in Ordnung?«

Er kam wieder zu sich. »Alles okay, Anita«, beruhigte er sie. »Heute abend treffen wir uns zur verabredeten Zeit direkt bei den Cornells. Franz wird euch begleiten, während ich mit Queriand essen gehe. Und denkt daran, daß wir bei den Cornells so tun müssen, als würden wir uns nicht kennen.«

»Keine Sorge«, sagte Susan. »Wenn es darauf ankommt, kann ich sehr gut lügen.«

»Wenn das wahr wäre«, entgegnete Ogden nachsichtig, »würden Sie es nicht sagen. Und verwechseln Sie diese Sache nicht mit einem aufregenden Spiel, denn es ist keins. Queriands Leben war in Gefahr, und andere Menschen hat diese Geschichte schon das Leben gekostet. Wenn das Ganze ein Spiel wäre«, schloß er und sah ihr in die Augen, »dann wäre ich nicht hier.«

Ogden hatte die Wohnung von Anita Moss verlassen und fuhr Richtung Chelsea. Ein dünner, aber hartnäckiger Regen lief über die Windschutzscheibe des Jaguar, es war bitter kalt, und Ogden wurde von Erinnerungen gequält. Nach Veronicas und Guthries Tod hatte er zum ersten Mal in seinem Leben Schmerz und Trauer empfunden. Es war eine erschütternde Erfahrung gewesen, und seitdem bekämpfte er diese Gefühle, weil ihm bewußt war, daß er dadurch verletzlich geworden war und es früher oder später einem Gegner gelingen würde, ihn umzubringen, wenn er es nicht schaffte, sie zu unterdrücken.

Er dachte an Queriand und beneidete ihn um seinen unerschütterlichen Glauben an ein Leben nach dem Tode. Er hätte gerne daran geglaubt, daß es für Veronica und Guthrie irgendwo ein Leben ohne Leiden gab. Aber er war sich sicher, daß nicht einmal der Tod die beiden erlösen würde: Wenn Veronica irgendwo lebte, war sie gewiß noch immer jenes unbegreifliche und traurige Wesen, das er geliebt hatte, während Guthrie vermutlich um die Frau trauerte, die vergebens auf ihn gewartet hatte.

Er beschloß, am Markham Square vorbeizuschauen, bevor er zu Queriand fuhr. Als er das Haus des Dienstes erreichte, öffnete ihm einer der Männer die Tür und brachte ihn ins Wohnzimmer. Kurz darauf erschien Franz.

»Ich wollte dich gerade anrufen.«

»Hat der Korse etwas gesagt?«

»Nichts Neues. Außerdem glaube ich, daß er nicht groß was weiß. Ein Handlanger«, setzte er hinzu und verzog das Gesicht.

»Bring mich zu ihm. Wir wollen einmal sehen, ob er bei mir gesprächiger ist.«

»Das bezweifle ich«, sagte Franz. »Du kennst ja meine Methoden und kannst dir denken, daß ich mich bei dem Typ nicht auf ein gemütliches Schwätzchen beschränkt habe...«

Ogden lachte. »Sicher nicht. Aber mir ist da eine Idee gekommen, und ich möchte ihn gerne selbst vernehmen. Danach entscheiden wir, was wir tun.«

Die beiden durchquerten den ausgebauten Keller, Franz öffnete eine Tür und ließ Ogden den Vortritt. Sie gelangten in ein quadratisches Zimmer mit gepolsterten Wänden, wo ein Mann auf einem Feldbett lag und zu schlafen schien. Doch beim Geräusch ihrer Schritte schlug er die Augen auf.

»Guten Abend«, sagte Ogden und trat näher heran.

Der Mann setzte sich auf. Er hätte nicht weglaufen können: Mit einem Fuß war er am Bettpfosten angekettet.

»Hallo«, brachte er mit starkem französischen Akzent heraus.

»Was kannst du mir über eure Mission sagen?« fragte Ogden ihn.

»Das habe ich deinem Kollegen doch schon erzählt. Ich

arbeite für eine spezielle Abteilung vom Bureau. Mein Auftrag war herauszufinden, ob diese Dr. Moss die Diskette hat.«

»Und falls ja?«

»Dann hätten wir sie in eine Wohnung nach Pimlico gebracht. Ich kannte die genaue Adresse nicht, die wollten sie uns später mitteilen, aber dann seid ihr aufgetaucht. Unsere Arbeit wäre damit zu Ende gewesen.«

»Wieso?«

»Wir wären durch andere Agenten ersetzt worden.«

»Von welcher Seite?«

»Das weiß ich nicht.«

»Ich habe mir die kleine Unterhaltung angehört, die du mit meinem Kollegen geführt hast, nachdem er dich mit allem möglichen Zeug vollgepumpt hatte.« Ogden sah ihn wohlwollend an. »Leider sieht es so aus, als ob du nicht lügst. Aber sag mir doch mal, welche Gedanken du dir selbst über die Geschichte gemacht hast. Was glaubst du, ist auf dieser Diskette?«

Der Korse sah ihn verwundert an. Franz schaute hoch, machte den Mund auf, sagte aber nichts.

»Ich möchte, daß du mir erzählst«, fuhr Ogden ganz ruhig fort, »aus welchem Grund Franzosen, Engländer, Italiener, Amerikaner und weiß Gott wer sonst noch, sich plötzlich bei einer Sache zusammentun, die mit Sicherheit verdammt schmutzig ist.«

Der Korse machte ein ratloses Gesicht. »Ich habe keine Ahnung; unsere Aufgabe – das heißt meine und die des Kameraden, den ihr getötet habt – bestand darin, die Diskette aufzutreiben und sie zu übergeben.«

»Ich kann mir vorstellen, daß Anita Moss das gleiche Ende genommen hätte wie Lupescu, wenn ihr nicht von uns gestört worden wärt...«, sagte Ogden mit leiser Stimme.

Der Mann schien nicht zu verstehen: »Ich weiß nicht, wer dieser Lupescu ist, das habe ich schon deinem Kollegen gesagt.«

Ogden und Franz wechselten einen Blick.

»Laß es uns kurz machen«, Ogden sah dem Mann fest in die Augen und fuhr dann komplizenhaft fort: »Wir wissen doch beide, wie solche Dinge funktionieren... Auch wenn wir nicht ins Zentrum der Macht vordringen, kommen uns doch immer ein paar Gerüchte aus den Gängen zu Ohren, stimmt's nicht, Kollege? Und auf die Art machen wir uns eine Vorstellung von der Operation, auch wenn unsere Aufgabe nur darin besteht, irgendwas zu beschaffen, von dem wir nicht mal wissen, was es ist. Na klar, die ganze Arbeit machen wir, und diese Arschlöcher halten es nicht mal für nötig, uns zu sagen, wofür wir uns so abstrampeln. Ist es nicht so?«

Der Korse wirkte perplex, schließlich nickte er.

»Aber wir sind nicht dumm«, fuhr Ogden fort, »und deshalb will ich deine Meinung zu dieser Geschichte hören.«

Franz sah zu Boden, irgendwie unangenehm berührt. Daß Ogden, um den Mann zum Reden zu bringen, so tat, als seien sie auf dem gleichen Niveau, gefiel ihm nicht.

»Ich bin von einem Typ vom französischen Geheimdienst angeworben worden. Woher der Befehl gekommen ist, weiß ich nicht...«

»Du bist in der Fremdenlegion gewesen, stimmt's?« unterbrach Ogden ihn.

Einen Moment lang verriet der Ausdruck des Mannes, daß Ogden ins Schwarze getroffen hatte, aber er verneinte mit einem Kopfschütteln.

»Das glaube ich aber doch; egal. Nun sag mir mal, was munkelt man denn in den unkontrollierten Reihen der Abweichler?«

Der Mann machte eine unwillige Geste.

»Warum sollte ich dir das sagen, selbst wenn ich es wüßte?«

Ogden erhob sich von seinem Stuhl, ging ein paar Schritte durchs Zimmer, zündete sich eine Zigarette an und atmete langsam den Rauch ein.

»Weil ich dich, wenn du es nicht tust, töten werde«, sagte er mit fast einschmeichelnder Stimme. »So, wie du Anita Moss getötet hättest: langsam, sehr langsam.«

Franz sah Ogden an: Er wußte, daß diese Worte mehr als nur eine Drohung waren. Auch der Korse schien das zu ahnen und wich zurück.

»Es sind nur Gerüchte...«

»Schieß los!«

»Ein Zivilflugzeug ist von einer Rakete getroffen worden, vor ein paar Jahren, weit draußen vor der italienischen Küste. Auf der Diskette könnte irgendwas darüber sein... Wenn das nicht alles Märchen sind...«

»Jedenfalls ist es kein Märchen, daß irgend jemand 1980 eine italienische DC-9 in die Luft gejagt hat...«, sagte Ogden.

»Ja, sicher«, lenkte der Korse ein, »aber deshalb muß es noch lange nicht stimmen, daß sich darüber etwas auf der Diskette findet. Du hast mich nach den Gerüchten gefragt, die man auf den Gängen hört, und die habe ich dir erzählt«, schloß er in einem fast flehentlichen Ton.

»Das war sehr gut so. Genau das wollte ich wissen. Jetzt lasse ich dich in der Obhut meines Kollegen. Gute Nacht.«

»Was habt ihr mit mir vor?« fragte der Korse besorgt.

»Du kannst ganz beruhigt sein, wir tun dir nichts. Was mit dir geschieht, wenn deine Freunde dich finden, geht uns nichts an. Komm, Franz.«

Im Wohnzimmer goß Franz ihnen etwas zu trinken ein, unterließ aber jede Bemerkung.

»Also, was hältst du davon?« fragte Ogden.

»Es sieht so aus, als hätte deine Technik funktioniert«, antwortete Franz. »Als du ihn nach seiner Meinung gefragt hast, war ich ganz verblüfft. Ich habe immer gemeint, daß sich Söldner wie er keine Gedanken machen, sondern Befehle ausführen – und fertig. Offensichtlich habe ich mich da geirrt. Von jetzt an werde ich auf meine Jungs besser achtgeben.«

Ogden nickte. »Nachdem ich mir die Aufnahme deines Verhörs mit dem Korsen angehört hatte, ist mir die Idee gekommen, daß er für eine nicht offizielle Zelle arbeitet, die zu allem bereit ist, eine unkontrollierte Abteilung irgendeines Dienstes, in diesem Fall des französischen. Normalerweise passiert so etwas, wenn jemand innerhalb eines regulären Dienstes eigenmächtig gehandelt und irgendein Unheil angerichtet hat. Früher oder später sieht er sich gezwungen, jenseits des Offiziellen etwas zu unternehmen, um seinen Fehler zu vertuschen. Unter solchen Umständen werden im allgemeinen Söldner von außerhalb angeheuert, und oft ist es dann unvermeidlich, daß Informationen nach außen dringen.«

»Engländer, Franzosen, Amerikaner ... Was glaubst du denn, was für eine Scheiße die anstellen?«

»Wahrscheinlich versuchen sie etwas zu vertuschen, das sie zusammen gemacht haben. Der Einsatz von Hilfsagenten läßt vermuten, daß innerhalb der Regierungen nur wenige über die Sache Bescheid wissen. Es könnte um das abgeschossene Flugzeug gehen...«

»Und Monteanus Diskette?«

»Wenn die Gerüchte irgendeine Grundlage haben, könnte die Diskette Enthüllungen über die DC-9 enthalten. Wenn aber das Flugzeug überhaupt nichts damit zu tun hat, stehen wir wieder ganz am Anfang. Doch auch in diesem Fall müßten wir, um irgend etwas zu verstehen, auf jeden Fall als allererstes die Diskette beschaffen«, schloß Ogden und stand aus seinem Sessel auf.

»Wenn deine Hypothese richtig ist, hat also jemand innerhalb der Geheimdienste dieser Regierungen Mist gebaut und tut nun alles, damit es nicht auffliegt...«

Ogden nickt. »Ja, da hat einer einen Fehler gemacht und will nicht entdeckt werden. Natürlich lautet die offizielle Version, daß die Engländer eine Operation in Gang gesetzt haben, um der Geheimnisse Sachas habhaft zu werden. Ich bin mir sicher, daß zum Beispiel Sir Quentin nur diese Version kennt.«

»Und wir, auf welcher Seite stehen wir? Wer sind unsere Auftraggeber?«

»Das ist der Punkt. Ich glaube, daß Casparius uns wieder einmal nicht alles gesagt hat.«

»Aber warum klärt er uns nicht darüber auf, wo sie uns doch schließlich diese Mission anvertraut haben?«

»Ich weiß es nicht. Aber vergiß nicht, daß wir hierhergeschickt worden sind, um diese Diskette zu suchen, und gleichgültig, was darauf ist: Um der Sache auf den Grund zu kommen, müssen wir sie erst einmal finden. Casparius hat uns also zwar nicht die Wahrheit gesagt, den Erfolg der Aktion aber damit nicht gefährdet.«

»Sehr schlau...«, murmelte Franz.

»Wie immer«, gab Ogden resigniert zu.

»Jedenfalls kann ich mir keinen einzigen Grund dafür vorstellen, warum Casparius uns über irgend etwas im unklaren lassen wollte.«

»Wenn es dich tröstet: ich auch nicht.« Ogden zog sich den Mantel an und ging zur Tür. »Ich muß los. Heute abend begleite ich Queriand zu den Cornells: ein neues Telefonat mit dem Jenseits.«

»Schon wieder!« Franz verdrehte die Augen. »Dann bittet doch den verstorbenen Professor, uns zu erklären, was hier vorgeht. Wer weiß, vielleicht könnte er uns helfen, die Bösen zu besiegen...«

»Apropos die Bösen«, sagte Ogden. »Ruf bitte Casparius an und sage ihm, der Korse sei gestorben. Erzähl ihm, er habe ein schwaches Herz gehabt und die Sache nicht ausgehalten. Dann läßt du ihn frei, besorgst ihm Papiere und machst ihm klar, daß er schleunigst verschwinden muß, weil er sonst nicht lange am Leben bleibt. Ich will nicht, daß Casparius ihn in die Hände bekommt und ihn dazu bringt, daß er ausplaudert, was er uns erzählt hat. Mir ist lieber, wenn sie in Berlin nicht auf die Idee kommen, daß wir neue

Informationen haben, über die wir uns Gedanken machen könnten.«

Franz schien verwirrt: »Bis zu welchem Punkt darf ich erzählen, was der Korse uns gesagt hat?«

Ogden zögerte, dann entschied er schließlich: »Sag ihm, er ist gleich gestorben. Das passiert manchmal.«

Um halb acht läutete Ogden an Michael Queriands Tür. Der Schriftsteller öffnete ihm mit einem Glas in der Hand.

»Kommen Sie doch herein. Ich habe mir gerade einen Martini gemacht, wollen Sie auch einen?«

»Gerne, vielen Dank.«

Queriand ging mit ihm ins Wohnzimmer und goß ihm den Martini ein, dann deutete er auf den Sessel am Kamin, in dem ein Feuer brannte.

»Sie haben ein schönes Haus, haben Sie es selbst eingerichtet?« fragte Ogden und sah sich um.

»Nein, meine Mutter. Nach ihrem Tode habe ich ein paar Kleinigkeiten verändert, aber im Grunde ist alles wie vorher geblieben.«

»Es ist sehr gemütlich, man fühlt sich gleich richtig wohl.«

»Wenn das so ist, dann haben Sie vielleicht Lust, hier zu essen, statt ins Restaurant zu gehen. Linda, meine Haushälterin, ist eine ausgezeichnete Köchin.«

»Da sage ich nicht nein«, antwortete Ogden.

»Dann will ich ihr eben Bescheid geben.«

Queriand ließ Ogden allein, und dieser machte einen Rundgang durchs Zimmer. Vor einer Zeichnung Helleus blieb er stehen: die Rückenansicht einer Frau, die ein Gemälde in einer Galerie betrachtet. Ihre Haltung war anmutig und sinnlich zugleich, und die Silhouette ließ trotz des langen Kleids einen reizvollen Körper erkennen.

»Der Trick des Künstlers besteht darin, das sicherlich wunderschöne Gesicht zu verbergen«, sagte Queriand, als er ins Wohnzimmer zurückkam.

»Ich sehe, daß Sie Zeichnungen mögen...«, Ogden zeigte auf die Wände.

»Ja, sehr. Doch das ist meine Lieblingszeichnung. Sie heißt Mathilde und stellt für mich die ideale Frau dar.«

»Sie könnte weniger schön sein, als Sie es sich vorstellen.«

Queriand schüttelte den Kopf. »Niemand weiß, wer Helleus Modell gewesen ist, also bin ich frei, mir die Wirklichkeit so vorzustellen, wie ich sie am liebsten habe. Ich wäre dumm, wenn ich mir ein häßliches Bild von ihr machen würde, meinen Sie nicht?«

»Zweifellos«, gab Ogden zu.

Nach einer Weile ließ Linda sie wissen, das Essen sei serviert, und sie gingen ins Eßzimmer. Der Tisch war mit viel Sorgfalt gedeckt; eine silberne Schale mit Anemonen und Margeriten stand als Dekoration auf der Spitzendecke.

»Lindas Arrangement ist ganz zu Ihren Ehren«, sagte Queriand und zeigte auf die Blumen. »Bitte setzen Sie sich.«

In diesem Augenblick klingelte das Telefon, und der Schriftsteller griff nach dem schnurlosen Apparat auf dem Tisch.

»Wer spricht da?« Queriand runzelte die Stirn, als würde er die Stimme am anderen Ende nicht erkennen. »Oh, hallo. Sehr gut, danke, und dir? Das ist sehr nett, aber ich kann nicht. Nein, später ist unmöglich, laß uns morgen telefonieren. Okay, einen schönen Abend.«

Queriand legte auf. »Entschuldigen Sie bitte. Ein Freund hat mich zu einem Spielchen eingeladen. Doch der heutige Abend ist den Geheimnissen gewidmet«, schloß er mit verschwörerischer Miene.

Ogden, durch Queriands Verhalten neugierig geworden, nahm sich vor, später die Bandaufnahme des Telefonats abzuhören. In diesem Augenblick erschien Linda mit dem ersten Gang.

»Ogden, ich möchte Ihnen Linda vorstellen. Sie kümmert sich seit undenklichen Zeiten um mich. Ohne sie wäre ich verloren, und das sage ich nicht nur so dahin.«

»Ich bin Ihnen dankbar, mir wenigstens heute abend das Restaurant erspart zu haben«, erklärte Ogden und lächelte ihr mit einem leichten Nicken zu.

»Linda, nehmen Sie bitte ab, wenn das Telefon klingelt«, sagte Queriand, als seine Haushälterin neben ihm stand, »ich bin nur für Frau Dr. Moss zu Hause.«

»Nicht einmal für Fräulein Nina?«

»Nein. Ich habe eine Verabredung um neun und möchte in Ruhe essen.«

Als Linda gegangen war, wandte Queriand sich wieder Ogden zu: »Wenn Sie diese Fleischpastete probiert haben, müssen Sie mir sagen, was Sie davon halten. Ich habe es ernst gemeint, als ich Ihnen gestand, daß mein Leben ohne Linda sehr viel weniger angenehm wäre.«

»Sie scheint sehr an Ihnen zu hängen…«

»Sie ist seit meiner Kindheit in diesem Haus. Und seit dem Tod meiner Mutter wünscht sie sich wohl jeden Tag, daß mich irgend jemand heiratet. Ich kann mir vorstellen, daß ich daran schuld bin, daß sie noch nicht in Rente gegangen ist.«

»Ich fürchte, Linda wird sich damit abfinden müssen, Sie Ihrem Schicksal als eingefleischter Junggeselle zu überlassen«, bemerkte Ogden mit einem Lächeln.

»Ich glaube ja.« Queriand sah ihn amüsiert an. »Aber woher wissen Sie das? Ich hätte ja auch schon ein- oder zweimal verheiratet sein können...«

»Dann hätte ich mich getäuscht. Aber das glaube ich nicht.«

»Sie haben ja recht. Ich habe allerdings schon mit Frauen zusammengelebt, wenn auch nur kurz. Es ist wie verheiratet zu sein, mit dem Vorteil, daß man im allgemeinen keine Rechtsanwälte braucht, wenn die Geschichte zu Ende ist. Sind Sie je verheiratet gewesen?«

»Nein.«

»Haben Sie Kinder?«

»Auch nicht. Schon zum Ehemann tauge ich nicht besonders, und ich wage mir gar nicht vorzustellen, wie ich als Vater wäre.«

»Das kann man nicht wissen. Es gibt Leute, die haben viele Frauen und ebenso viele Kinder gehabt, ohne daß sie dazu besonders geeignet gewesen wären oder Fähigkeiten in dieser Hinsicht entwickelt hätten. Doch Gott sei Dank ist das ja nicht unser Problem«, schloß er und klingelte nach der Hauhälterin.

»Die Pastete war wirklich vorzüglich...«, bemerkte Ogden.

»Das sagen Sie bitte Linda, es freut sie, wenn die Gäste

ihre Küche zu schätzen wissen. Als ich auszog, um allein zu leben – ich war ungefähr zwanzig damals –, gab ich in meiner neuen Wohnung ein Fest. Obwohl Linda meinen Freiheitsdrang nicht billigte, bot sie sich an, für eine Menge Leute zu kochen. Sie machte ein phantastisches Essen, an das sich meine Freunde noch heute erinnern.«

»Ich dachte, Sie hätten immer in diesem Haus gelebt...«, sagte Ogden, der in Wirklichkeit in Queriands Dossier alles gelesen hatte, was es über seine Umzüge zu wissen gab.

Der Schriftsteller schüttelte den Kopf. »Ich bin ziemlich früh aus dem Haus gegangen. Zuerst zum Studium, dann nach der Universität endgültig. Es tat mir leid, meine Mutter alleinzulassen, also habe ich mir eine Wohnung ganz in der Nähe genommen. In der Zwischenzeit war Linda verwitwet und hierhergezogen. Und das machte die Dinge einfacher.«

»War Ihr Vater gestorben?«

»Nein, meine Eltern hatten sich Jahre vorher scheiden lassen. Doch er hat uns nie gefehlt.«

»Ein Schicksal, das viele Väter teilen.«

»Er war ein egoistischer und unzuverlässiger Mensch. Fehler, die man bei Künstlern vielleicht noch gerade so erträgt. Doch auch diese würden besser daran tun, allein zu bleiben. Mein Vater dagegen war Rechtsanwalt, und kein besonders guter.«

»Finden Sie wirklich, daß Künstler so schlimm sind?«

»Im allgemeinen sind sie Arschlöcher, ich eingeschlossen. Aber es ist nicht immer ihre Schuld. Das Problem ist die Zeit. Schreiben ist harte Arbeit, auch wenn niemand das glaubt, und Familienleben erfordert Zeit und Aufmerksamkeit, wenn man ein guter Vater und Ehemann sein will. Ich bin ein Perfektionist, deshalb habe ich es vermieden, zu heiraten und Kinder zu bekommen.«

»Sie sind noch jung, Sie könnten es sich noch anders überlegen...«

»Ja, aber ich glaube nicht, daß ich das tue. Und Männer können ja auch noch, wie das Beispiel Chaplin zeigt, in weit fortgeschrittenem Alter Kinder zeugen, wenn es ihnen wirklich notwendig scheint.«

Sie wurden von Linda unterbrochen, die Lamm in Sardellensauce servierte. Als sie beim Dessert waren, klingelte das Telefon erneut, und sie nahm in der Küche ab. Kurz darauf erschien sie in der Tür zum Eßzimmer.

»Es war Fräulein Nina. Ich habe gesagt, Sie seien nicht zu Hause.«

»Gut, Linda, danke.« Queriand wandte sich Ogden zu: »Nina ist die Frau, die Sie neulich bei mir kennengelernt haben. Sie gehört zur Gruppe Cornell, aber das habe ich Ihnen vielleicht schon gesagt...«

Ogden nickte. »Eine attraktive Frau. Sie ist sicher froh über Ihre Entscheidung; wenn ich mich recht erinnere, erhofft sie sich viel von diesem Experiment.«

»Ja, sogar allzuviel.«

»Sie hat sich sehr um Sie gesorgt, als Sie überfallen wurden. Sie muß Sie sehr gern haben.«

»Wir haben eine vor einem Jahr unterbrochene Beziehung wieder aufgenommen. Doch die Sache könnte peinlich werden. Nina ist die Geliebte von Max, dem Arzt, der an den Sitzungen bei den Cornells teilnimmt.«

»Und vermutet er etwas?«

»Nein, er hat nicht die leiseste Ahnung.«

Queriand sah auf die Uhr: »Wir haben noch Zeit genug, einen Kaffee zu trinken, dann müssen wir aufbrechen. Kommen Sie mit ins Wohnzimmer, ich möchte, daß Sie einen ganz besonderen Cognac probieren.«

Ogden erwartete, daß Queriand im Wohnzimmer noch mehr zu Nina sagen würde. Doch er sprach über etwas anderes, bis es Zeit war, zu den Cornells zu gehen. Sie verließen das Haus und stiegen in den Jaguar, den Ogden davor geparkt hatte. In fünf Minuten waren sie in der Ebury Street.

»Ein passender Ort für eine spiritistische Sitzung«, bemerkte Queriand.

»Wieso?« fragte Ogden.

»In der Ebury Street 180 hat Mozart im Alter von acht Jahren seine erste Symphonie geschrieben. Hoffen wir, daß heute abend das große Genie den armen Schriftsteller und seinen liebenswürdigen Begleiter beschützt.«

Als sie ausgestiegen waren, entdeckte Ogden auf der anderen Straßenseite Nina in Gesellschaft eines Mannes. Er faßte Queriand am Arm: »Dort drüben ist Ihre Freundin…«

Queriand drehte sich um. Das Paar überquerte die Straße, Nina sah sie ebenfalls und winkte ihnen zu. Als sie beieinander standen, lächelte Nina irgendwo ins Leere und versuchte es zu vermeiden, Queriand anzusehen.

»Nina, Max, ich möchte euch Mr. Ogden vorstellen, der sich netterweise bereiterklärt hat, mich zu begleiten.«

»Guten Abend.« Nina warf Ogden einen freundlichen

Blick zu. »Verdanken wir es Ihnen, daß Michael sich entschlossen hat zu kommen?«

»Nein, das glaube ich wirklich nicht.«

»Nina hat mir erzählt, daß Sie einen Überfall in Queriands Haus abgewendet haben«, sagte Max und betrachtete ihn aufmerksam.

»Der Einbrecher war schon auf der Flucht, ich habe nur erste Hilfe geleistet«, antwortete Ogden und erwiderte den Blick. Max war ein sympathischer Mann, der seinen Besitzanspruch mit einem festen Griff um Ninas Arm demonstrierte.

»Laßt uns hineingehen, wahrscheinlich sind schon alle da.« Nina befreite sich hastig und ging auf die Haustür zu. Die anderen folgten ihr.

Dr. Cornell empfing sie. Sie betraten ein großes Zimmer, eingerichtet mit französischen Möbeln und schweren Vorhängen. Über dem Kamin hing das Porträt eines streng blickenden Mannes in einem weißen Kittel.

»Mein Gott, wir sind von Medizinern umzingelt«, murmelte Queriand und zeigte auf das Gemälde. »Ich habe es beim letzten Mal gar nicht bemerkt. Ob das wohl der Vater von Dr. Cornell oder der Dame des Haues ist, was meinen Sie?« fragte er leise.

»Das ist Daisys Vater, er war ein bekannter Neurologe, ein Schüler Charcots«, antwortete Nina, die zugehört hatte.

Im Zimmer wurden sie schon von den anderen Mitgliedern der Gruppe erwartet. Nina ging auf Anita zu: »Guten Abend, Anita, hier sind wir, endlich...«

»Grüß dich, meine Liebe. Guten Abend, Mr. Queriand,

ich freue mich, daß Sie wieder bei uns sind. Würden Sie mich Ihrem Begleiter vorstellen?«

»Mr. Ogden, Verleger aus Bern, der vorübergehend in London wohnt.«

Anita und Ogden gaben sich die Hand, dann war Susan, die dazugekommen war, an der Reihe. Sie begrüßte Queriand mit aufrichtiger Bewunderung, denn sie kannte seine Bücher, und sie gefielen ihr; dann spielte sie perfekt ihre Rolle und tat so, als habe sie Ogden nie zuvor gesehen.

»Kommen Sie.« Anita ging mit ihnen zur Couch, wo zwei Männer um die Sechzig saßen, einer von ihnen im Priesterrock.

»Pater Molteni, Mr. Gomez, Sie kennen bereits Mr. Queriand, den Schriftsteller. Heute abend nimmt er an einer weiteren Sitzung teil, und Mr. Ogden begleitet ihn.«

Ogden, erstaunt darüber, einen Geistlichen in dieser Gesellschaft zu finden, gab dem alten Priester die Hand. Dieser sah ihn freundlich an.

»Wundern Sie sich nicht, es ist nicht alles wahr, was man über die Kirche sagt. Willkommen hier bei uns.«

»Dies ist Mr. Gomez«, fuhr Anita Moss fort und legte eine Hand auf die Schulter des anderen Mannes. »Er leitet nicht nur die Wissenschaftsredaktion der *Times*, sondern erforscht auch paranormale Phänomene.«

»Sie haben etwas ganz Außergewöhnliches erlebt, Mr. Queriand,« sagte Gomez. »Sehen Sie, mich beeindrucken paranormale Phänomene an und für sich kaum, ob nun Telepathie, Hellseherei, Telekinese oder was es sonst so gibt; sie werden nur deshalb paranormal genannt, weil die Wissenschaft sie bis heute noch nicht zufriedenstellend hat erklären können. Doch schon bald, so darf man hoffen, werden wir das Funktionieren unseres Gehirns vollständig verstehen, und dann wird es uns gelingen, diesen ungeheuer großen Teil der grauen Masse einzusetzen, den wir bisher nicht aktivieren konnten. Dann lernen wir alle, Bestecke zu verbiegen, die Zukunft vorauszusehen und Gedanken zu lesen, so, wie wir gelernt haben, Telefon und Computer zu bedienen. In wenigen Worten: Wir werden diese mysteriöse Energie nutzen, von der die Wissenschaftler zugeben, daß es sie gibt, doch deren Ursprung und Mechanismen sie nicht erkennen können. Doch viel mehr als das liegt mir am Herzen, Mr. Queriand, zu beweisen, daß es nach dem Tod ein Weiterleben gibt, weil ich davon überzeugt bin, daß diese Gewißheit unser Leben verändern würde, und sicherlich zum Besseren. Die Botschaft, die Sie erhalten haben, ist ein Beweis mehr zur Stützung dessen, was die Spiritisten in aller Welt und zu allen Zeiten belegen wollten. Nämlich daß der Tod lediglich ein Zustands- und Ortswechsel ist.«

Queriand nickte. »Ich stimme mit Ihnen überein. Die Menschen würden sich gewiß zum Guten hin verändern, wenn sie sicher wären, daß mit dem Tod nicht alles zu Ende ist. Doch ich glaube, daß es sehr schwierig sein wird, dies gesellschaftlich akzeptabel zu beweisen, das heißt ›wissenschaftlich‹.«

Gomez lächelte. »Wie schrieb doch Arthur Koestler: Die scheinbar unglaublichen Aussagen der Parapsychologie erscheinen sehr viel weniger absurd im Lichte der wirklich unglaublichen Konzepte der modernen Physik. Ich vertraue darauf, daß Physiker, Philosophen und Theologen früher oder später entdecken, daß sie die gleiche Sache im Visier haben.«

»Das wünsche ich mir auch«, pflichtete Queriand ihm bei. »Koestler sagt weiter, und ich stimme mit ihm darin überein, daß sich in den letzten fünfzig Jahren unsere größten Physiker damit beschäftigt haben, ›Naturgesetze‹ zu Fall zu bringen, die früher als unantastbar galten, und sie durch obskure geistige Konstrukte zu ersetzen, deren semimystische Andeutungen sich hinter Fachtermini und mathematischer Formelsprache verbergen. Wenn Galilei noch am Leben wäre, würde er sie sicherlich beschuldigen, in okkulten Phantasien zu planschen. Dagegen würde er wohlwollend auf die Parapsychologen sehen, die sich immer mehr auf statistische Methoden verlassen, auf strenge Kontrollen, mechanische Apparate und Computer. Um noch einmal Koestler zu zitieren: Die Atmosphäre in den Bereichen der postmaterialistischen Physik und der postspiritualistischen Parapsychologie scheint sich ins jeweilige Gegenteil verkehrt zu haben.«

»So ist es«, meinte Monsignor Molteni, der wie alle dem Gespräch interessiert gelauscht hatte. »Die mit der Kenntnis der Statistik ausgestatteten Nachfolger Rhines, des großen Parapsychologen, werden oft der öden Pedanterie beschuldigt, während man den Nachfolgern Einsteins schon vorgeworfen hat, mit Gespenstern in Form von Teilchen zu flirten, die weder Masse noch einen präzisen Ort im Raum haben. Man kann sich nur wünschen, daß die beiden Fraktionen früher oder später ihre Kräfte bündeln.«

In diesem Augenblick betrat Daisy Cornell das Zimmer, und alle Sitzenden standen auf, um sie zu begrüßen. Sie war eine kleine Frau, die Queriand an die Zwergenkönigin in einem Kindermärchen erinnerte.

»Guten Abend«, sagte das Medium und trat auf sie zu. Als Daisy Cornell vor dem Schriftsteller stand, begrüßte sie ihn und sah Queriand – nachdem dieser ihr Ogden vorgestellt hatte – verständnisvoll an. »Ich danke Ihnen, daß Sie gekommen sind. Es ist sicherlich keine leichte Entscheidung gewesen...«

Queriand fühlte sich mit einem Mal all diesen Menschen gegenüber freundlich gestimmt.

»In Wahrheit«, sagte er, »war es eine ganz plötzliche Entscheidung, an der ich wohl kein großes Verdienst habe. Sagen wir einmal, ich bin angestoßen worden, meine Position zu überdenken...«

Alle sahen ihn interessiert an, das Medium bat um eine Erklärung, und Queriand erzählte, was ihm tags zuvor geschehen war.

»Einc Jungsche Begebenheit«, meinte Gomez. »Sind Sie erschrocken?«

»Eigentlich nicht. Doch ich mußte es einfach als Botschaft von Ioan interpretieren«, setzte Queriand eher verlegen hinzu. »Ich weiß nicht, was ich davon halten soll, aber jetzt bin ich jedenfalls hier.«

»Gut«, sagte Daisy Cornell, »Ich glaube, wir beginnen jetzt besser. Gehen wir nach drüben.«

Sie gingen aus dem Wohnzimmer in einen kleineren, matt erleuchteten Raum mit einem runden, von Stühlen umstandenen Tisch in der Mitte. Als erste setzte sich Daisy Cornell, auch die anderen schienen feste Plätze zu haben; Queriand und Ogden besetzten die frei gebliebenen Stühle.

Doktor Cornell zeigte sich an der Tür: »Wenn ihr mich braucht, ich bin drüben. Eine gute Sitzung wünsche ich.«

Nina legte eine Rachmaninow-Kassette ein, und leise Musik erfüllte das Zimmer. Als sie an ihren Platz zurückgekehrt war, faßten die Teilnehmer sich bei den Händen, und Daisy Cornell schloß die Augen.

Ogden, der zwischen Queriand und Nina saß, bemerkte, daß keiner der Anwesenden Anzeichen von Nervosität oder Verlegenheit zeigte – abgesehen von Queriand, der versuchte, seine Anspannung hinter einer ebenso aufmerksamen wie gleichmütigen Miene zu verbergen.

Einige Minuten lang geschah nichts. Im Zimmer schien nur die Musik lebendig. Dann begann Daisy Cornell laut zu atmen, und ihr Kopf fiel nach vorn. In dieser Haltung blieb sie kurze Zeit, schließlich hob sie, immer noch mit geschlossenen Augen, den Kopf wieder, bewegte die Lippen, und aus ihrem Mund sprach die junge Stimme, an die Queriand sich erinnerte.

»Ich bin Esther und grüße euch. Willkommen, Michael. Jetzt kommt Ioan.«

Es folgten einige Augenblicke der Stille, dann fuhr das Medium zusammen, und als es wieder zu sprechen begann, war seine Stimme die eines Mannes.

»Michael, ich bin es, Ioan. Ihr seid in Gefahr ... Die Antwort ist in dem Buch ... Wenn ihr es findet, müßt ihr um euer Leben fürchten ...«

Ogden neigte sich zu Nina hin. »Kann man Fragen stellen?« murmelte er.

»Gewiß, ich leite die Sitzung heute. Was wollen Sie wissen?«

»Fragen Sie ihn...« Ogden unterbrach sich. Er war unentschlossen, weil ihm durch den Kopf ging, daß er – falls das Geistwesen ihnen wirklich helfen könnte –, bevor er Fragen stellte, sicher sein müßte, daß unter den Anwesenden niemand war, der die Information mißbrauchen könnte. Doch dann sagte er sich, daß man eine solche Sitzung nicht wie ein Verhör nach Belieben wiederholen könne, und entschloß sich, es zu wagen.

»Also?« drängte Nina ihn mit leiser Stimme.

»Ich möchte wissen, wer Queriand bedroht.«

Nina gab die Frage an das Geistwesen weiter. Einige Augenblicke vergingen, in denen man nur den Atem des Mediums hörte. Dann rührte sich die Frau und veränderte ihre Haltung.

»Gebt mir Papier und Stift.«

Sofort legte man einen Schreibblock und einen Filzstift vor sie hin. Die Frau begann, immer noch mit geschlossenen Augen, zu schreiben, ohne auch nur einmal den Stift vom Papier zu heben. Als sie fertig war, nahm sie wieder ihre alte Haltung ein.

Es folgte eine lange Stille, dann stieß das Medium einen tiefen Seufzer aus, und es sprach erneut die Stimme von Esther aus ihrem Mund.

»Die Sitzung ist beendet. Wenn der Schriftsteller noch weiter mit seinem Freund sprechen will, kann er es tun. Für heute ist es nicht möglich fortzufahren.«

Einige Augenblicke vergingen, dann hob das Medium den Kopf, schlug die Augen auf und erwachte aus der Trance.

»Könnt ihr bitte das Licht wieder einschalten?« fragte Daisy Cornell mit müder Stimme.

Als das Licht brannte, stand sie auf und ging zurück ins Wohnzimmer, gefolgt von den anderen. Queriand griff nach Ogdens Arm.

»Was halten Sie davon?«

»Wirklich beeindruckend«, antwortete Ogden, ohne die Frau und ihren Schreibblock aus den Augen zu lassen.

Queriand sagte aufgeregt: »Ich danke Ihnen dafür, daß Sie die Frage gestellt haben, die ich hätte stellen sollen. Ich war wie betäubt.«

»Ich kann Sie verstehen. Ihr Freund bleibt ja bei seinen Katastrophenvorhersagen. Doch lassen Sie uns nach der Botschaft sehen, ich bin auf die Antwort gespannt. Lupescu hat im Plural gesprochen. Es sieht so aus, als wäre ich auch in Gefahr...«

Queriand sah ihn verwirrt an: »Das stimmt!« rief er aus. »Lieber Himmel, es tut mir leid, ich hätte Sie da nicht mit hineinziehen dürfen...«

»Vielleicht haben Sie mir einen Gefallen getan. Wenn es stimmt, daß auch ich irgendwie in Gefahr bin, möchte ich es vorher wissen.«

Sie gesellten sich zu den andern im großen Salon. Doktor Cornell servierte Drinks, und als er sie kommen sah, lächelte er ihnen zu und hob die Whiskyflasche, die er in der Hand hielt.

»Einen kleinen Whisky?«

»Danke, den können wir brauchen«, antwortete Queriand und setzte sich in den Sessel neben Daisy Cornell.

»Wie war die Sitzung?« fragte der Doktor seine Frau und reichte ihr ein Glas.

»Sehr gut«, antwortete Pater Molteni und sah Ogden und

Queriand verständnisvoll an, »wenn auch nicht gerade beruhigend für unsere Freunde.«

Daisy Cornell riß von dem Schreibblock das Blatt ab, auf das sie die Botschaft geschrieben hatte, faltete es zusammen und reichte es Ogden.

»Dies ist die Antwort auf Ihre Frage. Ich nehme an, Sie und Mr. Queriand wollen sie zusammen lesen. Wenn Sie es dann für angebracht halten, können Sie auch uns davon in Kenntnis setzen. Doch bedenken Sie, daß das Geistwesen wollte, daß die Botschaft aufgeschrieben wird – das heißt, es wünschte sie nur Ihnen mitzuteilen. Was mich angeht, so kann ich Ihnen versichern, daß ich absolut nicht weiß, was ich in Trance aufschreibe, und daß ich die Botschaft nachher nicht gelesen habe.«

Ogden ging zu Queriand, setzte sich neben ihn und faltete das Blatt auseinander. In einer etwas unsicheren Schrift waren nur vier Worte darauf geschrieben: Engländer, Franzosen, Amerikaner, Deutsche. Ogden fühlte, wie ihm ein kalter Schauder den Rücken hinunterlief. Er zwang sich zu einer erstaunten Miene, so, als bedeuteten diese Worte nichts für ihn.

»Ich werde wohl kein leichtes Leben haben: Ich habe Feinde in der halben Welt...«, bemerkte Queriand leise.

»Oft wird die Bedeutung von Botschaften mit der Zeit klarer«, sagte Gomez nachdenklich.

»Das heißt, wenn es zu spät ist?« Queriand schien enttäuscht. »Ich hatte gehofft, mehr zu erfahren...«

»Eine Sache haben Sie schon erfahren, scheint mir«, sagte Max. »Es sieht so aus, als müßten Sie in einem Buch nach dem Grund für die Gefahr suchen, die Ihnen droht...«

»Aber das hilft mir überhaupt nicht!« erwiderte Queriand. »Was für ein Buch? Eines, das ich geschrieben habe?«

»Wieso nicht? Es könnte etwas enthalten, über das sich jemand geärgert hat. Und dieser Jemand will sich jetzt vielleicht rächen…«

Alle begannen nun, Hypothesen über eine mögliche Interpretation der Botschaft aufzustellen, während Ogden, der der einzige war, für den sie einen Sinn hatte, sich darauf beschränkte, so zu tun, als höre er mit Interesse zu. In Wirklichkeit war er bestürzt. Entweder sprach diese Frau tatsächlich mit dem Jenseits, sagte er sich, oder sie wußte etwas über den Mord an Lupescu und das Verschwinden der Diskette. Aber falls es so war, warum dann diese gewundenen Wege, um die Informationen an ihn weiterzugeben, mit dem Risiko, daß andere sie hörten? Die Botschaft konnte etwas mit dem zu tun haben, was er nur wenige Stunden zuvor im Haus am Markham Square von dem Korsen erfahren hatte. Bei der Vorstellung, diese spiritistische Mitteilung berücksichtigen zu müssen, wurde ihm unbehaglich zumute, doch er fand es so absurd, daß er schließlich lächeln mußte.

»Was freut Sie so?« fragte Queriand.

»Wenn es stimmt, was Ihr Freund sagt, sind wir wirklich in Gefahr, und wenn es uns gelingt, den Grund dafür zu entdecken, verschlechtern wir unsere Lage nur. Das ist als Aussicht nicht übel…«

»Ich habe wirklich auf mehr Klarheit gehofft«, gab Queriand zu. »Wie verhält man sich in solchen Fällen?« fragte er Daisy Cornell.

Das Medium sah ihn wohlwollend an.

»Das hängt von Ihnen ab. Es ist das erste Mal, daß wir von den Geistwesen eine so präzise und unmißverständliche Warnung erhalten. Ich kann Ihnen sagen, wie ich mich verhalten würde, wenn ich an Ihrer Stelle wäre, aber ich habe, anders als Sie, volles Vertrauen in die Kommunikation mit der anderen Welt. Es ist immer gut, die Anweisungen buchstabengetreu zu befolgen, weil – weiter unter der Voraussetzung, daß Sie ihnen vertrauen – die Wesenheiten es immer sehr genau nehmen. Ich würde also dieses Buch suchen.«

Das Medium war müde, und die Gesellschaft löste sich bald auf. Nina und Max gingen als erste. Ogden beobachtete den Schriftsteller, um zu sehen, ob es bei ihm irgendeine Reaktion auslöste, seine Geliebte in Gesellschaft eines anderen Mannes weggehen zu sehen. Doch wenn es da etwas gab, dann verbarg Queriand es sehr gut. Gomez, der Journalist, und Pater Molteni verließen das Haus zusammen, nicht ohne sich mit Daisy Cornell für die nächste Sitzung verabredet zu haben.

Als sie sich verabschieden wollten, nahm Daisy Cornell Ogdens Hand in beide Hände.

»Geben Sie auf unseren Schriftsteller acht, Mr. Ogden«, sagte sie und sah ihm in die Augen. »Ich bin sicher, die Botschaft wird sich klären, schneller als Sie denken.«

Als sie in der Jubilee Place ankamen, war Mitternacht vorbei.

»Wollen wir bei mir noch einen Schlummertrunk nehmen?« fragte Queriand.

»Gerne, nach einer solchen Sitzung ist ja kaum an Schlaf zu denken«, antwortete Ogden.

Queriand lachte. »Wem sagen Sie das. Jetzt, wo wir wissen, daß wir die Vereinten Nationen auf den Fersen haben, ist es nicht leicht, sich zu entspannen...«

»Ich bringe nur eben das Auto in die Garage und komme dann herüber.«

Als er mit dem Wagen nach Hause fuhr, sah Ogden den Audi von Franz' Männern, der ganz in der Nähe parkte. Er blendete auf, und sie antworteten ihm mit dem gleichen Zeichen. Ogden stellte den Jaguar in die Garage und ging hinauf, um Franz anzurufen.

»Ich bin's. Alles in Ordnung?«

»Stuart war nicht besonders erfreut über die Neuigkeit«, antwortete Franz ein wenig besorgt.

»Das wundert mich nicht. Hat er etwas dazu gesagt?«

»Nein.«

»Um so besser.«

»Wie ist die Sitzung gelaufen?« fragte Franz spürbar erleichtert.

»Überraschend, ich erzähle dir morgen mehr. War um das Haus der Cornells herum heute abend etwas los?«

»Alles ruhig. Wir haben die Damen Moss bis zum Haus eskortiert. Die Überwachung ist perfekt, drinnen wie draußen. Du brauchst dir keine Sorgen zu machen.«

»Heute abend, als ich bei Queriand gegessen habe, hat er einen Anruf von einem Freund erhalten. Das hat er jedenfalls gesagt. Aber ich glaube, er hat gelogen. Hast du dir die Bänder angehört?«

»Ja, er hat gelogen. Es war eine Frau, wahrscheinlich eine Geliebte, die ihn ziemlich bedrängt hat, zu ihr zu kommen. Ihr Name ist Carol.«

»Ich gehe noch für eine halbe Stunde zu Queriand. Schick mir später einen von deinen Leuten mit dem Band vorbei, ich will es mir anhören. Jetzt muß ich Schluß machen, wir sprechen uns morgen.«

Ogden kontrollierte, ob die Videokameras zur Überwachung des Hauses in Betrieb waren, schaltete dann die Alarmanlage wieder ein und ging hinaus.

Als es klingelte, öffnete der Schriftsteller sofort die Tür.

»Immer erst fragen, wer da ist«, sagte Ogden und trat ein.

»Sie haben recht, aber ich bin noch nicht daran gewöhnt. Setzen Sie sich doch. Was möchten Sie trinken?«

»Ein Whisky wäre schön, vielen Dank.«

»Nun, wie fanden Sie den Abend?« fragte Queriand und führte Ogden ins Wohnzimmer.

»Ich fürchte, Ihr verstorbener Freund hat recht.«

Erschrocken sah Queriand ihn an: »Ich glaube, ich verstehe nicht...«

»Das können Sie auch nicht.« Ogden setzte sich wieder in den Sessel am Kamin. »Ich werde versuchen, Ihnen zu erklären, in welcher Situation wir uns tatsächlich befinden. Lupescu scheint – vermutlich weil er jetzt da ist, wo er ist – über viele Dinge Bescheid zu wissen...«

Queriand reichte ihm das Glas: »Aber was reden Sie denn da...«

»Versuchen Sie sich vorzustellen, Sie wollten eine Europakarte zeichnen, und zwar nicht von einem Satelliten, sondern von einem Hügel aus. Es würde Ihnen kaum gelingen, Ihren Garten zu erfassen. Auf uns übertragen, ist es so, als wäre Lupescu auf einem Satelliten, von dem aus er den ganzen Planeten sehen kann, während wir auf dem Hügel sitzen – immer vorausgesetzt, daß Ihre Freunde keine Betrüger sind und daß die Verstorbenen wirklich mit den Lebenden kommunizieren können.«

»Was sagen Sie denn da? Sie reden, als ob die Botschaft Lupescus für Sie einen Sinn hätte…«

Ogden antwortete nicht gleich. Er steckte sich eine Zigarette an und atmete langsam, denn er fühlte sich mit einem Mal müde. Wieder einmal war er gezwungen, einem Außenstehenden seine Identität zu offenbaren, mit all den Risiken, die das mit sich brachte. Aber er konnte nicht in Queriands Bibliothek und in seinem Leben herumstöbern, ohne daß dieser mißtrauisch würde. Er hatte keine Wahl. Er mußte ihm, jedenfalls zum Teil, die Wahrheit sagen.

»Der englische Geheimdienst stellt Nachforschungen über den Tod Ioan Lupescus an, und ich arbeite mit ihm zusammen.«

»Was?« rief Queriand aus.

»Beruhigen Sie sich und lassen Sie mich erklären.« Ogden sah ihn kalt an, und Queriand erkannte den Blick wieder, bei dem er sich an jenem Abend im Restaurant unbehaglich gefühlt hatte. »Ihr Freund kannte einen anderen Rumänen, einen Informatikexperten. Sie waren Freunde aus Studienzeiten, und von Zeit zu Zeit trafen sie sich noch immer. Dieser Mann ist getötet worden, und wir haben Grund zu der Annahme, daß die Mörder sich etwas aneignen wollten, das sie in seinem Besitz glaubten. Einen Monat später wird auch Lupescu ermordet, mit Sicherheit von denselben Leuten, die seinen rumänischen Freund umgebracht haben. Sie vermuteten wohl, er sei jetzt in Besitz einer Sache, die dieser ihm vor seinem Tod gegeben habe.«

»Das ist doch absurd!« entfuhr es dem aufgebrachten Queriand.

Ogden gab ihm mit einer Geste zu verstehen, er solle weiter zuhören. »Wir wissen nicht, ob Lupescu der Komplize dieses Mannes war. Er hätte ihm das fragliche Objekt auch ohne sein Wissen zustecken können. Das einzig Sichere ist, daß die anderen nicht gefunden haben, wonach sie suchten, denn sie sind zu Ihnen gekommen.«

»Wollen Sie damit sagen, daß der Typ, der mich überfallen hat, es getan hat, weil er dachte, ich hätte...« Queriand unterbrach sich, er war unsicher. »Und was soll ich haben? Dokumente, Fotografien, vielleicht einen Mikrofilm? Ich würde gerne wissen, aus welchem verdammten Grund ein so wunderbarer Mensch wie Ioan ermordet worden ist...«, brach es wütend aus ihm heraus.

Ogden wartete still, bis Queriand sich beruhigt hatte.

»Sie suchen eine Diskette, die auch wir suchen sollen. Es sieht so aus, als enthalte sie die Enthüllungen eines wichtigen Spions aus dem Osten. Der Mann, der Sie angegriffen hat, dachte offensichtlich, Sie könnten dieses Material von Lupescu zur Aufbewahrung bekommen haben.«

Queriand ging zur Bar und goß sich noch ein Glas ein.

»Wunderbar!« rief er aus. »Und Sie sind wohl zehn Meter von mir entfernt eingezogen, um mich zu kontrollieren?«

Ogden lächelte. »Ob Sie es glauben oder nicht, das war reiner Zufall. Als ich das Haus gemietet habe, wußte ich nicht einmal von Ihrer Existenz. Aber eigentlich«, fuhr er müde fort, »scheint es mir, daß Sie sich nicht über eine Nachbarschaft beklagen können, ohne die Sie vielleicht schon bei Lupescu wären – wo auch immer er sich nun aufhält. Sie stecken wegen Ihrer Freundschaft mit dem Professor in der Klemme. Wenn Sie sich mit jemandem anlegen wollen, gehen Sie einfach noch einmal zu einer Sitzung.«

Queriand antwortete nicht, setzte sich Ogden gegenüber und starrte ihn an.

»Wer von den Leuten, die ich kenne, ist in diese Geschichte verwickelt?«

Ogden lächelte erneut. »Das ist eine gute Frage. Sie sind sehr pragmatisch für einen Schriftsteller, doch vielleicht ist das ein Gemeinplatz, daß Künstler abgehoben sind. Anita Moss ist darin verwickelt, doch nicht ihre Tochter, auch wenn sie von meiner wirklichen Identität weiß. Es sieht so aus, als hätten die Mitglieder der Gruppe Cornell nichts mit der Sache zu tun, doch wir behalten sie im Auge. Und Sie sollten vorsichtiger sein, Queriand, es ist nicht der richtige Augenblick für neue Bekanntschaften...«

»Wen meinen Sie?«

»Die Frau, die heute abend angerufen hat, bevor wir zu den Cornells gegangen sind.«

»Mein Telefon wird abgehört?«

»Natürlich. Was haben Sie gedacht, wie wir Sie beschützen. Mit Gebeten?«

Betroffen schüttelte Queriand den Kopf. »Sagen Sie mir: Als wir uns bei Leith's begegnet sind, waren Sie mir da gefolgt?«

»Nein, ich war gerade erst in London angekommen, und man hatte mich für die Operation noch nicht einmal kontaktiert. Ich wußte nichts von Ihnen. Es war purer Zufall.«

»Unglaublich!« rief Queriand verblüfft aus. »Die Wohnung, das Restaurant, meine Verwicklung in Ihren Auftrag... Eine solche Geschichte könnte ich nicht einmal erfinden...«

»Da haben Sie recht«, gab Ogden zu. »Erzählen Sie mir etwas über diese Carol. Wer ist das?«

»Ein emanzipiertes Mädchen. Ich habe sie im Fitneßstudio kennengelernt. Sie hat mich zu einer Party eingeladen, gestern abend, und ich bin hingegangen.«

»Was verstehen Sie unter emanzipiert?«

»Daß sie beim ersten Treffen mit einem ins Bett geht. Das ist nicht mehr so verbreitet wie in den sagenhaften 70er Jahren, das wird Ihnen doch auch schon aufgefallen sein.«

Ogden lächelte. »Was können Sie mir sonst noch über Carol sagen?«

»Jung, um die Fünfundzwanzig, wohnt in einem schönen Haus in Kensington. Hat eine Art Onkel, ein gewisser Contrera, Südamerikaner. Er war auch im Fitneßstudio, als George, der Besitzer, mir das Mädchen vorgestellt hat. Das war gestern nachmittag, und gestern abend bin ich zu der Party gegangen.«

»Hatten Sie Carol schon vorher mal im Studio gesehen?«

»Nein, nie. George hat mir gesagt, sie sei erst seit kurzem Mitglied.«

»Und im Laufe des Abends hat Carol Ihnen nichts von sich erzählt?« hakte Ogden nach.

»Vielleicht habe ich mich nicht klar genug ausgedrückt.«

Queriand schüttelte belustigt den Kopf. »George und ich sind zu der Party gegangen, Carol hat sich zu uns gesellt, wir haben zwei Minuten lang getanzt, dann hat sie mich mit in ihr Zimmer genommen. Wir hatten keine Gelegenheit, uns viel zu erzählen, auch weil ich gleich danach gegangen bin.«

»Ich verstehe«, sagte Ogden. »Es wäre besser, Sie würden es vermeiden, sie wiederzusehen, bevor ich ein paar Nachforschungen angestellt habe. Es tut mir leid, daß ich mich in Ihr Privatleben einmischen muß, doch es läßt sich nicht vermeiden.«

Queriand zuckte die Schultern. »Machen Sie sich keine Sorgen, ich hatte nicht die Absicht, sie wiederzusehen. Ich bin nicht gerade bis über beide Ohren in sie verliebt.«

»Sieht so aus, als wäre das bei dem Mädchen anders. Jedenfalls gehen Sie ihr bitte im Moment aus dem Weg. Haben Sie Carols Nummer?«

»Ich habe sie nicht darum gebeten. Und wenn ich jetzt darüber nachdenke«, fuhr Queriand überrascht fort, »weiß ich nicht, wie sie es geschafft hat, mich ausfindig zu machen. Ich habe ihr meine Nummer nicht gegeben, und ich stehe nicht im Telefonbuch...«

»George?« gab Ogden zu bedenken.

»Nein, das schließe ich aus. Er weiß genau, daß er meine Nummer nicht weitergeben darf...«

»Er könnte eine Ausnahme gemacht haben.«

»Das glaube ich nicht, aber morgen werde ich es wissen. Glauben Sie, dieses Mädchen hat etwas mit der Sache zu tun?«

»Das kann ich nicht sagen, aber Sie sind schon Opfer

eines Überfalls geworden, und es ist möglich, daß diese Leute beschlossen haben, ihre Vorgehensweise zu ändern.« Ogden stand auf. »Gestern abend, während Sie auf der Party waren, hat man versucht, in die Wohnung von Frau Dr. Moss einzudringen, zum Glück ohne Erfolg. Sie und Anita Moss waren Freunde Lupescus, deshalb werden diese Leute Sie nicht in Ruhe lassen, bis sie gefunden haben, was sie suchen. Jetzt muß ich gehen.« Ogden wandte sich zur Tür, und Queriand folgte ihm. »Das Haus wird von unseren Leuten überwacht, doch schalten Sie bitte immer die Alarmanlage ein und öffnen Sie die Tür nicht, ohne vorher nachzusehen, wer da ist. Wenn Ihnen irgend etwas verdächtig vorkommt, rufen Sie mich sofort über Funk an.« Ogden schrieb die Nummer seines Handys auf einen Zettel und gab ihn Queriand. »Hier, ich werde Ihnen auch ein abhörsicheres Handy besorgen, und wenn Sie mich anrufen müssen, dann ausschließlich damit. In der Zwischenzeit denken Sie bitte noch einmal über Lupescu nach und versuchen Sie sich möglichst an alles zu erinnern, was bei Ihren letzten Begegnungen mit ihm passiert ist. Morgen fangen wir an, Ihre Bibliothek zu durchsuchen.«

Queriand sah ihn verblüfft an. »Ich kann es nicht glauben«, rief er aus, »Sie wollen den Hinweisen Ioans tatsächlich nachgehen!«

Ogden, schon in der Tür, drehte sich noch einmal um. »Was Ihr Freund gesagt hat, hat für mich durchaus einen Sinn. Es mag sein, daß es nur eine Koinzidenz ist, aber ich bin genausowenig wie Sie bereit, an Zufall zu glauben. Gute Nacht, Queriand, versuchen Sie zu schlafen.«

Carol betrachtete zufrieden ihren nackten Körper im Spiegel. Der Busen war fest, der Bauch flach, der Po knackig und straff. Ihre Beine waren zwar nicht lang, aber doch gut proportioniert. Und außerdem wußte sie schon seit einer ganzen Weile, daß Größe nicht das Problem war. Viele Männer finden kleine Frauen anziehend. Mit ihrem Gesicht war sie allerdings nicht so zufrieden. Die Nase, kurz und ein wenig platt, und die Lippen, durch Kollagen-Injektionen sinnlich gemacht, bildeten zwar einen interessanten Kontrast zu den blauen Augen und dem herzförmigen Gesicht – aber Carol gefiel ihr Gesicht nicht, und sie war davon überzeugt, daß sie weniger Erfolg gehabt hätte, wenn ihr Körper und die blonde Mähne nicht gewesen wären. Doch die Männer fanden sie sexy, und das mochte genügen.

Das Telefon auf dem Nachttisch läutete. Es war Contrera, der sie über die Haustelefonzentrale aus dem Appartement anrief.

»Hallo, Schätzchen, gut geschlafen?«

»Sehr gut, danke. Wie spät ist es?«

Der Mann lachte. »Elf. Soll ich dir ein Frühstück machen lassen?«

»Ja, bitte. Sag Consuela, sie soll es mir aufs Zimmer bringen.«

»Willst du heute mit dem Schriftsteller Kontakt aufnehmen?«

»Ja, wie abgemacht. Aber er ist kein besonders zugänglicher Typ, da haben die Journalisten recht.«

Contrera lachte wieder. »Das wird sich ändern, deine Reize haben noch immer gewirkt...«

»Daß er mit mir ins Bett gegangen ist, bedeutet nicht, daß er besonders beeindruckt von meinen Reizen war.«

»Doch ich bin sicher, daß er es bald sein wird. Wir haben einen Auftrag, vergiß das nicht.«

Carol seufzte. »Ich werde mein Bestes tun. Aber er mag vielleicht große, brünette Frauen mit einem aristokratischen Wesen. Hast du noch nie an so was gedacht?«

»Männer lassen sich von jeder Frau mit ganz bestimmten Qualitäten verführen – du weißt, was ich meine –, und die hast du eindeutig. Außerdem wollen wir ja nicht, daß du die Liebe seines Lebens wirst. Eine erotische Beziehung, kurz und intensiv, das reicht vollkommen, damit unser Mann ein bißchen mit dem Unterleib denkt.«

»Ich werde mein Bestes tun«, wiederholte Carol noch einmal mit leiser Stimme. »Jetzt entschuldige mich, ich muß mich zurechtmachen.«

Sie ging ins Bad, und als sie ins Zimmer zurückkam, stand das Tablett mit dem Frühstück auf dem Bett. Sie trank zwei Tassen Kaffee, aß ein paar Kekse und überlegte, wie sie vorgehen wollte.

Am Abend zuvor hatte Queriand ihre Einladung abgelehnt. Möglich, daß er etwas vorhatte, das er nur schwer absagen konnte, doch es war nicht gerade vielversprechend, daß er von sich aus nichts unternahm, um sie wiederzusehen. Außerdem ließen seine knappen Antworten vermuten, daß eine Frau bei ihm gewesen war.

Carol wählte Queriands Nummer, und als er sich meldete, legte sie auf. Sie würde ihn unangemeldet besuchen, es hatte keinen Sinn, eine weitere Abfuhr zu riskieren.

Queriand war nach einer unruhigen Nacht früh aufgewacht. Er hatte von Lupescu und Ogden geträumt, die in eine dunkle Spionageaffäre verwickelt waren. Er konnte sich nicht genauer an den Traum erinnern, doch er hatte ein quälendes Gefühl der Ohnmacht bei ihm hinterlassen. Gegen zehn Uhr, als er schon seit ein paar Stunden darüber grübelte, was Ogden ihm am Abend zuvor eröffnet hatte, rief dieser ihn an.

»Guten Morgen, wie geht's?«

»Ganz gut, aber es ginge mir sicher besser, wenn wir noch einmal über die Sache sprechen könnten, die sie mir gestern abend offenbart haben. Ich komme nicht ganz damit zurecht.«

»Das kann ich mir vorstellen«, meinte Ogden. »Ich verspreche Ihnen, daß ich versuchen werde, Ihnen soviel wie möglich zu erklären, denn schließlich sollten wir zusammenarbeiten.«

»Gut. Wann fangen wir an? Ich habe noch einmal über meine letzten Begegnungen mit Ioan nachgedacht und mir ein paar Dinge notiert. Ich glaube, es wäre besser, wenn wir versuchten...«

»Sagen Sie mir das alles, wenn wir uns sehen«, unterbrach ihn Ogden. »Ich denke, ich kann am frühen Nachmittag zu Ihnen kommen. Bis dahin versuchen Sie vielleicht zu arbeiten. Ich glaube, daß Sie sich in der nächsten Zeit wenig mit Ihrem Roman beschäftigen können.«

»Ja sicher, durch diese Sache gerät meine Arbeit wohl ins Stocken. Schade, sie hatte sich gerade gut angelassen...«

»Das Ganze könnte Sie auch inspirieren. Schreiben Sie nicht über einen Mann in einer verwickelten Lage?«

»Woher wissen Sie das?«

»An dem Abend, als wir uns kennengelernt haben, habe ich Sie später im Hotel noch im Fernsehen gesehen.«

»Ah ja. Ab und an muß ich so etwas tun, damit der Verleger zufrieden ist, auch wenn es mir widerstrebt.«

»Ja, das war offensichtlich. Also dann bis später.«

Carol stieg in der Jubilee Place aus dem Taxi und betrachtete kritisch Queriands Haus: zweistöckig, sehr englisch, ein dichtbewachsener Garten, eine uralte Glyzinie, die bis zum ersten Stock emporrankte.

Carol bezahlte die Fahrt, öffnete das kleine Gittertor aus weißem Holz, das in dem niedrigen Mäuerchen aus roten Backsteinen angebracht war, und ging auf die Haustür zu. Sie klingelte und wartete. Contrera hatte ihr gesagt, Queriand lebe allein, doch er mußte jemanden haben, der sich um das Haus kümmerte, denn soweit man sehen konnte, war alles sehr gepflegt. Nach wenigen Augenblicken kam eine Frau öffnen. Sie war um die Sechzig, hatte ein strenges Gesicht und sah sie mit mißtrauischer Miene an.

»Sie wünschen bitte?«

»Ich möchte zu Mr. Queriand. Mein Name ist Carol.«

»Wenn Sie keinen Termin haben, wird das nicht möglich sein. Mr. Queriand arbeitet.«

Carol lächelte, und in diesem Moment gelang es ihr, wie eine verschüchterte Achtzehnjährige auszusehen.

»Ich verstehe«, sagte sie zerknirscht, »aber sehen Sie, ich muß ihm dies hier geben« – sie hob ein Päckchen hoch – »und ich muß es ihm persönlich geben. Ich möchte keine Scherereien haben, verstehen Sie, ich bin nur eine Sekretärin...«

Linda sah sie sich aufmerksam an. Dieses Puppengesicht überzeugte sie gar nicht, das Mädchen hatte einen eiskalten Blick.

»Warten Sie bitte einen Moment, ich frage Mr. Queriand, ob er Sie empfangen kann.«

Die Frau verschwand im Haus, nachdem sie Carol die Tür vor der Nase zugemacht hatte. Carol war wütend. Diese Alte benahm sich, als wäre sie vom Sicherheitsdienst. Selbst wenn Queriand sie empfing, wäre sie immer noch im Weg.

Kurz darauf ließ Linda sie ein.

»Kommen Sie bitte, ich bringe Sie zum Arbeitszimmer.«

Die Frau ging vor ihr die Treppe hinauf. Durch eine offenstehende Tür erhaschte Carol einen kurzen Blick in einen großen hellen Raum mit weißen Polstermöbeln und einer Bronzeskulptur, die sie aber nur zum Teil sehen konnte. Im ersten Stock angekommen, versuchte sie, sich eine Vorstellung von dem Haus zu machen, doch die vier Türen, die auf den Treppenabsatz führten, waren geschlossen. Die Haushälterin trat beiseite.

»Gehen Sie hinauf«, sagte sie und zeigte auf die Stufen, »die Tür am Ende der Treppe ist die vom Arbeitszimmer. Mr. Queriand erwartet Sie.«

Carol stieg langsam nach oben, und als sie vor der Tür stand, die nur angelehnt war, trat sie ein, ohne zu klopfen. Queriand saß an einem Tisch, mit dem Rücken zu ihr. Der Raum war groß und bestand aus zwei Teilen: auf der einen Seite das eigentliche Arbeitszimmer mit dem riesigen Schreibtisch, an dem Queriand saß, auf der anderen ein Wohnbereich mit einer Ledercouch und einem langen, niedrigen Tisch; an den Wänden Regale aus hellem Holz, vollgestopft mit Büchern.

Queriand wandte sich um. Das Lächeln auf seinen Lippen war formeller als das seiner Haushälterin. Einen Augenblick lang fühlte Carol sich unbehaglich und wünschte, sie wäre woanders. Das war ein ungewohntes Gefühl für eine Professionelle, die sehr viel schwierigere Situationen als diese durchgestanden hatte. Schnell verscheuchte sie es und schlüpfte in die bewährte Rolle des sexhungrigen Mädchens.

»Guten Tag, Carol«, Queriand stand auf und ging ihr entgegen. »Wie hast du herausbekommen, wo ich wohne?«

»Das war nicht schwierig«, antwortete sie und sah ihm gerade in die Augen. »Wenn ich etwas wirklich will, bekomme ich es normalerweise auch.«

Queriand schien sich mit dieser Erklärung zufriedenzugeben und musterte sie von Kopf bis Fuß. Sie wurde dadurch keineswegs nervös, sondern antwortete ihm mit einem schmachtenden Blick.

»Was kann ich für dich tun?« fragte er, trat zu ihr hin und hob ihr Gesicht mit zwei Fingern hoch.

Carol ließ ihren Pelz fallen, zog Queriand an sich, nahm seine Hand und legte sie auf ihren Busen.

»Ich habe wahnsinnige Lust auf dich«, sagte sie mit heiserer Stimme, preßte ihren Körper gegen seinen und spürte zufrieden, daß er reagierte. Diesen Vorteil wollte sie nicht aufs Spiel setzen: Sie suchte seinen Mund und küßte ihn. So blieben sie eine Weile, dann löste sich Queriand von ihr.

»Ich bin gleich zurück«, sagte er und tätschelte ihre Wange. »Setz dich schon mal auf die Couch, da haben wir es bequemer.«

Carol hätte zufrieden sein sollen, doch irgend etwas machte sie unruhig. Als sie allein war, ließ sie ihre Blicke wandern. Hinten im Zimmer war eine Tür. Sie öffnete sie und sah, daß sie in ein Bad führte. Sie trat ein, zog sich aus und schlüpfte in einen Seidenkimono, den sie dort fand, dann betrachtete sie sich prüfend im Spiegel. Sie öffnete den Kimono so, daß man ihren Busen sah, löste ihr Haar und schüttelte es. Nach einem letzten Blick in den Spiegel ging sie zurück ins Arbeitszimmer, um sich auf der Couch auszustrecken.

In diesem Augenblick kam Queriand zurück. Er ging nicht gleich zu ihr, sondern zog zuerst die Vorhänge zu, und das sowieso schon matte Licht dieses Wintermorgens wurde dämmrig. Carol hatte erwartet, daß er sich auf sie stürzen würde, doch Queriand steckte sich in aller Ruhe eine Zigarette an und legte eine Kassette ein. New Age Musik begann den Raum zu erfüllen. Schließlich kam er zu ihr, setzte sich auf die Couch, öffnete – immer noch rauchend – langsam mit einer Hand den Kimono und entblößte sie. Er sah sie kurz an, dann nahm er eine Brustwarze zwischen die Finger. Sie stöhnte, griff nach seiner Hand und schob sie nach unten. Carol hatte mehr als einmal erlebt, daß es beinahe alle Männer erregte, wenn eine Frau aktives Begehren zeigte. Queriand machte die Zigarette aus und begann Carol mit einer gewissen Geschicklichkeit zu streicheln – und mit einem Mal, unerwartet, spürte sie, wie die Lust sie überkam. Sie versuchte, sein Hemd aufzuknöpfen, doch er schob sanft ihre Hände weg, stand auf und zog sich die Kleider aus, legte sich dann wieder neben sie und küßte sie langsam am ganzen Körper. Carol stöhnte und wand sich, doch

Queriand fuhr mit seinen Liebkosungen fort, bis sie ihn erregt bat, sie zu nehmen. Da drang er in sie ein, zuerst sanft, dann heftiger. Als sie spürte, daß sie nahe dem Orgasmus war, versuchte sie, sich der Lust, die sie nicht empfinden wollte, zu entziehen, doch er hatte sie kraftvoll gepackt, einen Arm um ihre Taille geschlungen, und preßte sie gegen sich, während er sie mit der anderen Hand im Nacken hielt.

Als alles vorbei war, lag sie erschöpft auf der Couch, mit geschlossenen Augen, in einer Art traurigen, ihr unbekannten Mattheit. Queriand war aufgestanden, sie hörte, wie das Wasser in der Dusche rauschte. Und ihr kam plötzlich ein sonderbarer Gedanke: daß er sich so schnell wie möglich von ihren Spuren auf seinem Körper befreien wollte.

›Ich muß verrückt geworden sein‹, dachte sie, und ihre Wachsamkeit, die sie noch nie zuvor aufgegeben hatte, kehrte zurück. Sie wollte nicht daran denken, wie er ihr Lust verschafft hatte, denn die Erinnerung an ihre Schwäche war für sie unerträglich.

Queriand kam ins Zimmer zurück, gehüllt in einen Bademantel.

»Willst du duschen?«

»Ja, eine ausgezeichnete Idee«, antwortete sie, stand auf und verschwand im Bad. Sie blieb lange unter dem Strahl des warmen Wassers, weil sie den Augenblick fürchtete, wo sie Queriand wieder gegenübertreten, erneut mit ihm sprechen müßte. Dann zog sie sich hastig an – ganz entgegen den Plänen, sich so lange wie möglich in diesem Haus aufzuhalten.

Als sie aus dem Bad kam, sah sie, daß Queriand angezogen am Schreibtisch saß. Sie ging zu ihm hin und gab ihm einen Kuß in den Nacken. »Es war sehr schön …«, murmelte sie.

Queriand wandte sich um und lächelte. »Ja, sehr. Auch wenn die Morgenstunden im allgemeinen nicht am besten dafür geeignet sind…«

»Jetzt ist schon Mittag vorbei. Wollen wir zusammen frühstücken?«

Queriand stand auf, legte ihr einen Arm um die Schultern und führte sie vom Schreibtisch weg.

»Ich kann nicht, Schatz. Ich freue mich, daß du gekommen bist, auch wenn ich normalerweise niemandem gestatte, mir unangemeldet ins Haus zu schneien. Doch ich konnte dem Vergnügen, dich wiederzusehen, nicht widerstehen.« Er küßte sie auf eine Art, die jeden überzeugt hätte, nicht aber sie. »Leider habe ich viel zu tun«, fuhr er fort und löste sich aus ihrer Umarmung, »wahrscheinlich werde ich London für eine Weile verlassen müssen, und eine bestimmte Arbeit sollte vorher unbedingt noch fertig werden. Ich rufe dich an, wenn wir uns ein bißchen mehr Zeit für die Liebe nehmen können.«

Carol spürte, wie sich ihr Magen zusammenzog. Die Wut trübte ihren Blick, doch sie tat so, als wäre nichts.

»Gefalle ich dir nicht richtig?« fragte sie und zwang sich dazu, es leichthin, fast fröhlich zu sagen.

»Wenn du mir nicht ›richtig‹ gefallen würdest, hätte ich dich nicht eben geliebt.« Queriand tätschelte ihre Backe und sah ihr in die Augen. »Aber mir ist es trotzdem lieber, wenn ich der Jäger bin, und sei es nur dem Anschein nach.«

»Wir sprechen nicht über Gefühle, sondern über Sex«,

sagte Carol. »In diesem Fall ist die Jagd – wie du das nennst – verlorene Zeit, meinst du nicht?«

Queriands Lächeln verschwand, und er machte eine gleichgültige Geste.

»Um so mehr, wenn du so darüber denkst. Sex als Selbstzweck ist nicht erregender als Arbeit. Dann kannst du auch nicht erwarten, daß Sex mit dir, auch wenn er viel Spaß macht, mich von der Arbeit abhält.«

Sie behielt ihre fröhliche Miene bei, obwohl sie sich selbst dafür verwünschte, ihm durch ihre eigenen Worte ermöglicht zu haben, in dieser Weise zu antworten.

»Na gut«, sagte sie und sah ihn mit eiskalten Augen an, ohne deshalb ihr Lächeln aufzugeben, »dann ruf du mich an, wenn du mit mir vögeln willst. Arbeite schön, Schatz.« Mit diesen Worten drehte sie sich um und verließ das Zimmer.

Ohne Eile ging Carol die Treppe hinunter. Das Haus wirkte verlassen, offensichtlich hatte Queriand seine Haushälterin weggeschickt, bevor er mit ihr Liebe machte. Carol fand ihre Vermutung dadurch bestätigt, daß niemand kam, sie zur Tür zu bringen. Sie lächelte bitter bei dem Gedanken, daß dieser Mann, der sie mit viel Erfahrung und ohne sich wirklich auf sie einzulassen auf der kalten Ledercouch genommen hatte, derselbe war, der aus Diskretion die alte Bedienstete nach Hause geschickt hatte. Contrera war davon überzeugt, es genüge, mit jemandem Sex zu machen, um ihn kennenzulernen, aber da irrte er sich, dachte Carol, als sie das Gartentörchen hinter sich schloß. Die gleichen Informationen, die sie dadurch beschaffte, daß sie einen Mann verführte, hätte Contrera mit geringerem Aufwand auf anderen Wegen erhalten können. Doch das ging sie nichts an. Man war davon überzeugt, daß ihr Einsatz nützlich sei, und das hatte aus ihr eine reiche Frau gemacht. Bei diesem Schriftsteller allerdings würde es nicht leicht werden. Queriand hatte sie ohne Hingabe geliebt, und sie meinte damit nicht diese gefühlsmäßige Hingabe, die der Liebe vorbehalten war, sondern einfach körperliche Hingabe, die den Männern eigentlich immer gelingt, wenn sie davon überzeugt sind, nur Sex zu machen. Queriand hatte sie mit kalter Routine gevögelt, während sie selbst den Kopf verloren hatte. Bei diesem Gedanken lief sie vor Wut rot an. Etwas Derartiges war ihr noch nie passiert. Während sie eilig Richtung King's Road ging, begann sie sich ängstlich zu fragen, ob sie der ihr anvertrauten Aufgabe wirklich gewachsen sei.

Nina war gerade dabei, ihr Auto abzustellen, als sie die Blondine aus Queriands Haus kommen und mit schnellen Schritten auf die King's Road zugehen sah. Wie gebannt schaute sie ihr nach, bis sie um die Ecke der Straße bog. Erst dann parkte sie ihren kleinen MG richtig ein, stieg aus, eilte auf die Haustür zu und klingelte entschlossen. Queriand öffnete ihr, und der Ausdruck auf seinem Gesicht machte sie noch wütender.

»Hallo, was für eine Überraschung...«

Sie antwortete nicht, trat ein, wandte sich gleich der Treppe zu und ging nach oben.

»Was ist denn mit dir los?« Er schloß die Haustür und folgte ihr. Im ersten Stock angekommen, betrat Nina Queriands Schlafzimmer, sah sich kurz um und stieg dann die Stufen zu seinem Arbeitszimmer hinauf.

»Bist du verrückt geworden?« fragte er, während er ruhig hinter ihr herging, ohne zu versuchen, sie einzuholen. Nina drehte sich um.

»Wo ist Linda?« fragte sie, ganz außer Atem.

»Bei sich zu Hause, nehme ich an.«

Nina ging weiter nach oben und erreichte das Arbeitszimmer. Sie sah sich rasch um, durchquerte es und blieb in der Tür zum Bad stehen. Queriands Bademantel, offensichtlich gerade benutzt, lag über dem Rand der Wanne, der Raum war warm und feucht, und die Fußspuren auf der Frotteematte verrieten, daß jemand unter der Dusche gewesen war. In der Luft lag noch der intensive Duft eines Parfüms, das gerade sehr in Mode war und das Nina verabscheute.

Sie ging zurück ins Zimmer, das auch Queriand inzwischen erreicht hatte.

»Seit wann vögelst du blonde Zwerginnen, die so ekelhaft süßliche Parfüms benutzen?« fragte sie.

Queriand schien zerknirscht und genervt zugleich.

»Und du, seit wann glaubst du, daß du das Recht hast, mein Haus zu inspizieren?« erwiderte er barsch.

Sie holte tief Luft und setzte sich auf die Couch. Eine Zeitlang schwieg sie und versuchte sich zu beruhigen.

»Dir liegt gar nichts an mir, stimmt's?« Nina sah zu ihm hoch.

»Nun sei nicht albern, wir haben sehr schöne Augenblicke miteinander verlebt…«

»Wer war diese Kuh?«

»Eine Freundin.«

»Ach ja, ich hatte vergessen, daß du mit deinen Freundinnen vögelst. Hast du mit ihr auch ›sehr schöne Augenblicke verlebt‹?«

»Hör auf damit, Nina«, entgegnete er gereizt. »Es ist schön mit uns beiden, aber du hast mir gegenüber keine Verpflichtungen, und ich habe dir gegenüber keine. Diese Szenen sind nicht nur demütigend, sondern auch überflüssig.«

Nina spürte einen Druck auf ihrem Sonnengeflecht, als hätte man ihr einen Schlag versetzt, und fast wie bei einem konditionierten Reflex stiegen ihr Tränen in die Augen. Sie senkte erneut den Blick, biß die Zähne zusammen und schaffte es, die Tränen zurückzuhalten, so daß Queriand nicht bemerkte, wie sehr seine Worte sie verletzt hatten. Sie stand auf, trat vor ihn hin und sah ihm eine Weile in die Augen. Sie hatte sich wieder gefaßt: »Ich glaube, du schaffst es nicht, für jemanden Gefühle zu empfinden, nicht einmal für dich selbst«, sagte sie ganz ruhig. »Diese Szene tut mir leid, es wird nicht wieder vorkommen. Unsere Geschichte, was auch immer sie war, endet hier. Viel Glück.«

Queriand wandte den Blick zum Himmel. »Hast du nicht das Gefühl, du übertreibst? Diese Frau bedeutet mir nichts. Es ist albern, daß du dich wegen ihr verletzt fühlst.«

»Ich fühle mich nicht von ihr verletzt, sondern von dir. Ich bin entsetzt darüber, daß ein so wählerischer Mann es schließlich doch mit jeder treiben muß. Wenn du einen Menschen liebst, hast du im allgemeinen keine Lust, mit jedem zu vögeln, der dir begehrenswert vorkommt. Aber du liebst mich nicht, oder du glaubst, mich nicht zu lieben, was dasselbe ist. Ich will nicht leiden, deshalb ist unsere Geschichte hier zu Ende, Michael. Und außerdem gefällt mir Promiskuität nicht.«

Nina wandte sich um und ging hinaus. Michael rührte sich nicht, bis er die Haustür zuschlagen hörte, dann ging er nach unten und schloß sie ab. Es tat ihm leid, daß es so gekommen war, doch gleichzeitig fühlte er sich erleichtert. Im Grunde war er Nina dafür dankbar, ihn von einer Beziehung befreit zu haben, die erdrückend zu werden drohte.

Er ging in die Küche, um sich eine Kleinigkeit zu essen zu machen. Es war fast zwei Uhr, und bald würde Ogden kommen. Er aß ein Sandwich und stieg wieder hinauf in sein Arbeitszimmer, um das Material zu ordnen, das er für Ogden vorbereitet hatte. Als er sich seinem Schreibtisch näherte, bemerkte er ein in Geschenkpapier eingewickeltes Päckchen. Er machte es auf und fand ein Kärtchen.

»Für meinen Lieblingsschriftsteller. In Liebe, Carol.«

Queriand verzog das Gesicht zu einer Grimasse und dachte über den unpassenden Gebrauch des Wortes Liebe nach, besonders im Englischen. Er warf das Kärtchen in den Papierkorb und öffnete die lederbezogene Cartier-Schachtel. Sie enthielt eine kleine goldene Sanduhr mit sehr feinem rotem Sand. Er drehte sie um und stellte sie ins Regal. Der Sand begann langsam durch die winzige Öffnung zu rieseln.

Er setzte sich wieder an seinen Schreibtisch und sah sich Lupescus Bücher an. Am Morgen hatte er sie lange durchgeblättert, doch nichts gefunden, was auch nur im entferntesten eine Beziehung zu den Botschaften des Freundes gehabt hätte. Einige der Bücher hatte er gekauft, bevor er Ioan kennenlernte, andere von ihm als Geschenk bekommen, nachdem sie Freunde geworden waren. Ioans letztes Buch war erst vor kurzer Zeit erschienen, wenige Monate vor seinem Tod. Er schlug es auf, las die Widmung seines Freundes und wurde von Rührung überwältigt. Er konnte die Vorstellung nicht ertragen, daß er Ioan nie mehr wiedersehen würde, und da half es nichts, an ein Jenseits zu glauben, denn wo auch immer er sich nun aufhielt, in diesem Augenblick war er nicht in der Zeit und in dem Raum, wo Queriand lebte.

Das Läuten an der Tür ließ Queriand aus seinen Gedanken hochschrecken. Er ging hinunter, sah durch den Türspion, erkannte Ogden und öffnete.

»Guten Tag. Alles in Ordnung?« Ogden lächelte ihn freundlich an.

»In bester Ordnung, danke. Kommen Sie doch herein. Haben Sie schon gegessen?«

»Ich esse nie zu Mittag.«

»Kann ich Ihnen einen Kaffee anbieten? Linda ist nicht da, doch einen ordentlichen Kaffee bekomme ich schon zustande.«

»Danke, einen Kaffee trinke ich gern.«

»Kommen Sie, gehen wir in die Küche.«

Während Queriand mit dem Kaffee beschäftigt war, warf Ogden einen Blick aus dem Küchenfenster auf den Garten im Innenhof.

»Ihre Alarmanlage funktioniert gut?«

»Ich denke ja. Sie ist die teuerste auf dem Markt.«

»Ich würde sie gern von unseren Technikern überprüfen lassen, wenn Sie einverstanden sind.«

Queriand lächelte resigniert. »Ich kann mir vorstellen, Sie würden das auch tun, wenn ich nicht einverstanden wäre. Ist es nicht so?«

»Sagen wir einmal, ich würde ziemlich hartnäckig versuchen, Sie zu überreden.«

»Dann lassen Sie die Anlage überprüfen. Wir wollen keine Zeit mit diesen technischen Lappalien verlieren, wenn die halbe Welt hinter uns her ist…«

Sie lachten beide, und Queriand goß den Kaffee ein.

»Man hat mir erzählt, Sie hätten heute morgen Besuch gehabt…«, sagte Ogden, als er die leere Tasse ins Spülbekken stellte.

Queriand sah ihn zuerst verwundert an und verdrehte dann die Augen.

»Ich hatte vergessen, daß ich überwacht werde. Zu meinem Besten, versteht sich.«

»Allerdings«, sagte Ogden ernst. »Wir wissen, daß zuerst diese Carol da war, und dann Nina. Beide waren wütend, als sie das Haus wieder verließen. So ist es mir jedenfalls berichtet worden.«

Queriand seufzte. »Sie sind mir unangemeldet ins Haus geschneit, und das kann ich einfach nicht ausstehen…«

Ogden schien amüsiert. Bevor er zu Queriand gegangen war, hatte er von Franz die letzten Aufnahmen bekommen, die seine Männer im Lieferwagen gemacht hatten. Franz hatte sich weder mit Kommentaren über die blonde Carol noch mit Klagen darüber, wie der Schriftsteller Nina behandelt habe, zurückgehalten.

»Ja, manche Frauen sind schon aufdringlich«, meinte Ogden, »doch auf diese Weise bekommen sie, was die anderen mit Zurückhaltung und guten Manieren nicht erreichen…«

Ogden zündete sich eine Zigarette an und schwieg, als

warte er auf eine Antwort. Queriand fragte sich, worauf er hinauswollte, und zuckte die Achseln.

»Die Situation ist unerfreulich«, sagte er. »Ich habe kein Privatleben mehr.«

»Das ist mir klar. Aber ich bin sicher, daß Lupescu ein wenig Einmischung hingenommen hätte, wenn er dadurch heute noch unter den Lebenden wäre. Ich sage es ungern noch einmal, Queriand, doch Ihre Lage unterscheidet sich nicht sehr von der Ihres Freundes. Sagen Sie mir bitte: Was wollte Carol?«

»Das, was andere mit Zurückhaltung und guten Manieren nicht erreichen ...«, antwortete Queriand ihm mit seinen eigenen Worten. »Wie es scheint, ist Carol heute morgen zu mir gekommen, um mit mir zu vögeln. Herauszufinden, ob sie in Wirklichkeit ganz andere Gründe hatte, das ist nun Ihre Sache.«

Ogden lachte herzlich. »Ärgern Sie sich nicht! Ich werde versuchen, mich nicht weiter in Ihr Privateben einzumischen, sobald ich überprüft habe, auf welcher Seite Carol steht. Dann können Sie jeden Tag mit ihr ins Bett gehen, mit dem Segen des Secret Service. Doch Sex beiseite – worüber haben Sie geredet?«

Queriand stieß ein resigniertes Seufzen aus. »Wie ich Ihnen ja schon gesagt habe, führe ich mit dieser Frau keine großartigen Gespräche. Gegen Mittag kam Linda und sagte, daß sie an der Tür sei. Ich saß an meiner Arbeit und hätte sie lieber nicht empfangen, doch das schien mir unhöflich. Und außerdem ist sie ziemlich attraktiv: eine niedliche Kleine. Als ich begriffen hatte, was sie wollte, habe ich Linda nach Hause geschickt.«

»Warum?«

Queriand schien über die Frage verwundert. »Nun ja, Linda gehört zur Familie, es wäre nicht sehr rücksichtsvoll ihr gegenüber gewesen. Ich fand es immer ungehörig, anderen diese Dinge aufzudrängen. Schon als Junge knutschte ich mit meinen Freundinnen ausschließlich auf dem Sofa im Landhaus, und mit achtzehn hatte ich mein erstes kleines Appartement für so etwas.«

Ogden nickte. »Ein ungewöhnliches Verhalten für einen Jungen…«

»Meine Mutter und ich haben allein gelebt, seit ich ein Kind war. Ich kann mich nicht erinnern, daß je ein Liebhaber meiner Mutter – und sie hatte sicher welche, denn sie war eine sehr schöne Frau und noch jung – anders denn nur als guter Freund in unser Haus gekommen wäre. Als ich älter wurde, fand ich es richtig, ihr gegenüber die gleiche Rücksicht zu üben.«

»Sie hatten eine gute Beziehung zu Ihrer Mutter?«

»Ja, eine ausgezeichnete Beziehung.«

»Okay, kommen wir auf Carol zurück…«

Queriand breitete die Arme aus. »Es gibt da nicht viel zu erzählen. Wir haben uns geliebt, dann hat sie mich gefragt, ob ich mit ihr frühstücken wolle, und ich habe ihr zu verstehen gegeben, daß ich keine Lust dazu hätte. Das war nicht sehr nett, doch Sie haben mich mit Ihrem Mißtrauen schon angesteckt.«

Ogden nickte. »Wenn Carol nichts mit der Sache zu tun hat, bin ich sicher, daß sie Ihnen verzeiht. Doch machen wir weiter. Was wollten Sie mir heute morgen am Telefon sagen?«

»Vor einiger Zeit, kurz bevor wir uns begegnet sind und ich in diese Geschichte hineingezogen wurde, erhielt ich einen Brief von einem Notar, der mir mitteilte, daß Ioan mir seine Bücher, praktisch seine gesamte Bibliothek, hinterlassen habe. Es sind viele Bände, mehr als dreitausend. Da ich sie in diesem Haus aus Platzmangel nicht unterbringen kann, habe ich den Testamentsvollstrecker gebeten, sie in Ioans Wohnung in der Brompton Road lassen zu dürfen, bis ich ihren Transport in mein Landhaus organisiert hätte. Bis heute hat mir der Mut gefehlt, in dieses Haus zu gehen und die Bücher mitzunehmen...«

Queriand schwieg eine Weile und wandte sich dann Ogden mit einem Blick zu, als habe er soeben eine Erleuchtung gehabt. »Vielleicht weiß Ioan jetzt, mit einer überirdischen Sicht des Ganzen, wie sich alles genau zugetragen hat, und kann uns Hinweise geben, wo in seinen Büchern wir suchen sollen. Glauben Sie nicht?«

Ogden fuhr sich mit der Hand durchs Haar.

»Sie vergessen, daß die Mörder alles durchsucht haben, offenbar ohne etwas zu finden. Auch wir haben übrigens in seiner Wohnung das Unterste zuoberst gekehrt: ohne Ergebnis.«

Queriand schüttelte den Kopf. »Hören Sie, Ioan ist nicht oft zu mir nach Hause gekommen. Sein letzter Besuch fand drei Monate vor seinem Tod statt, und ich halte es für unwahrscheinlich, daß er schon damals in diese Geschichte verwickelt gewesen sein soll. Aber kommen Sie, gehen wir nach oben. Ich habe Ioans Bücher herausgesucht, wir können mit ihnen beginnen, doch ich zweifle daran, daß sich dort etwas findet, von dem ich nichts weiß.«

Im Arbeitszimmer nahm Ogden Carols Parfum wahr.

»Ein hartnäckiger Duft«, bemerkte er, »ich verstehe, daß Nina mißtrauisch geworden ist.«

Queriand lächelte. »Sie muß gesehen haben, wie Carol aus dem Haus ging, denn noch bevor sie ihr Parfüm gerochen hatte, ist sie wie eine Furie ins Haus gestürmt und hat die Zimmer inspiziert. Als sie dann hier hereinkam, ist ihr Verdacht nur bestätigt worden. Sie hat mir den Laufpaß gegeben«, setzte er gleichgültig hinzu.

»Das scheint Ihnen aber nicht viel auszumachen.«

Queriand zuckte mit den Schultern. »Sie ist eine liebe Freundin. Hoffen wir, daß sie sich wieder beruhigt.«

Ogden lag etwas auf der Zunge, doch er hielt sich zurück. Er ging zum Schreibtisch und nahm eines von Lupescus Büchern.

»Haben Sie nachgesehen, ob es unterstrichene Passagen gibt oder vielleicht Zettel zwischen den Seiten stecken?«

»Von Hand geschrieben ist nur die Widmung.«

»Gut, ich werde die Bücher untersuchen lassen. Machen Sie sich keine Sorgen«, fügte er hinzu, als er das erschrokkene Gesicht des Schriftstellers sah, »Sie erhalten sie unbeschädigt zurück.«

»Denken wir doch einmal über die Daten nach«, sagte Queriand. »Lupescu ist vor einem Monat gestorben, Monteanu vor zwei Monaten. Zum letzten Mal in diesem Haus war Ioan vor mehr als drei Monaten, also einige Zeit vor dem Tod des Informatikers – und damit so gut wie sicher, bevor er in Besitz dieser Diskette gekommen ist, immer vorausgesetzt, Monteanu hat sie ihm gegeben. Nein, meiner Ansicht nach ist hier nichts zu finden.«

»Vermutlich haben Sie recht«, stimmte Ogden ihm zu. »Doch wir könnten morgen das Haus in der Brompton Road in Augenschein nehmen. Fühlen Sie sich dazu in der Lage?«

Queriand schien unentschlossen, doch dann nickte er. »Ich habe keinen Fuß dort hineingesetzt, seit Ioan ermordet worden ist. Deshalb sind ja auch die Bücher noch da.« Besorgt runzelte er die Stirn: »Es könnte sein, daß der Notar sie hat verpacken lassen...«

»Nein, sie stehen noch alle in den Regalen.«

»Um so besser!« Queriand sah Ogden entschlossen an. »In Ordnung, ich komme mit. Im Grunde, glaube ich, ist es genau das, was Ioan will.«

Ogden betrachtete ihn aufmerksam. »Dann sind Sie also tatsächlich davon überzeugt, daß Ihr Freund uns durch das Medium Hinweise geben wollte...«

Queriand antwortete nicht gleich, sondern ging zu seinem Schreibtisch und zündete sich eine Zigarette an.

»Ja«, sagte er dann ruhig. »Ich glaube, daß die Toten keineswegs tot sind. Früher oder später wird die Wissenschaft entdecken, wie man Kontakt mit der Dimension aufnehmen kann, in der sie sich aufhalten, und wir werden mit ihnen kommunizieren können, wie wir heute das Radio benutzen. Es ist nur eine Frage der Zeit, vielleicht von viel Zeit, doch wir werden es schaffen.«

Ogden schüttelte den Kopf. »Sie meinen also, wenn dies bisher nur Menschen mit medialen Fähigkeiten gelingt, so hat das allein mit unserer Rückständigkeit zu tun?«

»Mehr oder weniger. Doch es ist nicht ganz richtig zu sagen, daß nur Medien dazu in der Lage seien. Es sieht so aus, als ob manche sehr normale Menschen, wenn sie gerade am wenigsten darauf gefaßt waren und ohne daß sie dafür eine Séance gebraucht hätten, von Geistwesen kontaktiert worden sind. Eine Frau hat beispielsweise die Stimme ihres toten Sohnes gehört, die ihr sagte, sie solle einen Stift nehmen und schreiben...«

Ogden unterbrach ihn: »Aber ich bitte Sie, Queriand, in diesem Fall könnte es sich um Suggestion handeln, ausgelöst von dem starken Wunsch, einen über alles geliebten Menschen am Leben zu halten. Das scheint mir als Beweis nicht viel wert...«

Queriand nickte. »Ja sicher, das mag alles sein. Doch es heißt, daß es in diesen spontanen Fällen, wo ein Kontakt ohne spiritistische Sitzung entsteht, zu einer Kommunikation kommt, weil dem Toten von höheren Geistwesen der Auftrag anvertraut worden ist, sich mit einem Lebenden in Verbindung zu setzen. Denken Sie nur daran, daß in einigen Botschaften, die in den dreißiger Jahren empfangen wurden, Andeutungen jüngster wissenschaftlicher Entdekkungen enthalten sind. Außerdem ist der Empfänger einer Botschaft nicht immer mit dem Toten, der sie aussendet, verwandt. Sehr häufig entdeckt der Empfänger erst nach sorgfältigen Nachforschungen, daß das Geistwesen, von dem er kontaktiert wurde, tatsächlich gelebt hat.«

Unschlüssig breitete Queriand die Arme aus. »Es ist eine Tatsache, daß die Inhalte dieser Botschaften bisweilen wirklich verblüffend sind. Wie dem auch sei«, fuhr er in einem weniger gewichtigen Ton fort, »dies sind Dinge, die andere erfahren haben, nicht ich. Ich habe nie irgend etwas erlebt, das eine Beziehung zum Okkulten hatte, jedenfalls bisher.

Ich habe mich immer darauf beschränkt, keine Vorurteile zu hegen. Jetzt allerdings hat sich die Situation geändert…«

Sie schwiegen eine Weile, Ogden nahm ein Buch Lupescus in die Hand, blätterte ein wenig darin und sah dann Queriand an.

»Was glauben Sie, warum Ihr Freund sich in einer spiritistischen Sitzung gemeldet hat, statt die Art der Kommunikation zu wählen, die Sie mir eben beschrieben haben?«

»Wie soll ich das wissen? Wenn wir in der Lage wären, das zu beantworten, könnten wir vermutlich zum Telefon greifen und Ioan im Jenseits anrufen. Vielleicht wollte er, daß Sie und der verdammte Secret Service gleich informiert würden. Und da Anita Moss zur Gruppe Cornell gehört, hätten wir eine Erklärung für die Wahl dieses Kanals. Ziemlich romanhaft, gebe ich zu, aber mir fällt keine andere ein.«

»Nun ja, unter den gegebenen Umständen ist Ihre Rekonstruktion gar nicht so schlecht. Ich glaube, es bleibt uns, bis wir konkretere Anhaltspunkte haben, nichts anderes übrig, als den Hinweisen Lupescus zu folgen und in seiner Wohnung zu suchen. Es wäre besser«, fügte Ogden hinzu, »wenn Sie die kommende Nacht in meinem Haus verbringen würden. Ich weiß, daß Sie Schwierigkeiten haben, früh wach zu werden, und morgen hat Ihre Haushälterin ihren freien Tag. Wir sollten gegen acht in Lupescus Wohnung sein. Ich kann mir vorstellen, das ist für Sie mitten in der Nacht.«

»Das stellen Sie sich ganz richtig vor«, gab er zu. »Der Vormittag ist nicht gerade meine stärkste Zeit, das hat sicher irgendwie mit dem Nervensystem zu tun. Wenn wir so früh aufstehen müssen, dann ist es wirklich besser, ich schlafe in Ihrem Haus. Wann soll ich heute abend zu Ihnen kommen?«

Ogden zog ein ungewöhnlich kleines Handy aus der Tasche und gab es Queriand.

»Hier, das ist ein abhörsicheres Telefon. Bis diese Geschichte zu Ende ist, benutzen Sie besser nur dieses Handy, um mich und andere Beteiligte, etwa Anita Moss, anzurufen. Werfen Sie bitte einen Blick in die Bedienungsanleitung. Heute abend erwarte ich Sie nach dem Essen, also ab neun.«

Als Ogden gegangen war, sah Queriand auf die Uhr. Es war fast drei, ihm blieben noch ein paar Stunden für die Arbeit.

Anita Moss saß in einem Taxi, eingekeilt im Verkehr zur Rush-hour. Nervös schaute sie auf die Uhr. Sie hatte um halb sieben eine Verabredung mit Serena Preston und war schon zu spät. Die Freundin hatte am Vormittag angerufen und sie gebeten zu kommen. In der letzten Zeit hatte Serenas psychische Gesundheit ihr einige Sorgen gemacht, deshalb wollte Anita sich bei ihr zu Hause einen Eindruck davon verschaffen, wie es ihr ging.

Ungeduldig sah sie aus dem Fenster. Das Taxi kam nur im Schrittempo voran. Ogden hatte sie angewiesen, nicht mehr mit der U-Bahn zu fahren – und das war nun das Ergebnis, dachte sie verärgert. Doch schließlich lichtete sich der Verkehr, der Taxifahrer schaffte es, den Stau zu umfahren, und weniger als fünf Minuten später waren sie am Ziel.

Die Freundin trat ihr schon aus ihrem kleinen Haus entgegen.

»Ich habe auf dich gewartet«, sagte Serena lächelnd, »und da habe ich die Zeit nutzen wollen, um ein wenig frische Luft zu schnappen.«

»Es tut mir leid, daß ich mich verspätet habe, aber der Verkehr war fürchterlich«, entschuldigte sich Anita und umarmte sie.

»Das macht doch nichts. Jetzt bist du jedenfalls hier. Komm, wir gehen hinein, ich muß mit dir reden.«

Serena führte sie in ein kleines Wohnzimmer, das übervoll mit Pflanzen war.

»Ich mache dir einen Jasmintee, ja?«

Anita nickte und setzte sich auf das Sofa. Es war nicht gerade Teezeit, eher Zeit für einen abendlichen Aperitif, doch sie wußte, daß Serena keinen Alkohol trank. Als sie allein im Wohnzimmer war, schaute sie sich um: Blumentapete, Möbel im Kolonialstil, ein Korbsessel. Eher eine Veranda als ein Wohnzimmer, hätte man meinen können. Serena war eine sanfte Frau mittleren Alters, eine kinderlose Witwe, die mit Hingabe ein elegantes Blumengeschäft führte.

Vor etlichen Jahren hatte Anita Moss sie für die Strangers angeworben. Serena war ihr im Haus von Freunden vorgestellt worden, und als sie von ihren ausgeprägten paranormalen Fähigkeiten erfahren hatte, war sie mit ihr zu Sir Quentin gegangen. Serena zu überreden, sich in den Dienst ihres Landes zu stellen, war nicht schwierig gewesen.

Serena kam mit einem großen Tablett zurück, stellte es auf das Tischchen und setzte sich in den Sessel.

»Ich habe ein neues Rezept für Plätzchen. Du mußt sie unbedingt probieren, sie sind wirklich gut«, sagte sie und sah Anita mit einem kindlich stolzen Ausdruck an.

»Ich kann heute abend bestimmt nichts mehr essen«, jammerte Anita und nahm eines der verlockend aussehenden Plätzchen. Unter dem wachsamen Blick ihrer Freundin kostete sie und machte schon nach dem ersten Bissen ein verzücktes Gesicht.

»Du kannst phantastisch backen! Ich bitte dich erst gar nicht um das Rezept, weil ich es niemals so hinbekommen würde. Einfach köstlich.«

Serena wehrte ab: »Aber nein, es ist kinderleicht: Man nimmt drei Eier, einen halben Liter Milch...«

Anita unterbrach sie: »Ich will gar nicht mehr hören. Wenn ich es probieren würde, wäre das Ergebnis katastrophal, das weißt du doch.« Sie legte den Kringel hin und sah ihre Freundin an.

»Hast du wieder diesen Alptraum gehabt?« fragte sie Serena und streichelte sanft ihre Hand.

Serena schüttelte den Kopf. »Nein, aber ich habe endlich begriffen, daß es nicht nur ein Traum war...«

Anita sagte nichts, doch der Ausdruck auf ihrem Gesicht war eine Aufforderung fortzufahren. Serena Preston zögerte, unsicher ließ sie den Blick durchs Zimmer schweifen. Schließlich lächelte sie bemüht.

»Kannst du dich an den Traum erinnern?« fragte sie Anita und sah ihr in die Augen. »Das Flugzeug und die schreienden Menschen. Und dann das Rauschen des Meeres, das in diesem Zusammenhang so absurd schien. Jetzt aber weiß ich, daß all dies wirklich geschehen ist...«

»Das mußt du mir erklären.«

»Gestern abend empfing ich die Anweisung, es niederzuschreiben...«

Serena war eines der wenigen Medien, denen Verstorbene aus eigenem Antrieb Botschaften schickten. Das Medium hörte eine gebieterische Stimme, die es aufforderte, Papier und Stift zu nehmen, und schrieb unter Diktat: das Phänomen des automatischen Schreibens. Doch bis die Botschaft vollständig war und das Medium sie selbst lesen konnte, kannte es ihren Inhalt nicht. Dies war eine der Fähigkeiten von Serena Preston, doch nicht ihre einzige. Anita erinnerte sich gut an einen Fall, der einige Jahre zurücklag, kurze Zeit, nachdem sie Serena für die Strangers angeworben hatte. In Italien war der Sohn eines sehr bekannten und mächtigen Mannes entführt worden. Bei dieser Gelegenheit wurden die Strangers von Sir Quentin mobilisiert. Er wollte wohl wissen, ob diese sonderbare Abteilung des Secret Service ihr Geld wert war. Die Ergebnisse waren überraschend. Der Vater des Jungen, einer der reichsten Männer Europas, hatte einen persönlichen Gegenstand seines Sohnes nach London gebracht, um ein Psychometrie-Experiment zu versuchen. Der Gegenstand, ein Stift, war in Serenas Hände gelegt worden, und nur wenige Minuten danach hatte sie den Ort angegeben, wo der Junge gefangengehalten wurde. Sie hatten ihn in einer Höhle im Aspromonte aufgefunden, in katastrophaler Verfassung, doch lebendig. Natürlich war die Intervention der Strangers geheimgehalten worden, und die Rettung des Jungen galt als Verdienst der italienischen Polizei.

»Wer hat dir die Botschaft geschickt, dein üblicher Kontakt?« fragte Anita Moss und meinte damit das Geistwesen, das normalerweise mit Serena kommunizierte.

»Nein, es hat sich der Pilot einer Kunstfliegerstaffel ge-

meldet, der während einer Vorführung verunglückt ist…«
Serena unterbrach sich und zerknüllte die Stoffserviette in ihren Händen.

»Und weiter?« drängte Anita.

»Er hat mir von einem Zivilflugzeug erzählt, das von einer Rakete abgeschossen worden ist…«

»Und wie hieß der Pilot?«

»Er hat mir nur gesagt, daß er während einer Kunstflugveranstaltung seiner Staffel gestorben ist. Er hat nicht erklärt, welche Verbindung er zu dem Zivilflugzeug hat. Er sagte ungefähr folgendes: ›Ich bin Pilot, und ich weiß, was mit dem italienischen Flugzeug geschehen ist.‹ Warte, ich hole die Botschaft.«

Serena stand auf und ging aus dem Wohnzimmer.

Anita Moss war an Experimenten dieser Art sehr interessiert, doch sie wußte, daß es wichtig war, den Namen des kommunizierenden Geistwesens zu erfahren, um die nötigen Überprüfungen durchführen zu können. Während sie darauf wartete, daß Serena zurückkam, dachte sie daran zurück, wie diese seltsame Geschichte begonnen hatte. Vor ein paar Tagen hatte Serena sie am Abend angerufen und um ihre Hilfe gebeten. Als ihr klar wurde, wie aufgeregt Serena war, hatte Anita sich trotz der späten Stunde auf den Weg zu ihr gemacht. Es war der Abend gewesen, an dem sie bei ihrer Rückkehr ihre Tochter und zwei Agenten in ihrer Wohnung angetroffen hatte. Als sie an jenem Abend bei ihrer Freundin ankam, erzählte ihr diese, daß sie seit einigen Tagen vor dem Einschlafen von Bildern einer Flugzeugkatastrophe heimgesucht werde. Sie beschrieb das grauenvolle Gefühl, das sie empfand, wenn das Flugzeug an Höhe verlor, und den Schrecken, der so gewaltig war, daß sie gemeinsam mit den Passagieren schrie. Der furchtbare Alptraum lief wie in Zeitlupe ab, ohne ein Ende nehmen zu wollen, bis sich mit einem Mal die Situation scheinbar stabilisierte, so, als ob dem Flugzeug doch eine Landung gelingen könnte. Doch dann hörte Serena das Rauschen des Meeres. Anita hatte sie ratlos angesehen, doch Serena sagte, sie habe keinen Zweifel: Das, was sie in diesem beängstigenden Traum höre, sei das Klatschen der Wellen gegen den Flugzeugrumpf.

Serena Preston kam mit einem Notizblock in der Hand ins Wohnzimmer zurück und setzte sich neben Anita.

»Also, dies hier ist die Botschaft, die ich gestern nacht empfangen habe.«

Anita nahm ihre Brille und begann zu lesen.

»Ich bin Pilot. Ich gehörte zu einer Kunstfliegerstaffel. Ich bin bei einem Unfall während einer Vorführung zusammen mit anderen Kameraden gestorben. Aber nicht über meinen Tod will ich sprechen. Das italienische Zivilflugzeug ist von einer Rakete abgeschossen worden, doch es konnte wassern, und viele Passagiere waren zum Zeitpunkt der Wasserlandung noch am Leben.«

Hier endete die Botschaft. Anita blickte hoch und sah Serena an.

»Wieso hat er aufgehört?«

»Ich weiß es nicht.« Serena schüttelte den Kopf und schaute Anita mit ihren großen blauen Augen an. »Er muß sich in den Kanal eingeschaltet haben, den Luis, mein Geistführer, und ich benutzen. Ich hätte gerne gewußt, was Luis davon hält, aber er hat sich nicht gemeldet. Ich habe es wieder und wieder versucht, doch es sind keine Botschaften mehr gekommen, weder von Luis noch von dem Piloten. Jetzt habe ich die Bedeutung des wiederkehrenden Traums verstanden, es war die Ankündigung dieser Nachricht...«, schloß Serena sorgenvoll.

Anita erkannte, daß ihre Freundin schockiert war, offensichtlich gefährdete diese neue Erfahrung ihr empfindliches nervliches Gleichgewicht.

»Hör zu, Serena«, sagte sie und ergriff ihre Hand, »du mußt ruhig bleiben und darfst, jedenfalls im Augenblick, nicht versuchen, weitere Botschaften zu empfangen. Wenn sie dich rufen, in Ordnung, aber du nimmst nicht von dir aus den Stift in die Hand, hast du verstanden?«

»Aber wir müssen Nachforschungen anstellen und herausfinden, um welches italienische Flugzeug es sich handelt, sehen, ob es Überlebende gegeben hat...«

»Gewiß, das werden wir tun, aber jetzt darfst du dich nicht übernehmen. Jemand will uns etwas sagen, und wir werden ihm zuhören, ohne daß du deshalb deine Gesundheit erneut aufs Spiel setzt, einverstanden?«

Serena Preston nickte gehorsam.

»Ich werde mich um die Nachforschungen kümmern, mach dir keine Sorgen«, fuhr Anita Moss fort. »Doch du mußt dich ausruhen. Ich habe dir ein paar Tabletten mitgebracht.« Sie zog ein Fläschchen aus der Handtasche und gab es ihrer Freundin. »Nimm eine davon, bevor du zu Bett gehst, das wird dir helfen, ruhig zu schlafen. Ich glaube nicht, daß diese Alpträume noch einmal auftreten.«

»Ich werde sie nicht wieder haben, dessen bin ich mir ganz sicher«, sagte Serena. »Es war ein Fall von Retrokognition. Jetzt, da es dem Piloten gelungen ist, mit mir Kontakt aufzunehmen, werde ich nicht mehr von diesen schrecklichen Dingen träumen.« Serena unterbrach sich nachdenklich, dann nahm sie den Notizblock und den Stift.

»Ich muß alles aus den Träumen, woran ich mich erinnere, aufschreiben, bevor ich die Einzelheiten vergesse«, sagte sie. »Das wird uns dabei helfen, das Flugzeug zu identifizieren...«

»Nein«, widersprach Anita mit Entschiedenheit. »Ich will nicht, daß du irgend etwas davon noch einmal durchlebst, es war zu schockierend. Du mußt unbedingt vermeiden, an diese Bilder zu denken. Wir haben genügend Anhaltspunkte, um herauszufinden, um was es geht. Wenn der Pilot sich wieder meldet, um so besser. Doch du tust von dir aus nichts. Du hast gerade eine Depression überwunden, und ich will nicht, daß du bei dieser Geschichte Schaden nimmst.«

»Einverstanden, Anita, vielleicht hast du recht«, lenkte Serena ein. »Aber du mußt mir versprechen, daß du mir sofort Bescheid sagst, wenn du etwas über dieses Flugzeug herausfindest!«

»Keine Angst, ich werde dich über alles auf dem laufenden halten. Aber jetzt muß ich gehen. Susan wartet auf mich, wir wollen zusammen essen. Ich melde mich morgen telefonisch bei dir, doch wenn du irgend etwas brauchen solltest, kannst du mich jederzeit anrufen. Hörst du?«

»Mach dir keine Sorgen. Mir geht es schon viel besser. Wirst du mit Sir Quentin über die Sache reden?«

»Im Augenblick noch nicht. Ich will erst allein ein paar

Nachforschungen anstellen, damit ich etwas Konkreteres habe, was ich ihm vorlegen kann.«

Anita stand auf und wandte sich zur Tür. Serena folgte ihr. Bevor Anita hinausging, sah sie ihre Freundin mit einem Ausdruck des Bedauerns an.

»Susan ist für eine Weile zu mir gezogen. Ihr Appartement wird gestrichen, und sie erträgt die Unordnung nicht …«, log sie. »Wenn ich ihr nicht versprochen hätte, daß wir zusammen essen, wäre ich hiergeblieben, um dir Gesellschaft zu leisten…«

Enttäuscht breitete Serena Preston die Arme aus. »Das ist schade. Ich hätte dir etwas Neues gekocht, etwas absolut Unwiderstehliches.«

»Bring mich nicht in Versuchung«, scherzte Anita und umarmte sie. »Auf bald, Serena. Ich rufe dich morgen an.«

Als er bei Ogden läutete, mußte Queriand lange warten, bis ihm geöffnet wurde. Er wollte schon kehrtmachen, als das Schloß doch noch aufschnappte und Ogden in der Tür erschien.

»Entschuldigen Sie bitte, ich habe gerade telefoniert. Kommen Sie doch herein.«

Queriand ließ seine Blicke wandern, neugierig, dieses Haus zu sehen, das monatelang leergestanden hatte; mit Sicherheit hätte er sich niemals vorgestellt, daß einmal ein Spion darin wohnen würde. Ogden führte ihn durch einen großen Vorraum in ein recht elegant, hauptsächlich mit Jugendstilmöbeln eingerichtetes Wohnzimmer, wo Queriand, der ein wenig Ahnung davon hatte, ein paar wertvolle Stücke entdeckte.

»Dieser da ist recht bequem...«, sagte Ogden und zeigte auf einen tabakfarbenen alten Sessel.

»Eine geschmackvolle Einrichtung ...«, bemerkte der Schriftsteller und setzte sich. »In diesem Zimmer sind ein paar Dinge, die mir auch gefallen könnten, die Lampe dort zum Beispiel.« Er zeigte auf eine kleine Frauenfigur aus Bronze, die in ihren ausgestreckten Armen eine Kugel aus geschliffenem Glas hielt.

»Ja, sie ist recht nett«, gab Ogden zu. »Doch im Gästezimmer steht eine, die mir noch besser gefällt. Möchten Sie etwas zu trinken?«

»Ja gern, ein Scotch wäre nicht schlecht.«

Ogden holte eine Flasche aus der Spiegelbar und goß zwei Gläser ein.

»Wissen Sie ...«, begann Queriand, als Ogden ihm ein Glas reichte – beendete seinen Satz dann jedoch nicht.

Ogden sah ihn an. »Irgend etwas nicht in Ordnung?«

Queriand lächelte verlegen.

»Auf dem Weg zu Ihnen habe ich mich gefragt, wie ich eigentlich sicher sein kann, daß Sie mir die Wahrheit gesagt haben. Wer garantiert mir, daß Sie tatächlich für den Secret Service arbeiten und daß das, was Sie – oder ich sollte sagen: das, was wir tun wollen, richtig ist?«

Ogden wirkte betroffen. »Bisher haben Sie ja noch nichts weiter getan, als Botschaften aus dem Jenseits angenommen; und morgen wollen Sie sich Ihre geerbte Bibliothek ansehen. Das scheint mir kein besonders zweifelhaftes Verhalten.«

»Schon richtig, doch wir suchen ja nicht Lupescus Bücher, sondern die Diskette dieses Spions. Also möchte ich sicher sein, daß Sie wirklich für die Engländer arbeiten.«

»Ich arbeite für einen unabhängigen Dienst, der vom MI 5 einen Auftrag übernommen hat«, antwortete Ogden ruhig. »Wenn Sie wollen, kann ich morgen mit Ihnen zu dem Mann vom Secret Service gehen, der für den Fall zuständig ist.«

Queriand seufzte. »Ja, ich glaube, das ist besser. Sie haben mir gesagt, daß Frau Dr. Moss etwas ähnlich Unangenehmes widerfahren ist wie mir. Offensichtlich können den Leuten, die in diese Sache verwickelt sind, sehr viel gefährlichere Dinge passieren, als mit Toten zu reden und sich Bibliotheken anzusehen. Ich mache mir keine übermäßigen Sorgen um meine eigene Unversehrtheit, ich habe keine Kinder und fürchte mich mehr vor Krankheiten als vor dem Tod. Doch ich möchte nichts mit einer schmutzigen Sache zu tun haben, die vielleicht sogar meinem Land schadet...«

Ogden lächelte. »In diesem Punkt kann ich Sie nicht beruhigen, und zwar aus einem einfachen Grund: Wenn Geheimdienste in irgend etwas verwickelt sind – und ich meine ausnahmslos alle Dienste –, dann ist das immer eine schmutzige Sache. Natürlich habe ich sehr gut verstanden, was Sie meinen, und ich kann Ihnen versichern, daß man nichts von Ihnen verlangen wird, was auf irgendeine Art zum Schaden des Landes wäre.«

Da war noch etwas anderes, das Queriand wissen wollte. »Woher kommen Sie eigentlich? Falls ein Agent auf eine solche Frage antworten kann...«

Ogden lächelte. »Ein Agent antwortet immer, auch wenn er im allgemeinen lügt. Ich komme aus Bern.«

Queriand war nicht überzeugt. »Sie sind doch kein Schweizer, dafür würde ich meine Hand ins Feuer legen.«

»Und sie sich halb verbrennen. Zum Teil haben Sie recht. Mein Vater war Engländer.«

»Und Ihre Mutter?«

»Stammte aus Genf.«

»Na gut, Genf ist akzeptiert. Aber ich hatte doch recht, Sie sind nur zur Hälfte Schweizer. Und wie kommen Sie zu diesem Beruf?«

Ogden machte eine hilflose Geste.

»Wieso sind Sie Schriftsteller? Im Grunde sind dies zwei recht ähnliche Berufe. Spionieren Sie etwa nicht die Menschen aus, um sie dann in Ihre Romane zu stecken?«

»Ja doch«, gab Queriand belustigt zu.

»Nun«, fuhr Ogden fort, »ich mache diese Arbeit, weil es mir nie in den Sinn gekommen ist, irgend etwas anderes zu tun. Möchten Sie noch etwas trinken?«

Queriand nickte. »Ich glaube, Sie haben mir wirklich die Wahrheit gesagt«, meinte er leise. »Ich habe das Gefühl, daß man Sie von jungen Jahren an in dieses Spiel hineingezogen hat. Ist es nicht so?«

Ogden sah von dem Glas hoch, das er gerade einschenkte. »Ihr Scharfsinn ist überraschend«, bemerkte er und reichte ihm das Glas.

»Wenn ich nicht wenigstens ein bißchen davon hätte, könnte ich den Beruf wechseln. Ich kann mir vorstellen, das ist auch für einen Spion unverzichtbar.«

Ogden schüttelte den Kopf. »Dessen bin ich mir nicht sicher. Um sich in diesem Beruf als Profi zu fühlen, genügt es, psychisch angeschlagen zu sein. Je gestörter, desto geeigneter, das ist alles.«

Ogden sagte den letzten Satz in einem distanzierten Ton,

doch nicht ohne Bitterkeit. Queriand war darüber erstaunt. Ihm kam es sonderbar vor, daß Ogden, wenn er so darüber dachte, diesen Weg eingeschlagen hatte.

»Und seit wann sind Sie dieser Meinung?« fragte er.

»Erst seit kurzem, um die Wahrheit zu sagen.«

»Und was hat Sie veranlaßt, diese Schlüsse zu ziehen?«

Ogden erhob sich aus seinem Sessel und trat an die Tür, die hinaus in den um diese Zeit dunklen Garten führte.

»Tut mir leid, Queriand, aber Ihre Nachforschungen enden hier. Mein Job besteht darin, Informationen zu beschaffen, nicht darin, welche zu geben. Erzählen Sie mir doch lieber etwas über Ihre Unfähigkeit, Gefühlsbeziehungen einzugehen. In Ihrem Fall, da Sie ja nun kein Spion sind, eine sehr einschränkende Neurose...«

Queriand wurde von der Attacke überrascht, verübelte sie Ogden jedoch nicht. Dieser Mann gefiel ihm, und die Konfrontation mit der Intelligenz eines anderen Menschen, auch wenn sie auf seine Kosten ging, verbesserte immer seine Laune.

»Sie meinen ja wirklich, über mich Bescheid zu wissen...«, sagte er spitz, doch keineswegs gekränkt.

»Oh, das ist nicht mein Verdienst. Es ist einfach so, daß wir hervorragende Dossiers haben, und das Ihre war ganz besonders faszinierend. Was wollen Sie, man hat immer Interesse für Menschen, die einem ähnlich sind...«

»Das wird also über mich gemunkelt ...«, sagte der Schriftsteller leise und lächelte dabei.

Queriand stellte sich sein Dossier wie ein Verlagsgutachten über einen Roman vor, in dem sein Leben in Kurzfassung dargestellt und beurteilt wurde. Und er dachte, daß in diesem Dossier vielleicht schon jemand über seine Zukunft entschieden hatte, wie die Beurteilung eines Verlags über die Veröffentlichung oder Ablehnung eines Romans entscheidet.

»Was glauben Sie, wie diese Geschichte ausgehen wird?« fragte er Ogden.

»Das kann man nicht wissen. Jetzt beschützen wir Sie jedenfalls. Vorher war die Gefahr für Sie größer. Ich versichere Ihnen, daß ich mein möglichstes tun werde, daß Ihnen nichts geschieht, was nicht wiedergutzumachen wäre.«

»Eine etwas komplizierte Art, um zu sagen, daß Sie versuchen wollen, mich am Leben zu halten?«

»Genau.«

»Tja, das ist ja schon etwas. Wer hätte das gedacht? Jetzt erlebe ich selbst einen spannenden Plot. Nächstes Mal muß ich mir nicht mehr mein Hirn zermartern.« Dann wurde er wieder ernst: »Ist Nina auch in Gefahr?«

»Wer weiß. Ich glaube allerdings nicht, daß unsere Freunde an Nina besonders interessiert sind. Doch wir schützen sie ebenfalls.«

»Ich könnte es nicht ertragen, mich dafür verantwortlich zu fühlen, wenn ihr irgend etwas geschehen sollte...«

»Es wäre netter zu sagen: Ich könnte es nicht ertragen, wenn ihr irgend etwas geschehen sollte...«

Queriand runzelte die Stirn. »Mir scheint, Sie beschäftigen sich ein bißchen viel mit der Unzulänglichkeit meiner Gefühle.«

»Sie haben recht. Das geht mich nichts an. Doch ich halte es für einen fatalen Fehler, keine echten Gefühle zuzulassen; sie sind heutzutage ein seltenes Gut. Früher oder später bereut man es, so blind gewesen zu sein, doch dann ist es immer zu spät...«

Queriand hörte aus Ogdens Worten eine tiefe Bitterkeit heraus.

»Sprechen Sie aus eigener Erfahrung?«

Ogden wirkte müde. Er antwortete nicht gleich, doch als er sprach, tat er es, als hätte er in eben diesem Moment beschlossen, daß es ihm gleichgültig war, ob er seine Deckung aufgab. »Wenn es nicht so wäre, würde ich nicht so großartig daherreden.«

»Was haben Sie denn erlebt?«

Ogden hatte diese Frage erwartet. »Ich habe nicht früh genug erkannt, wie wichtig eine Person für mich war. Und als ich es begriffen hatte, war es zu spät.«

»Wieso zu spät?« fragte Queriand.

»Weil sie schon tot war.«

Serena Preston sah lustlos fern. Anita Moss war vor einer Stunde gegangen, und sie hatte zuerst etwas gegessen und sich dann vor einen alten Film gesetzt, fest entschlossen, sich zu entspannen. Der Besuch ihrer Freundin hatte sie beruhigt. Ab sofort würde sie ihre Ratschläge peinlich genau befolgen: Nach dem Film würde sie zu Bett gehen und die Tabletten nehmen, die Anita ihr gegeben hatte.

In der Werbepause stand sie auf, um sich in der Küche einen Kakao zu machen. Der Kater, ein riesiger Kartäuser, strich ihr um die Beine und schnurrte.

»Du hast doch schon gefressen, Lafcadio, hör auf damit.«

Sie bückte sich und nahm den Kater hoch, gab ihm einen Kuß auf seinen dicken Kopf und setzte ihn dann zurück auf den Boden. Sie rührte den Kakao in die Milch und ging wieder vor den Fernseher.

Serena Preston lebte allein, seit ihr Mann vor zehn Jahren an einem Infarkt gestorben war. Damals war sie fünfundfünfzig Jahre alt. John hatte eine tiefe Lücke hinterlassen, und sie empfand ihr Leben als furchtbar leer. Sie hatte keine finanziellen Probleme, doch um ihre Zeit auszufüllen, eröffnete sie einen Blumenladen und entdeckte so eine Leidenschaft, die sich bis dahin nur in der Pflege des kleinen häuslichen Gartens ausgedrückt hatte. Ein Jahr nach Johns Tod lernte sie Anita Moss kennen, und von diesem Augenblick an veränderte sich ihr Leben. Die ruhige kinderlose Hausfrau, die dreißig Jahre lang ihren Mann, das Haus und diverse Katzen versorgt hatte, verwandelte sich in eine Frau, die vom englischen Geheimdienst wegen eben der Talente umworben wurde, die sie stets versucht hatte zu verbergen. Serena hatte schon als kleines Mädchen gewußt, daß sie anders als die anderen war. Sie sah zukünftige Ereignisse voraus und empfing im Schlaf Botschaften von Toten. Und immer bewahrheitete sich das, was die Verstorbenen ihr sagten. Ihre Großmutter, die wie sie gewesen war, hatte sie kurz vor ihrem Tod, als Serena ein fünfzehnjähriges Mädchen war, an ihr Bett gerufen und ihr den dringenden Rat gegeben, vorsichtig zu sein und ihre Kräfte zu verheimlichen, wenn sie Unannehmlichkeiten aus dem Weg gehen wollte.

»Die Leute fürchten sich vor solchen wie uns«, hatte sie mit dünner, von Krankheit geschwächter Stimme zu ihr gesagt, »obwohl sie zu uns kommen, wenn sie Hilfe brauchen. Vergiß nicht, daß im Mittelalter Frauen mit unseren Fähigkeiten als Hexen auf dem Scheiterhaufen verbrannt wurden.

Also sei sehr vorsichtig, und wenn du heiratest, sieh zu, daß dein Mann glaubt, das alles sei nur weibliche Intuition.«

Serena hatte die Ratschläge ihrer Großmutter befolgt, und nicht einmal ihr John war in den dreißig gemeinsam verbrachten Jahren je auf den Gedanken gekommen, daß seine Frau ein Medium sein könnte. Mehr als fünfzig Jahre hatte Serena Preston ihre paranormalen Fähigkeiten vor allen geheimgehalten, doch mit Anita hatte sich das geändert. Endlich schätzte jemand – und sogar die englische Regierung – ihre sonderbaren Talente. So war sie zu den Strangers gekommen, und zum ersten Mal in ihrem Leben wurde sie als das akzeptiert, was sie tatsächlich war: ein Mensch mit übernatürlicher Begabung.

Serena spürte plötzlich in sich die geistige Leere, die der Anweisung des automatischen Schreibens immer voranging. Sie schaltete den Fernseher aus, stand auf und trat an ihren Schreibtisch. Sie nahm die Blätter und den Stift, den sie immer in diesen Fällen benutzte, setzte sich hin und legte den Arm auf den Tisch. Den Bleistift hielt sie leicht in der Hand, ohne irgendeinen Druck auf das Papier auszuüben. Nach wenigen Augenblicken spürte sie ein Kribbeln, die Hand setzte sich in Bewegung, und der Bleistift schrieb die ersten Worte aufs Papier.

Sie schrieb lange, und als die Botschaft sich dem Ende zuneigte, wurde das fast elektrische Gefühl, das durch ihren Arm strömte, schwächer, bis es schließlich ganz aufhörte. Ihre Hand öffnete sich, und der Bleistift fiel heraus. Sie rührte sich nicht; dann plötzlich verschwand die Benommenheit, die sie erfüllt hatte, ebenso schnell, wie sie gekommen war.

Serena öffnete ihre Augen und erhob sich, ohne auf das vor ihr liegende Blatt zu sehen. Sie verspürte so etwas wie Angst, zu lesen, was sie niedergeschrieben hatte.

Sie ging durch ihr Wohnzimmer, auf der Suche nach einem Päckchen Zigaretten; sie wußte, daß sie irgendwo eins hatte. Als sie es endlich fand, sagte sie sich, daß ein heißer Tee ihr jetzt guttun würde. Alles, um das Lesen der Botschaft hinauszuschieben, denn sie war sich sicher, daß sie wieder von dem Piloten stammte. Sie kochte den Tee, trank ihn, zündete sich eine Zigarette an und kehrte schließlich an den Tisch zurück. Das Blatt war von oben bis unten mit Worten vollgeschrieben, untereinander wie durch ein schwarzes Band, das sich über die ganze weiße Oberfläche entrollte, verbunden.

Sie las zum ersten Mal, was sie selbst geschrieben hatte, und während ihr Blick über das Blatt wanderte, wurde ihr Gesichtsausdruck immer angstvoller.

»Mein Gott!« murmelte sie ungläubig. Sie las die Botschaft ein zweites Mal, und ihre Hände zitterten. »Das ist doch nicht möglich«, rief sie aus, hob den Blick und sah sich bestürzt um. »Es ist furchtbar...«

Sie hielt das Blatt fest in ihrer Hand, ging zum Telefon und wählte Anitas Nummer.

»Nimm ab, Anita!« sagte sie flehentlich mit lauter Stimme, während am anderen Ende das monotone Freizeichen ertönte.

»Hallo?« sagte die Freundin endlich.

»Oh, Gott sei Dank, daß du da bist!« rief sie erleichtert aus.

»Was ist los, Serena? Geht es dir nicht gut?«

»Doch, doch, mit mir ist alles in Ordnung. Aber ich habe eine weitere Nachricht von dem Piloten erhalten. Anita, es ist schrecklich. Hör zu.«

Serena begann zu lesen, doch nach wenigen Worten trat plötzlich ein Geräusch auf, dann wurde die Verbindung unterbrochen.

»Hallo, hallo!« Serena drückte mehrmals auf die Gabel des alten Apparats, ohne daß etwas geschah. Sie versuchte erneut, Anitas Nummer zu wählen, doch die Leitung blieb tot. Entnervt legte sie den Hörer auf.

Noch immer mit dem Blatt in der Hand, stieg sie im Laufschritt die Treppe hoch, um sich im Schlafzimmer umzuziehen. Sie würde sich sofort auf den Weg zu Anita machen.

Susan sah ihre Mutter an, die mit besorgter Miene das Telefon auflegte.

»Wer war das?« fragte sie und packte weiter ihren Koffer aus. Sie hielten sich im Schlafzimmer auf, und Anita hatte das Telefon am Nachttisch abgenommen.

»Das war Serena Preston«, antwortete Anita, als spräche sie zu sich selbst, »doch die Leitung ist zusammengebrochen…«

Anita wählte die Nummer ihrer Freundin und hielt den Hörer ein paar Sekunden lang ans Ohr.

»Nichts zu machen«, rief sie ungeduldig aus und wählte eine andere Nummer: »Hallo, wären Sie so freundlich, einen Anschluß zu überprüfen?«

Susan wußte nicht, wer Serena Preston war, und da sie fürchtete, ihre Mutter könnte es wieder einmal als Einmischung betrachten, hütete sie sich davor, Fragen zu stellen. Doch sie hörte auf, die Kleider auszupacken, die sie aus ihrer Wohnung mitgebracht hatte, sah Anita weiter fragend an und wartete.

»Vielen Dank.« Anita Moss legte den Hörer auf und machte ein nachdenkliches Gesicht.

»Was ist los, Mama?«

Anita wandte sich um und sah nicht mehr ganz so besorgt aus, als sie lächelte. »Die Vermittlung sagt, ihr Anschluß sei gestört.«

»Wer ist Serena Preston?«

»Sie ist eine Freundin von mir, doch sie gehört auch zu unserer Sektion...«

»Ich verstehe«, beeilte Susan sich in einem Ton zu sagen, der vermitteln sollte, daß sie nicht noch mehr fragen würde. Doch ihre Mutter sprach von sich aus weiter.

»Eine grauenvolle Geschichte...«, murmelte sie mit leiser Stimme.

»Machst du dir Sorgen?«

Mit einem hilflosen Ausdruck zuckte Anita die Schultern, als wollte sie ihre Unruhe noch unterstreichen.

»Serena Preston ist ein Medium und übermittelt durch das automatische Schreiben Botschaften von Geistwesen. Sie ist eine sehr empfindsame Frau. Die Nachricht, die sie heute abend bekommen hat, hat sie aufgewühlt...«

Susan sah ihre Mutter an. »Mir scheint, sie hat auch dich sehr durcheinandergebracht«, meinte sie.

»Ja, das stimmt. Das wenige, was sie mir sagen konnte, bevor die Leitung zusammenbrach, ist furchtbar.« Anita drückte nervös an ihrem Brillenetui herum. »Ich sollte zu ihr gehen, sie hat eben erst eine schwierige Zeit durchgemacht, diese Geschichte hat gerade noch gefehlt...«

»Wenn du weggehst, mußt du Ogden Bescheid sagen«, bemerkte Susan und wunderte sich selbst über ihren Ratschlag.

Als Anita sie ansah, kam ihr der Gedanke, daß Susan sich wohl nicht vorstellen konnte, daß alle Telefonate, die sie führten, von Franz' Männern abgehört wurden.

»Ja, du hast recht, ich rufe ihn gleich an.«

Anita Moss holte sich das abhörsichere Handy, das Ogden ihr gegeben hatte, tippte seine Nummer ein und wartete ungeduldig. Auch wenn das, was Serena erlebte, nichts mit der Sache zu tun hatte, an der sie gerade arbeiteten, war es doch ein Notfall.

Das Telefon läutete ein paar Sekunden lang, bevor Ogden sich meldete.

»Hier ist Anita. Irgend etwas ist mit Serena Preston los, ich sollte zu ihr gehen. Ich wollte dir nur Bescheid sagen...«

»Okay«, sagte Ogden mit einer Stimme, die Anita angespannt vorkam. »Aber du darfst nicht allein aus dem Haus, einer von Franz' Männern geht mit. Er ist schon auf dem Weg zu dir. Wir treffen uns im Haus von Serena Preston. Bis später.«

»Ja warum denn das?« protestierte Anita. »Sie ist nur über eine Nachricht erschrocken, die sie über das automatische Schreiben erhalten hat...«

»Ich weiß, um was es sich handelt«, unterbrach Ogden sie. »Franz hat mich benachrichtigt. Mach es so, wie ich es dir gesagt habe, wir sehen uns gleich.«

Ogden legte auf, und Anita starrte einen Moment lang benommen ins Leere.

»Nun?« fragte Susan.

Anita gab sich einen Ruck. »Er schickt mir einen von Franz' Männern vorbei. Ich muß mich fertigmachen«, sagte sie ohne weitere Erklärung und verließ das Zimmer.

Nach wenigen Minuten klingelte es an der Tür. Susan warf einen Blick durch den Türspion, bevor sie öffnete. Der Mann, der zu ihrem Schutz abkommandiert war, stand wartend davor.

Anita verabschiedete sich von Susan und nahm sie in den Arm. »Gib auf dich acht...«, sagte sie leise und mit einem angestrengten Lächeln.

»Das Haus ist bewacht wie Fort Knox, was soll schon passieren? Ich sehe mir einen Film an, bis du zurückkommst. Gib du lieber acht, daß diese Serena dich nicht allzusehr beansprucht, sie scheint mir der Typ zu sein, der immer etwas von einem will...«, verabschiedete sich Susan und gab ihr einen Kuß auf die Wange.

Als ihre Mutter die Wohnung verlassen hatte, ging Susan ins Wohnzimmer. Es gefiel ihr nicht, welche Wende die Ereignisse genommen hatten, und auch nicht, daß ihre Mutter in irgend etwas verwickelt war, von dem sie so gut wie nichts wußte. Sie schaltete den Fernseher ein, und in diesem Augenblick klingelte das Telefon. Sie nahm den Hörer ab, doch am anderen Ende blieb es still. Entnervt legte sie auf.

»Wir sehen uns gleich«, sagte Ogden und beendete seine Handy-Verbindung. Queriand warf ihm einen erstaunten Blick zu. Es war zehn Uhr am Abend, und – soweit er wußte – hatte Ogden nicht die Absicht gehabt, noch auszugehen, bevor diese Anrufe gekommen waren.

»Ist irgend etwas passiert?« fragte er, obwohl er sicher war, daß Ogden diese Frage nicht erschöpfend beantworten würde.

»Ja, und ich wünsche mir, daß nicht noch mehr passiert...«, entgegnete Ogden, dessen Gesicht abgespannt aussah.

»Hören Sie«, sagte er dann kurz angebunden, »ich zeige Ihnen jetzt, wie man die Alarmanlage einschaltet. Und Sie machen niemandem auf, klar?« Queriand nickte. »Gut, wenn ich zurückkomme, werde ich versuchen, leise zu sein.«

»Wenn Sie glauben, daß ich mich nach diesen beiden Anrufen ins Bett lege, irren Sie sich. Ich werde wach bleiben und auf Sie warten, um zu erfahren, was los ist...«

»Wie Sie wollen. Ich hoffe, daß ich Ihnen später nichts zu erzählen habe.«

Nachdem Ogden ihm das Funktionieren der Alarmanlage erklärt hatte, verließ er das Haus. Als Queriand allein war, sah er sich um. Dieses Haus war zwar elegant und geschmackvoll eingerichtet, doch es wirkte leer und ohne Leben, wie alle Häuser, die lange Zeit unbewohnt waren.

Er ließ sich noch einmal durch den Kopf gehen, was in der letzten Viertelstunde geschehen war. Ogden und er hatten sich unterhalten, als der erste Anruf gekommen war, auf den der Agent – jedenfalls war es Queriand so vorgekommen – mit einer gewissen Unruhe reagiert hatte. Zuerst hatte er still zugehört, dann in aller Eile Befehle erteilt und den Anrufer angewiesen, sich sofort mit ein paar Männern an einen bestimmten Ort zu begeben. Gleich darauf – Ogden hatte kaum aufgelegt – hatte Anita Moss angerufen. Daß sie es war, wußte Queriand, weil Ogden ihren Namen nannte, als er ihr sagte, er werde sie im Haus einer gewissen Preston treffen.

Queriand goß sich einen Whisky ein und griff nach seinen Zigaretten; doch das Päckchen war leer. Abwarten zu müssen, was geschah, ohne etwas zu rauchen zu haben, war eine wenig verlockende Aussicht. Er machte sich auf die Suche nach Zigaretten und dehnte seine Erkundung auf das gesamte Erdgeschoß aus, einschließlich Küche, Vorzimmer und Abstellkammer – ohne Erfolg. Unsicher fragte er sich, ob er wirklich auch die anderen Räume absuchen sollte.

Eine Viertelstunde lang hielt er sich zurück und blätterte immer nervöser in einer Kunstzeitschrift. Schließlich vergaß er jede Diskretion und stieg die Treppe hinauf. Im ersten Stock gab es zwei Zimmer. Das eine, wahrscheinlich das Gästezimmer, war mit einem französischen Bett, einem Mahagonischreibtisch und Wandschränken eingerichtet. Auf dem Nachtschränkchen entdeckte er die Jugendstillampe, von der Ogden gesprochen hatte. Eine Tür rechts vom Bett führte in ein vorbildlich aufgeräumtes Bad. Queriand ging in das zweite Zimmer. Das Doppelbett war aufgeschlagen, auf einer Kommode beim Fenster lagen zwei Zeitungen, daneben stand eine Ledertasche. Nicht einmal dieses Zimmer zeigte viele Spuren seines Bewohners, es erinnerte eher an ein Hotelzimmer, in dem ein Geschäftsmann auf Reisen sein Gepäck abgestellt hatte, um dann zu irgendeiner Sitzung zu eilen.

Im Bad waren die Wände mit Spiegeln bedeckt, und die

große ovale Wanne hatte eine Massagedüse. Auf der gläsernen Konsole stand zwischen Rasierschaum und Rasierer ein Flakon Rose de Manchester, der klassische Duft schlechthin.

Queriand schloß die Badezimmertür mit dem Gefühl, ein Schnüffler der schlimmsten Sorte zu sein. Doch er führte seine Erkundung fort und warf einen Blick ins Schlafzimmer, ohne sich allerdings entschließen zu können, die Schubladen zu öffnen. Er schimpfte sich selbst einen Idioten, mit einem halbleeren Päckchen aus dem Haus zu gehen, und am Ende kam er zu dem Schluß, daß Ogden ihm seine Indiskretion nicht übelnehmen werde. Außerdem würde ein Spion niemals kompromittierende Dinge herumliegen lassen. Queriand begann mit den Schubladen der Nachtschränkchen, doch sie waren trostlos leer; also ging er zur Kommode über, die aber nur Wäsche, Hemden und Pullover enthielt. Im Schrank fanden sich eine ganze Reihe ordentlich aufgehängter Anzüge.

»Bester Stoff und beste Schneider«, sagte Queriand und befühlte kennerhaft ein Jackett. Dann entdeckte er hinten im Schrank einen kleinen schwarzen Lederkoffer. In diesem Moment begriff er, daß all seine Hoffnungen sich mit einem Mal auf diesen Gegenstand richteten, den anzurühren er sich am meisten scheute. Während er sich bückte, um den Koffer herauszuholen, wurde ihm bewußt, daß es nicht nur die Suche nach Zigaretten war, was ihn dazu trieb, etwas zu tun, das er unter normalen Umständen für absolut ungehörig gehalten hätte. In Wahrheit wollte er mehr über diesen Mann wissen.

Mit einem Seufzen stellte er den Koffer aufs Bett und öffnete ihn. Als erstes sah er ein Päckchen Rothmans. Sofort zündete er sich eine an und sog gierig den Rauch ein, ohne dabei den Koffer aus den Augen zu lassen. Nur eine blaue Aktenmappe lag darin. Er öffnete sie. Sie enthielt ein Foto, eine perfekte Computergraphik. Ungläubig starrte Queriand es an. Es zeigte die Frau, die er in seinem Traum von der Albert Bridge gesehen hatte. Es gab keinen Zweifel, sie war es wirklich, vielleicht abstrakter, doch absolut wiedererkennbar. Erschüttert legte er das Foto zurück in die Mappe, klappte den Koffer zu, stellte ihn wieder in den Schrank und verließ eilig das Zimmer. Im Laufschritt brachte er die Treppe hinter sich, und als er im Wohnzimmer war, goß er sich zuerst etwas zu trinken ein, bevor er sich in einen Sessel fallen ließ und die Augen schloß. Er sah das Gesicht auf dem Foto wieder vor sich, identisch mit dem aus seinem Traum. Queriand hatte das Gefühl, daß irgend jemand oder irgend etwas auf schwindelerregende Weise in sein Leben eingriff und ihn zwang, ein Spiel mitzuspielen, dessen Regeln er nicht kannte. Alles geschah ungemein schnell, und er vermochte nicht zu erkennen, was es denn war, das ihn und all die anderen verband.

Ogden fuhr in aller Eile zum Haus von Serena Preston. Was Franz ihm von ihrem Telefonat mit Anita berichtet hatte, war für ihn erschreckend, weil er die Verbindung zu den Aussagen des Korsen erkannte. Leider war das Gespräch zwischen den beiden Frauen unterbrochen worden, und Serena Preston konnte Anita die Botschaft, die sie erhalten hatte, nicht zu Ende vorlesen. Als er vor dem kleinen Haus angekommen war, parkte er seinen Wagen hinter dem Audi.

Mit einem Gesicht, das nichts Gutes verhieß, kam Franz ihm entgegen.

»Was ist passiert?«

»Die Frau ist tot«, sagte Franz. »Erwürgt. Wir suchen noch nach der Botschaft, die sie aufgeschrieben hat, aber ich glaube nicht, daß wir sie finden. Ihr Mörder muß das Gespräch mitgehört haben, genauso wie wir. Wahrscheinlich hatten sie hier vor der Tür einen Wagen postiert, um das Telefon abzuhören. Nur so läßt sich erklären, daß sie derart schnell waren.«

»Hast du deinen Mann informiert?« fragte Ogden mit einem finsteren Gesicht.

»Ja, er macht mit Frau Dr. Moss eine Stadtrundfahrt, bis wir ihm grünes Licht geben.«

»Gut, dann bring mich hinein.«

Sie gingen ins Haus, und Franz brachte Ogden ins Wohnzimmer. Serena Preston lag auf dem Fußboden, nicht weit vom Telefon entfernt.

»Die Verbindung ist unterbrochen worden, weil jemand draußen die Leitung gekappt hat. Dann ist dieser Jemand ins Haus eingedrungen und über die arme Frau hergefallen«, sagte Franz und zeigte auf die Leiche.

Ogden ließ seinen Blick durch das Zimmer wandern: ein freundlich eingerichteter Raum mit vielen Pflanzen; der Mörder hatte eine Kentia-Palme umgestoßen, und aus dem Topf war Erde auf den blauen Teppichboden gefallen. Franz' Männer gingen mit ruhiger Professionalität vor. Sie mußten das Haus so durchsuchen, daß die Polizei keine Spuren von ihrer Aktion fand.

»Serena Preston hatte die Botschaft in ihrer Hand, als sie

ermordet wurde«, sagte Franz. »Ich verstehe nicht, warum dieser Hurensohn ein solches Chaos angerichtet hat...«

»Er wollte sicher sein, daß keine weiteren Notizen existieren. Die anderen Zimmer sind ebenfalls durchwühlt, nicht wahr?«

Franz nickte.

»Hat er Spuren hinterlassen?« fragte Ogden und wandte seinen Blick von der Frau auf dem Fußboden ab.

»Unsere Leute sind gerade dabei, das festzustellen.«

»Versuchen wir uns zu beeilen. Ich kann Anita nicht die ganze Nacht im Auto herumfahren lassen.«

»In ein paar Minuten sind wir soweit.«

Eine Viertelstunde später kam Anita Moss an. Als Ogden ihr im Flur entgegenging und ihr sagte, was geschehen war, sank sie auf einem Stuhl zusammen. Ogden brachte ihr etwas zu trinken, und sie nahm das Glas mit einem Nicken, ohne die Tränen abzuwischen, die ihr über das Gesicht strömten.

»Wer kann das gewesen sein?« fragte sie und sah ihn an.

»Die gleichen Leute, die dich und Queriand überfallen haben...«

Franz trat zu ihnen. »Wir haben das hier gefunden, es war im Telefon.«

Ogden nahm das kleine Ding und sah es ohne weiteres Interesse an. »Der gleiche Mist, den wir alle benutzen«, kommentierte er und gab Franz das winzige Mikrophon zurück, um sich wieder Anita zuzuwenden. »Kannst du schon darüber reden? Über die Botschaft, die Serena Preston empfangen hat, meine ich...«

Anita Moss nickte.

»Gut, dann erzähl mir alles, von Anfang an.«

Sie berichtete ihm von Serenas Träumen, die den Botschaften des Piloten vorausgegangen waren, und fügte hinzu, daß sie selbst bei ihrem Besuch am Abend die Blätter in der Hand gehabt habe, auf denen Serena Preston die erste Botschaft niedergeschrieben hatte.

»Wir haben nichts gefunden, keine Blätter, keine Schreibblocks, keine Notizen«, sagte Ogden. »Kannst du dich an irgend etwas erinnern?«

Anita konzentrierte sich. »In der ersten Botschaft sagte der Pilot, daß er zu einer Kunstfliegerstaffel gehört habe und bei einer Vorführung gestorben sei, zusammen mit anderen Kameraden. Doch er wollte nicht über sich sprechen; er sagte, er habe den Kontakt aufgenommen, weil er etwas über ein italienisches Zivilflugzeug wisse, das von einer Rakete abgeschossen worden sei, mit vielen Passagieren an Bord. Das ist, in Kurzfassung, der Inhalt der ersten Botschaft. Als ich heute abend gegangen bin, hat Serena mir versprochen, daß sie nicht versuchen würde, den Kontakt mit ihm von sich aus aufzunehmen. Doch er muß sie gerufen haben...«, schloß sie.

»Und das ist der Anfang der zweiten Botschaft an Serena«, sagte Ogden und sah in ein Notizbuch, das Franz ihm reichte. »Wir haben sie aufgenommen, als du den Anruf von Serena bekommen hast... ›Ich bin der Pilot‹«, las Ogden, »›nachdem das Flugzeug getroffen wurde, konnte es noch fast ganz intakt wassern und trieb stundenlang im Meer. Viele Passagiere waren noch am Leben und hofften auf Hilfe, die nicht kam. Dann erschienen die Froschmänner aus dem U-Boot...‹« Ogden sprach nicht weiter, klappte das Notizbuch zu und steckte es in die Tasche. »Das ist leider das Ende, für Serena Preston und für uns.«

Anita starrte traurig ins Leere.

»Soll ich Sir Quentin mitteilen, was geschehen ist?« fragte Ogden sie freundlich.

Anita Moss sah ihn an. »Dafür wäre ich dir sehr dankbar, im Augenblick fühle ich mich wirklich nicht dazu in der Lage…« Nach kurzer Überlegung fuhr sie fort: »Serena kannte Lupescu nicht. Ich glaube, sie wußte nicht einmal, daß es ihn überhaupt gab. Also ist sie wegen dieser Botschaften von irgend jemandem getötet worden…« Sie sah Ogden an, als erwarte sie von ihm eine Bestätigung.

Ogden antwortete nicht gleich. Er hatte nicht die Absicht, Anita seinen Verdacht mitzuteilen. Sonst wäre er gezwungen gewesen, von dem Korsen und von der im Hause Cornell empfangenen Botschaft zu sprechen, und das wollte er auf keinen Fall. Auch wenn die Schlußfolgerung, die Anita gezogen hatte, ganz offensichtlich die einzig mögliche war.

»Das scheint mir absurd…«, sagte er ausweichend.

»Doch wenn es so wäre«, beharrte Anita Moss, und ihre Stimme klang angestrengt, »würde es bedeuten, daß das, was der Pilot gesagt hat, die Wahrheit ist!«

»Wir wollen nicht übertreiben, Anita! Vermutlich wollte jemand Serena Preston aus einem Grund eliminieren, den wir noch nicht kennen, und hat die Telefonleitung genau in dem Augenblick gekappt, als sie mit dir sprach. Es kann purer Zufall sein…«

Obwohl er seine eigene Erklärung lächerlich fand, fuhr Ogden fort. »Was soll denn dieser Pilot gesagt haben? Daß ein Zivilflugzeug vor Jahren von einer Rakete abgeschossen worden ist. Und bis zu diesem Punkt ist das Zeitgeschichte – auch wenn die Ursache des Unglücks noch nicht offiziell festgestellt worden ist. Dann behauptet er, das Flugzeug habe wassern können, ohne auseinanderzubrechen, wobei viele Passagiere noch gelebt hätten, und daß niemand gekommen sei, sie zu retten. Und das scheint dann doch die Phantasterei eines Mediums. Denn das Flugzeug, um das es geht, ist am Himmel über dem Mittelmeer zerborsten, und bei der Explosion sind die Passagiere ums Leben gekommen. So sieht die Wirklichkeit aus.«

Anita Moss hob entschlossen den Kopf. »Serena hat nicht phantasiert«, protestierte sie. »Sie war eine Frau mit übersinnlichen Fähigkeiten! Außerdem wußte sie nichts von diesem Flugzeug. Wie hätte sie sich eine solche Geschichte ausdenken können? Und Serena hatte keine Feinde. Niemand hat ihr den Tod gewünscht.«

»Jetzt beruhige dich, Anita«, sagte Ogden freundlich und legte ihr eine Hand auf die Schulter. »Ich werde dich nach Hause bringen lassen. Hier gibt es nichts mehr zu tun. Du mußt dich ausruhen. Morgen gehst du nicht zur Arbeit ins Krankenhaus. Ich will, daß du die Wohnung nicht verläßt, bis ich mich bei dir melde. Einverstanden?«

Anita Moss nickte. »Aber wir müssen so schnell wie möglich mit Sir Quentin reden.«

»Das werde ich tun, mach dir keine Sorgen. Doch bis ich morgen zu dir komme, unternimm bitte nichts. Vertrau mir.«

Anita Moss sah ihn an, neigte dann den Kopf.

»Du glaubst auch nicht daran, daß es Zufall war, das weiß ich...«, sagte sie leise.

»Und deshalb mußt du mir vertrauen«, antwortete Ogden mit einem Lächeln. Dann ging er weg und rief Franz.

»Morgen früh fahre ich mit Queriand in die Brompton Road. Ich möchte, daß du, während wir dort sind, mit ein paar von deinen Männern in seine Wohnung gehst und sie überprüfst, vor allem die Bücherregale und die Bücher. Wahrscheinlich führt es zu nichts, doch macht eure Arbeit bitte sorgfältig. Du weißt, wonach du suchen mußt. Wenn du irgend etwas finden solltest, ruf mich gleich über Funk an. Jetzt bring Dr. Moss nach Hause. Ich rufe Sir Quentin an und melde ihm den Mord. Er wird die Sache mit der Polizei regeln.«

Queriand wurde auf der Couch im Wohnzimmer wach, geblendet von dem Licht, das durchs Fenster fiel. Er fühlte sich erschlagen, vor allem ärgerte er sich, daß er wie ein Stein geschlafen hatte, ohne die Rückkehr Ogdens zu bemerken. Der Agent hatte, als er nach Hause gekommen war, eine Decke über ihn gelegt, doch sich gehütet, ihn zu wecken.

Queriand stand auf, Rücken und Genick schmerzten ihn, er fühlte sich, als wäre er unter eine Dampfwalze gekommen. Das Haus war still, die Uhr auf dem Kamin schlug sieben. Wie es aussah, schlief Ogden noch. Queriand streckte und reckte sich, dann ging er hinauf ins Gästezimmer.

Er blieb lange unter der heißen Dusche, um seine Verspannungen zu lösen. Als er aus dem Bad kam, stand auf dem Nachttisch ein Tablett mit dem Frühstück. Er trank in aller Eile den Kaffee, zog sich wieder an und ging hinunter ins Wohnzimmer.

Ogden saß an dem kleinen Schreibtisch beim Fenster und

sah Papiere durch. Er war angezogen und schien schon seit einer Weile aufzusein.

»Guten Morgen«, begrüßte er Queriand, ohne hochzusehen.

»Guten Morgen. Ich dachte, Sie schliefen noch.«

»Ich habe wenig geschlafen; ich bin spät heimgekommen. Aber Sie haben wohl die ganze Nacht auf dieser Couch zugebracht.« Er wandte sich um und sah ihn belustigt an: »Das war aber nicht nötig...«

»Dafür wirken Sie frisch wie eine Rose. Sie haben offenbar einen angenehmen Abend verbracht...«

Queriand bemerkte gleich, daß er etwas Dummes gesagt hatte. Ogden schüttelte den Kopf.

»Wir gehen heute in die Brompton Road, in die Wohnung Ihres Freundes, um etwas zu suchen«, sagte Ogden. »Ich weiß nicht, was – aber inzwischen ist in dieser Geschichte sowieso alles verrückt. Zuerst möchte ich aber, daß Sie mir aufmerksam zuhören.« Er legte eine Pause ein, als wäre er unsicher. »Heute nacht ist eine Frau umgebracht worden, die Anita Moss kannte.«

Queriand wollte etwas sagen, doch Ogden gab ihm ein Zeichen, vorerst ruhig zu sein. »Wir werden die Überwachung zum Schutz aller Beteiligten noch einmal verstärken, doch es ist äußerst wichtig, daß Sie sich sehr vorsichtig verhalten.«

»Wer ist ermordet worden?« fragte Queriand bestürzt.

»Das ist nicht wichtig. Die Person hatte keinerlei Beziehung zu Ihnen. Ich hätte es Ihnen gar nicht erzählen müssen, aber unter den gegebenen Umständen ist es wohl besser, daß Sie wissen...«

»Das glaube ich auch«, platzte Queriand heraus. »Sie sagen, diese Frau hatte keinerlei Beziehung zu mir. Aber wie können Sie das wissen, wenn ich so etwas offenbar nicht einmal selbst weiß!« Erregt ging er im Zimmer auf und ab.

Ogden sah ihn verwundert an. »Wovon reden Sie?«

Queriand blieb vor ihm stehen. Nun, da er beichten mußte, Ogdens Koffer geöffnet zu haben, gewann die Verlegenheit die Oberhand.

»Also?« beharrte Ogden.

»Gestern abend sind mir die Zigaretten ausgegangen. Wie Sie sicher bemerkt haben, bin ich ein starker Raucher, also...« Er zögerte und sprach nicht weiter.

»Sie haben meinen Koffer geöffnet«, kam Ogden ihm zuvor.

Der Schriftsteller war sprachlos, dann nickte er. Es war ihm zutiefst peinlich.

»Sie haben es bemerkt...«

»Bei meinem Beruf wäre es schlimm, wenn ich nicht bemerken würde, daß jemand mein Zimmer durchsucht hat. Nun?«

»Wer ist die Frau auf dem Foto?« fragte Queriand schließlich.

Ogdens Blick erinnerte Queriand an die offene, kalte Gleichgültigkeit einer Raubkatze vor dem Angriff.

»Warum wollen Sie das wissen?«

Queriand wandte den Blick ab. »Ich will es deshalb wissen, weil ich vor ein paar Tagen nachts von dieser Frau geträumt habe. Ich war auf der Albert Bridge, und Lupescu kam mir entgegen. Dann waren Sie, Ogden, plötzlich an seiner Stelle, zusammen mit dieser Frau, die mich ansah, als wollte sie mir etwas sagen. Sie dagegen starrten vor sich hin, als ständen Sie unter Drogen...«

Ogden betrachtete ihn aufmerksam und fragte sich, wie Queriand von einer Frau träumen konnte, die er niemals gesehen hatte.

»Es ist nicht wichtig, daß Sie wissen, wer sie war«, entgegnete er leise. »Wir sollten uns lieber mit der Möglichkeit beschäftigen, daß Sie vielleicht übersinnliche Fähigkeiten haben«, fügte er müde hinzu.

Queriand ging nicht darauf ein. »Sie ist tot, nicht wahr?« fragte er, obwohl er die Antwort schon kannte.

»Ja.«

»Wie hieß sie?«

Es vergingen einige Sekunden. Ogdens Gesichtsausdruck blieb distanziert, so, als sprächen sie über etwas, das sehr weit zurücklag und nicht mehr schmerzte.

Queriand hatte sich schon fast damit abgefunden, keine Antwort zu erhalten, als Ogden doch noch sprach.

»Sie hieß Veronica. Oder Alma, wenn Ihnen das lieber ist«, brachte er mit Mühe heraus.

Als sie in der Brompton Road waren, in der Wohnung, die Lupescu gehört hatte, öffnete Queriand als erstes die Fensterläden. Es roch muffig, deshalb ließ er die Fenster ein paar Minuten lang weit offenstehen, obwohl der Morgen außergewöhnlich kalt war. Mit einem Mal fühlte er sich sehr niedergeschlagen. Es erschütterte ihn, die Zimmer zu sehen, in denen Ioan gelebt hatte, seinen Schreibtisch, seine Bücher, die anderen Dinge. Eine Weile blieb sein Blick auf den Tisch gerichtet – das ordentlich gestapelte Papier, ein paar Bücher auf einer Seite, das Bierglas, in das Ioan seine Schreibgeräte steckte, das zusammengeklappte Notebook –, und er empfand ein Gefühl der Rührung. Ogden kam näher und legte ihm eine Hand auf den Arm.

»Ich weiß, es muß schmerzhaft für Sie sein.«

»Ja, sehr. Doch das Leben geht weiter, wie die Dummköpfe sagen«, murmelte Queriand und gab sich einen Ruck. »Wo wollen wir anfangen?«

Ogden machte eine ratlose Geste. »Wenn Sie an Lupescus Stelle gewesen wären, wo hätten Sie dann etwas Kleines, aber sehr Wichtiges versteckt, das man Ihnen anvertraut hat? Die Überlegung ist natürlich hinfällig, falls die Diskette bei ihm versteckt worden ist, ohne daß er etwas davon wußte…«

»So ist es«, meinte Queriand, ging erneut an den Schreibtisch und nahm den Telefonhörer ab.

»Einmal habe ich versucht, ihn anzurufen, wissen Sie? Als Ioan erst kurze Zeit tot war. Ich weiß nicht, warum ich es getan habe, ich war mir der Absurdität bewußt. Und während ich wie ein Idiot mit dem Hörer in der Hand dastand und mir natürlich klar war, daß sich niemand melden würde, konnte ich nicht anders, als mir vorzustellen, wie das Läuten in diesen Räumen widerhallte. Ich wünschte mir so sehr, daß Ioan abnehmen würde, daß ich mich nicht gewundert hätte, wenn es geschehen wäre…«

»Sie haben immerhin das Glück zu glauben, daß der Tod nicht existiert. Für Sie hat Lupescu nur deshalb nicht geantwortet, weil er woanders war«, sagte Ogden, während er eine Sammlung von Jadefiguren in der Vitrine betrachtete.

»Ja, das stimmt. Doch ganz egoistisch betrachtet, ist es

für uns, die Zurückgebliebenen, nebensächlich, ob die Toten noch irgendwo leben. Denn wir können sie nicht mehr bei uns haben und uns an ihrer Gesellschaft freuen, zumindest nicht, solange wir selbst hierbleiben. Also ist es für alle gleich schwer, ob man nun an ein Jenseits glaubt oder nicht.«

»So sieht es aus«, gab Ogden zu. »Doch es heißt ja, wenn man jemanden liebt, darf man nicht egoistisch sein. Also müßte es dem, der an ein Jenseits glaubt, genügen zu wissen, daß es den Toten gutgeht, an einem anderen Ort, auch ohne uns. Aber so ist es nicht, denn der Verlust eines Menschen, den wir lieben, ist immer unerträglich. Egal, ob er gestorben ist oder ob er einen anderen vorgezogen hat.«

Queriand schüttelte den Kopf. »Ich bin Egoist, und ich glaube auch, daß ich mich niemals damit abfinden kann...«

Ogden lächelte. »Machen wir uns an die Arbeit, Queriand. Es werden noch mehr Leute frühzeitig ins Jenseits geschickt, wenn es uns nicht gelingt, Licht in diese Geschichte zu bringen. Falls das überhaupt möglich ist«, setzte er ernst hinzu.

Queriand öffnete und schloß mit wenig Überzeugung die Schreibtischschubladen.

»Wir müssen nachdenken«, sagte er. »Es hat keinen Sinn, aufs Geratewohl zu suchen. Ioan hat gesagt, die Antwort ist in einem Buch, in Ordnung. Aber ich glaube nicht, daß er uns mit seiner Bibliothek, die mehr als dreitausend Bände umfaßt, zur Verzweiflung bringen will; wo wir ja nicht einmal wissen, welches Buch wir suchen.«

»Haben Sie irgendeine Idee?«

»Nein, höchstens daß...« Queriand sprang plötzlich auf, ging zum Bücherregal und begann zu suchen.

»Was ist Ihnen eingefallen?«

»Das Buch! Ich muß Ioans Buch finden«, antwortete er und sah ein Fach nach dem anderen durch.

»Welches?«

Queriand drehte sich um. »Das Buch, das mir aus meinem Regal vor die Füße gefallen ist...«

Ogden nickte. »Dann sind Sie also davon überzeugt, daß es ein Hinweis gewesen ist...«

»Wieso nicht?« meinte der Schriftsteller. »Der Versuch kostet jedenfalls nichts. Das Problem ist, daß Ioan die schlechte Angewohnheit hatte, seine eigenen Bücher mehr oder weniger zu verstecken. Aber irgendwo muß er sie ja hingestellt haben. Wir werden sie schon finden.«

Sie suchten in jedem Zimmer, und die Suche wurde durch den Umstand erschwert, daß es überall Bücher gab, selbst in der Küche. Das Schlafzimmer ließen sie bis zuletzt. Auch dort nahm ein Bücherregal eine ganze Wand ein. Der Schriftsteller ging es von der linken Seite her an, Ogden von der rechten.

»Da ist es!« rief Queriand triumphierend aus. Er hielt ein Buch hoch und zeigte es Ogden. »Typisch für Ioan, sein eigenes Buch irgendwo hinzustellen, wo man es möglichst nicht sieht...«

Ogden trat zu ihm hin. »Na los, blättern Sie es durch«, sagte er.

Verwundert sah Queriand ihn an. »Wollen Sie das nicht tun?«

»Nein, Sie sind der Experte. Nur zu...«

Queriand schlug das Buch auf, blätterte darin und schüttelte es. Doch es schien nichts zwischen den Seiten zu sein.

»Nichts, da ist nichts«, sagte er enttäuscht.

»Das habe ich mir gedacht. Wenn etwas dagewesen wäre, dann hätte man es schon gefunden.«

»Und jetzt?« Queriand machte ein finsteres Gesicht. »Wir können von vorne anfangen und die Bücher eines nach dem anderen durchsehen. Das dauert länger als eine Woche.«

»Sie sollten sich die Bücher vor die Füße fliegen lassen, wie bei Ihnen daheim ...«, versuchte Ogden zu scherzen, um die Situation zu entspannen.

»Einen Augenblick«, sagte Queriand nachdenklich. »Dieses Buch hatte einen Schuber aus leinenbezogenem Karton, daran erinnere ich mich sehr genau. Aber sicher«, er schlug sich mit der flachen Hand an die Stirn, »Ioans letztes Buch ist in einer Luxusausgabe gedruckt worden. Und der Schuber fehlt!« Er warf Ogden einen triumphierenden Blick zu.

Der Agent sagte nichts und wartete auf weitere Erklärungen.

»Ioan warf Schuber normalerweise weg, wie ich auch«, fuhr Queriand fort. »Oder er benutzte sie als Zettelkästen, um Telefonrechnungen oder so etwas hineinzustecken. Mit dem Schuber seines Buchs wird er das gleiche getan haben. Deshalb müssen wir nachsehen, wo er Kontoauszüge, Rechnungen und ähnlichen Papierkram aufbewahrt hat. Lassen Sie uns mit den Schubladenschränken im Arbeitszimmer anfangen ...«

Erst nach einer Stunde erfolglosen Suchens kamen sie zu der Abstellkammer im Flur. Sie öffneten sie und sahen sich Schachteln voll mit alter Korrespondenz, Zeitschriften und

Manuskripten gegenüber, und im Fach weiter oben fand sich tatsächlich eine Reihe von Schubern verschiedener Größe und Farbe.

Im matten Licht des einzigen Lämpchens, das von der Decke baumelte, begann Queriand hastig zu suchen.

»Da ist er!« rief er fast augenblicklich aus und wandte sich Ogden zu. »Gehen wir dort hinüber, hier kann man nichts sehen.«

Er stellte den Schuber auf den Schreibtisch im Arbeitszimmer. Es waren nicht viele Papiere darin, die meisten davon Belege von Restaurants, ein paar Abrechnungen von American Express und eine ganze Reihe Strafzettel. Queriand fing an, sie durchzusehen, als Ogden ihn unterbrach.

»Das führt zu nichts, diese Papiere zu überprüfen. Geben Sie mir den Schuber.«

Queriand reichte ihn Ogden, der ihn zunächst ganz ausleerte und ihn dann auseinanderbrach. Die Innenseite der beiden Stücke tastete er mit den Fingerspitzen ab und nickte zufrieden. Er nahm ein Taschenmesser vom Schreibtisch und schnitt einen der Kartons kreisförmig auf. Queriand sah verständnislos zu und sagte nichts. Doch als Ogden fertig war, hielt er etwas in der Hand, das wie eine CD aussah, und Queriand begriff, wo es gesteckt hatte und warum es der zweimaligen Hausdurchsuchung entgangen war.

»Genial!« sagte er. »Aber es ist nicht das, was wir gesucht haben. Das sieht aus wie eine CD.«

Ogden nickte und steckte sie in die Tasche. »Dieser Schuber ist mindestens zweimal kontrolliert worden, doch keinem ist in den Sinn gekommen, die Innenseite abzutasten, wo die CD unter einem Klebepapier lag, das über den Karton gezogen war«, sagte er.

»Wer hat sich denn all das ausgedacht? Ioan?« fragte Queriand.

»Ich glaube nicht, daß Ihr Freund wußte, daß er diese CD hatte. Als Monteanu getötet wurde, fanden wir in seiner Wohnung das letzte Buch Lupescus mit einer Widmung. Wahrscheinlich hatte Monteanu den Professor mit einem eigens gekauften Exemplar aufgesucht und ihn gebeten, ihm etwas hineinzuschreiben. Doch als er ging, tat er so, als hätte er den Schuber vergessen, in dem er die CD-ROM versteckt hatte. Lupescu benutzte dann den Schuber, wie es seine Gewohnheit war, und machte daraus einen Zettelkasten für die Buchhaltung.«

»Monteanu ging aber doch ein Risiko ein. Ioan hätte den Schuber in den Mülleimer werfen können, auf Nimmerwiedersehen...«, wandte Queriand ein.

»Das Risiko war minimal, weil Monteanu diese Gewohnheit Lupescus kannte, wie Sie ja auch. Ich glaube, ein Autor wirft nichts von seinem Buch weg, und wenn es sich nur um einen Schuber handelt. Das muß auch Monteanu gedacht haben, und zu Recht.«

»Ohne die Hinweise Ioans – das fliegende Buch inbegriffen – wären wir nie darauf gekommen...«

»Vermutlich nicht.« Ogden sammelte die Reste des aufgeschlitzten Schubers ein und steckte sie in einen Umschlag. »Das hier nehmen wir mit. Es ist besser, keine Spuren zu hinterlassen. Und jetzt beeilen wir uns«, sagte er und wandte sich zum Ausgang.

»Ioan hat sich bisher als verläßlich erwiesen«, meinte Queriand und folgte ihm. »Hoffen wir, daß er übertrieben hat, als er sagte, daß wir in Gefahr sein würden, wenn wir das Buch erst gefunden hätten...«

»Darauf würde ich mich nicht unbedingt verlassen«, murmelte Ogden und schloß die Wohnungstür.

Nachdem sie Lupescus Wohnung verlassen hatten, machten sie in einem Pub in Chelsea halt, um etwas zu essen. Vom Tisch aus rief Ogden Franz an, um ihm zu sagen, er solle die Durchsuchung im Haus des Schriftstellers abbrechen.

»Ich wollte dich auch gerade anrufen«, sagte Franz, »wir haben eine Wanze gefunden.«

»Wie ist das möglich? Seit deine Leute das Haus gesäubert haben, ist es doch ununterbrochen observiert worden...«

»Das stimmt. Eine von Queriands Freundinnen muß das Ding gestern mitgebracht haben, und dein Schriftsteller hat vergessen, uns zu sagen, daß er ein Geschenk bekommen hat.«

»Was denn?«

»Es ist eine kleine Sanduhr, die noch nicht da war, als wir das Haus zum ersten Mal ohne Queriands Wissen gesäubert haben.«

»Ich will doch hoffen, daß ihr sie nicht angefaßt habt...«

Franz lachte. »Du kannst ganz beruhigt sein, ich habe mich gehütet, sie anzurühren, und meine Leute rechtzeitig gewarnt. Sie haben so getan, als ob nichts wäre. Wer uns belauscht hat, der hat nur mitbekommen, daß wir irgend etwas in den Büchern gesucht haben, und meint jetzt, daß er noch mal Glück gehabt hat... Ich spreche natürlich aus dem Erdgeschoß mit dir.«

»Sehr gut. Wir kommen sofort; bleib da, wo du bist.«

»Ist irgend etwas passiert?« fragte Queriand, der vergeblich versucht hatte, den Sinn von Ogdens Antworten zu erfassen.

»Ja. Essen Sie auf. Wir müssen zu Ihnen nach Hause.«

»Ich habe den Eindruck, Sie sind irgendwie wütend auf mich...«, versuchte Queriand möglichst ungezwungen zu sagen.

»Eine Ihrer Geliebten hat Ihnen gestern ein Geschenk gemacht. Leider ist es ein als Sanduhr getarntes Mikrofon mit Sender. Bleibt noch festzustellen, welche der beiden Damen es gewesen ist, die gelenkige Carol oder die sanfte Nina, und vor allem, warum zum Teufel Sie es mir nicht gesagt haben.«

Queriand erinnerte sich an das Päckchen auf seinem Schreibtisch und die dazugehörige Karte.

»Es war Carol«, sagte er halblaut.

»Die müssen gleich gemerkt haben, daß Sie von jemandem gedeckt werden«, sagte Ogden. »Beschützt«, erklärte er, als Antwort auf Queriands fragenden Blick. »Da sie Profis sind, wissen sie, daß in diesem Fall die Umgebung gesäubert wird, also waren sie sicher, daß wir uns Ihr Haus schon vorgenommen hatten, und meinten, kein Risiko mehr einzugehen, wenn sie dort etwas plazierten. Aber wir haben wegen Lupescus Botschaft die Operation nach sehr kurzer Zeit wiederholt, die Sanduhr gefunden und Ihre liebreizende Agentin enttarnt.«

»O Gott!« murmelte Queriand und sah Ogden mit schuldbewußter Miene an.

Ogden nickte. »Ich hatte Sie gebeten, mich über alles auf dem laufenden zu halten, doch Sie waren zu sehr damit beschäftigt, sich verführen zu lassen. Ich glaube, Nina hat recht, Sie sollten wählerischer sein.«

Queriand riß die Augen auf. »Sie haben meine Unterhaltung mit Nina belauscht. Und... alles übrige? Dann wird nicht nur mein Telefon abgehört, sondern das ganze Haus! Das ist doch nicht möglich...«, rief er erregt aus.

»Tut mir leid, aber das war unumgänglich«, sagte Ogden.

Queriand breitete die Arme aus. »Okay, ich habe mich wie ein Trottel verhalten. Aber ich bin es nicht gewöhnt, wie Sie zu denken, nämlich daß jeder in Wahrheit jemand anderes ist.«

»Ach nein? Dann sind Sie aber ein naiver Schriftsteller, und dieses Abenteuer kann Ihre Bücher nur besser machen.«

Queriand vollführte eine kapitulierende Geste. »In Ordnung, aber jetzt hören Sie bitte auf, Sie haben mich genug malträtiert.«

Ogden schüttelte den Kopf. »Jemand wird Sie tatsächlich malträtieren, wenn Sie nicht aufwachen. Von jetzt an tun Sie, was ich Ihnen sage. Habe ich mich klar ausgedrückt?«

Queriand nickte, doch er dachte schon über etwas anderes nach.

»Carol hätte das Mikrofon an einer beliebigen Stelle anbringen können, ohne es in diesem Ding verstecken zu müssen«, sagte er verwundert. »Es bestand keine Notwendigkeit, mir ein Geschenk mitzubringen, das sie enttarnt, sobald man die Wanze darin findet...«

»Nein, die haben das einzig Mögliche getan. Die Sache

mußte schnell erledigt werden. Carol hat keinen freien Zugang zu Ihrem Haus, deshalb ging es nicht anders.«

Queriand schüttelte den Kopf. »Sie hätte irgendwo ein Mikrofon verstecken können, als ich aus dem Arbeitszimmer gegangen bin, um Linda wegzuschicken.«

»Offen gesagt, Queriand, wäre es nicht einmal mir in den Sinn gekommen, daß Sie die Haushälterin nach Hause schicken, bevor Sie mit dem Mädchen ins Bett gehen. Nein, Carol dachte nicht, daß Sie sie im Arbeitszimmer allein lassen. Jedenfalls konnte sie das Risiko nicht eingehen, also war die Idee mit dem Geschenk ausgezeichnet. Sicher hat sie sich darüber geärgert, daß sie die Möglichkeit, die Sanduhr auseinanderzunehmen und die Wanze an einem sicheren Ort zu verstecken, nicht nutzen konnte. Vermutlich ist sie dazu nicht in der Lage. Um diese Dinger zu handhaben und so anzubringen, daß sie funktionieren, braucht man eine gewisse Erfahrung.«

»Jetzt haben die erfahren, daß ich auch über die ganze Geschichte Bescheid weiß«, sagte Queriand besorgt.

»Allerdings«, meinte Ogden. »Und als ob das noch nicht genug wäre, haben wir gestern in Ihrem Arbeitszimmer auch über Anita Moss gesprochen und auf ihre Zugehörigkeit zum Secret Service angespielt. Das einzig Positive an der Sache ist, daß diese Leute nach dem Mord an Lupescu seine Wohnung sehr genau unter die Lupe genommen haben, ohne etwas zu finden. Diesem Umstand verdanken wir, daß sie uns heute nicht gefolgt sind, obwohl sie mitgehört haben, daß wir die Absicht hatten, dort hinzugehen. Leider haben wir aber auch gesagt, daß Lupescu uns neue Hinweise gegeben hat, erinnern Sie sich?«

Queriand nickte. »Da diese Leute nicht wie wir geneigt sind, an irgend etwas Spiritistisches zu glauben, werden sie jetzt denken, daß ich eine konkrete Nachricht erhalten hätte. Was weiß ich, einen Brief zum Beispiel, der erst jetzt von irgendeinem, der den Auftrag dazu hatte, abgeschickt worden ist...«

»Das ist möglich«, stimmte Ogden zu. »Jedenfalls werde ich mir später die Aufnahme anhören, die Franz gestern in Ihrem Haus gemacht hat. Dann wissen wir ganz genau, was wir gesagt und was die anderen durch diese verdammte Sanduhr erfahren haben.«

»Ich kann es noch immer nicht begreifen, daß alles, was in meinem Haus geschieht, von denen, aber auch von Ihren Leuten aufgenommen wird...«, sagte Queriand kleinlaut.

»Daß wir es auch auf Band haben, wird uns helfen, den Schaden, den Sie durch das Verschweigen dieses Geschenks angerichtet haben, zum Teil wiedergutzumachen. In jedem Fall«, fügte Ogden hinzu, »sind wir gegenüber der Konkurrenz im Vorteil. Wir haben überall im Haus Wanzen plazieren können, außer in den Bädern und in der Küche...« schloß Ogden amüsiert.

»Sehr peinlich...«, murmelte Queriand und dachte an seine Begegnung mit Carol auf der Couch im Arbeitszimmer und an den Streit mit Nina gleich danach.

Ogden lächelte. »Da pflichte ich Ihnen bei. Aber besser, Sie sind verlegen als tot. Gehen wir, Franz wartet auf uns.«

Nina kam müde und mit Kopfschmerzen aus der Werbeagentur. Doch vor allem war sie entnervt, denn ihr war nicht der Hauch einer Idee für das neue Produkt gekommen, das man ihr anvertraut hatte. Sie wußte, daß es zwecklos war, sich jetzt darauf zu versteifen, deshalb hatte sie beschlossen, früher zu gehen und nicht mehr an die Arbeit zu denken, wenigstens bis zum nächsten Tag. Sie würde nach Hause fahren und versuchen, einen angenehmen Abend zu verbringen.

Das wünschte sie sich wenigstens, aber sie wußte, es würde nicht leicht sein: Jedesmal, wenn das Telefon läutete, würde sie in der Hoffnung abnehmen, daß es Michael sein könnte.

Sie stieg in ihren Midget und fädelte sich in den chaotischen Verkehr ein. Zum Glück wohnte sie nicht weit von der Agentur und brauchte nicht lange, bis sie zu Hause war. In ihrem Appartement warf sie gleich die Aktentasche auf die Couch, zog die Schuhe aus und machte sich einen Drink. Da sie allein lebte, konnte sie in der Wohnung herumliegen lassen, was sie wollte, ohne sich darum kümmern zu müssen, für jemand anderen Ordnung zu halten. Eigentlich war Nina überordentlich, fast penibel, doch in Momenten wie diesem gefiel es ihr, die Freiheiten eines Singles voll auszukosten.

Ihre Katze kam ihr schnurrend entgegen. Nina nahm sie auf den Arm und rieb ihr Gesicht an dem weichen Fell. Dieser zärtliche Kontakt mit dem Tier machte sie mit einem Mal traurig.

Wütend wischte sie sich die Tränen ab, ließ die Katze wieder herunter und ging in die Küche, wo sie den Napf mit Katzenfutter füllte und auf den Fußboden stellte.

»Ich möchte eine Katze sein«, sagte sie mit lauter Stimme, als sie ins Bad ging und Wasser in die Wanne laufen ließ. Während sie sich im Schlafzimmer auszog, dachte sie an die letzte Séance und fragte sich, was Queriand in seinen Büchern geschrieben haben mochte, daß jemand so wütend auf ihn war und ihm etwas antun wollte. Doch damit hatte sie nun nichts mehr zu tun, sagte sie sich; er hatte beschlossen, sie von seinem Leben fernzuhalten: Sollte er doch sehen, wie er allein damit fertig wurde.

Das Telefon läutete, und Nina nahm lustlos ab, weil sie sich sicher war, daß es nur Max sein konnte. Noch am Abend der Séance hatte sie ihre Beziehung mit dem Arzt abgebrochen und dabei die übliche Ausrede benutzt: Sie wolle allein sein, um sich über ihre Gefühle klarzuwerden.

Doch es war weder Max noch Queriand. Vielmehr meldete sich die freundliche Stimme des Journalisten Gomez.

»Wie geht es dir, Nina?«

»Sehr gut, danke. Habt ihr die Sitzung bei den Cornells verschoben?«

»Nein, das Programm ist unverändert. Ich rufe dich an, um dich für heute abend zu einem Essen bei Freunden einzuladen. Nette Leute, das übliche Ambiente, Schriftsteller, Journalisten, ein paar Maler. Einfach nur, um ein bißchen rauszukommen…«

»Ich weiß nicht, Gomez, ich bin nicht in der richtigen Stimmung. Ich wäre keine angenehme Gesellschaft…«

»Aber ich bitte dich!« protestierte der Journalist. »Du wärst, selbst wenn du Zahnschmerzen hättest, eine angenehme Gesellschaft. Mein liebes Mädchen, laß dir von einem alten Mann sagen: In trübsinnigen Momenten muß man sich unbedingt zerstreuen. Nur Mut, ich verspreche dir, ich werde dich nicht langweilen.«

»In Ordnung, du hast mich überzeugt. Wo treffen wir uns?«

»Kann ich um acht vorbeikommen und dich abholen?«

»Einverstanden, Gomez. Und vielen Dank.«

Nina legte auf, schob eine Kassette von David Byrne in ihren Recorder, tauchte in ihr Bad ein und versuchte sich zu entspannen, indem sie ihre Gedanken an Michael verjagte.

Als sie bei Queriand zu Hause ankamen, trafen sie dort nur auf Franz, der den Schriftsteller mit wenig Sympathie ansah, aber dennoch lächelte, als er ihm die Hand gab.

»Wenn Sie im Arbeitszimmer sind, seien Sie vorsichtig, besonders am Telefon. Das Mikrofon, das die anderen plaziert haben, ist in Funktion«, warnte er ihn.

Queriand nickte. »Wie lange muß ich das ertragen, daß diese Scheißkerle alles mithören? Bei euch ist das etwas anderes, ihr gehört ja jetzt zur Familie...«, meinte er sarkastisch.

»Wenigstens bis zum Ende dieser Geschichte«, antwortete Ogden.

»Dann werde ich im Arbeitszimmer meiner Mutter im Erdgeschoß schreiben«, kündigte Queriand an.

»Nein, Sie benutzen weiter das Arbeitszimmer in der Mansarde. Ich will nicht, daß die anderen bemerken, daß sie entdeckt worden sind.«

»Aber...«, versuchte der Schriftsteller zu protestieren.

»Lassen Sie uns ins Wohnzimmer gehen, das sollte man nicht auf dem Flur besprechen, wir haben noch ein paar Dinge zu regeln«, sagte Ogden kurz angebunden.

Im Wohnzimmer ging Queriand an die Hausbar, nahm drei Gläser und wandte sich den beiden anderen zu.

»Ich brauche einen Whisky, denn ich habe das Gefühl, was Sie mir zu sagen haben, ist nicht angenehm. Was möchten Sie?«

»Das gleiche.« Ogden sah Franz an, und dieser nickte.

Queriand servierte die Drinks und setzte sich dann auf die Armlehne eines Sessels neben Ogden.

»Natürlich werden wir uns benehmen, als hätten wir nichts bemerkt«, sagte der Agent. »Sie, Queriand, benutzen ihr Arbeitszimmer oben. Franz wird Ihnen erklären, welche Vorsichtsmaßnahmen zu ergreifen sind, doch Sie ändern Ihre Gewohnheiten in keiner Weise.«

»Heißt das, daß ich so tun muß, als wüßte ich nicht, daß Carol eine Spionin ist?«

»Genau. Sie müssen sie sogar weiterhin treffen...«

»Vergessen Sie es«, sagte Queriand mit Entschiedenheit.

Ogden antwortete nicht gleich. Er steckte sich eine Zigarette an und warf ihm dann einen kalten Blick zu. »Mit Ihrer Unvorsichtigkeit haben Sie nicht nur sich selbst, sondern auch andere in Gefahr gebracht, einschließlich Anita Moss, die außerdem als Agentin ausgedient hat. Soll ich fortfahren?«

Queriand seufzte und nahm seinen Kopf in die Hände. »Okay, okay! Sagen Sie mir, was ich tun soll.«

»Sie tun das, was ich Ihnen von Fall zu Fall sage. Wenn Carol Sie sehen will, akzeptieren Sie, aber nur hier, in Ihrem Haus. Wenn Sie sie treffen, werden wir die Überwachung verstärken, so daß wir sofort eingreifen können, falls es nötig sein sollte...«

»Das sind ja erregende Aussichten! Aber wenn ich eine potentielle Mörderin vögle, bin ich vielleicht nicht so gut, und das könnte sie mißtrauisch machen. Haben Sie daran nicht gedacht?«

Ogden lächelte. »Das werden Sie schon schaffen. Und was die Wanze im Arbeitszimmer angeht: Wenn wir diesen Leuten etwas mitteilen möchten, besprechen wir es oben. Das ist im Moment alles. Falls es Neuigkeiten gibt, und mit Neuigkeiten meine ich einfach alles, auch das Banalste, informieren Sie mich sofort. Ansonsten wird immer einer von Franz' Männern in Ihrer Nähe sein, doch versuchen Sie, möglichst wenig aus dem Haus zu gehen. Diese Geschichte wird nicht ewig dauern, man muß einfach noch ein bißchen Geduld haben.«

»Ist das eine Anspielung auf das, was wir in der Brompton Road gefunden haben?«

Ogden nickte, erhob sich aus dem Sessel und gab Franz ein Zeichen, ihm zu folgen.

»Ich denke, Carol wird sich bald melden, und dann sage ich Ihnen, was zu tun ist. Sie haben Eindruck auf sie gemacht, Queriand, und das kann für uns von Nutzen sein.«

»Machen Sie Witze? Sie ist bestimmt nicht wegen meiner schönen Augen mit mir ins Bett gegangen...«, sagte Queriand.

»Mag sein. Aber als sie gestern aus dem Haus kam, war sie genauso wütend wie Nina, die ja schließlich in Sie verliebt ist. Ich frage mich, was Sie mit den Frauen machen...«

Bevor er ging, warf Ogden dem Schriftsteller einen freundlichen Blick zu.

»Ich weiß, daß wir viel von Ihnen verlangen, aber es geht nicht anders. Das verstehen Sie doch, oder?«

»Ja sicher. Ich werde schon zurechtkommen.«

»Gut. Ich rufe Sie heute abend an«, sagte er im Hinausgehen. Franz folgte ihm und beschränkte seinen Gruß auf ein Kopfnicken.

»Diese verdammte Sanduhr war unnötig«, sagte Franz, als sie hinunter in den Keller des Hauses am Markham Square gingen.

Ogden nickte. »Wegen des Gesprächs zwischen Queriand und mir denken die anderen jetzt wahrscheinlich, daß wir eine postume Botschaft von Lupescu erhalten haben, die uns dazu gebracht hat, die Wohnung des Professors noch einmal zu durchsuchen. Sie haben natürlich recht, doch sie wissen nicht, daß wir diese Botschaft einer spiritistischen Sitzung und einem fliegenden Buch verdanken«, sagte Ogden und öffnete die Tür zum Kellerraum.

»Was?« rief Franz ungläubig aus.

»Vergiß es, wichtig ist, daß wir die CD-ROM haben. Die anderen können im Augenblick nicht wissen, daß wir in der Brompton Road etwas gefunden haben, das gibt uns einen kleinen Vorsprung. Diese Geschichte geht dem Ende zu, es sollte nicht noch mehr Tote geben.

Franz nickte. »Wir mußten noch nie so viele Leute schützen wie bei dieser Mission. Das ist immer lästig, doch diesmal sind es wirklich zu viele.«

Ogden ging zum Tisch, auf dem ein Computer stand, setzte sich hin, legte die CD-ROM ein und wandte sich dann zu Franz um, der hinter ihm stand.

»Ich habe schon eine leise Ahnung, was ich da zu sehen bekomme«, sagte er und zeigte auf den Bildschirm, »und das gefällt mir überhaupt nicht.« Er sah Franz freundschaftlich an. »Mir ist es lieber, wenn du das nicht siehst, jedenfalls im Moment nicht.«

Franz wollte protestieren, doch Ogden wehrte mit einer Handbewegung ab.

»Wir haben über Jahre zusammengearbeitet, und du bist der einzige Mensch, dem ich vertraue, das weißt du. Aber ich will das Risiko, das die Kenntnis dieses Dokuments mit sich bringt, allein eingehen. Außerdem wärest du sonst in einer heiklen Situation gegenüber dem Dienst, falls ich Entscheidungen gegen Casparius treffen sollte.«

Immer besorgter sah Franz ihn an. »Wieso bist du so sicher, daß der Inhalt der CD derart heikel ist? Schlimmer als in Wien kann es doch kaum werden…«

»In Wien habe ich zum Schluß das getan, was der Dienst von mir erwartete. Aber diesmal ist es möglich, daß ich tue, was ich für richtig halte, unabhängig von dem, was Casparius wünscht oder was die Interessen des Dienstes sind. Also will ich, daß die Verantwortung nur bei mir liegt, wenn sich die Sache wirklich so entwickeln sollte.«

Ogden sah Franz eine Weile an, der machte aber keine Bemerkung dazu.

»Du weißt, daß ich ehrlich mit dir rede und daß ich niemals ein schmutziges Spiel mit dir spielen würde, ja?«

Franz nickte. »In Ordnung, Chef. Wir machen, was du willst. Aber unter einer Bedingung.«

»Laß hören.«

»Wenn du in der Scheiße sitzt, und das wird passieren: du

wirst echt in der Scheiße sitzen – dann mußt du mir erlauben, dir zu helfen.«

Ogden lächelte. »Einverstanden, darauf hast du mein Wort.«

»Ich gehe jetzt«, sagte Franz unzufrieden. »Soll ich in der Zwischenzeit irgend etwas für dich tun?«

»Die übliche Überwachung unserer Schützlinge. Laß dir ständig von deinen Leuten berichten, und wenn es irgend etwas Neues gibt, benachrichtige mich sofort.«

Als Franz die Werkstatt verlassen hatte, startete Ogden die Disc. Auf der CD-ROM konnten eine ganze Bibliothek, Fotos oder Filme sein. Sie stammte aus rumänischen Archiven und war nach dem Sturz Ceauşescus aufgetaucht.

Ogden war auf das Schlimmste gefaßt, und er hatte sich nicht getäuscht. Am Anfang wunderte er sich gar nicht so sehr über den Text und die Bilder, die vor seinen Augen abliefen, doch nach und nach wurde ihm bewußt, daß dieses Zivilflugzeug, um das es ging, Opfer der schmutzigsten und grausamsten Geheimdienstoperation geworden war, von der er je gehört hatte.

Vor ungefähr zehn Jahren war eine italienische DC-9 durch einen Irrtum von einer Rakete getroffen worden. Entgegen dem, was in den Berichten von damals behauptet wurde, nämlich daß das Flugzeug in der Luft explodiert sei, hatte es, wenn auch stark beschädigt, wassern können. Ogden konnte den Inhalt der zweiten Black Box lesen. Der Flugschreiber war gleich nach dem Unglück von den Geheimdiensten, die in die Sache verwickelt waren, geborgen worden – mit dem Ziel, ihn zu zerstören. Doch die Hypothese von der Materialermüdung hatte sich schnell als wenig überzeugend erwiesen. Da die Untersuchung viel Aufsehen erregte und man keine weiteren Zweifel wecken wollte, war der Flugschreiber später wieder im Meer versenkt worden; allerdings entsprechend verfälscht, so daß er – wenn er wieder aufgefischt würde – keine Auskunft mehr darüber geben könnte, was mit dem Zivilflugzeug wirklich geschehen war. Und tatsächlich war die Black Box einige Jahre später erneut gefunden worden, diesmal offiziell, zusammen mit einigen Wrackteilen. Doch natürlich hatte sich daraus kein weiterer Aufschluß für die Untersuchung ergeben, die immer noch im Gange war.

Der Abflug des Zivilflugzeugs war damals eigens verzögert worden, damit im Radarschatten der DC-9 eine Jagdmaschine fliegen konnte, die von einem Luftwaffenstützpunkt der Nato mit dem Auftrag aufgestiegen war, ein Flugzeug abzuschießen, in dem ein wichtiger Politiker reiste. Die Operation war gescheitert, weil die Geheimdienste eines sympathisierenden Landes im letzten Augenblick das Zielobjekt gewarnt hatten, worauf dieses sofort einen anderen Kurs einschlug. Doch nach Sichtung des Jägers griffen weitere Flugzeuge ein, die ihn abzuschießen versuchten, und am Himmel über dem Mittelmeer entbrannte eine echte Luftschlacht, in die das Zivilflugzeug verwickelt wurde. Eine Rakete traf eine Tragfläche der DC-9, die jedoch, dank des fliegerischen Könnens ihres Piloten, nur langsam absackte und fast intakt wassern konnte.

Das Zivilflugzeug war Opfer einer militärischen Operation höchster Geheimhaltungsstufe geworden, gestützt von den Amerikanern, doch durchgeführt von Abteilungen der Fremdenlegion, Elitetruppen der Bundeswehr, englischen

Militärs und Angehörigen der italienischen Geheimdienste, alle vereint in der gemeinsamen Absicht, der Welt das gescheiterte Attentat und die furchtbaren Konsequenzen der getroffenen Entscheidungen zu verheimlichen. Daher hatte man das Zivilflugzeug zwölf Stunden lang im Mittelmeer treiben lassen, zwölf Stunden, in denen die Hilfstruppen vorsätzlich woandershin geschickt wurden, um Zeit zu gewinnen und zu entscheiden, auf welche Art man die Beweise für eine Geheimdienstaktion vertuschen könnte, die, falls sie aufgedeckt würde, einen Krieg hätte auslösen können.

Bei Tagesanbruch war dann der Befehl erteilt worden: Es durfte keine zivilen Zeugen des Geschehens geben. Der Absturz des Flugzeugs sollte einer Materialermüdung zugeschrieben werden. So war die DC-9 von Froschmännern aus einem U-Boot, das in der Nacht die Absturzstelle erreicht hatte, mit Haftminen bestückt und in den frühen Morgenstunden des nächsten Tages mit all ihren toten und lebenden Insassen gesprengt worden. Dann aber, daran erinnerte sich Ogden sehr gut, hatte die These von der Materialermüdung nicht standgehalten, während die Vermutung eines Raketenbeschusses immer wahrscheinlicher wurde. Doch die Untersuchungen, die nun über Jahre hinweg aufeinander folgten, hatten zu nichts geführt, schon gar nicht zu dem Verdacht, daß dem Flugzeug eine Wasserlandung gelungen wäre und man es Stunden später gesprengt hätte.

Jetzt sah er die Wahrheit hier, mit eigenen Augen, schwer zu ertragen, präzise und unbestreitbar in all ihrer Grausamkeit dokumentiert: die Exekution von 81 Zivilisten, Opfer eines von einer Gruppe politisierender Mörder angerichteten Blutbads.

Die Fotos, die die CD-ROM über den Computerschirm laufen ließ, waren von einer Beech Craft Superking Air 2000 aufgenommen worden, einer Zweipropellermaschine, langsam, aber mit großer Reichweite und ausgerüstet mit optischen Instrumenten zum Zweck der Aufklärung. Die Filmaufnahmen trugen das Zeichen der NSA, der National Security Agency, des leistungsfähigsten Informationsdienstes der Welt – eine so geheime Organisation, daß sie auch ›die Organisation, die es nicht gibt‹ genannt wurde. Die Filmaufnahmen waren von Keyholes beziehungsweise KH-11 gemacht worden, einem Satelliten, der zu diesem Zeitpunkt auf das Mittelmeer gerichtet war. Der KH-11 hielt im Unterschied zu seinen Vorgängern die Aktion nicht wie ein Fotoapparat in Einzelbildern fest, sondern nahm, wie eine Fernsehkamera, ihren Ablauf in Echtzeit auf. Alles, was sich ereignet hatte, war fotografiert und gefilmt worden, einschließlich des grauenvollsten Momentes: der Explosion der im Meer treibenden DC-9.

Die Kommentare zu den Bildern enthielten Zeugenaussagen von Militärpiloten der Breguet Atlantic, die in jener Nacht unterwegs waren und das Zivilflugzeug in quasi intaktem Zustand hatten treiben sehen; außerdem viele der Berichte von Kontrolltürmen, einschließlich handschriftlich notierter Daten der Radartechniker über den Tag des Unglücks, Wiedergaben der Radaraufzeichnungen und Texte mitgeschnittener Telefonate. Alles Material, das zur Zeit der Untersuchungen verschwunden war.

Ogden sah sich länger als eine Stunde den Inhalt der CD-ROM an und prägte sich die Details dieses Blutbads ein, das viele noch immer als verhängnisvolles Unglück bezeichneten. Schließlich zog er müde und mit einem drückenden Schmerz auf den Schläfen die CD-ROM heraus und schaltete den Computer aus. Minutenlang starrte er auf die Wand gegenüber, während ihm eine Unmenge von Bildern durch den Kopf gingen. Er fragte sich, wie viele Menschen er selbst in seinem Agentenleben getötet hatte. Nicht viele. Diese Art von Auftrag wurde meistens von anderen erledigt, doch seit Jahren arbeitete er mit Leuten zusammen, die denen ähnlich waren, die 81 Menschen eliminiert hatten, um ein fehlgeschlagenes Attentat zu vertuschen. Es spielte keine große Rolle, daß es nicht sein Dienst gewesen war, der dieses Gemetzel angerichtet hatte; ähnliche Aktionen liefen fast täglich irgendwo auf der Welt ab, und es waren Leute wie er, die sie möglich machten.

Er schloß die Augen halb, der Schmerz in seinen Schläfen war heftiger geworden. Das Bild von Veronica schob sich über die anderen, doch auch dies war eine Erinnerung an den Tod: an jenem Tag auf dem italienischen Friedhof war er zu spät gekommen. Veronica und Guthrie, die einzigen Menschen, für die er Liebe und Freundschaft empfunden hatte, waren gestorben, weil er es nicht geschafft hatte, sie zu retten.

Er stand auf und ging langsam in dem Kellerraum hin und her. Der Korse hatte also doch recht gehabt. Ogden fragte sich, wie viele Leute die Wahrheit über die DC-9 wußten. Viele, die sie kannten, waren getötet worden, unter ihnen der Pilot, der Serena Preston die Botschaft aus dem Jenseits gesandt hatte. Ogden erinnerte sich gut an das Unglück bei einem Flugtag in Deutschland, das die italienische Kunstflugstaffel dezimiert hatte. Einer der Piloten hatte eine Vorladung von dem Ermittlungsrichter erhalten, der für den DC-9 Absturz zuständig war, doch er war gestorben, bevor er sagen konnte, was er wußte. Und er war nicht der einzige. Die CD-ROM enthielt eine lange Liste von Mordaufträgen, um jene zum Schweigen zu bringen, die zuviel wußten.

Ogden fühlte sich leer. Am liebsten wäre er für immer verschwunden, doch ihm war klar, daß es auf der Welt keinen Ort gab, wo er sich vor sich selbst verstecken konnte. Er mußte weiterleben, und zum ersten Mal wurde er sich bewußt, wie wenig ihm daran lag.

Er blieb lange dort unten im Keller und arbeitete am Computer. Als er fertig war, nahm er die CD-ROM heraus, steckte sie in einen Umschlag und versiegelte ihn. Dann ging er ein Stockwerk höher, wo Franz sich gerade die Nachrichtensendung der BBC anschaute. Sobald er Ogden sah, stand er aus seinem Sessel auf und blickte ihn an, ohne ein Wort zu sagen. Ogden nickte, und Franz begriff gleich, daß eingetroffen war, was er befürchtet hatte: Ogden hatte sich entschlossen, ein Einzelkämpfer zu werden, und von diesem Augenblick an würde die Wahrscheinlichkeit, daß er am Leben blieb, sehr gering sein.

»Schick sofort einen deiner Männer nach Berlin«, sagte er und gab Franz den Umschlag. »Ich will, daß Casparius dies hier noch heute abend bekommt.«

Franz warf einen Blick auf seine Uhr. »Das läßt sich machen«, meinte er und sah Ogden erneut an.

»Willst du, daß ich mit dir gehe?« fragte er, obwohl er die Antwort schon kannte, doch es war die einzige Möglichkeit, Ogden seine Solidarität zu zeigen.

»Nein, trotzdem vielen Dank. Bleib hier und laß mich bitte nicht von deinen Jungs beschatten.«

»Aber es ist gefährlich. Es wird keine drei Tage dauern…«

Ogden lächelte. »Bei dir auch nicht, wenn sie merken, daß du mich zu schützen versuchst. Hör zu, wenn Casparius dich anruft, sag ihm, du weißt nichts von dem Inhalt des Umschlags, den du ihm geschickt hast, und tu so, als würdest du dich deshalb über mich ärgern. Ich melde mich.«

Franz nickte und brachte Ogden zur Tür. »Vergiß unsere Absprache nicht«, schärfte er ihm noch einmal ein.

»Du kannst ganz beruhigt sein. Ich bin absolut nicht lebensmüde.«

Ogden stieg in seinen Jaguar und ließ den Markham Square hinter sich. Er behielt den Rückspiegel im Auge, doch niemand folgte ihm.

Stuart sah den Alten auf der anderen Seite vom Schreibtisch an und bemerkte, zum ersten Mal in vielen Jahren, eine Spur von Menschlichkeit in seinem Gesicht. Casparius trommelte mit den Fingern auf die Tischplatte und verriet damit, daß er nervös und besorgt war.

»Meinen Sie, es stimmt etwas nicht?« fragte Stuart, der sich bewußt war, in einer Wunde herumzustochern.

»Der Tod dieses Mediums, Serena Preston…«, murmelte er.

Stuart sagte nichts und wartete ab.

»Warum hat Ogden uns nichts über die spiritistische Botschaft berichtet, die Serena Preston am Telefon Dr. Moss vorgelesen hat? Unsere Auftraggeber haben es getan, aber er nicht!« rief er emphatisch aus und fixierte irgendeinen Punkt an der Decke.

Stuart zuckte die Achseln und versuchte, die Sache ein wenig herunterzuspielen.

»Wahrscheinlich glaubt er nicht an diese Methoden, und vor allem denkt er sicher, daß Sie nicht daran glauben. Und wir wollen doch wirklich nicht die ganze Operation auf den Phantastereien dieser Medien aufbauen!« fügte er gereizt hinzu.

»Wie es aussieht, tun das aber unsere Auftraggeber. Was meinst du wohl, aus welchem Grund sie Serena Preston getötet haben? Um zu vermeiden, daß sie noch mehr Faxe aus dem Jenseits erhält, weil die, die bisher angekommen sind, wortwörtlich aus den Dossiers der NSA zu stammen scheinen. Diese verdammten Paranormalen haben recht, verflucht! Doch was mich im Moment beunruhigt, ist das Verhalten Ogdens. Vielleicht war es doch ein Fehler, ihn nach London zu schicken...«

»Fürchten Sie, er hat etwas gefunden, von dem er uns nichts sagt?« fragte Stuart überrascht.

»Diese Geschichte ist verrückt«, klagte Casparius, »aber wir müssen uns anpassen. Wenn es diesen verdammten Medien gelingt, Antworten zu bekommen, die wir nicht beschaffen können, dann folgt daraus, daß wir handeln müssen. Ogden kann die CD-ROM gefunden haben, das würde mich nicht wundern«, brachte er schließlich mühsam heraus. »Und wenn er sie uns nicht übergibt, ist er ein toter Mann. Unsere Auftraggeber haben ihn bisher nur deshalb geschont, weil sie davon überzeugt sind, daß Ogden einen eventuellen Fund bei mir abgibt, also den Knochen apportiert. Doch wenn dies nicht geschieht, bin ich gezwungen, ihn auszuliefern. Natürlich weiß man nicht, was in einem solchen Fall schwerer wiegen würde: der Imageschaden oder der wirtschaftliche Schaden für unseren Dienst.«

»Wir sollten nicht den Teufel an die Wand malen. Schließlich ist Ogden erst heute morgen in die Brompton Road gegangen. Geben wir ihm doch Zeit, seine Gedanken zu ordnen. Gewiß, wenn er die CD-ROM gefunden hätte, wäre es seine Pflicht gewesen, es uns unverzüglich mitzuteilen«, gab Stuart mit einem angestrengten Lächeln zu.

»Eben. Sehen Sie auf die Uhr: Hier ist es genauso Nacht wie in London.«

»Nun ja«, sagte Stuart, »aber welche Beweise haben Sie, daß Ogden in Lupescus Wohnung etwas gefunden hat? Sie wollen mir doch nicht sagen, daß Sie jetzt auch blind an Geisterbotschaften glauben?!«

»Ich habe gesagt, daß wir uns anpassen müssen!« rief Casparius aus und schlug mit einer Hand energisch auf den Tisch. »Aus der Aufnahme, die wir durch das Mikrofon im Arbeitszimmer des Schriftstellers bekommen haben«, fuhr der Alte fort, »geht hervor, daß Ogden und Queriand, angeregt durch Lupescus Botschaft aus dem Jenseits, irgend etwas in einem Buch suchen. Dann beschließen die beiden Knall auf Fall, am nächsten Tag in die Brompton Road zu gehen. Das sieht doch ganz so aus, als hätte sie etwas dazu veranlaßt, von dem wir nichts wissen...«

Casparius sah Stuart aus seinen auf zwei Schlitze verengten Froschaugen an. »Wenn es in allen Geheimdiensten der Welt heute eine Abteilung wie die der Strangers gibt, voller Wirrköpfe, die durch Wände sehen, die Zukunft verkünden und mit den Toten sprechen, dann wird das schon seinen Grund haben, meinst du nicht?« fragte er mit der Miene eines Inquisitors.

Stuart antwortete nicht, und der Alte fuhr fort.

»Versuchen wir uns das Ganze anzusehen: Die beiden gehen in die Brompton Road, weil Lupescu bei der Séance gesagt hat, sie sollten in den Büchern nachsehen. Überhebliches Gelächter auf allen Seiten, weil Lupescus Wohnung schon von uns, den englischen Diensten und unseren speziellen Auftraggebern durchsucht worden ist. Dein außerordentliches Gedächtnis, lieber Stuart, erlaubt es dir sicher, mir bei dieser Analyse zu folgen, denn du erinnerst dich gewiß in allen Einzelheiten an die Aufnahme der Gespräche aus Queriands Arbeitszimmer, nicht wahr?«

Stuart nickte und beobachtete besorgt, wie sich Casparius' Gesichtsfarbe von dem üblicherweise gelblichen Ton hin zu einem gefährlich lebhaften Rot entwickelte.

»Sehr gut«, nickte der Chef des Dienstes. »Also sehen wir mal weiter. Nachdem sie ein bißchen über Spiritismus geredet haben, sagt Ogden einen Satz, der mich überrascht: Er kündigt an, daß er und Queriand die Wohnung in der Brompton Road durchsuchen wollen, um den Hinweisen Lupescus zu folgen. Da frage ich mich doch, ob Queriand nicht neue Hinweise bekommen hat, über die wir nicht auf dem laufenden sind. Und wie ich mich das gefragt habe, so haben sich das auch unsere Auftraggeber gefragt, die langsam ernsthafte Zweifel an der Zuverlässigkeit unseres Agenten hegen. Und ich kann es ihnen nicht einmal verdenken, was meinst du?«

Stuart schüttelte den Kopf. »Ich bin davon überzeugt,

daß es keine konkreten Mitteilungen von Lupescu gibt«, sagte er in einem Ton, der endgültig klang. »Und mit konkret meine ich beispielsweise einen auf Verfügung des Verstorbenen nach seinem Tod abgeschickten Brief – und keine lächerlichen Botschaften aus dem Jenseits! Meiner Ansicht nach haben sich Ogden und Queriand in der Jubilee Place davon überzeugt, daß es dort nichts zu finden gibt, und da Lupescu nun einmal von Büchern gesprochen hatte, war der einzige andere Ort, wo sie sonst noch suchen konnten, die Wohnung des Professors. Der Rest war Zufall, weiter nichts. Immer vorausgesetzt, daß sie dann in der Brompton Road irgend etwas gefunden haben. Andernfalls ist das ganze Gerede sinnlos. Serena Preston ist getötet worden, weil diese Leute die Ruhe verloren haben. Die von ihr empfangene Botschaft, die uns unsere Auftraggeber freundlicherweise vollständig übermittelt haben, enthält zur Überraschung aller die Wahrheit über die DC-9. Doch es ist nur eine Botschaft, die ein Medium empfangen hat – keine Regierung der Welt würde eine Untersuchung einleiten, nur weil eine alte Dame mit dem Jenseits spricht.«

»Natürlich!« stieß der Alte hervor. »Doch das ist nicht der Punkt. Mich wundert, daß sogar jemand, der ein so brillantes Hirn hat wie du und sich so auf seine Rationalität verlassen kann, bestimmte Dinge nicht erfaßt. Der Punkt ist, Stuart, daß es möglich ist, daß diese Geister – oder was auch immer sie sind – die wahre Geschichte des Flugzeugs kennen: Um so mehr werden sie in der Lage sein, einen Hinweis auf etwas so Banales wie das Versteck einer CD-ROM zu geben. Kannst du mir folgen?«

Stuart war ein Weilchen sprachlos, dann nickte er.

»Ich verstehe, was Sie sagen wollen, aber das ist verrückt...«

»Alles andere als verrückt, wenn es Ogden in der Zwischenzeit gelungen ist, auf diesem Weg die CD-ROM zu finden! Es ist mir vollkommen egal, wie er das geschafft hat, ob mit einem Blick in eine Kristallkugel oder mit Tischrücken, habe ich mich klar und deutlich ausgedrückt?« Casparius war jetzt rotblau angelaufen, hustete und steckte sich ein Bonbon in den Mund. Dann sah er Stuart an und meinte kopfschüttelnd: »Mein Instinkt sagt mir, daß dieser verdammte Hurensohn das Ding gefunden hat. Und wenn das so ist, hat er jetzt die halbe Welt in der Hand...«

»Was gedenken Sie zu tun?«

»Ich gebe ihm einen Tag. Danach hat er uns die CD-ROM abzuliefern oder uns den Beweis zu erbringen, daß er uns nicht betrügt. In den letzten vierundzwanzig Stunden hat er weder das eine noch das andere getan«, schloß er mit einer ärgerlichen Geste.

In diesem Augenblick klopfte es an der Tür, und eine Sekretärin kam herein.

»Aus London«, sagte sie und legte einen versiegelten Umschlag auf den Tisch.

Casparius riß ihn auf wie ein Kind, das an Heiligabend über die Geschenke herfällt. Schließlich erschien ein Lächeln auf seinen violetten Lippen, und er zog die CD-ROM aus dem Umschlag. Er hielt sie hoch und zeigte sie Stuart mit triumphierender Miene.

»Wir haben uns umsonst Sorgen gemacht. Mein Instinkt hat mich nicht getrogen. Ich wußte, daß Ogden sie finden würde...«

Als Nina mit Gomez auf die Party kam, die in einem eleganten Haus in Chelsea stattfand, war ihr gleich klar, daß es sich um eines dieser Feste handelte, wie sie in der letzten Zeit in London Furore machten: ein Versuch, jenes Swinging London wieder aufleben zu lassen, das Nina nur aus Filmen, Büchern und nostalgischen Artikeln kannte. In den sechziger Jahren war sie ein kleines Mädchen gewesen und hatte in Sidney gelebt.

Gomez stellte ihr ein paar Leute vor, die meisten davon Journalisten und Schriftsteller, und Nina fürchtete schon, Queriand könnte auftauchen. Doch er war nicht da, und sie wußte nicht, ob sie darüber froh oder enttäuscht sein sollte.

Als Nina allein mit einem Martini dastand, weil Gomez einen anderen Gast begrüßte, kam ein Mann mit graumeliertem Haar, doch jugendlichem Aussehen auf sie zu.

»Amüsieren Sie sich?« fragte er mit einem gewinnenden Lächeln.

»Ja, ein gelungenes Fest.«

»Vor fünfundzwanzig Jahren waren alle Feste so«, fuhr der Mann fort, »aber sie waren keine Kopien der Vergangenheit. Jetzt ist alles ein Revival, die Leute ziehen diese grauenhaften Kleider von damals an und tun so, als gehörten sie zu der vorhergehenden Generation. Ich finde das ein bißchen traurig. Aber auf Sie macht das sicher nicht diesen Eindruck. Sie waren damals ja wohl gerade erst auf der Welt...«

»Ich war schon eine ganze Weile auf der Welt«, widersprach Nina ihm amüsiert, »doch ich war noch ein Kind.«

»Entschuldigen Sie, ich habe mich nicht vorgestellt. Ich heiße Alfonso Contrera.«

Nina gab ihm die Hand, und in diesem Moment trat Gomez zu ihnen.

»Wie geht es dir, meine Liebe?« fragte er und faßte sie mit einer beschützenden Geste am Arm.

»Ich bin ein bißchen müde und werde wohl bald gehen, weil ich morgen früh aufstehen muß.«

Alfonso Contrera schaltete sich ein: »Ja, mein lieber Gomez, diese entzückende junge Dame ist also eine Freundin von dir?!«

Gomez nickte, ohne ein Wort zu sagen. Nina hatte den Eindruck, daß er anders als sonst war.

»Weißt du, Gomez, seit einer Woche versuche ich schon, mit dir zu reden, aber du bist nie in der Redaktion. Ich bin sicher, daß die junge Dame uns entschuldigt«, sagte Contrera, lächelte Nina verschwörerisch zu und hakte Gomez unter. Dieser ließ sich von ihm auf dic andere Seite des Salons ziehen, und Nina sah sie hinter einer Tür verschwinden.

Contrera hatte den Journalisten in eine Bibliothek gebracht, die nur von einer Stehlampe erleuchtet war. Das Zimmer wirkte warm und gemütlich, dank der Holztäfelung, den Regalen voller Bücher und dem Feuer, das im Kamin brannte. Gomez, dem sich vor Angst der Magen verkrampfte, traten Schweißperlen auf die Stirn.

Contrera schloß die Tür hinter sich und ließ Gomez' Arm los. Der Lärm vom Fest wurde schwächer, und Gomez schien, daß seine letzte Verbindung zur Welt abgebrochen sei.

»Setzen Sie sich«, befahl ihm Contrera und zeigte auf einen Sessel vor dem Kamin. »Sie sehen ein wenig mitgenommen aus. Wollen Sie etwas trinken?«

Der Journalist nickte, ohne den Mund aufzumachen, und Contrera ging zu einem kleinen Barwagen. »Ein Bourbon wird Ihnen guttun«, sagte er fröhlich und goß ihm ein großes Glas ein. Gomez nahm es mit zitternden Händen.

»Nur Mut«, sagte Contrera und lächelte, »ich habe eine gute Neuigkeit für Sie: Wir brauchen Ihre Hilfe nicht mehr. Sie können die junge Dame nach Hause bringen, wann immer Sie wollen, unser Programm hat sich geändert. Natürlich werden Sie jede Einzelheit unserer kleinen Vereinbarung vergessen, sobald Sie dieses Zimmer verlassen haben, nicht wahr?«

Gomez sah ihn ungläubig an. »Wir können gehen?« murmelte er.

»Ja, wir brauchen die Frau nicht mehr. Und das ist auch besser so; sie ist wirklich nett, es wäre bedauerlich gewesen, sie belästigen zu müssen.«

Gomez hatte sein Glas abgestellt, war aufgestanden und verdrehte nervös die Finger.

»Wenn Sie nichts dagegen haben, möchte ich sofort gehen. Mit ihr natürlich«, sagte er, ohne daß er seine Angst verbergen konnte.

»Aber ja, mein Freund.« Contrera schien belustigt. »Gehen Sie nur, niemand wird Sie aufhalten. Und außerdem«, fügte er hinzu und schnitt eine Grimasse, »sind diese Feste derart langweilig...«

Gomez ging zur Tür, ein untersetzter, unbeholfener

Mann, der neben Contrera, der ihn um ein gutes Stück überragte, noch kleiner wirkte.

»Eine letzte Sache.« Die harte Stimme Contreras ließ die Hand des Journalisten wie gelähmt auf der Türklinke liegen.

»Vergessen Sie meinen Rat nicht. Sonst werde ich Sie und Ihre kleine Freundin töten. Habe ich mich klar ausgedrückt?«

Gomez nickte. »Ich werde ihn nicht vergessen, Sie können ganz beruhigt sein«, sagte er mit dünner Stimme.

»Jetzt können Sie gehen.« Contrera setzte ein Lächeln auf. »Grüßen Sie die junge Dame von mir und bitten Sie sie um Entschuldigung, daß ich mich nicht von ihr verabschiedet habe. Sagen Sie ihr, ich führte gerade ein Interkontinentalgespräch. Ich möchte nicht, daß sie mich für unhöflich hält...«

Als Anita Moss an jenem Morgen die Wohnungstür öffnete, stand Ogden davor. Er sah müde und mitgenommen aus.

»Störe ich?«

»Überhaupt nicht, komm doch herein. Ich habe mich schon gefragt, wo du denn abgeblieben bist.« Sie ging zur Seite und ließ ihn eintreten.

»Ich habe versucht, dich anzurufen, doch dein Handy war nicht eingeschaltet, und in der Jubilee Place hast du auch nicht abgenommen...«, sagte Anita und ging ins Wohnzimmer voran.

»Ich hatte zu tun.«

»Geht es dir gut? Du siehst ziemlich fertig aus.«

Ogden nickte. »Mir geht es gut, aber ich habe letzte Nacht wenig geschlafen.«

»Ich kann dir einen Kaffee anbieten; oder auch etwas Nahrhafteres, wenn du noch nicht gefrühstückt hast.«

»Einen Kaffee würde ich gerne trinken, und irgend etwas zu essen wäre wunderbar...«

»Ich habe ein bißchen Gebäck, das Susan gemacht hat, in Ordnung?«

Ogden nickte, und Anita ging in die Küche und kümmerte sich um sein Frühstück.

Ogden hatte die ganze Nacht kein Auge zugetan. Nachdem er das Haus am Markham Square verlassen hatte, war er eine Weile mit dem Auto herumgefahren, bis er sicher sein konnte, daß ihm niemand folgte. In Kensington hatte er schließlich das richtige Hotel gefunden und sich ein Zimmer genommen. Sobald er die Tür hinter sich geschlossen hatte, wählte er die Nummer des Zimmers nebenan: Es meldete sich eine Frau mit schläfriger Stimme. Der zweite Versuch war erfolgreich: Zimmer 307 war nicht belegt. Also ging Ogden hinaus auf den Gang, dann zur Tür von 307 und öffnete sie mit einem Dietrich. Drinnen sah er sich zunächst um. Genauso wie sein Zimmer: alte, aber ordentliche Möbel, eine verschossene Tapete. Als er den Raum näher inspizierte, fiel ihm die ungewöhnlich hohe Fußleiste auf. Das war es, was er suchte. Ogden holte aus seiner Jacke ein Ledermäppchen mit Werkzeug hervor und bückte sich. Er entschied sich für die Fensterecke, weil die Leiste hier kürzer war und der Vorhang sie verdeckte.

Es war eine einfache Operation: Das Holz, mit ein paar Schrauben an der Wand befestigt, ließ sich ohne Mühe lösen. Ogden steckte die CD-ROM zwischen Wand und Fußleiste und schraubte dann das Holzstück wieder an die Wand, nachdem er die Ränder mit einem starken Klebstoff bestrichen hatte, damit das Ganze sich nicht zufällig lösen konnte. Dann stand er wieder auf und kontrollierte alles: Die Fußleiste saß perfekt. Zufrieden ging er zurück in sein Zimmer und streckte sich auf dem Bett aus, um die Situation zu durchdenken und die nächsten Schritte zu planen. Erst gegen Morgen kehrte er in die Jubilee Place zurück, um ein paar Stunden zu schlafen.

Anita kam mit einem Tablett ins Wohnzimmer und stellte es neben Ogden auf das Tischchen. Er aß das Gebäck mit einer gewissen Gier und trank drei Tassen Kaffee, ohne ein Wort zu sagen. Dann rauchte er eine Zigarette und sah Anita ein wenig entspannter an.

»Wo ist deine Tochter?« fragte er.

»Unterwegs in ihre Wohnung, um die Druckfahnen eines Buchs zu holen. Einer von Franz' Leuten begleitet sie.«

»Ihre Arbeit leidet sicher unter dieser Situation...«, vermutete Ogden.

Anita zuckte mit den Schultern. »Sie ist freie Mitarbeiterin und hat keine feste Arbeitszeit oder Anwesenheitspflicht. In den letzten Tagen hat sie hier gearbeitet, und ein Bote aus dem Büro hat die Sachen abgeholt. Trotzdem hoffen wir, daß diese Geschichte bald zu Ende ist. Ich kann mich ja auch nicht ewig krank melden...«

»Sie ist schon zu Ende.«

Anita riß die Augen auf. »Du hast die Diskette gefunden!«

Ogden nickte.

»Wir müssen sofort Sir Quentin benachrichtigen«, rief Anita aus. »Oder hast du es schon getan?«

»Nein, ich habe es nicht getan. Und wir werden ihn auch nicht benachrichtigen.«

Anita sah ihn verständnislos an, dann zeigte sich plötzlich ein ängstlicher Schimmer in ihren Augen.

»Warum nicht?« fragte sie mit dünner Stimme.

»Weil das bedeuten würde, ihn zum Tode zu verurteilen. Wir müssen weiter so tun, als suchten wir das, was Sir Quentin und der anständige Teil seines Dienstes denken, nämlich die unauffindbaren Enthüllungen des Ostspions Sacha«, sagte Ogden ironisch. »Sicherlich läßt man uns bald etwas finden, um Sir Quentin zufriedenzustellen, etwas, das interessant und harmlos zugleich ist. Doch es wird nicht das sein, was ich in Lupescus Wohnung gefunden habe.«

Anita hörte ihm ungläubig zu. »Ich verstehe nicht, so erklär mir doch...«

Ogden beugte sich zu ihr vor. »Sie haben uns an der Nase herumgeführt. Ich bin mit dem Auftrag nach London geschickt worden, die heiklen Aufzeichnungen von Sacha zu suchen. In Wirklichkeit war der Dienst, für den ich arbeite, über das tatsächliche Ziel der Mission vollkommen auf dem laufenden, und sein ›realer‹ Auftraggeber ist zu keinem Zeitpunkt Sir Quentin gewesen. Ich bin von meinem Dienst in der Hoffnung eingesetzt worden, daß ich früher oder später auf das stoßen würde, was unkontrollierte Gruppen der englischen, französischen, amerikanischen und italienischen Geheimdienste verzweifelt suchten: eine CD-ROM mit den Beweisen für ein vorsätzlich angerichtetes Blutbad.

Ich meine den Abschuß und die Zerstörung des italienischen Zivilflugzeugs, um das es in der Botschaft an Serena Preston ging.«

»Mein Gott!« murmelte Anita, die blaß geworden war. »Das bedeutet, daß dein Dienst nicht für die englische Regierung arbeitet, sondern im Sold dieser unkontrollierten Gruppen steht?«

»Der Dienst von Casparius gibt vor, für Sir Quentin zu arbeiten, aber in Wirklichkeit ist er für diese englischen Abweichler tätig. Doch das wußten Franz und ich nicht. Die Geschichte mit Sacha ist als reine Tarnoperation angelegt worden. Casparius dachte sich, daß wir früher oder später die CD-ROM finden würden. Wichtig war, daß ich sie fand, aber auch wenn einer von Sir Quentins Männern sie gefunden hätte, wäre es aufs gleiche herausgekommen. Der Dienst hätte sich auf die eine oder andere Weise und ohne Verdacht zu erregen, der CD-ROM bemächtigt. Casparius hoffte natürlich, daß ich sie finden würde, und so ist es ja auch gekommen.«

»Was ist auf dieser Diskette?« unterbrach ihn Anita.

»Es ist keine Diskette, sondern eine CD-ROM. Sie sieht also aus wie eine CD, aber sie kann eine enorme Datenmenge speichern, einschließlich Fotos und Filme. Als ich sie gestern abend eingelegt habe, konnte ich mit eigenen Augen sehen, wie das Zivilflugzeug auf dem Meer trieb und dann explodierte.«

Ogden berichtete Anita Moss über den gesamten Inhalt der CD-ROM. Sie hörte entsetzt zu. Als Ogden geendet hatte, trat eine unwirkliche Stille ein, als hätten seine Worte die Realität erstarren lassen.

»Warum hast du mir das alles erzählt?« brach Anita das Schweigen. »Es war sicherlich von deinem Dienst nicht so geplant, daß ich erfahre…«

Ogden spürte, daß Anita Moss Angst hatte. »Mach dir keine Sorgen«, sagte er in einem beruhigenden Ton, »ich führe nichts gegen dich im Schilde, du hast nichts zu befürchten. Ich brauche jemanden, der mir hilft. Doch du kannst dich natürlich frei entscheiden.«

Verwirrt schüttelte Anita den Kopf. »Ich verstehe nicht. Wenn du für diesen unabhängigen Dienst arbeitest, der von den Leuten bezahlt wird, die Ioan Lupescu und Serena Preston umgebracht haben, bist du gezwungen, ihnen die CD-ROM auszuhändigen…«

»Das habe ich schon getan. Doch das ist nicht das einzige, was ich tun werde…«, sagte Ogden und sah sie an.

Anita stand aus dem Sessel auf und ging, die Hände ringend, im Zimmer auf und ab.

»Was hast du vor?« fragte sie, und in ihren Worten schwang Angst mit.

Ogden lehnte sich in seinem Sessel zurück.

»Ich habe die CD-ROM gestern abend nach Berlin geschickt. Mein Chef wird sie inzwischen schon an seinen Auftraggeber weitergegeben haben. Das war die einzige Möglichkeit, allen Nicht-Agenten, die in diese Geschichte verwickelt sind, herauszuhelfen. Jetzt, wo jene Leute bekommen haben, was sie wollten, wird es nicht noch mehr Tote geben, das hoffe ich jedenfalls. Was mich angeht, haben sie noch keinen Grund, an mir zu zweifeln: Ich habe die Mission zu Ende geführt, und meine Referenzen sind so, daß ich über jeden Verdacht erhaben bin.«

»Hast du beschlossen, sie zu verraten?« fragte Anita, die immer weniger verstand.

Ogden lächelte angestrengt. »Man verrät das Vaterland, eine Liebe, ein Ideal, alles Dinge, die Leuten wie mir fremd sind. Aber wenn du so willst: ja. Wenn es nicht so wäre, hätte ich dir nicht alles erzählt.«

»Aber was genau hast du denn vor?«

»Ich will, daß die Wahrheit ans Licht kommt. Auf diese Weise werden die Verantwortlichen, die noch auf wichtigen Posten bei den jeweiligen Diensten sitzen, kaltgestellt. Um die anderen werde ich mich persönlich kümmern.«

»Und wie?«

»Ich werde sie töten«, antwortete Ogden emotionslos.

»Das kannst du doch nicht tun!« protestierte Anita.

Ogden lächelte sie an, wie er ein Kind angelächelt hätte. »Ich wüßte nicht, warum ich bei diesen Mördern Skrupel haben sollte. Normalerweise bringe ich niemanden um, das gehört nicht zu meinen Aufgaben, doch manchmal kommt es vor, daß ich es tun muß. Oder hast du vielleicht gedacht, daß ich auch zu einer so harmlosen Abteilung wie du gehöre?« fragte er und sah sie freundlich an.

»Nein, ich weiß sehr gut, was für ein Typ Agent du bist. Aber ich denke, du darfst dich nicht mit weiteren Verbrechen belasten...«

»Und warum?« unterbrach Ogden sie. »Um mir mein Karma nicht zu beschmutzen, wie ihr es nennt? Mein Karma ist schon seit langer Zeit nicht mehr präsentabel. Ich kann mir vorstellen, daß ich viele Leben brauche, um es wieder hinzubekommen.«

»So einfach ist das nicht«, entgegnete Anita. »Karma

oder nicht Karma: Niemand hat das Recht, ein Leben auszulöschen.«

»Ja, vielleicht stimmt das, aber es ist ein bißchen spät, den Stil zu ändern. Wie dem auch sei – ich kann Franz nicht bitten, mir zu helfen. Ich würde ihn beruflich zugrunde richten, und Casparius würde ihn am Ende beseitigen lassen…«

»Wenn das der Grund ist – uns wird man genauso beseitigen…«

»Falls mir das gelingt, was ich vorhabe, wird Casparius sich sicherlich von mir befreien wollen, aber kein Interesse daran haben, sich einen guten Kunden wie die englische Regierung zum Feind zu machen. Sei ganz beruhigt, du gehst dabei kein Risiko ein.«

»Er könnte es wie einen Unfall aussehen lassen…«, widersprach Anita wenig überzeugt.

Ogden schüttelte den Kopf. »Wenn der richtige Moment gekommen ist, werde ich Casparius drohen. Für den Fall, daß dir oder einem der beteiligten Außenstehenden etwas zustoßen sollte, werde ich Sir Quentin sagen, daß er in Wirklichkeit für die bewußten unkontrollierten Gruppen gearbeitet hat und daß Sachas Enthüllungen nur ein Köder waren. Nein, er wird sich niemals in eine solche Lage bringen. Wenn die Bombe platzt, kann Casparius den betroffenen Regierungen gegenüber nur so tun, als hätte er niemals eine Ahnung von dem Komplott gehabt und wüßte nichts von der CD-ROM.«

»Was soll ich tun, um dir zu helfen?« fragte Anita Moss mit resignierter Miene.

»Wenn mir etwas geschehen sollte, bevor es mir gelungen

ist, das durchzuführen, was ich vorhabe, mußt du die Sache beenden.«

»Aber niemand wird mir glauben, und dir auch nicht...«

»Ich habe eine Kopie von der CD-ROM gemacht und sie an einem sicheren Ort versteckt. Wenn ich es nicht schaffen sollte, besteht deine Aufgabe darin, dort hinzugehen, sie zu holen und den Anweisungen, die ich der Disc beigefügt habe, zu folgen. Wenn dagegen alles glattgeht, mußt du nur so tun, als wüßtest du von nichts.«

Anita Moss nickte nachdenklich, dann sah sie ihm in die Augen.

»An welchem Punkt sind wir jetzt? Ich meine offiziell...«

»Sir Quentin, der von nichts weiß, erwartet, daß wir Saschas Diskette finden. Casparius, zufrieden, die CD-ROM erhalten zu haben, wird mir sehr bald das mitteilen, was ich schon weiß, nämlich daß es keine Dokumente des Ostspions gibt und daß Monteanu getötet wurde, weil er die Beweise dafür in den Händen hatte, was mit der DC-9 geschah. Sie werden mich anweisen, die Komödie mit euch noch ein bißchen weiterzuspielen, bis sie mir irgend etwas besorgen, das die Erwartungen Sir Quentins befriedigt und die Mission beendet. Wer weiß, vielleicht die Enthüllungen irgendeines drittklassigen Spions. Berlin wird sicher sehr bald Kontakt mit mir aufnehmen, und dann erfahren wir, ob ich recht gehabt habe.«

Anita Moss schwieg immer noch. Ogden entdeckte in ihrem Blick etwas, bei dem ihm unbehaglich wurde. Er hätte nicht sagen können, was es war; vielleicht diese mütterliche Miene, mit der sie ihn ansah, so, als versuche sie ihn zu verstehen und ihm beizustehen.

»Warum hast du diese Entscheidung getroffen?« fragte sie ihn schließlich.

»Du wunderst dich, daß einer wie ich vorhat, in gewisser Weise die Gerechtigkeit wiederherzustellen?« Ogden lächelte. »Der Dienst, diese Organisation, für die ich arbeite, ist unabhängig. Er untersteht keiner Regierung, muß keinem Land und keinem Ideal treu sein, außer dem des Gewinns. Geadelt, das muß man sagen, wird er jedoch durch eine große Professionalität. Und damit kann ich mich identifizieren. Aber alle Dienste, unabhängig oder nicht, sind schmutzig, und bei denen der Regierungen kommt noch erschwerend hinzu, daß sie so tun, als verteidigten sie das Vaterland; wir ersparen uns wenigstens die Heuchelei. Zu dieser Entscheidung hat mich vermutlich die Verachtung veranlaßt, die ich für die mangelnde Professionalität, die Abgestumpftheit und die Amoral empfinde, die zu diesem Gemetzel an Zivilisten geführt haben. Ich glaube, daß man den Verantwortlichen für dieses Blutbad nicht erlauben darf, in der menschlichen Gesellschaft, für die ich zugegebenermaßen immer eine Art Fremdheit empfunden habe, weiter eine Rolle zu spielen.« Ogden unterbrach sich, als suchte er auch für sich selbst nach einer Erklärung. »Da ich also diese Entscheidung nicht aus Mitgefühl getroffen habe, wird wohl keiner verstehen, warum ausgerechnet einer wie ich sich das Karma beschmutzt, um ein bißchen Sauberkeit zu schaffen«, schloß er und lächelte über sein Wortspiel.

»Hast du dich in deinem Leben nie mit jemandem verbunden gefühlt?« fragte Anita, und ihr liebevoller Ton brachte Ogden dazu, ihr überhaupt zu antworten.

»Doch, mit zwei Menschen, aber sie sind ermordet worden.«

»Von wem?« fragte sie weiter, obwohl sie fürchtete, daß Ogden unwillig reagieren könnte. Doch er setzte eine gleichgültige Miene auf.

»Mörder sind alle gleich, jedenfalls diese Sorte Mörder. Stasi, Securitate, früher der KGB, Intelligence Service, Mossad und all die anderen. Leute wie jene, die das Flugzeug gesprengt haben, die Lupescu getötet haben, deine Freundin Serena und Hunderte und Tausende anderer Menschen, und die weiter töten werden, immer weiter. Leute wie ich, damit wir uns recht verstehen. Doch lassen wir das jetzt, ich muß dir noch vieles erklären, bevor Susan zurückkommt.«

Alfonso Contrera betrat Carols Zimmer, ohne anzuklopfen. Sie lag auf dem Bett, in ein Buch vertieft. Ruckartig hob sie den Kopf und sah ihn gereizt an.

»Du hast vergessen zu klopfen«, sagte sie kalt.

Contrera lächelte. »Entschuldige, Schatz. Ich bin ganz zerstreut, weil ich mich so freue.«

Er trat näher ans Bett heran und warf einen Blick auf den Umschlag des Buchs. »Du informierst dich ja – du bist wirklich eine Profi-Agentin. Aber das ist nun nicht mehr nötig. Die Sache ist gelaufen, wir schließen die Operation ab.«

Carol legte Michael Queriands neusten Roman auf das Nachtschränkchen und runzelte die Stirn. »Schon?«

Contrera lächelte erneut. »Ja, gestern abend hat man uns mitgeteilt, daß der Unabhängige gefunden hat, was er finden sollte. Zum Glück haben wir das erfahren, bevor wir die geplante Aktion durchgeführt haben, um ihn unter Druck zu setzen. Du weißt schon, die Geliebte des Schriftstellers...«

Carol zuckte die Achseln.

»Besser so«, sagte sie gleichgültig.

»Bleibt eine letzte Sache. Du solltest noch einmal zu Queriand und die Wanze aus dieser Sanduhr zurückholen. Es ist nicht schön, Spuren zu hinterlassen...«

»Ich interessiere ihn nicht besonders, das habe ich dir doch schon gesagt. Deshalb weiß ich nicht, wann er mich wiedersehen will, und ob überhaupt.«

»Ich bin sicher, daß er will. Männer verzichten nie auf einen guten Fick.« Contrera hielt sich die Hand vor den Mund und machte ein zerknirschtes Gesicht. »Entschuldige, Schatz, ich hoffe, ich habe dich nicht beleidigt...«

»Nein, wieso denn? Du hast nur gesagt, daß ich meine Arbeit gut mache.«

»Du bist phantastisch, das habe ich immer gewußt. Und was diese Sanduhr angeht: Sieh einfach zu, was du tun kannst. Unternimm nur etwas, wenn es absolut sicher ist. Andernfalls lassen wir ihm das Ding zur Erinnerung.«

»Jetzt, wo die Arbeit beendet ist: Wie sieht das Programm für den Abzug aus?« fragte Carol.

»Ich werde mit den anderen morgen verschwinden, du kannst noch im Haus bleiben, bis du die Wanze geholt hast. Aber nicht länger als ein paar Tage.«

»Gut, die werde ich nutzen, um ein bißchen Shopping zu machen; aber ich ziehe ins Hotel.«

»Wie du willst. Komm doch später in die Bibliothek«, sagte Contrera und wandte sich zur Tür. »Ich habe da einen

Umschlag, der macht dir dein Shopping zum Fest. Es war mir eine Freude, mit dir zu arbeiten, Carol.«

Als er draußen war, stand Carol vom Bett auf und begann zu packen. Dann schlüpfte sie schnell in ein Paar Jeans und einen Pullover, warf den Pelz über und ging hinaus. Auf dem Flur traf sie einen von Contreras Männern.

»Ich gehe ein bißchen spazieren, Mario. Bin bald wieder da«, sagte sie und lächelte.

Der Italiener nickte und lächelte ebenfalls.

»Wir ziehen ab. Hat Contrera dir das gesagt?«

»Ja, aber ich bleibe noch in London. Falls wir uns morgen früh nicht mehr sehen sollten, sage ich dir jetzt schon mal auf Wiedersehen.« Carol gab dem Mann die Hand, und er verabschiedete sich mit einem Zwinkern von ihr.

»Gib auf dich acht, Kleine.«

Carol mimte einen komischen militärischen Gruß und ging weiter durch den langen Flur bis zum Ausgang. Draußen brachte sie ein paar Häuserblocks hinter sich, betrat dann eine Telefonzelle und wählte die Nummer, die sie inzwischen auswendig kannte.

»Bei Queriand«, meldete sich die Haushälterin.

»Guten Tag, hier ist Carol Massara. Ich würde gerne Michael Queriand sprechen. Aber wenn er arbeitet, stören Sie ihn bitte nicht...«, fügte sie eilig hinzu, denn sie wollte nicht, daß er aus seinem Arbeitszimmer mit ihr telefonierte, weil Contrera in diesem Fall den Anruf mitgehört hätte. Diese Geschichte war zu Ende, und sie war nicht mehr verpflichtet, sich wie eine dumme kleine Nutte zu benehmen.

»Mr. Queriand ist nicht zu Hause. Soll ich ihm etwas ausrichten?«

»Nur, daß ich angerufen habe, vielen Dank.«

Carol legte auf und verließ die Telefonzelle. Draußen wehte ein eisiger Wind, und die Leute hatten es eilig. Es war fast Mittagszeit, doch sie hatte keine Lust, zu ihrer Basis zurückzukehren und Contrera und seine Männer zu treffen. Das Geld, das sie mit dieser Operation verdient hatte, würde ihr erlauben, ein Jahr lang bestens zu leben. Und alles, weil sie mit einem Mann ins Bett gegangen war, der ihr gefiel – ein Witz. Ohne es zu bemerken, lächelte sie. Ein junger Mann warf ihr einen bewundernden Blick zu, und Carol fühlte sich mit einem Mal bester Laune. Später würde sie Queriand noch einmal anrufen und ihm ein Treffen für den nächsten Tag vorschlagen, wenn Contrera schon nicht mehr in der Stadt wäre. Erst jetzt wurde ihr klar, daß sie seit Tagen auf die Anweisung gewartet hatte, mit dem Schriftsteller Kontakt aufzunehmen. Als Contrera ihr gesagt hatte, die Aktion sei abgeschlossen, hatte diese Nachricht sie nicht erleichtert. Und bei dem Gedanken, daß sie Queriand nicht wiedersehen würde, hatte sie sich seltsam unruhig gefühlt.

Wenn eine Operation beendet war, wurde jeder Kontakt mit Außenstehenden sofort abgebrochen und der Ort der Mission so schnell wie möglich verlassen. Doch sie würde nicht aus London weggehen. Contrera hatte ihr gesagt, sie solle diese Wanze zurückholen, und das würde sie tun, dachte sie voller Überzeugung. Ihre Aufgabe war noch nicht beendet, sagte sie sich und versuchte das fremde Gefühl, das sie in sich spürte, durch ihre Arbeit zu rechtfertigen.

Als Ogden in das Haus am Markham Square zurückkam, machte Franz ihm mit einem erleichterten Gesicht die Tür auf.

»Da bist du ja endlich! Sie haben den ganzen Vormittag nach dir gesucht«, sagte er und ließ ihn eintreten.

»Und was hast du gesagt?«

»Daß ich keine Ahnung hätte, wo du steckst; und das hat ihnen nicht gefallen. Jedenfalls habe ich so getan, als wäre ich wütend, weil du mich nicht darüber informiert hast, was in dem Umschlag war, den ich nach Berlin schicken mußte. Ich habe sogar gedroht, daß ich nicht mehr mit dir zusammenarbeiten würde. Stuart hat gesagt, du sollst sofort in Berlin anrufen, wenn du wieder da bist. Besser, du tust ihm den Gefallen.«

»Nein. Ich bin sicher, sie rufen jeden Moment an.«

Und tatsächlich unterbrach sie genau in diesem Augenblick das langgezogene Läuten von Franz' abhörsicherem Telefon. Ogden nahm den Apparat.

»Wir haben die ganze Nacht lang versucht, dich zu erreichen...«, schrie Casparius ihn an.

»Ich wollte schlafen. Es war nicht gerade angenehm, diese Scheiße ansehen zu müssen.«

Casparius antwortete nicht gleich. Ogden ahnte, daß er unsicher war, ob er seiner Wut freien Lauf lassen oder so tun sollte, als ob nichts wäre, um sich einmal mehr verständnisvoll gegenüber seinem Schützling zu zeigen. Schließlich entschied sich der Alte für die zweite Möglichkeit, denn letzten Endes war die Operation ja erfolgreich abgeschlossen worden.

»Ja, eine echte Schweinerei«, gab er zu, »aber die Sache

geht uns nichts an. Mein Kompliment, sehr gute Arbeit, wie immer. Und sicher ist dir schon klar, daß wir jetzt weiter so tun müssen, als suchten wir Sachas Diskette, damit wir unseren armen Sir Quentin nicht enttäuschen...«

»Natürlich. Genauso, wie mir klar ist, daß ich an der Nase herumgeführt worden bin. Sie hätten mir gleich sagen sollen, um was es ging«, beklagte er sich und spielte den Verärgerten, »oder haben Sie gefürchtet, mein Magen wäre zu empfindlich dafür?«

Casparius schnaubte. »Das habe ich tatsächlich befürchtet. Wegen Wien und wegen deines Rückzugs, der schließlich ein ganzes Jahr gedauert hat. Doch dann habe ich es mir noch einmal überlegt und dir diesen Auftrag anvertraut, weil ich sicher war, daß nur du damit zu Rande kommen würdest. Ein schöner Vertrauensbeweis, da mußt du mir doch zustimmen!«

Ogden schwieg, und der Alte fuhr fort. »Nun komm, wir wollen doch nicht nachtragend sein. Ich wollte nicht, daß du von Anfang an schlechte Laune hast, wenn ich dir die wirklichen Ziele der Mission erkläre. Es war doch eher eine schmutzige Angelegenheit, das muß ich zugeben. Ich hatte das Gefühl, dir kämen vielleicht Skrupel, wenn du die ganze Wahrheit wüßtest...«, fügte Casparius hinzu und tat so, als sei er verlegen.

»Ihr Gefühl war falsch«, sagte Ogden barsch.

Der Alte war mit dieser Reaktion zufrieden.

»Du darfst nicht gekränkt sein, wenn mir hin und wieder Zweifel kommen, ob du nicht vielleicht doch ein Gewissen hast. Im Grunde ist es ja ein Kompliment, findest du nicht auch?«

»Das hängt davon ab, was für eine Arbeit man macht«, erwiderte Ogden. »Doch lassen wird das. Sagen Sie mir lieber, an welchem Punkt wir jetzt sind – und diesmal ohne Spielchen.«

»Dank dir ist die Mission abgeschlossen; es bleibt uns nur noch, unsere Schulden bei Sir Quentin zu begleichen«, erklärte der Alte. »Wir haben ziemlich interessantes Material aus den Stasi-Archiven, das sich sehr gut dafür eignet. In Wirklichkeit harmloses Zeug, doch es wird die Engländer eine Zeitlang beschäftigt halten.«

»Wie gelangen wir in Besitz dieses Materials?«

»Das hängt davon ab, auf welche Art die CD-ROM gefunden worden ist«, sagte Casparius in einem Tonfall, als könnte er keiner Fliege etwas zuleide tun. »Darüber hast du uns noch nicht viel erzählt...«

Ogden erkannte die Falle gleich.

»Da gibt es nicht viel zu erzählen«, antwortete er. »Wir haben die CD-ROM in Lupescus Wohnung gefunden. Sie steckte im Kartonschuber eines Buchs. Alle, die die Wohnung durchsucht haben, unsere Leute eingeschlossen, sollten zurück in die Ausbildung geschickt werden.«

»Und Queriand hat gesehen, was du gefunden hast?«

»Natürlich, er war bei mir. Ich hoffte, daß er mir als enger Freund Lupescus nützlich sein könnte. Außerdem wissen Sie ja, daß ich mich ihm gegenüber offenbart habe...«

»Ja, das weiß ich. Und ich bin mit dieser Entscheidung nicht einverstanden, doch was geschehen ist, ist geschehen...«, bemerkte Casparius.

»Es ging nicht anders, ich hätte ihn sonst nicht dauernd besuchen können, wie die Situation es verlangte, ohne seinen Verdacht zu erregen. Außerdem habe ich ihm nur einen Teil der Wahrheit gesagt.«

»Bevor du die CD-ROM gesehen hast, war es die ganze Wahrheit!« entgegnete Casparius im Tonfall eines Vaters, der den Sohn dabei überrascht, wie er irgend etwas anstellt, doch der im Grunde belustigt darüber ist.

»Stimmt«, gab Ogden zu, aber vielleicht wird es Sie nicht wundern, wenn ich Ihnen sage, daß ich von Anfang an den Verdacht hatte, daß die Dinge nicht so lagen, wie der Dienst mir weismachen wollte...«

»Gewiß, gewiß«, gab Casparius eilfertig zu. »Doch ich muß unbedingt Klarheit darüber haben, was der Schriftsteller über die CD-ROM weiß.«

»Nachdem wir das Versteck entdeckt hatten«, fuhr Ogden sehr ruhig fort, »habe ich zu Queriand gesagt, daß ich mir die CD-ROM natürlich allein ansehen würde. Dann habe ich ihm empfohlen, die ganze Geschichte zu vergessen. Er ist ein intelligenter Mann, und die gefährlichen Situationen, die er schon erlebt hat, haben seine Neugierde gedämpft. Ich bin sicher, es interessiert ihn nicht die Bohne, was auf der CD ist. Wie dem auch sei«, fuhr er fort und kam Casparius zuvor, der gerade etwas sagen wollte, »ich habe schon eine andere CD vorbereitet, auf die ich die Liste aller Bibliotheken des Vereinigten Königreichs überspielt habe, außerdem eine Übersetzung einiger Sanskrit-Texte. Ich werde Queriand sagen, daß zur Enttäuschung von Sir Quentin und mir die CD-ROM nicht das enthalte, was wir suchten. Wenn er mich fragt, warum etwas so Harmloses in dem Schuber versteckt war, werde ich antworten, es sei ein Versuch, uns von der richtigen Spur abzubringen. Ein bißchen schwach, das gebe ich zu, doch im Moment fällt mir nichts Besseres ein. Ich glaube, diese Lösung bereitet den Weg für das, was Sie und Stuart planen, habe ich recht?«

Casparius antwortete nicht gleich, er sah Stuart an, der an einem Nebenanschluß mithörte. Dieser zog verwundert die Augenbrauen hoch, dann nickte er.

»Richtig«, gab der Alte zu. »Wir haben tatsächlich die Absicht, Queriand über ein Londoner Anwaltsbüro eine versiegelte Sendung zu schicken, in der eine Diskette ist, die diese Stasi-Dokumente enthält, von denen ich eben sprach. Es muß so aussehen, als hätte Lupescu, als er sich nach dem Tod seines Freundes Monteanu klar wurde, daß er in Gefahr war, beschlossen, Queriand dieses Dokument zukommen zu lassen. Das Ganze wird mit einem Begleitbrief versehen sein, in dem er Queriand darum bittet, das Material dem Secret Service zu übergeben. In diesem gefälschten Brief wird auch erklärt, warum Lupescu die Rechtsanwälte angewiesen hat, Queriand die Diskette nicht eher als zwei Monate nach seinem Tod zukommen zu lassen. Das Anwaltsbüro, das natürlich für uns arbeitet, wird darauf achten, daß alles absolut authentisch aussieht, vor allem die Unterschrift in dem Brief. Ein bißchen romanhaft, doch es müßte funktionieren. Was meinst du?«

»Da der Empfänger Schriftsteller ist, kann es, glaube ich, nicht schaden, wenn sich die Sache wie in einem Roman auflöst.«

Ogden war zufrieden mit der Wende, die dieses Gespräch genommen hatte, doch er wollte noch weitere Zusicherungen, was Queriand anging.

»Ich nehme an, daß der unsinnige Mord an dieser Frau,

ich meine Serena Preston, und die Angriffe auf Queriand und Anita Moss auf das Konto dieser Schlächter gehen, die unsere Auftraggeber sind...«, sagte er in einem vage angewiderten Ton.

»Natürlich«, gab Casparius verärgert zu, »diese Leute sind nervös geworden, weil alles so schnell ging, oder vielleicht wegen der Geistergeschichte...«

»Dummes Zeug«, sagte Ogden barsch. »Mich wundert, daß man den paranormalen Hobbys zweier alter Damen derart viel Gewicht gibt. Doch wenn Queriand oder Dr. Moss etwas zustoßen sollte, würde ich es als persönliche Beleidigung auffassen. Anita Moss ist absolut harmlos«, fügte er ein wenig entspannter hinzu, »und der Schriftsteller kann es kaum abwarten, daß er diese Geschichte hinter sich hat.«

»Du möchtest von mir das Versprechen, daß deinen Freunden nichts geschieht?« fragte Casparius belustigt. »Aber natürlich, was denkst du denn! Der Schriftsteller ist für uns als Empfänger der falschen Diskette ungeheuer nützlich. Danach kann er meinetwegen in heiligem Frieden weiter seine Bücher schreiben. Für die Frau Doktor gilt das gleiche. Du solltest wissen, daß wir solche Methoden nicht anwenden, wenn es nicht unvermeidlich ist!«

»Um so besser«, sagte Ogden in einem Ton, als wollte er nur der Form halber auf Distanz gehen. »Also, wann laßt ihr Queriand diesen Umschlag zukommen?«

»Morgen früh, mit der ersten Post. Es ist alles schon fertig.«

»Dann wird Queriand sich mit mir in Kontakt setzen«, sagte Ogden, »und ich werde ihn mit der Diskette zu Sir

Quentin bringen. Wie Sie sehen, war es gut, dem Schriftsteller meine Identität zu enthüllen. Wenn ich das nicht getan hätte, könnte Queriand jetzt irgend etwas unternehmen, ohne sich an mich zu wenden, und uns Probleme machen.«

»Ja, das muß ich zugeben.« Casparius mochte seinem Agenten jetzt keinesfalls widersprechen. Vielmehr empfand er eine gewisse Befriedigung darin, ihn zu beglückwünschen. »Aber geh nicht überstürzt vor«, bat er sich aus, »die Vorstellung muß überzeugend sein.«

»Ich werde mein Bestes tun. Doch die anspruchvollste Rolle müssen Sie ja spielen, Casparius, wenn Sir Quentin sich beim Dienst für die nutzlosen Dokumente bedankt, die Sie ihm statt der CD-ROM zukommen lassen«, sagte er in der vollen Absicht, ihn zu treffen.

»Das ist für mich kein Problem, das solltest du wissen«, antwortete der Alte, um vollkommen kalt fortzufahren: »Wie es für mich auch kein Problem gewesen ist, diese Mission in Kenntnis des Inhalts der CD-ROM durchzuführen. Das ist der Unterschied zwischen uns beiden. Jetzt hast du doch verstanden, warum ich dir die unangenehme Seite der Operation verheimlicht habe?«

Ogden steckte den Hieb ein. »Das war sehr gut so, und ich bin Ihnen dankbar für die Feinfühligkeit.«

»In Ordnung, jetzt reicht es mit dem Wortgefecht«, sagte Casparius schroff. »Ich habe nie daran gezweifelt, daß du den Job ausgezeichnet machst, deshalb habe ich dich nach London geschickt. Der Rest zählt nicht. Wir hören morgen voneinander, wenn der Schriftsteller den Umschlag bekommen hat.«

Ogden legte auf und sah Franz an, der das Gespräch an einem anderen Apparat verfolgt hatte. Er machte eine zweifelnde Geste.

»Ich weiß nicht, ob du ihn getäuscht hast«, sagte er unschlüssig.

»Doch, das glaube ich schon, jedenfalls so weit, daß es reicht«, sagte Ogden. »Casparius' Wachsamkeit läßt nach, wenn eine Mission glücklich abgeschlossen ist.«

»Und mit dem Schriftsteller, wie regelst du das?«

»Je weniger er weiß, desto besser für ihn. Doch er ist intelligent und hat viel Vertrauen in die Offenbarungen seines Freunds aus dem Jenseits, deshalb bin ich mir nicht sicher, ob er die Geschichte mit der harmlosen CD-ROM schluckt...«

»Aber morgen bekommt er die Diskette mit dem gefälschten Lupescu-Brief, und das dürfte ihn überzeugen.«

»Ich hoffe es. Allerdings habe ich das Gefühl, Queriand glaubt den Toten mehr als den Lebenden, und ich muß gestehen, daß die Fakten ihm recht geben.«

Queriand hatte den ganzen Tag auf einen Anruf Ogdens gewartet. Er war ein wenig enttäuscht, weil er meinte, an dem Fund in Lupescus Wohnung einen gewissen Anteil zu haben, und obwohl er wußte, daß Ogden ihm niemals sagen würde, was die CD-ROM enthielt, hatte er doch gedacht, wenigstens etwas von ihm zu hören. Außerdem hatte Carol am Nachmittag angerufen, und er konnte es kaum abwarten, Ogden die Neuigkeit mitzuteilen.

Er sah auf die Uhr: Es war Punkt sechs. Er schaltete den Computer aus und legte eine Kassette ein. Schumanns Musik erfüllte den Raum. Queriand holte sich einen Whisky und legte sich auf die Couch. Nur die Schreibtischlampe brannte, und in diesem dämmrigen Licht entspannte er sich, bis das Läuten des Handys ihn hochfahren ließ.

»Sind Sie in Ihrem Arbeitszimmer?« fragte Ogden, ohne ihm Zeit zu lassen, ihn zu begrüßen.

»Ja.«

»Dann tun Sie so, als hätte ich mich verwählt, und gehen Sie nach unten.«

Queriand verlor keine Zeit und gehorchte. »Sie haben eine falsche Nummer«, sagte er, stand von der Couch auf, verließ das Arbeitszimmer und eilte im Laufschritt ins Wohnzimmer hinunter.

»Ich bin unten«, sagte er ins Handy.

»Gut, wir dürfen diese Sanduhr nicht vergessen. Ich konnte mich nicht früher melden. Wie geht es Ihnen?«

»Sehr gut, abgesehen davon, daß Carol heute nachmittag angerufen hat. Zum Glück war ich nicht da. Linda hat mit ihr gesprochen.«

Ogden machte eine nachdenkliche Pause.

»Alles in Ordnung?« fragte Queriand besorgt.

»Hat Carol eine Nummer hinterlassen?«

»Nein, sie hat gesagt, sie würde es noch einmal versuchen. Aber sagen Sie, was ist mit unserem Fund von gestern?«

»Das würde ich gerne mit Ihnen direkt besprechen. Ich komme zu Ihnen.«

»Einverstanden, ich erwarte Sie. Wenn Carol in der Zwischenzeit anrufen sollte – was soll ich ihr sagen?«

Ogden verstand nicht, was Carol nach beendeter Mission von dem Schriftsteller wollte. Er wußte nicht, für welchen

Teil der Auftraggeber sie arbeitete, und das hatte eigentlich auch keine Bedeutung mehr, doch es wunderte ihn, daß sie London noch nicht verlassen hatte.

»Denken Sie sich eine Entschuldigung aus, und lassen Sie sich ihre Telefonnummer geben, um sie zurückrufen zu können«, sagte er hastig. »Wir sehen uns gleich.«

Als Ogden vor dem Haus des Schriftstellers ankam, hatte er sich überlegt, wie man sich Carol gegenüber weiter verhalten könnte. Er würde Queriand bitten, sich mit ihr zu treffen, wenn sie das wollte. Um so mehr, als der Fall noch nicht abgeschlossen war.

Queriand öffnete ihm die Tür und lächelte ihn an, offenbar froh, ihn zu sehen.

»Kommen Sie herein, ich bin gespannt zu erfahren, ob Sie endlich gefunden haben, wonach Sie suchten...«, sagte er und führte ihn ins Wohnzimmer.

Ogden antwortete nicht, bis sie sich in den Sesseln gegenübersaßen.

»Es tut mir leid«, sagte er, »doch die CD-ROM, die wir gestern in Lupescus Wohnung gefunden haben, hat nichts mit den Dokumenten zu tun, die wir suchen. Sie enthält nur eine endlose Liste englischer Bibliotheken, und eine ehrgeizige Übersetzung eines Sanskrit-Textes. Offenbar Arbeitsmaterial des Professors.«

Queriand sah ihn mit offenem Mund an. »Was sagen Sie denn da, das ist doch nicht möglich!« platzte er verärgert heraus. »Was für einen Grund hätte es gegeben, eine solche CD-ROM in den Schuber zu kleben?«

»Vielleicht handelt es sich um ein plumpes Täuschungsmanöver...«, sagte Ogden; oder um ein plumpes Märchen, setzte er den Satz im stillen fort, selbst verärgert über die unglaubwürdige Geschichte, die er erzählen mußte.

Queriand sah ihn enttäuscht an. »Nun, das hätte ich niemals erwartet. Dann ist diese Sache also noch nicht zu Ende«, murmelte er.

Ogden tat so, als sei er enttäuscht.

»Leider nein, deshalb wäre es besser, Sie würden es akzeptieren, Carol zu sehen. Doch Sie müssen es nicht tun. Wenn Sie keine Lust dazu haben, lassen Sie es, und sagen Sie einfach, es geht Ihnen nicht gut.«

»Okay, ich treffe mich mit ihr«, sagte Queriand gereizt. »Doch ich bin erschöpft, ich frage mich, wie Sie es schaffen, ständig inmitten von Intrigen und Verbrechen zu leben.«

Ogden lächelte müde. »Ich denke auch tatsächlich daran, mich zurückzuziehen...«

Queriand sah ihn ungläubig an. »Wirklich? Kann denn ein Spion überhaupt aussteigen?«

»Einfach ist es nicht, aber wenn er seine Karten gut ausspielt, kann er es schaffen.«

»Und Sie glauben, daß man Ihnen erlauben wird, mit allem aufzuhören?«

Ogden antwortete nicht gleich. Nach Wien hatte er den Ausstieg versucht, doch zum Schluß war er zu der Überzeugung gelangt, daß dies das einzige Leben für ihn war. Doch jetzt, nach dieser Geschichte mit dem Flugzeug und allem, was sie heraufbeschwor, war er entschlossen, aufzuhören.

Das Telefon läutete. »Das muß Carol sein«, sagte Queriand besorgt.

»Sie müssen Sie nicht unbedingt heute abend sehen...«, erklärte Ogden noch einmal.

Diese Worte verletzten Queriand in seinem Stolz. Im Grunde ging es nur darum, das zu tun, was er schon zuvor getan hatte, und zwar mit einem gewissen Vergnügen, dachte er. Er lachte jungenhaft und breitete die Arme aus.

»Machen Sie sich keine Sorgen um mich, ich riskiere nur, daß sie mich tötet«, sagte er einen Moment, bevor er den Hörer abnahm.

»Hallo, hier ist Carol. Wie geht's dir?«

Queriand fand, daß ihre Stimme ruhiger als sonst klang, ohne diesen verführerischen Tonfall, der ihm bisher immer als ihr unverwechselbares Markenzeichen vorgekommen war.

»Danke, gut. Und dir?«

»Kein Grund zu klagen«, antwortete Carol, und Queriand hatte das Gefühl, einen anderen Menschen am Telefon zu haben. »Ich würde dich gerne sehen«, fuhr sie fort. »Geht das?«

Der Schriftsteller runzelte die Stirn, warf Ogden einen Blick zu und deutete dabei mit einer Geste an, daß irgend etwas los sei. Der Agent gab ihm ein Zeichen fortzufahren und trat näher an den Verstärker heran, um das Gespräch mitzuhören.

»Dazu hätte ich auch Lust. Komm doch heute abend einfach zum Essen.«

Carol hatte sich nicht darauf gefaßt gemacht, ihr Ziel so leicht zu erreichen, und war ganz perplex. Außerdem fühlte sie sich ohne ihre professionelle Identität unbehaglich und wehrlos. Da fiel ihr ein, daß sie ja die Wanze zurückholen mußte. Dieser Gedanke ließ sie die notwendige Distanz wiedergewinnen, und ihr Tonfall änderte sich.

»In Ordnung. Soll ich kochen? Ich bin eine recht gute Köchin…«

»Vielen Dank, Carol, aber ich würde dich lieber nicht in der Küche sehen. Ich werde etwas ins Haus kommen lassen. Magst du Roastbeef?«

»Sehr. Um wieviel Uhr soll ich kommen?«

»Um neun.«

»Okay, also dann bis später.«

Carol legte auf. Queriand sah Ogden an, der das Gespräch an dem eigens eingerichteten Verstärker verfolgt hatte.

»Eine überraschende Verwandlung«, bemerkte Ogden.

»Aber wirklich! Sie kam mir wie ein anderer Mensch vor. Was halten Sie davon?«

»Das ist Ihr Verdienst.«

»Meinen Sie damit, sie hat sich in mich verliebt? Das ist doch absurd«, sagte Queriand kurz angebunden.

»Wieso denn nicht? Auch Spioninnen haben ein Herz.«

»Sie machen sich über mich lustig, und das scheint mir wirklich nicht der passende Moment dafür.«

»Ich mache mich nicht über Sie lustig«, sagte Ogden, nun wieder ernst. »Ich habe eine gewisse Erfahrung mit Agenten, die müssen Sie mir zugestehen. Der Anruf Carols war ganz anders, verglichen mit denen davor. Sie hat kein Theater gespielt und sich erst am Ende bemüht, in ihre Rolle zurückzufinden. Sie können davon halten, was Sie wollen, aber meiner Ansicht nach hat sie arge Probleme.«

»Glauben Sie, sie ist in Lebensgefahr? Wieso denn?«

Ogden lachte. »Die Probleme, die ich meine, haben nichts mit den Leuten zu tun, für die sie arbeitet, Queriand, sondern mit Ihnen. Sie hat sich in Sie verliebt, und das ist nicht unbedingt das Beste, was einem in diesem Beruf widerfahren kann.«

»Sie meinen das ja tatsächlich ernst …« Queriand verdrehte die Augen.

»Ich habe die Aufnahmen der anderen Telefongespräche gehört. Sie waren wie aus dem Lehrbuch, und Carol hat ihre Rolle ziemlich gut gespielt. Doch nach diesem Telefonat begreift man erst richtig, wie sehr sie bisher gespielt hat. Wenn sie ihre Rolle aufgegeben hat, wird das schon seinen Grund haben.«

Ogden erwähnte nicht, daß einer der Gründe, die Carol veranlaßten, ihre Maske fallenzulassen, das Ende der Mission war. Von diesem Moment an bedeutete Carol keine Gefahr mehr, doch das konnte er dem Schriftsteller noch nicht sagen.

»Nun«, sagte Queriand mit heiterer Miene, »wenn das stimmt, was Sie sagen, und ich habe keinen Grund, an Ihrer Erfahrung zu zweifeln, dann könnte die Begegnung heute abend ja sehr nett werden.«

Ogden sah ihn auf eine Weise an, die Queriand sonderbar vorkam. Auf seinem Mund lag ein freudloses Lächeln, und der Blick schien eine Bemerkung auszudrücken, die allerdings nicht die Form von Worten annahm. Er schüttelte den Kopf und wandte sich dem Ausgang zu.

»Vielleicht will sie sich die Sanduhr wieder holen«, sagte er. »Erleichtern Sie ihr die Aufgabe, wenn Sie merken, daß dies das – jedenfalls scheinbare – Motiv ihres Besuchs ist.«

»Was meinen Sie damit?« Queriand verstand nicht.

»Ich will sagen, daß Carol, auch wenn sie in Sie verliebt ist, vielleicht eine Arbeit abzuschließen hat. Helfen Sie ihr, dann schaffen wir uns diese Wanze vom Hals. Wenn Sie sehen, daß Carol um die Sanduhr herumschleicht, lassen Sie sie so weit in Ruhe, daß sie tun kann, was sie tun muß. Vielleicht macht sie die Sanduhr auf und entfernt die Wanze, damit das Geschenk dableiben kann und kein Verdacht aufkommt.«

»Aber warum sollte sie die Wanze denn holen?«

»Ich weiß nicht. Das ist so eine Idee, die mir gekommen ist. Vielleicht haben ihre Chefs sich überlegt, daß wir früher oder später finden könnten, was sie da plaziert haben – und dann wäre Carol enttarnt. Genaugenommen ist sie das ja schon. Ich kann mich natürlich irren...«

Ogden war gereizt. Er hatte viel geredet, um zu vermeiden, daß Queriand sich in Gefahr brachte, wenn er vielleicht Carol mit der Sanduhr hantieren sah. Doch er hatte es auch getan, um diesem naiven Mädchen zu helfen, und das war zuviel des Guten. Er begann, Punkte zu vergeben, sagte er sich, und das konnte er sich nicht leisten.

»Jetzt muß ich gehen, wenn Sie mich brauchen, wissen Sie ja, wie Sie mit mir Kontakt aufnehmen können.«

»Warten Sie!« Queriand hielt ihn am Arm fest.

Ogden blieb in der schon geöffneten Tür stehen und sah ihn fragend an.

»Gibt es da irgend etwas, das nicht in Ordnung ist und das ich wissen sollte?« fragte Queriand besorgt.

Der Agent zögerte, dann nickte er.

»Es gibt etwas, das Sie nicht wissen, und es ist richtig, daß Sie es nicht wissen, zu Ihrer eigenen Sicherheit. Seien

Sie ganz ruhig, vertrauen Sie mir und versuchen Sie den Abend zu genießen.«

Queriand wollte noch etwas sagen, doch dann verzichtete er darauf. Ogden ging, und er sah ihm nach, bis die Dunkelheit ihn verschluckt hatte.

Carol kam um Punkt neun. Queriand hatte sie mit einer gewissen Ungeduld erwartet und in der Zeit, die bis zur Verabredung blieb, das Abendessen bei einem Restaurant bestellt, das auch ins Haus lieferte.

Er kümmerte sich nur äußerst ungern um den Haushalt: Im allgemeinen aß er im Restaurant, und wenn er Gäste hatte, bat er Linda, das Essen zuzubereiten und zu servieren. Doch in diesem Fall war das nicht möglich gewesen: Um das intime Zusammensein mit der Spionin zu gewährleisten, die vielleicht in ihn verliebt war, aber auch die Absicht haben konnte, ihn aus dem Weg zu räumen, war er gezwungen, mit Tellern und Gläsern zu hantieren, und das hatte ihm die Laune noch mehr verdorben.

Als er die Tür öffnete und sie vor sich sah, erkannte er sie fast nicht wieder. Carol war ungeschminkt, sie trug Leggings, Lederstiefeletten und eine Schaflederjacke. Als sie eintrat, lächelte sie ihn an, ohne ein Wort zu sagen. Er half ihr aus der Jacke und bemerkte, daß auch ihre übrige Kleidung sehr sportlich, fast männlich war: ein einfacher blauer Kaschmirpullover mit Rollkragen, der gut zu ihrem blonden Haar paßte. Sie wirkte jünger, vielleicht weil sie nicht geschminkt war, und Queriand hatte das eigenartige Gefühl, eine vollkommen Fremde vor sich zu haben – nicht eine Frau, mit der er zweimal geschlafen hatte.

»Komm, wir gehen dort hinüber und trinken einen Aperitif«, sagte er und nahm ihren Arm. Als sie im Wohnzimmer waren, trat Carol an das Fenster zum Garten und sah still in die Nacht hinaus. Keiner von beiden sagte etwas, während Queriand mit den Martinis beschäftigt war. Als er ihr das Glas reichte, brach er schließlich das Schweigen.

»Nun, Carol, was gibt es Neues?« fragte er, und augenblicklich war ihm sein erbärmlicher Einstieg peinlich.

Sie drehte sich um, nahm das Glas, das er ihr hinhielt, und lächelte wie eine Schülerin. Queriand beeindruckte diese Verwandlung immer mehr. Dieses ein wenig durchschnittlich, gar nicht sexy wirkende Mädchen war so ganz anders als die provozierende Carol, die er erst vor wenigen Tagen kennengelernt hatte. Er erwiderte ihr Lächeln, doch so, wie er die Lippen verzog, sah er nicht sehr überzeugt aus.

»Ich bin froh, daß ich hier bin«, sagte Carol, ganz ohne sich zu zieren.

»Das freut mich. Hast du Hunger?«

»Ja.«

»Dann nimm dein Glas mit an den Tisch und setz dich hin, es ist alles fertig«, sagte er und ging in die Küche, um das Essen zu holen.

»Ich habe nicht selbst gekocht, du kannst ganz beruhigt sein, es kommt aus dem Restaurant, wo ich jeden Tag essen gehe«, scherzte er, als er zurückkam. Er stellte die Platte mit Roastbeef und Röstkartoffeln und einen großen gemischten Salat auf den Tisch.

Carol bemerkte, daß Queriand sich nicht recht wohlfühlte. Sie überraschte ihn ein paarmal dabei, wie er sie seltsam ansah: eine Mischung aus Neugierde und Unsicherheit.

»Ist irgend etwas nicht in Ordnung?« fragte sie. »Du siehst aus, als würdest du dich unbehaglich fühlen...«

Queriand, der gerade dabei war, den Salat anzumachen, sah hoch und tat überrascht. Er wollte ihr schon antworten, daß sie sich irre, daß alles wunderbar sei, doch dann überlegte er es sich anders. Es war dumm, dieses Theater fortzusetzen, wenn Carol sich entschieden hatte, damit aufzuhören.

»Nein, mit mir ist alles in Ordnung, doch du bist heute so anders als die Carol, die ich in Erinnerung hatte. Vielleicht ist mit dir etwas geschehen.«

»Das ist nicht fair, ich habe zuerst gefragt«, entgegnete sie freundlich.

»Du hast recht«, gab Queriand zu und ärgerte sich, daß der Trick, ihr den Ball zurückzuspielen, nicht funktioniert hatte. Doch das brachte ihn nun dazu, die Karten auf den Tisch zu legen. Im Grunde stimmte es ja, er fühlte sich unbehaglich, und das passierte ihm sonst nicht so leicht.

»Ich denke, das beste ist, wir reden beim Essen übers Wetter und heben uns die schwierigeren Themen bis zum Kaffee auf«, sagte er und bemühte sich, einen lockeren Eindruck zu machen.

»Mir ist klar, daß du nicht weißt, was du mit mir reden sollst, wir kennen uns ja kaum...« Carol ließ den Satz wie selbstverständlich in der Schwebe, fast so, als wäre es ein Ereignis ohne Geschichte, daß sie miteinander geschlafen hatten, nicht viel anders als einen Kaffee zu trinken, den ein Fremder einem angeboten hat. Doch was Queriand verwunderte, war nicht so sehr der Inhalt dessen, was sie sagte, als vielmehr, daß sie es überhaupt ansprach.

Jeder mit seinen eigenen Gedanken beschäftigt, setzten sie das Abendessen fort und wechselten nur hin und wieder einen belanglosen Satz. Schließlich erhob sich Carol.

»Macht es dir etwas aus, wenn ich aufstehe? Ich kann einfach nicht mehr sitzen...«

Queriand stand ebenfalls auf. »Möchtest du einen Kaffee?«

»Nein, danke, dann kann ich nicht schlafen. Aber zu einem Cognac würde ich nicht nein sagen.«

Sie gingen zurück ins Wohnzimmmer, und Carol setzte sich auf die Couch. Queriand überlegte, wie er sich am schnellsten von ihr befreien könnte, und als er ihr einen Courvoisier eingoß, kam ihm eine Idee.

»Macht es dir etwas aus, wenn wir ins Arbeitszimmer gehen? Ich sitze mit Freunden immer oben, weil ich es gemütlicher finde«, schlug er ihr vor. Von dort könnte er, wann immer er wollte, nach unten gehen und ihr freie Bahn lassen.

Carol sah ihn an, die Augen halb geschlossen, stand dann von der Couch auf, nahm ihre Tasche und wandte sich der Treppe zu. Er folgte ihr mit einem Glas in der Hand. Als sie im Arbeitszimmer waren, reichte er ihr den Cognac.

»Carol, ich lasse dich eine Minute allein. Ich habe vergessen, daß ich noch jemanden anrufen muß. Ich gehe nach unten und hole mir bei der Gelegenheit einen Whisky...«

Sie machte eine fast unmerkliche Kopfbewegung, die Queriand an das leichte Zucken eines erschrockenen Vogels erinnerte, dann lächelte sie und wandte den Blick ab. »Du kannst ganz beruhigt sein, ich werde meine Nase nicht in deine Papiere stecken.«

Queriand ging ohne Eile nach unten in das Arbeitszimmer, das seiner Mutter gehört hatte. Da er wußte, daß Carol, auch wenn sie den Verstärker oben lauter stellte, nichts hören konnte, wählte er Ogdens Nummer. Beim dritten Läuten meldete er sich.

»Hier ist Queriand. Ich habe Carol unter einem Vorwand in meinem Arbeitszimmer allein gelassen. Wie lange, glauben Sie, braucht sie für das, was sie tun muß?«

Ogden seufzte. »Wenige Minuten. Von wo aus sprechen Sie?«

»Aus dem Arbeitszimmer im Erdgeschoß. Es ist sicher. Sie kann in der Mansarde nichts hören.«

»Gut, aber schlagen Sie nicht Ihre Zelte dort auf, das wäre kontraproduktiv. Und bewahren Sie um Himmels willen die Ruhe!«

»Ich bin wahnsinnig ruhig«, protestierte Queriand beleidigt. »Also gut, ich gieße mir jetzt einen Whisky ein und gehe wieder nach oben.«

»Entspannen Sie sich, es ist alles unter Kontrolle...«

»Ja, ich weiß, einschließlich meiner Ficks, eine tolle Aussicht«, schloß er und legte auf.

Als er zurück in sein Arbeitszimmer kam, saß Carol auf der Couch und blätterte in einem Buch. Er setzte sich neben sie und warf einen zerstreuten Blick auf das Regal. Die Sanduhr stand noch auf ihrem Platz.

»Soll ich ein wenig Musik machen?« fragte er und fuhr ihr sanft über die Wange.

»Ja, die Musik, die du beim Arbeiten hörst.«

Queriand lachte. »Dafür habe ich keine besondere Musik, es hängt von der Stimmung ab ...«

»Dann die Musik, die du gehört hast, als du das letzte Mal geschrieben hast ...«

Queriand stand auf und legte die Kassette mit der Musik aus dem neusten Wenders-Film ein, die er in jüngster Zeit gern hörte.

Er setzte sich wieder neben Carol, legte ihr einen Arm um die Schulter und zog sie an sich.

»Ich weiß nicht, was geschehen ist, aber ich glaube, es ist besser, darüber nicht zu reden«, murmelte er und begann sie zu streicheln. Ihr Körper unter seinen Händen vermittelte ihm ein erstaunliches Gefühl der Vertrautheit. Sie zu liebkosen war wie etwas Bekanntes wiederzufinden, das Ruhe und Behagen verströmte. Das war noch keine erotische Lust, doch es genügte, alles andere um sie herum zu vergessen. Ihm fiel auf, daß Carol sich nicht rührte und sich, scheinbar passiv, hingebungsvoll und entspannt streicheln ließ, ohne Zurückhaltung. Seine Zärtlichkeiten wurden zielgerichteter, er hatte das Verlangen, jede einzelne Faser ihres Körpers zu spüren, so, als wäre das letzte Ziel dieser Erkundung nicht eine sexuelle Vereinigung, sondern ein intensiveres Durchdringen. Er überraschte sich dabei, die Bewegungen nachzuahmen, die er seinen Shiatsu-Meister vor Jahren hatte machen sehen. Geschickt tastete er Carols Körper ab, erinnerte sich dabei an die Punkte, wo der alte Japaner innegehalten hatte, und in absoluter Konzentration fand er sie auf ihrem Körper wieder.

Er legte Carol auf den Teppich und massierte ihren Bauch mit einem sanften, kontinuierlichen Klopfen, ging an den

Schenkeln nach unten, spreizte ihre Beine und machte weiter, verstärkte bei jeder Bewegung leicht den Druck seiner Finger. Carol hielt die Augen geschlossen, gab sich vollkommen hin. Queriand spürte, wie ihre Muskeln sich unter seinen Fingern entspannten, seine Hände wanderten von ganz allein über ihren Körper, als würde ein Teil seines Gehirns nur für sie arbeiten. Es war weder Leidenschaft noch Liebe, sondern eine vollkommen unbekannte körperliche und geistige Entspannung.

Als er sich über sie beugte und sie küßte, schlug Carol die Augen auf und sah ihn lange an, ohne ein Wort zu sagen. Da zog er sie aus, und sie begannen sich ganz langsam zu lieben, in absoluter Stille.

In dieser Nacht sah sich Queriand im Traum zusammen mit Ogden auf einem Friedhof mit großen Grabmalen und hohen Zypressen, die die Alleen beschatteten. Da war ein Grabstein mit einem Namen und Worten in einer Sprache, die er nicht verstand. Er rief Ogden, der ihm vorausging, doch dieser wandte sich nicht um, und so mühte er sich weiter, ihm zu folgen. Bei einem Monument aus Marmor, einem großen weißen Block mit Basreliefs tanzender Frauen, begann Ogden zu laufen, und Queriand tat es ihm nach. Als er Ogden erreichte, beugte er sich über eine Frau, die ausgestreckt vor einem Grab lag.

Queriand erwachte schweißgebadet und empfand eine quälende Angst. Er hatte die Frau wiedererkannt, doch da war noch etwas anderes, das er, verwirrt, wie er noch immer war, nicht zu fassen vermochte.

Er machte Licht und setzte sich aufs Bett. Er war allein,

Carol war in den frühen Morgenstunden gegangen; keiner von beiden hatte den Wunsch geäußert, die Nacht mit dem anderen zu verbringen, wohl weil sie fürchteten, die unerwartete Harmonie zu zerstören.

Der kleine Wecker auf dem Nachtschränkchen zeigte sechs. Queriand ging zum Schreibtisch und notierte auf einem Blatt Papier die Einzelheiten aus dem Traum, an die er sich noch erinnerte.

Er hatte schon von dieser Frau geträumt, er wußte, daß sie Veronica hieß und daß sie tot war. Ogden hatte es ihm erzählt.

Mit einem Gefühl der Irritation stieg er wieder ins Bett und fragte sich, aus welchem Grunde er von einer Fremden träumte. Dann kam ihm der Gedanke, daß vielleicht nicht er von ihr träumte, sondern daß sie in seine Träume eindrang, wie es die Toten zu tun scheinen, wenn sie den Lebenden etwas mitteilen wollen. In diesem Fall erlebte er etwas, das nichts mit seinem Unbewußten zu tun hatte und das sicher nicht zufällig so geschah.

»Ich phantasiere«, sagte er mit lauter Stimme und sah wieder auf den Wecker: Inzwischen war es halb sieben. Er beschloß aufzustehen, es hatte keinen Sinn, wenn er versuchte, noch einmal einzuschlafen.

Um acht Uhr machte ihm Linda, ganz erschrocken darüber, ihn um diese Zeit auf den Beinen zu sehen, ein reichhaltiges Frühstück, das er hinunterschlang. Danach beschloß er, Ogden anzurufen, um mehr über den Tod jener Frau zu erfahren, doch als er gerade seine Nummer wählen wollte, läutete es an der Tür.

Linda kam ins Wohnzimmer und brachte ihm einen dikken Umschlag, dessen Absender ein Rechtsanwaltsbüro war. In der Erwartung irgendwelcher unangenehmer Mitteilungen zu einem Auffahrunfall am Piccadilly, in den er einen Monat zuvor verwickelt gewesen war, machte Queriand den Umschlag auf. Er las das Schreiben des Anwaltsbüros und wurde blaß. Dem Brief beigelegt war ein weiterer, kleinerer Umschlag, der eine Diskette enthielt. Queriand griff zum Telefon und rief Ogden an.

»Hallo, hier ist Queriand, es wäre besser, Sie würden sofort herkommen«, schrie er beinahe ins Telefon.

»Was ist los?« Ogden hatte den Anruf erwartet und war schon ausgehfertig.

»Ich möchte lieber nicht am Telefon darüber sprechen«, sagte Queriand, dem unbehaglich wurde, weil er in der Aufregung vergessen hatte, das abhörsichere Handy zu nehmen.

»In Ordnung, ich komme sofort.«

Als Ogden da war, reichte Queriand ihm kommentarlos den Inhalt des Umschlags. Der gefälschte Begleitbrief Lupescus war auf der Maschine getippt, doch von Hand unterschrieben. Im stillen mußte Ogden zugeben, daß er überzeugend aussah. Blieb abzuwarten, ob er es auch für Queriand war.

Doch der Schriftsteller schien im Augenblick noch ganz verwirrt durch diesen postumen Brief, den Casparius in seiner Perfidie so formuliert hatte, daß er zum Teil richtiggehend bewegend war.

»Dann ist das also die berühmte Diskette...«, murmelte Queriand und schüttelte den Kopf.

»Scheint so. Man hat sie tatsächlich zu Recht bei Ihnen

gesucht. Ich muß gestehen, daß ich nicht mehr an eine Möglichkeit dieser Art geglaubt habe. Zwei Monate sind eine lange Zeit... Doch Lupescu war sehr vorsichtig, zu unserem Glück.«

»Jetzt müssen wir sie zu der zuständigen Stelle bringen...«, sagte Queriand, nicht gerade begeistert.

»Natürlich. Wenn Sie wollen, können wir gleich zu Sir Quentin gehen. Je schneller Sie dieses Ding wieder aus dem Haus haben, desto besser.«

Alles verlief nach Casparius' Plan. Ogden brachte den Schriftsteller zu Sir Quentin, der sich hochzufrieden darüber zeigte, wie die Geschichte zu Ende gegangen war, und sich Queriand gegenüber wie ein stolzer Onkel gebärdete, dessen Neffe einen sportlichen Wettstreit in Cambridge gewonnen hat. Ogden gegenüber war er formell und – abgesehen von sporadischen Anspielungen auf die gemeinsame Arbeit – ein wenig wortkarg.

»Lieber Mr. Queriand«, sagte Sir Quentin, als man sich verabschiedete. »Sie haben unserem Land einen großen Dienst erwiesen. Dank Ihrer Freundschaft mit Professor Lupescu sind wir in den Besitz sehr wichtiger Dokumente gelangt, die sonst vielleicht skrupellosen Leuten in die Hände gefallen wären. Ich vertraue darauf, daß Sie nichts von dem, was Ihnen widerfahren ist, auf irgendeine Weise publik machen. Am besten wäre, Sie würden diese unangenehme Geschichte ganz vergessen.«

Ogden fand diesen Mann so englisch, daß es peinlich war. Er konnte ihn sich gut beim Golf vorstellen, einem Sport, den er ganz offensichtlich betrieb, denn überall in seinem Büro standen Pokale und Trophäen herum. Ogden war sich sicher, daß eine mit Vorgabe gespielte Runde Sir Quentin mehr befriedigte als die Enttarnung eines Maulwurfs im MI 5.

Als sie das Gebäude in Grosvenor verließen und wieder in den Jaguar stiegen, stieß Queriand einen Seufzer der Erleichterung aus.

»So Gott will, ist es zu Ende! Jetzt verstehe ich, wieso der Secret Service jahrzehntelang von Maulwürfen unterwandert war…«

Ogden lachte. »Seien Sie nicht zu hart mit Sir Quentin. Er ist ein fähiger Beamter, und vor allem anständig. Vielleicht ist er nicht gerade brillant, aber durch seine Ehrlichkeit bewirkt er mehr Gutes als viele alte Füchse.«

»Das mag sein, trotzdem hat dieser Mann auf mich den Eindruck gemacht, daß jeder ihn hinters Licht führen könnte, doch vielleicht irre ich mich…«

Jeder nicht, aber Casparius schon, dachte Ogden, zufrieden damit, wie sich die Dinge entwickelten.

»Nun, sind Sie froh, daß diese Geschichte zu Ende ist?« fragte er Queriand und sah ihn aufmerksam an.

»Ja, aber es gibt da noch etwas, das mir Bauchschmerzen macht, und ich möchte gern mit Ihnen darüber reden.«

Ogden fürchtete schon, sich zu früh gefreut zu haben. Doch andererseits machte Queriand einen allzu schüchternen Eindruck, fast als bereue er es, etwas gesagt zu haben.

»Nun?« drängte Ogden.

»Wie soll ich mich gegenüber Carol verhalten, wenn sie mich noch weiter sehen will, jetzt, wo alles vorbei ist?«

»Gestern abend müßte sie die Sanduhr doch ausgeräumt haben…«

»Ich denke ja; ich glaube, sie hat es getan, als ich zum Telefonieren nach unten gegangen bin.«

»Machen Sie sich keine Sorgen«, beruhigte ihn Ogden. »Sie haben von Maulwürfen gesprochen. Die Zeiten haben sich geändert, doch Maulwürfe gibt es noch immer, glauben Sie mir. Daß Sie Sir Quentin die Diskette übergeben haben, wird sehr bald den Leuten zu Ohren kommen, die sie in die Hand bekommen wollten. Danach wird Carol im Nichts verschwinden, und Sie werden nie wieder etwas von ihr hören.«

»Schade, die Geschichte begann mir langsam Spaß zu machen.« Queriand hatte den Blick nach vorn auf die Straße gerichtet.

»Von dieser Liaison rate ich Ihnen ab«, sagte Ogden. »Im allgemeinen ergeht es Außenstehenden, die sich mit Geheimdienstleuten einlassen, schlecht...«

»Wie Veronica?«

Ogden war getroffen, doch er verzog keine Miene. Queriand sah ihn an, in Erwartung irgendeiner Reaktion, doch nichts geschah. Schließlich nickte der Agent.

»Hören Sie«, setzte Queriand unsicher wieder an, »es ist etwas geschehen, über das ich heute morgen mit Ihnen sprechen wollte, doch dann kam der Brief, und wir haben keine Zeit mehr gehabt. Erinnern Sie sich an den Traum, den ich vor einiger Zeit hatte, in dem auch Veronica vorkam?«

»Natürlich, der Traum von der Albert Bridge. Und?«

»Ich habe wieder geträumt...«

Queriand erzählte seinen Traum der letzten Nacht, und als er berichtete, wie er die Frau auf dem Boden liegen und Ogden sich über sie beugen sah, bemerkte er, wie dieser schmerzlich den Mund verzog. Danach trat zwischen ihnen eine Stille ein, die keiner von beiden zu beenden wagte. Schließlich fuhr Queriand fort, obwohl ihm bewußt war, wie sehr seine Worte Ogden verletzen würden. Er wollte unbedingt wissen, ob Veronica so gestorben war, wie er es geträumt hatte.

»Es tut mir leid«, sagte er schweren Herzens, »doch da ich mehr als einmal von einer Frau geträumt habe, die ich nie gesehen und von der ich nie gehört hatte – eine Frau, die in Verbindung zu Ihnen steht –, spüre ich das Bedürfnis, mehr von ihr zu erfahren...«

Er unterbrach sich. Inzwischen waren sie in der Jubilee Place angekommen. Ogden parkte vor seinem Haus, stellte den Motor ab und wandte sich Queriand mit einem so resignierten Ausdruck zu, daß sein Gesicht wie das eines anderen aussah, so fremd war es.

»Sie wollen wissen, ob Veronica auf einem Friedhof gestorben ist? Ja, sie ist auf einem italienischen Friedhof gestorben. Sie wollen wissen, ob ich dabei war?« fuhr er fort, mit einer Ruhe, die gewaltsamer als ein Schrei wirkte. »Nein, ich bin zu spät gekommen, um irgend etwas tun zu können, aber früh genug, sie sterben zu sehen. Wie Sie sehen, sind Sie ein Mensch mit übernatürlicher Begabung: Sie haben exakt beschrieben, was geschehen ist. Sie sollten mit Anita Moss zusammenarbeiten.«

Ogden stieg aus und schlug die Wagentür zu. Er ging auf das Haus zu, und Queriand folgte ihm wie ein Roboter. Zu erfahren, daß er den Tod dieser Frau genau so geträumt hatte, wie er gewesen war, erschütterte ihn.

»Wollen Sie etwas trinken?« fragte Ogden, als sie im

Haus waren. Queriand schüttelte den Kopf und setzte sich in einen Sessel, ohne den Mantel auszuziehen. Er dachte immer noch darüber nach, was er im Traum gesehen hatte und was es bedeuten mochte. Hatte er vielleicht eine paranormale Begabung? Und seit wann?

Ogden, der seine Verwirrung bemerkte, trat zu ihm hin und klopfte ihm auf die Schulter.

»Es beunruhigt Sie, zu entdecken, daß Sie einen retrokognitiven Traum hatten. So nennt man das, glaube ich. Ich würde es an Ihrer Stelle nicht so schwernehmen. Ich kann mir vorstellen, das passiert vielen Leuten, nur daß nicht alle die Möglichkeit haben, es gleich zu überprüfen.«

Nicht sehr überzeugt schüttelte Queriand den Kopf. »Ich weiß nicht«, sagte er. »Warum habe ich von Ihnen und Veronica geträumt und Sie mit Lupescu zusammengebracht? Und Sie, Ogden, waren in einem bedenklichen Zustand der Schwäche, erinnern Sie sich?«

Ogden nickte. »Okay, Sie haben von einer Frau geträumt, die tatsächlich gelebt hat, und Lupescu und ich waren auch in dem Traum. Doch ich versichere Ihnen, daß ich niemals, und schon gar nicht mit einem beinahe katatonischen Muskelkrampf im Gesicht, mit Veronica und mit Ihrem Freund Lupescu über die Albert Bridge gegangen bin. Lassen Sie uns einfach sagen, daß auch ein medial begabter Mensch absurde Träume haben kann, wie alle Sterblichen.«

Ogden versuchte, das Ganze herunterzuspielen, obwohl er von dem letzten Traum Queriands beeindruckt war. Denn was er im Augenblick am allerwenigsten gebrauchen konnte, war ein erneuter Sprung ins Paranormale. Queriand sollte sich beruhigen und so schnell wie möglich die ganze Geschichte vergessen.

»Sicher«, gab Queriand ungeduldig zu, »doch Tatsache ist, daß ich von Veronica geträumt habe, noch bevor Sie mir von ihr erzählt haben, und daß mir nicht gefiel, was in dem Traum geschah. Und nun kehrt Veronica in meine Träume zurück.« Er breitete besorgt die Arme aus. »All dies muß doch einen Sinn haben...«

»Und worin soll der Ihrer Ansicht nach liegen?« fragte Ogden skeptisch.

»Das weiß ich noch nicht, aber ich habe das ziemlich beklemmende Gefühl, daß Veronica mir erzählen wollte, wie sie gestorben ist, um mir ihre Identität zu beweisen. Und dafür muß sie einen bestimmten Grund haben...«

Ogden schüttelte den Kopf. »Ich kann Ihnen nicht folgen, Queriand. Sie sprechen von Veronica, als wäre sie noch am Leben. Das ist doch alles absurd! Sie haben sich von dieser gespenstischen Stimmung hinreißen lassen, und wenn Sie nicht achtgeben, werden Sie noch den Verstand verlieren. Doch auch wenn man einmal davon ausgeht, daß Ihre Überlegungen stimmen: Welchen Grund hätte Veronica, mit Ihnen Kontakt aufzunehmen?«

Queriand schien über etwas anderes nachzudenken. Doch ein paar Sekunden später sah er hoch.

»Ich weiß es noch nicht mit Sicherheit«, sagte er sehr konzentriert. »Doch wenn ich recht habe, und ich glaube nicht, daß ich mich irre, wird Veronica uns das bald sagen.«

Ogden ließ sich Queriand gegenüber in den Sessel fallen und sah ihn gereizt an.

»Das ist doch alles absurd, hören wir auf damit...«

»Warum?« fragte Queriand mit einem gewinnenden Lächeln. »Auch spiritistische Sitzungen scheinen absurd, und doch habt sogar ihr von den Geheimdiensten sie bei dieser Geschichte berücksichtigt!«

»Um Himmels willen, Queriand!« rief Ogden aus. »Nun warten Sie bitte nicht darauf, daß Veronica Ihnen im Traum erscheint und Erklärungen gibt... Und was soll sie Ihnen denn überhaupt erklären? Wir wollen doch mit den Füßen auf dem Boden bleiben...«

»Ich stehe mit den Füßen auf dem Boden, doch ich kann nicht vergessen, daß ich das Sterben dieser Frau so geträumt habe, wie es in Wirklichkeit war«, entgegnete Queriand unbeeindruckt. »Und ich bin davon überzeugt, daß all dies nicht zufällig geschehen ist. Der zweite Traum ist nur eine Bestätigung dafür, daß der erste tatsächlich eine Botschaft aus dem Jenseits war. Mit wenigen Worten: Man wollte mir mitteilen, daß der Traum von der Albert Bridge kein Fall für die Psychoanalyse ist, sondern ein Kontakt. Und vergessen Sie nicht, daß ich in diesen Träumen immer ein Zuschauer bin, während Sie, Ogden, auf beunruhigende Weise darin verwickelt sind. Ich glaube, Sie sind in Gefahr, und Veronica bedient sich meiner, um Sie zu warnen.«

Stuart verließ Berlin an einem kalten und regnerischen Morgen. Als er gegen Mittag in London ankam, war das Wetter dort noch schlechter.

Während das Flugzeug landete, dachte er sehnsüchtig an die kleine griechische Insel, auf die er floh, wann immer es möglich war. Doch er verscheuchte diesen Gedanken, weil er ihn allzusehr ablenkte.

Er brachte in aller Eile die Formalitäten beim Zoll hinter sich und nahm ein Taxi zum Markham Square.

Casparius hatte Stuarts Absicht, nach London zu fliegen, erstaunt aufgenommen. Die Mission hatte ihr Ziel erreicht, alles war planmäßig verlaufen. Trotzdem wollte Stuart nach London, um den Abschluß der Operation zu überwachen. Ein kaum glaubhafter Vorwand. Das war nicht seine Aufgabe. Doch Casparius hatte ihm die Reiseerlaubnis gegeben, weil er dachte, er ärgere sich über Ogdens Erfolg.

Stuart hatte ihn in dem Glauben gelassen, doch es war ein anderes Motiv, das ihn antrieb. Es gab bei der ganzen Sache etwas, das ihn beunruhigte, auch jetzt noch, wo sich alles aufs beste geregelt zu haben schien. Jedesmal, wenn ihm dieser Korse wieder einfiel, der an einer Dosis Phenthotal gestorben war, schrillte eine Alarmglocke in seinem Kopf. Diese Geschichte hatte ihn von Anfang an nicht überzeugt, doch er hatte nicht gewagt, mit Casparius darüber zu sprechen, um nicht einen seiner vernichtenden Blicke zu provozieren. In seiner väterlichen Haltung gegenüber den Agenten hatte der Alte eine Regel aufgestellt: Bis zum Beweis des Gegenteils durfte niemand die Treue eines Agenten des Dienstes in Frage stellen, mit Ausnahme von Casparius selbst. Seine Männer, hatte er viele Male mit kaum verhohlener Zufriedenheit gesagt, hatten Verrat nicht nötig. Der Dienst war eine unabhängige Organisation und keinen politischen Pressionen von Regierungen ausgesetzt. Keiner seiner Leute wurde durch Ideologien, falsche Vaterlandsliebe oder Erpressung in den Reihen des Dienstes gehalten. Außerdem verdienten seine Agenten Summen, die große Geschäftemacher vor Neid erblassen ließen.

Das Taxi hielt vor dem Haus am Markham Square. Stuart hatte Franz eine Stunde, bevor er ins Flugzeug stieg, angerufen und ihm seine Ankunft angekündigt. Bei dem kurzen Telefongespräch hatte er versucht, bei Franz irgendeine Art von Beunruhigung festzustellen, irgend etwas, das seinen Verdacht bestätigte, doch Franz war ihm absolut normal vorgekommen. Es konnte natürlich auch sein, hatte Stuart sich gesagt, daß er von den eventuellen Machenschaften Ogdens keine Ahnung hatte.

Als er an der Tür läutete, kam Franz ihm öffnen. Mit einem Lächeln nahm er Stuart den Mantel ab.

»Wie geht es, Franz?«

»Sehr gut, Chef. Wir haben uns gut geschlagen, findest du nicht?«

»Doch, sicher. Aber laß uns doch da hinübergehen, ich würde gern etwas trinken. Hier ist es kälter als in Berlin.«

Franz brachte ihm einen Cognac. Er kannte Stuarts Vorlieben und mußte nicht fragen, was er wollte. Stuart registrierte es zufrieden.

»Ich sehe, daß du dich an meine Gewohnheiten erinnerst...«

»Natürlich. Im allgemeinen trinken alle Whisky. Aber du bist ein Kenner...«

Stuart trank seinen Cognac hastig aus, dann sah er Franz an, der am Fenster stand.

»Wo ist Ogden?«

»Bei sich zu Hause, nehme ich an«, sagte Franz gleichgültig.

»Was für eine Idee, ein Haus zu mieten. Aber vielleicht hat Ogden im letzten Jahr zuviel in Hotels gelebt...«

Die Anspielung auf Ogdens Rückzug, der genau ein Jahr gedauert hatte, entging Franz nicht, doch er tat so, als wäre nichts.

»Ich habe ihm gesagt, daß du kommst. Er wird in Kürze hiersein.«

»Gut, dann warte ich auf ihn. In der Zwischenzeit könntest du mir ein bißchen genauer erzählen, was mit dem Mann geschehen ist, den ihr gefangengenommen habt...«

Franz hatte den Eindruck, daß die Blicke aus Stuarts unglaublich blauen, kalten Augen ihn zu durchdringen suchten. Doch er zwang sich zur Ruhe. Schließlich war es schon mehr als einmal passiert, daß jemand eine Dosis Phenthotal nicht überlebte.

»Der Typ muß herzkrank gewesen sein. Ich hatte ihm noch nicht mal die übliche Dosis gespritzt, da hat er schon einen Kollaps bekommen. Er war praktisch sofort tot. Wirklich übel«, schloß er gleichgültig.

»Und was habt ihr mit der Leiche gemacht?«

Franz spürte, wie sein Magen sich zusammenkrampfte. Das war ein Problem gewesen. Im allgemeinen kümmerte sich das Aufräumkommando vom Dienst darum, lästige Leichen zu beseitigen. Das hatten sie auch in diesem Fall getan, nur daß der Tote nicht der Korse gewesen war, sondern ein Stadtstreicher, der an einem Infarkt gestorben war. Über einen Wächter im Leichenschauhaus hatten sie ihn auf ziemlich abenteuerliche und kostspielige Weise besorgen können. Und zum Glück war er noch nicht lange tot gewesen.

»Wir haben natürlich das übliche Verfahren angewandt...«

»Natürlich«, sagte Stuart und nickte, doch sein Ton gefiel Franz nicht.

»Ich würde gern einen Blick in eure Kellerräume werfen.« Stuart stellte sein Glas ab und erhob sich aus dem Sessel. »Die neuen Computer sind unterwegs, wußtest du das? Diese Technologie läßt uns keine Ruhe«, setzte er resigniert hinzu. »Wir haben die Anlagen gerade erneuert und müssen jetzt wieder von vorne anfangen. Ruf mich, wenn Ogden kommt«, sagte er noch und verließ das Wohnzimmer.

Als er im Computerraum war, sah er sich um. Alles schien in bester Ordnung. Er setzte sich an den Computer, schaltete ihn ein und blickte lange auf den Bildschirm. Dann erinnerte er sich daran, daß die Anlage, mit der das Haus am Markham Square ausgerüstet war, ein Sicherheitssystem hatte, das regelmäßig alle ausgeführten Operationen registrierte. Er wußte das so genau, weil er selbst es vor wenigen Monaten, in der Zeit, als Ogden nicht dagewesen war, hatte installieren lassen.

Er dachte noch einmal über die Mission nach. Diese Geschichte hatte in Rumänien begonnen, nach dem Sturz von Ceauşescu. Monteanu war es gelungen, den Zugangscode zu der im Staatsarchiv verwahrten originalen CD-ROM zu knacken und alle Daten auf eine andere CD-ROM zu kopieren, die über kein Schutzsystem verfügte: die CD-ROM, die er später in Lupescus Wohnung versteckt hatte. Casparius' Dienst war engagiert worden, als die Auftraggeber, nachdem sie die originale CD-ROM wieder in Händen hatten, bemerkten, daß sie kopiert worden war, da sich diese Information auf der CD-ROM selbst befand. Der Dienst hatte den Auftrag, diese kopierbare Kopie, die noch in Umlauf war, zu finden und zu vernichten. Daß Monteanus Aktion überhaupt entdeckt worden war, verdankte man dem Umstand, daß der Sicherheitscode, also das Passwort, das den Zugang zu den Daten der originalen CD-ROM ermöglichte, eine besondere Prozedur auslöste, die nicht nur speicherte, ob Datenzugriffe erfolgt waren, sondern auch eventuelle Total- oder Teilkopien registrierte. Im Grunde war das Schutzsystem der CD-ROM in der Lage, jede Art von Zugriff auf die Daten zu speichern und auf einem Platz zu sichern, der bei einer oberflächlichen Prüfung der CD-ROM nicht entdeckt wurde.

Stuart aktivierte das Sicherheitssystem, ging alle Operationen durch, die mit der Anlage in den letzten sieben Tagen vorgenommen worden waren. Er fand gleich, wonach er suchte: Das System hatte Übertragungsoperationen von 500 Megabyte auf eine CD-ROM registriert, ausgeführt am Tag zuvor. Als Stuart das feststellte, war ihm klar, daß jemand, vermutlich Ogden, eine Kopie der CD-ROM gemacht hatte, bevor er sie nach Berlin schickte.

Stuart schaltete den Computer aus und ging im Zimmer auf und ab. Er konnte mit sich selbst zufrieden sein, doch diese Befriedigung schwand wie Schnee in der Sonne, als er sich die katastrophale Situation, in der sich der Dienst befand, unerbittlich klar vor Augen hielt. Er mußte so schnell wie möglich herausfinden, wo dieser Wahnsinnige die Kopie der CD-ROM versteckt hatte. Wenn Ogden sie kopiert hatte, dann hatte er mit Sicherheit etwas vor, das die Existenz des Dienstes selbst gefährdete. Eine unabhängige Organisation wie die ihre konnte es sich nicht erlauben, wegen eines verräterischen Agenten vor allen Regierungen der

Welt das Gesicht zu verlieren. Verrat gab es bei den Regierungsdiensten regelmäßig, und gerade deshalb brauchte es ja die unabhängigen Geheimdienste. Wenn Ogdens undurchsichtiger Plan gelingen sollte, wäre der Schaden nicht wiedergutzumachen. Stuart hörte Geräusche von oben: Ogden war wohl gekommen. Er ging zu ihm hinauf.

Noch am gleichen Abend flog Stuart nach Berlin zurück. Die Begegnung mit Ogden war wie vorgesehen verlaufen, freundlich und distanziert. Ihre Beziehung zueinander war nie harmonisch gewesen. Seit sie beide als sehr junge Männer in den Dienst eingetreten waren, hatten sie sich gegenseitig ertragen. Sie waren Casparius' beste Agenten, und der Umstand, daß Ogden Sohn eines englischen Militärs war, der ihn auf dem Sterbebett Casparius anvertraut hatte, hatte bewirkt, daß der Alte sich als Vater gebärdete und auch Stuart, vielleicht weil er gleichaltrig war, in den Genuß dieser Vorzugsbehandlung einbezog. Es war eine Komödie, die sie seit Jahren spielten, einvernehmlich und wohl wissend, daß Casparius, falls einer von ihnen einen Fehler machte, ihn genauso bestrafen würde wie andere Agenten, die sich etwas zuschulden kommen ließen, Eliminierung eingeschlossen.

Vielleicht war für Casparius der Zeitpunkt gekommen, sich in Kronos zu verwandeln und den Lieblingssohn zu verschlingen. Doch der Gedanke, daß gerade er ihm die Nachricht vom Verrat bringen sollte, machte Stuart nervös.

Von London aus hatte er, nachdem er das Haus am Markham Square verlassen hatte, in Berlin angerufen und Casparius seine Rückkehr angekündigt.

»So schnell? Ich dachte, du wolltest deinen Kollegen in die Mangel nehmen«, sagte Casparius.

»Schon geschehen. Ich muß Sie sofort sprechen und möchte Sie bitten, im Büro auf mich zu warten.«

Sein Tonfall alarmierte Casparius. »Es ist etwas geschehen, nicht wahr?«

»Ja.«

»Dann sieh zu, daß du so schnell wie möglich zurückkommst. Ich schicke dir einen Wagen zum Flughafen.« Er legte auf.

Als Stuart nach einem Flug, den eine Perturbation über ganz Nordeuropa besonders unangenehm gemacht hatte, die Büros des Dienstes betrat, war sein Magen in Aufruhr. Und das, was er gleich tun wollte, trug sicher nicht dazu bei, seinen Zustand zu verbessern.

Es war spät, in den Büros war nur noch Casparius' Sekretärin, die immer bei ihm blieb, wie der Lotsenfisch beim Hai. Die Frau brachte ihn, ohne ein Wort zu sagen, in das Büro des Alten, als ahne sie, daß sich ein Unwetter über ihnen zusammenbraute, und sie beschränkte sich auf ein höfliches Lächeln, bevor sie still verschwand.

Im Zimmer brannte nur die Schreibtischlampe, und Stuart sah Casparius nicht gleich, denn er saß tief eingesunken in seinem großen Ledersessel, den er zum Fenster gedreht hatte. Hinter den trüben Scheiben, gegen die der Regen schlug, waren die Lichter von Berlin in dieser Nacht nur verschwommen wahrzunehmen.

Casparius drehte den Sessel um, und Stuart sah diesen im Alter schmächtig gewordenen Körper, der zwischen den Falten der Lederkissen fast verloren aussah. Sein runzliges

Gesicht zuckte, während er sich wieder aufrichtete und Stuart ein Zeichen gab, ihm gegenüber Platz zu nehmen.

»Komm, Stuart, ich habe das Gefühl, du bringst mir schlechte Nachrichten.«

Stuart setzte sich und berichtete ihm in aller Kürze, was er entdeckt hatte. Als er fertig war, ließ sich der Alte, der seinen Worten aufmerksam gefolgt war, gegen die Rückenlehne fallen, schloß die Augen und sagte nichts. Nach einer Weile konnte Stuart das Warten nicht länger ertragen und räusperte sich.

»Was gedenken Sie zu tun?« fragte er zögernd.

Casparius schlug die Lider auf, zündete sich mit langsamen Bewegungen eine Zigarre an und richtete seine Augen auf Stuart.

»Du hast sehr gute Arbeit geleistet. Dein Instinkt oder deine Antipathie gegen Ogden haben uns diesen Wahnsinn noch früh genug entdecken lassen. Zum Glück habe ich die Möglichkeit, daß Ogden durchdrehen könnte, in Betracht gezogen …« Er drückte auf den Knopf der Sprechanlage: »Bringen Sie mir Ogdens Sicherheitskassette«, wies er die Sekretärin an.

Casparius verwahrte in Berlin Sicherheitskassetten von jedem Agenten des Dienstes. Er war der einzige, der die Schlüssel dazu hatte, und der einzige, der den Inhalt kannte.

Die Sekretärin kam und stellte einen Metallkasten, der ähnlich wie die Kassetten für Bankschließfächer aussah, auf den Schreibtisch. Nachdem sie das Zimmer wieder verlassen hatte, schloß Casparius den Kasten auf und zog eine Videokassette heraus.

»Dies hier«, sagte er und zeigte Stuart die Kassette,

»wird uns vielleicht aus der Klemme helfen.« Er reichte sie über den Schreibtisch. »Leg sie in den Recorder ein.«

Stuart schaltete den Fernseher mit Panoramabildschirm ein, schob die Kassette in den Recorder, drückte auf Start, setzte sich wieder hin und nahm die Fernbedienung in die Hand.

Der Bildschirm zeigte Szenen eines Dokumentarfilms über die griechischen Inseln. Es war ein Streifen aus französischer Produktion, eine gewöhnliche, im Handel erhältliche Kassette, die man in jeder Videothek bekommen konnte und die zu einer Reihe mit dem Titel »Schöne Welt« gehörte, wie sie ähnlich auch vom National Geographic Magazine produziert werden. Stuart erinnerte sich, daß er ein Video dieser Reihe über Neuseeland gekauft hatte.

Als – nach einigen Bildern von Patmos – seine griechische Insel auf dem Schirm erschien, verstand er, daß irgend etwas nicht stimmte. Es gab keinen Zweifel: Das war sie, mit ihren weißen Fischerhäuschen unter dem strahlend blauen Himmel und den engen Straßen des einzigen, winzigen Dorfs. Die Stimme aus dem Off erzählte vom Fest des Schutzheiligen, das jedes Jahr am 11. August gefeiert wurde. Die Bilder zeigten einen Platz, auf dem sich viele Menschen drängten und der mit bunten Girlanden geschmückt war. Die Einstellung wechselte, jetzt sah man die über dem Meer gelegene Terrasse eines kleinen Restaurants, wenige Tische mit blau-weiß karierten Decken. Es war das Restaurant von Stavros, wo er regelmäßig aß, wenn er auf der Insel war. Die Kamera verweilte bei den Leuten an den Tischen, alle wirkten entspannt und gut gelaunt, was sicherlich auch am Alkohol lag. Sein Herz tat einen Sprung, als er sich selbst an einem Ecktisch sitzen sah, in Gesellschaft einer Frau, die er nicht wiedererkannte. Er stoppte das Video und ließ es zurücklaufen, um das Bild noch einmal zu sehen. Auf dem Schirm erschienen erneut die Szenen auf dem Festplatz, dann folgten wieder das Restaurant und sein Ecktisch. Er drückte die Pausentaste, und die Einstellung mit ihm und der Frau blieb stehen, mitten in der Bewegung, die sie gerade ausführten. Er hatte sich ihr zugewandt, doch sie sah mit einem abwesenden Lächeln vor sich hin. Da erkannte er in dieser Frau Veronica Mantero.

Casparius sah ihn an, ein zufriedenes Lächeln auf seinen runzligen Lippen.

»Da wunderst du dich, nicht wahr? Doch die Technologie hat in der letzten Zeit Fortschritte gemacht, die uns an der eigenen Existenz zweifeln lassen...«

»Wie zum Teufel haben Sie das gemacht? Ich bin mit dieser Frau nie irgendwo gewesen, schon gar nicht in Griechenland!«

»Ich weiß. Stuart, ich weiß. In deine griechische Einsiedelei fährst du normalerweise allein oder – aber eher selten – mit deiner jeweiligen Geliebten. Doch als wir diese Aufnahmen gemacht haben, warst du allein«, sagte Casparius und zeigte auf den Bildschirm.

»Bevor Sie mir erklären, wie zum Teufel das gemacht worden ist, will ich wissen, warum ich gefilmt worden bin. Heißt das, daß mich der Dienst auch kontrolliert, wenn ich in Urlaub bin?« Stuart konnte seine Wut nicht verbergen.

Casparius machte eine beschwichtigende Geste. »Nun ärgere dich doch nicht, ich bitte dich. Du weißt sehr gut, daß wir ein ständig aktualisiertes Dossier über jeden unserer Agenten führen. Deine Vorliebe für diesen Hirtenfelsen ist ebenso dokumentiert wie dein Krankenbericht, nicht mehr und nicht weniger. Und das ist uns von großem Nutzen, wie du gerade gesehen hast...«

»Erklären Sie mir das bitte...«, sagte Stuart, der langsam zu verstehen begann.

»Vor einem Jahr, als Ogden nach der bedauerlichen Geschichte in Wien zum Flüchtling wurde, fürchtete ich wirklich, er sei endgültig verloren«, sagte Casparius resigniert. »Also beschloß ich, etwas vorzubereiten, das ihn zur Vernunft bringen könnte, wenn die Dinge für uns schlecht stehen sollten. Leider habe ich es damals richtig vorausgesehen. Ich überredete diese Produktionsfirma, die wir seit vielen Jahren unterstützen, ein paar Meter Film über deinen versteckten Zufluchtsort in ein Video über die griechischen Inseln einzufügen, das sie gerade produzierten – oder vielleicht sollte ich sagen: das zu produzieren wir sie angewiesen hatten. Sicher, deine Felseninsel ist nichts Großartiges, aber kein Käufer dieser Kassette, die auf der halben Welt regulär vertrieben wird, dürfte irgendeinen Verdacht schöpfen, wenn er auf dieser Insel einen Mann sieht, der in Gesellschaft einer schönen Frau an einem Sommerabend im Restaurant sitzt. Niemand, außer Ogden...«

»Wie haben Sie es geschafft, Veronica Mantero in das Video einzufügen?«

»Das geht heute ganz einfach. Das Filmmaterial ist nach Verfahren der virtuellen Realität behandelt worden. Wir haben einen Teil des Videos redigitalisiert und um andere, ebenfalls digitalisierte Aufnahmen von Veronica Mantero ergänzt. In den Szenen, die wir zur Verfügung hatten, warst du allein im Restaurant. Zwar war die Animation Veronicas in deinem realen Umfeld kein Kinderspiel, aber zum Glück gab es neben dir genügend Platz, sie einzufügen, als säße sie tatsächlich da. Unsere Techniker sind ganz schön auf Draht, findest du nicht?«

Stuart nickte. Er wußte, worauf die Sache hinauslief, doch er wollte es von Casparius selbst hören, denn trotz seiner Antipathie gegen Ogden war es ihm zuwider, etwas mit dieser Falle zu tun zu haben, die der Alte ihm stellte. »Nun sagen Sie mir doch bitte, was Sie vorhaben.«

Casparius beobachtete ihn und schüttelte den Kopf. »Es ist nicht der richtige Augenblick für Skrupel«, sagte er hart. »Ogden hat bestimmt keine gehabt, als er diese CD-ROM kopierte. Ich muß dir ja wohl nicht sagen, was geschehen würde, wenn es ihm gelingen sollte, ihren Inhalt in Umlauf zu bringen. Und genau das hat er vor…«

Stuart schwieg und wartete weiter ab.

»Wie du dir denken kannst, besteht der Plan darin, Ogden glauben zu machen, daß Veronica Mantero noch am Leben ist. Die Glaubwürdigkeit ergibt sich daraus, daß diese Kassette ein ganz normales Kaufvideo ist. Auch Ogden wird sich nur schwerlich vorstellen können, daß es manipuliert wurde, was meinst du?«

Stuart nickte, blieb aber still. Er wußte, daß der Alte dabei war, ihm die schlimmste Mission seiner ganzen Karriere zu übertragen.

»Ich sehe, du zeigst keine Begeisterung zur Mitarbeit.« Casparius' unangenehm durchdringende Stimme unterbrach Stuarts Gedanken. Dann sah der Alte ihn nachsichtig an. »Im Grunde kann ich das verstehen, ihr seid sozusagen gemeinsam aufgewachsen, auch wenn man nicht sagen kann, daß ihr befreundet seid. Aber auch du bist ein Ritter ohne Fehl und Tadel, und dir gefällt die Vorstellung nicht, Lancelot zu verraten. Doch ich möchte dich darauf hinweisen, daß deine Reaktion weniger nobel ist, als sie aussieht. Ich glaube, Ogdens Debakel mitzuerleben, stimuliert bei dir ein gewisses Spiegelverhalten, durch das du dich schließlich selbst an den Pranger gestellt siehst. Ein bißchen psychoanalytisch, aber korrekt, meinst du nicht?«

Stuart zuckte nicht mit der Wimper, doch sein Widerwillen wuchs.

»Du wirst aber gezwungen sein, dieses Spiel zu spielen, mein Lieber«, fuhr Casparius fort und schaute ihn ernst an, »denn schließlich bist du es, den man in diesem Film in Begleitung Veronicas sieht...«

Es begann heftig zu regnen. Queriand schützte sich mit den Zeitungen, die er gerade gekauft hatte, und rannte nach Hause. Als er seinen Garten betrat, sah er, daß vor Ogdens Haus ein BMW hielt. Neugierig geworden, beobachtete er, wie ein Mann ausstieg und im Eingang verschwand.

Queriand ging hinein und sagte sich, er müsse aufhören, sich um fremde Angelegenheiten zu kümmern. Tags zuvor hatten Franz' Leute die Mikrofone aus seinem Haus entfernt und dabei auch die Sanduhr auseinandergenommen, ohne noch etwas darin zu finden. Die Bestätigung dafür, daß Carol nur zu ihm gekommen war, um jede Spur davon, daß sie jemals dagewesen war, zu beseitigen, entlockte ihm ein Lächeln. Sie würde ihm nicht weiter das Leben schwermachen. Er hatte diesen verfluchten Schlamassel hinter sich, und das sogar mit halboffiziellen Belobigungen der englischen Regierung, und wollte jetzt nur noch in Frieden gelassen werden.

Was ihn jedoch nach wie vor beunruhigte, war seine Traumaktivität. Auch in der letzten Nacht hatte er von Veronica geträumt und sie wieder auf dem Friedhof gesehen. Sie ging ihm voraus, auf der gleichen Allee, wo er im Traum davor schon mit Ogden gegangen war. Vor einem Grab blieb sie stehen, sah ihn direkt an, deutete auf einen weißen Grabstein und forderte ihn auf, den Namen zu lesen, der dort eingemeißelt war. Er gehorchte: Auf dem Grabstein stand in absurd großen Lettern der Name Veronica Mantero. Da wachte er auf und konnte keinen Schlaf mehr finden.

Am Vormittag hatte er versucht, nicht daran zu denken. Es war ihm fast so vorgekommen, als ob sein eigenes Unbewußtes gegen jene paranormalen Abenteuer aufbegehrte, die er sich inzwischen allzu häufig erlaubte.

Queriand ging in sein Arbeitszimmer und setzte sich wieder an den Computer. Ohne Anstrengung schrieb er zwei Seiten, doch als er die dritte beginnen wollte, erfaßte ihn ein Gefühl der Unruhe. Sollte er Ogden von seinem Traum berichten? fragte er sich, obwohl ihm gleich bewußt wurde, daß dies nicht das Problem war. In Wirklichkeit schrillte in seinem Kopf eine Alarmglocke, seit er diesen Mann auf Ogdens Haus hatte zugehen sehen. Er beschloß, Ogden aufzusuchen. Wenn sein Gast noch da wäre, würde er sich entschuldigen.

Als Queriand die Nummer 33 erreichte, stand der BMW nicht mehr vor dem Haus. Er läutete lange an der Tür und wollte gerade wieder gehen, als Ogden erschien.

»Guten Tag, ich war auf dem Nachhauseweg, und da habe ich gedacht, ich schaue einmal kurz bei Ihnen vorbei«, log er. »Wenn ich Sie störe, gehe ich gleich wieder …«

Ogden schien nicht begeistert, ihn zu sehen, doch er nickte und trat zur Seite, um ihn ins Haus zu lassen. »Kommen Sie doch herein«, sagte er steif, und Queriand war sich sicher, daß er in einem ungünstigen Moment hereingeplatzt war.

Im Wohnzimmer lief der Fernseher. Queriand erkannte eines der dümmsten Programme des Jahres und fragte sich, wieso Ogden sich einen derartigen Schwachsinn ansah. Der Agent, als hätte er seine Gedanken erraten, ging zum Apparat und schaltete ihn aus.

»Möchten Sie etwas zu trinken?« fragte er. Der Schriftsteller sah, daß auf dem Couchtisch zwei Gläser standen, eines davon hatte vermutlich der Mann mit dem BMW benutzt.

Im Zimmer nahm Queriand eine spannungsgeladene Atmosphäre wahr, die er geradezu körperlich zu spüren meinte. Es war eine Art statische Elektrizität, die er empfing. Mit einem Mal fühlte er sich unbehaglich, empfand beinahe Übelkeit.

»Nein, danke, ich möchte nichts trinken«, antwortete er mit Verzögerung, ganz benommen von den unbekannten Empfindungen, die ihn befielen. »Ich habe den Eindruck, daß ich in einem ungünstigen Moment hereingeschneit bin, vielleicht komme ich besser ein andermal wieder …«, fügte er verlegen hinzu.

»Ich wäre noch bei Ihnen vorbeigekommen, um mich zu verabschieden; ich reise nämlich ab«, sagte Ogden. Dann sah er sich Queriand aufmerksamer an. »Was haben Sie nur, fühlen Sie sich nicht gut?«

Fast als wäre er sich ihrer nicht bewußt, kamen die Worte aus Queriands Mund.

»In diesem Zimmer ist etwas geschehen, etwas Unangenehmes. Ich glaube, es hat mit dem Mann zu tun, der Sie besucht hat...« Queriand verstummte, er wirkte verstört. Unter dem verblüfften Blick Ogdens ging er auf die Hausbar zu, murmelte: »Jetzt brauche ich wirklich etwas zu trinken«, und schenkte sich einen Whisky ein. Er nahm einen kräftigen Schluck, dann sah er Ogden an.

»Entschuldigen Sie, ich wollte mich nicht in Ihre Angelegenheiten einmischen«, sagte er betreten. »Doch es war stärker als ich. Dieser Gedanke ging mir durch den Kopf, und ich mußte ihn einfach aussprechen. Jetzt fühle ich mich furchtbar unbehaglich und wünsche mir, nie wieder etwas Ähnliches zu empfinden...«

Ogden betrachtete ihn. Queriand, dem bewußt war, daß er nicht sehr überzeugend wirkte, versuchte es wieder gutzumachen.

»Ich habe einen Mann auf Ihr Haus zugehen sehen, ungefähr vor einer Stunde...«, murmelte er.

»Ja und?« fragte Ogden in einem Ton, der wenig Gutes verhieß.

»Nichts und. Ich bin zurück ins Haus, und nach einer Weile kam mir der Gedanke, Sie zu besuchen. Dieser Mann flößte mir kein Vertrauen ein...«, sagte er und fühlte sich lächerlich.

»Und Sie finden einen Mann wenig vertrauenserweckend, dessen Gesicht Sie nicht einmal gesehen haben? Denn

Sie können ihn nicht gesehen haben, unsere Häuser sind mindestens fünfzig Meter voneinander entfernt. Es ist seltsam, daß Sie eine Silhouette so beunruhigend finden...«

Queriand war entmutigt. »Hören Sie, mir ist klar, daß ich Ihnen sonderbar vorkommen muß, doch ich versichere Ihnen, ich komme mir selbst nicht weniger sonderbar vor. Wenn Sie denken, daß ich in irgendeine Intrige gegen Sie verwickelt bin, irren Sie sich...«

Ogden schüttelte den Kopf und lächelte. »Was ist denn mit Ihnen los, Queriand?«

»Ich weiß es nicht. Ich hatte ein komisches Gefühl, als ich dieses Zimmer betrat. Da lag Aggressivität in der Luft, aber auch Schmerz. Und die Gefahr, die dieser Mann mitgebracht hat. Ich habe all das empfunden, und das war nicht angenehm.«

Ogden trat näher an Queriand heran. »So, wie Sie reden, hört es sich an, als gingen Sie davon aus, daß Ihre Wahrnehmungen der Wirklichkeit entsprechen.«

Queriand sah ihn verwundert an. »Sie haben recht, das ist mir selbst gar nicht aufgefallen. Doch es stimmt, ich gehe davon aus, daß ich mit meinen Antennen etwas registriert habe, das tatsächlich geschehen ist. Ich benehme mich wie ein Mensch mit paranormalen Fähigkeiten, der ich doch gar nicht bin...«

Ogden setzte sich in den Sessel. Er wirkte ganz in Gedanken versunken. Nach einer Weile blickte er hoch und sah den Schriftsteller müde an.

»Ich weiß nicht, wie sehr Sie das freuen mag, Queriand, aber Sie haben ins Schwarze getroffen. Der Mann, der eben hiergewesen ist, ist tatsächlich gefährlich, und die

Nachricht, die er mir gebracht hat, hat mein Leben erschüttert.«

Queriand spürte, wie ihm ein Schauer den Rücken hinunterlief. Er hätte gerne weiter gefragt, doch ihm fehlte der Mut dazu. Ogden kam ihm zur Hilfe. »Sehen Sie sich das an«, sagte er, nahm die Fernbedienung und schaltete ein. Der Fernseher ging an, und wieder erschien das Quizprogramm mit seinen schreienden Moderatoren. Ogden startete den Videorecorder. Nach wenigen Augenblicken wich das Fernsehprogramm den Bildern eines tiefblauen Meeres im Sonnenlicht.

»Dies ist ein Video über die griechischen Inseln, das man überall kaufen kann«, sagte Ogden, emotionslos wie ein Roboter. Queriand starrte auf den Bildschirm und sah ein typisches Restaurant mit einer Terrasse am Meer, auf der Touristen beim Essen saßen. Dann erfaßte die Kamera einen Mann und eine Frau an einem Ecktisch. Ogden hielt den Film an, und beide waren wie versteinert. Der Mann leicht der Frau zugeneigt, sie den Blick nach vorn gerichtet, doch in sich versunken.

»Aber das ist ja Veronica«, rief Queriand aus.

»Ja, das ist Veronica. Und der Mann neben ihr ist derselbe, der heute hier bei mir war.«

»Mein Gott«, sagte Queriand, der nicht begriff, was das zu bedeuten hatte. »Wie alt ist denn diese Aufnahme?«

»Ein paar Monate...«

»Sie haben mir aber doch gesagt, daß Veronica schon länger als ein Jahr tot sei. Sie haben mir gesagt, Sie selbst hätten sie tot gesehen!«

Ogden nickte, sein Gesicht eine starre Maske. »Damals

hielt ich sie für tot und verließ in aller Eile den Friedhof. Ich wußte, daß ihre und Guthries Mörder mir eine Falle gestellt hatten und daß innerhalb kürzester Zeit die italienische Polizei auftauchen würde…«, sagte er leise, fast als spräche er zu sich selbst.

»Das ist ja Wahnsinn!« rief Queriand aus. »Und was macht dieser Kerl jetzt mit Veronica?«

»Er hält sie als Geisel gefangen.«

»Und aus welchem Grund?«

»Er will etwas von mir.«

»Es hat sicher keinen Sinn, wenn ich Sie frage, was?«

»Es ist unverzeihlich von mir, Ihnen von dieser Sache zu erzählen, aber ich bin ganz durcheinander. Wenn Sie am Leben bleiben wollen, vergessen Sie, was ich Ihnen gesagt habe.«

»Mein Gott, soweit sind wir also? Und was machen sie aus Ihnen und Veronica? Hackfleisch?«

Ogden lächelte. »Mehr oder weniger, wenn ich nicht tue, was sie wollen.«

Queriand nahm Ogden die Fernbedienung aus der Hand und ließ das Band zurücklaufen, um die Stelle noch einmal in Zeitlupe anzusehen. Die sonnige Terrasse mit den blau-weißen Tischdecken. Ein Sommerabend an einem zauberhaften Ort, gebräunte Frauen, Männer in leichten Hemden und der Sonnenuntergang über dem Meer. Dann wieder das Bild von Veronica und Stuart auf dem Schirm. Queriand ließ den Film bis zur nächsten Einstellung laufen, kehrte noch einmal zu dem Paar zurück, stoppte und sah sich das Standbild von Veronica an. Es hatte etwas Unheimliches, diese Frau wiedererstanden zu sehen, auch für ihn, der ihr nie begegnet war. »Es muß furchtbar sein...«, war das einzige, was er herausbekam.

»Dieser Bastard hat mir die Wahrheit über ein Jahr lang verschwiegen! Ich hätte ihn mit meinen eigenen Händen umbringen können, hier, in diesem Zimmer«, murmelte Ogden.

In diesem Augenblick war sich Queriand sicher, daß irgend etwas nicht stimmte. Doch da er nicht verstand, was es war, beschränkte er sich auf eine Frage.

»Was gedenken Sie zu tun?«

»Ich habe nicht viele Möglichkeiten. Ich werde ihnen geben, was sie wollen. Und wenn die Welt bis jetzt ohne diese Sache ausgekommen ist, wird es wohl auch weiter gehen...«

Queriand nahm seinen ganzen Mut zusammen. »Ich weiß nicht, was hier los ist und was hinter dieser Erpressung steckt. Doch ich frage mich ...« Er unterbrach sich, unsicher, ob er fortfahren sollte. Ogden bemerkte es und ermutigte ihn mit einem Kopfnicken dazu.

»Ich frage mich«, wiederholte Queriand, »aus welchem Grund sie über ein Jahr lang gewartet haben, um Ihnen zu sagen, daß Veronica noch lebt.«

»Das habe ich mich auch gefragt, und ich weiß keine Antwort darauf. Doch das ist jetzt nicht mehr wichtig, denke ich. Ich kann es mir nicht erlauben, Veronicas Leben in Gefahr zu bringen. Diese Bilder sprechen eine klare Sprache.«

Queriand sah erneut zum Bildschirm. Veronica und der Mann aus dem BMW waren immer noch da, unbeweglich. Da fiel ihm der Traum der letzten Nacht wieder ein, und er verstand seine Bedeutung.

»Gestern nacht habe ich wieder einen Traum gehabt«, sagte er entschlossen.

Niedergeschlagen sah Ogden ihn an. »Mein Gott, Queriand, nicht jetzt!«

»Lassen Sie mich erzählen. Nachher können Sie mich zum Teufel jagen, wenn Ihnen danach ist. Ich wollte Ihnen nichts von dem Traum sagen, weil ich glaubte, er wäre nicht wie die anderen vorher, doch jetzt denke ich anders darüber. Es war wieder auf dem italienischen Friedhof, mit Veronica, die mich zu einem Grab führte und auf den Grabstein zeigte, in den ihr Name eingemeißelt war. Bevor Sie mir dieses Video gezeigt haben, war ich davon überzeugt, es sei ein banaler Traum, der damit zu tun habe, daß Sie mir an dem Tag von Veronicas Tod erzählt hatten. Doch jetzt glaube ich, daß dieser Traum wichtiger war als die anderen.«

»Sie müssen verrückt sein!« platzte Ogden heraus. »Schauen Sie sich diese Bilder an. Veronica ist nicht tot. Sie haben mich das nur glauben lassen.«

Queriand antwortete nicht. Es war nur zu klar, daß Ogden sich mehr als alles andere wünschte, daß dieses Video die Wahrheit zeigte. Und er, Queriand, welche Gründe hatte er, daran zu zweifeln? Nur seine wirren Träume und die Witterung einer Gefahr, die in der Luft lag. Er beschloß zu gehen. Es gab nichts, was er für Ogden tun konnte. Mit seinen Zweifeln reizte er ihn bloß.

»Sie haben recht, entschuldigen Sie bitte. Ich dachte, ich müßte es Ihnen erzählen, doch ich werde Sie nicht mehr mit meinen Traumphantasien belästigen. Wann reisen Sie ab?«

»Morgen.«

»Gut.« Queriand erhob sich aus dem Sessel und reichte

Ogden die Hand. »Dann viel Glück. Es hat mich gefreut, Sie kennenzulernen.«

Sie drückten sich die Hand, und Ogden brachte ihn zur Tür. Queriand sah dem Agenten in die Augen. »Wenn Sie einen Dichter brauchen sollten, der die Gefahr nicht scheut«, sagte er und lächelte, »finden Sie mich in der Jubilee Place Nr. 19.«

Ogden nickte. »Danke. Aber Sie sagen nirgendwo ein Sterbenswörtchen über all das.«

»Machen Sie sich um mich keine Sorgen. Ich bin doch nicht mehr im Spiel, wenn ich nicht irre.«

»Sicher, doch bei dieser Art Spiel ist man schnell wieder dabei. Also seien Sie vorsichtig.«

»Sie ebenfalls. Und vergessen Sie die Warnung meines Freundes Ioan nicht.«

In den nächsten Stunden versuchte Queriand angestrengt, nicht an Ogden zu denken, doch ohne Erfolg. Linda beobachtete ihn besorgt und umkreiste ihn unter dem Vorwand, saubermachen zu müssen.

»Darf man erfahren, was los ist?« entschloß sie sich endlich zu fragen. »Sie machen einen so verstörten Eindruck...«

Queriand war überrascht, daß man ihm so deutlich ansah, wie es ihm ging. »Finden Sie?« fragte er betont gleichgültig.

»Und ob! Sie sollten lieber ins Kino gehen, als hier am Computer zu sitzen. Heute bekommen Sie sowieso nichts mehr zustande, Sie sehen aus wie ein Zombie.«

Lindas Bemerkungen hatten etwas Befreiendes. Noch im

gleichen Moment stand Queriand von seinem Schreibtisch auf.

»Ich gehe aus. Wenn jemand anruft, geben Sie ihm bitte meine Handy-Nummer.«

Linda riß die Augen auf. »Seit wann haben Sie denn ein Handy?« fragte sie ungläubig.

Queriand antwortete nicht. Ogden hatte den Apparat nicht zurückgefordert, und er hatte beschlossen, ihn mitzunehmen, für den Fall, daß jemand seine Hilfe brauchte. Er kritzelte die Nummer auf einen Zettel und gab ihn Linda, stürzte die Treppe hinunter, packte sich seine Lederjacke und verließ das Haus. Es fiel ein trockener Schnee, und der eisige Wind trieb die winzigen Flocken über die Straße. Queriand schlug den Kragen hoch und ging mit eiligen Schritten Richtung King's Road, geradewegs zu der Videothek, wo er sich gewöhnlich mit Filmen versorgte.

Als er eintrat, kam die nette Punk-Verkäuferin lächelnd auf ihn zu.

»Guten Tag. Sie sind ja schon eine ganze Weile nicht mehr dagewesen!« sprach sie ihn an und zeigte deutlich ihre Sympathie für Queriand, den sie »mein megaberühmtes Dichterschätzchen« nannte.

Er erklärte ihr, was er wünschte, und das Mädchen nickte, um sich dann einem Regal zuzuwenden. Die Suche dauerte nicht lange, und sie kam in ihrem Halbstarkengang, zu dem die schweren, nietenbesetzen Stiefel sie zwangen, zurück. Zum ersten Mal, seit er Kunde der Videothek war, fiel Queriand auf, daß sie eigentlich ganz hübsch hätte aussehen können, wären nur die Haare ein paar Zentimeter länger und die Kleidung etwas weniger absurd gewesen.

Das Mädchen gab ihm eine Kassette. »Hier bitte«, sagte sie, und schloß sehnsüchtig die Augen. »Was für ein Klima die da unten haben!« sagte sie verträumt. »Ich bin auch schon in Griechenland gewesen, vor ein paar Jahren, mit meiner Mutter. Es war alles wunderbar, aber die Alte hat die Hitze nicht vertragen und immer nur gejammert. Sie hätte sich am liebsten auch noch die Haut ausgezogen«, schloß sie und verzog das Gesicht zu einer angewiderten Grimasse.

Queriand sagte der respektlosen Tochter auf Wiedersehen und verließ den Laden, voller Ungeduld, sich das Video anzusehen. Es war fast fünf, die King's Road gedrängt voll mit hastenden Menschen. Queriand fragte sich, was wohl Ogden gerade tat, und vor allem, was dieser Mann mit dem BMW von ihm gewollt hatte. Er dachte wieder an Ioans Botschaft, und mit einem Mal hatte er eine Idee: Er würde Anita Moss anrufen und sie bitten, Daisy Cornell zu Rate zu ziehen. Vielleicht war das verrückt, aber ihm kam nichts anderes in den Sinn, das ihm helfen könnte, zu verstehen, wie die Dinge wirklich lagen.

»Queriand!«

Jemand packte ihn am Arm. Er drehte sich ruckartig um, ließ die Videokassette fallen und ging in Verteidigungshaltung. Sofort fielen ihm alle Empfehlungen seines Aikido-Meisters ein – er würde seine Haut teuer verkaufen.

Das bestürzte Gesicht, das er vor sich sah, ließ ihn wieder zur Besinnung kommen. Er erkannte Gus, einen Freund, den er eine ganze Weile nicht gesehen hatte.

»Lieber Himmel, Michael, hast du gedacht, ich wollte dich mitten auf der King's Road in der Rush-hour zusammenschlagen?« Gus schien besorgt. Er war sich nicht sicher, ob Queriand ihn wirklich wiedererkannt hatte.

»Gus!« rief der Schriftsteller aus und gab seine Kampfhaltung auf. Die Erleichterung, einem Freund und keinem Killer gegenüberzustehen, ließ ihn Gus mit übertriebener Begeisterung umarmen. »Entschuldige bitte, ich bin ein bißchen angespannt«, rechtfertigte er sich, »aber ich bin neulich überfallen worden. Was für eine Überraschung, dich zu treffen! Sag mal, was treibst du denn so?«

Gus war beruhigt, löste sich aus der brüderlichen Umarmung und lächelte. »Das übliche, alter Junge. Die Arbeit hat mich fest im Griff, aber das ist nun mal meine Droge, ich könnte nicht ohne. Warum gehen wir nicht irgendwo was trinken, statt hier in der Kälte herumzustehen?«

Queriand konnte es kaum abwarten, das Video anzusehen, doch er nahm den Vorschlag an. Er konnte einen Whisky brauchen. »Gute Idee, komm, wir gehen ins King's Head.«

In dem Pub über der Themse setzten sie sich an einen Tisch am Fenster. Unter ihnen floß das schwere, trübe Wasser des Flusses.

»Ich bin eben ganz schön erschrocken. Du hast dich benommen wie ein Samurai.« Gus zündete sich eine Zigarette an. »Du gehst wohl immer noch zum alten Chan trainieren...«

Queriand schüttelte den Kopf. »Nein, der Alte ist im letzten Jahr gestorben, und sein Nachfolger gefällt mir nicht, also habe ich aufgehört. Jetzt halte ich mich mit den üblichen dummen Übungen aus dem Westen in Form: ein bißchen Gewichtheben, Geräte...«

»Das machst du schon richtig. Dichter setzen leicht Fett an, wenn sie nichts tun ...«, sagte Gus mit amüsierter Miene.

»Wie Programmierer«, unterbrach ihn Queriand. »Stundenlanges Sitzen am Computer ist nicht zu empfehlen. Was tust du denn, um dich in Form zu halten?«

»Nichts, ich habe keine Zeit mehr, ins Fitneßcenter zu gehen. Zuviel Arbeit. Wir beschäftigen uns mit virtueller Realität, weißt du...«

Queriand fielen Helme und Handschuhe ein, mit denen es möglich war, in einen dreidimensionalen, vom Computer geschaffenen Raum einzudringen. Eine nichtexistente Welt, in der man Objekte bewegen, in einem Zimmer hin- und hergehen, Türen öffnen und durch Gänge laufen konnte. Diese neue Technologie faszinierte ihn, auch wenn er wenig darüber wußte. Er war der Ansicht, daß es viele Gemeinsamkeiten zwischen literarischem Schaffen und virtueller Realität gab. Schuf der Autor, wenn er eine Geschichte schrieb, etwa keine virtuelle Welt, bewohnt von virtuellen Personen?

»Das ist gewiß eine sehr gute Sache«, sagte er überzeugt, »auf diesem Gebiet liegt mit Sicherheit die Zukunft. Wenn ihr diese Parallelwelten perfektioniert habt und sie in Serie produziert, dann bin ich einer der ersten Käufer. Unter der Bedingung, daß ich hineinstecken darf, wen ich will.«

Gus lachte. »Immer noch der alte Michael: ein Einzelgänger, und wenn ich mich recht erinnere, auch ein bißchen misogyn. Doch du kannst ganz beruhigt sein, alles ist machbar, oder fast alles. Schwärmst du noch immer so wie früher für Marilyn Monroe?«

»Natürlich«, nickte Queriand.

»Dann wird es dich freuen zu hören, daß es schon möglich ist, das computerisierte Bild eines Schauspielers zu nehmen, der tot und begraben ist, um neue Filme zu machen und ihn zur Freude der untröstlichen Fans wieder zum Leben zu erwecken. Eine kostspielige und komplizierte Sache, aber es funktioniert. Wenn wir wollten, könnten wir den letzten Film der Monroe fertigstellen, also den, der wegen ihres Todes nicht zustande gekommen ist. Das Ergebnis wäre außergewöhnlich, du würdest sie auf der Leinwand sehen, als hätte sie selbst den Film zu Ende gedreht und sich nicht umgebracht!«

Regungslos, mit einem Glas in der Hand, betrachtete Queriand das glitzernde Band des Flusses und versuchte die Gedanken festzuhalten, auf die ihn Gus' Ausführungen gebracht hatten. Er stellte langsam das Glas ab und zwang sich zur Ruhe. Er brauchte die Kompetenz seines Freundes, war sich aber durchaus darüber im klaren, daß es Gus komisch vorkommen könnte, wenn er ihn zu sich nach Hause einlud. Doch er hatte keine Zeit, Ogden würde am nächsten Tag abreisen, und er mußte vorher die Meinung eines Experten hören.

»Was machst du heute abend? Wenn du nichts vorhast, könnten wir zusammen essen...«

Gus warf einen Blick auf die Uhr. »Warum nicht? Ich muß in drei Stunden in Heathrow sein, meine Frau kommt aus Paris zurück. Doch bis dahin habe ich Zeit.«

»Sehr gut!« Queriand winkte dem Kellner und zahlte. »Dann lade ich dich zu mir nach Hause zum Essen ein. Meine Haushälterin ist eine ausgezeichnete Köchin.«

Er nahm das Handy aus der Tasche und tippte, in der Hoffnung, daß Linda noch nicht gegangen war, seine Nummer ein. Zu seiner großen Erleichterung nahm sie ab.

»Linda, ich möchte einen sehr guten Freund zum Essen mitbringen. Können Sie uns etwas Leckeres kochen?«

Linda, die schon im Mantel dastand und gerade gehen wollte, verdrehte die Augen. »Natürlich, Mr. Queriand, was soll es denn sein?«

»Das überlasse ich ganz Ihnen. Bis später.«

Nach dem ausgezeichneten Abendessen, von Linda mit dem wenigen zubereitet, das sie im Haus hatte, saßen Queriand und Gus im Wohnzimmer und tranken Kaffee. Queriand nahm das Video, das er am Nachmittag gekauft hatte, und legte es ein.

»Einem Freund von mir ist etwas Komisches passiert«, begann er mit amüsierter Miene, noch unsicher darüber, was für eine Geschichte er erzählen sollte. Doch als die ersten Bilder von Griechenland über den Schirm flimmerten, war es Gus selbst, der ihm zur Hilfe kam.

»Dieses Video hat meine Frau auch gekauft. Sie will mich überreden, in diesem Sommer nach Griechenland zu fahren...«

»Ah ja?« Queriand fühlte sich erleichtert. »Tu ihr doch den Gefallen, es ist wunderschön dort. Hör mal, ich möchte dich um deine fachmännische Meinung zu dieser Kassette bitten...«, fuhr er in dem leichten Ton fort, der ihm für diese wirre Geschichte, die er erzählen wollte, passend schien. »Der Freund, von dem ich eben gesprochen habe, ist der Mann, den du jetzt in dieser Einstellung siehst«, sagte er und hielt den Film in dem Moment an, als Stuart und Veronica im Bild erschienen. »Und er behauptet, nie in Gesellschaft dieser Frau gewesen zu sein, die dort mit ihm am Tisch sitzt. Die Sache ist ein wenig heikel, weil seine Frau ihn, nachdem sie das Video zufällig gesehen hat, beschuldigt, mit einer Geliebten nach Griechenland gefahren zu sein und nicht auf Geschäftsreise, wie er immer erzählt hat. Ich möchte von dir wissen, ob es möglich ist, daß man vielleicht mit den neuen Verfahren, die es jetzt gibt, diese Frau neben meinen Freund in das Video eingefügt hat.«

Queriand hielt den Atem an. Die Geschichte, die er improvisiert hatte, war ziemlich unglaubwürdig, doch Gus schien es nicht zu bemerken, weil er sich offensichtlich auf das technische Problem konzentrierte.

»Tja, natürlich wäre das möglich. Ich habe dir ja erzählt, daß man so etwas und noch ganz andere Sachen heute machen kann. Ich muß allerdings zugeben, daß es auch für mich als Experten schwierig ist, eine Manipulation zu erkennen. Jedenfalls wäre so etwas wahnsinnig teuer. Es kommt mir unwahrscheinlich vor, daß jemand derartige Kosten auf sich nimmt, damit dein Freund sich mit seiner Frau streitet.«

Gus stand auf. »Gib mir mal die Fernbedienung.«

Queriand reichte sie ihm, und Gus ließ das Video zunächst zurück- und dann einige Male in Zeitlupe wieder vorlaufen. Zum Schluß erschienen Stuart und Veronica erneut als Standbild auf dem Schirm. »Ist dir etwas aufgefallen?« fragte Gus und wandte sich Queriand zu.

»Was denn?«

»Die Leute auf der Terrasse des Restaurants tragen alle leichte Kleidung. Sieh nur«, er zeigte noch einmal die vorhergehenden Einstellungen, »die Frauen tragen dekolletierte Oberteile, einige sogar nur ein Top, und die Männer kurzärmlige Hemden oder Poloshirts, wie dein Freund ja übrigens auch«, fügte er hinzu und zeigte auf den Bildschirm.

»Ja, das sehe ich. Der Film ist im Sommer gedreht worden ...«, murmelte Queriand, der zu verstehen begann, worauf Gus hinauswollte.

»Genau«, fuhr Gus fort. »Jetzt sieh dir unsere Frau an: Sie trägt ein schwarzes, hochgeschlossenes Kleid mit langen Ärmeln, eher Wolljersey als ein dünner Stoff. Die Geliebte deines Freundes muß eine verdammt fröstelige Person sein, wenn sie sich im Sommer auf einer griechischen Insel so anzieht!« schloß Gus belustigt.

Das genügte. Queriand verstand mit einem Mal, weshalb das Video ihn von Anfang an nicht überzeugt hatte. Jetzt, dank Gus, hatte er etwas Konkreteres als seine Träume, um Ogden zu überzeugen, daß jemand ihm eine Falle stellte.

Gus ging gegen neun. Queriand hatte mit Ungeduld darauf gewartet und die Zeit mit der Unterhaltung über Dinge ausgefüllt, die so wenig wie möglich mit dem Thema Computergraphik zu tun hatten, in der Hoffnung, sein Freund würde seine Fragen und die absurde Geschichte, die er ihm aufgetischt hatte, vergessen.

Als er endlich allein war, beeilte er sich, Ogden anzurufen. Er griff zum Handy, weil er Angst hatte, daß der Mann mit dem BMW oder sonst irgend jemand sein Telefon abhörte. Er ließ es lange läuten. Schließlich meldete sich Ogden.

»Ich muß Sie sehen.«

»Ist irgend etwas los mit Ihnen?«

»Mit mir nicht. Die Sache betrifft Sie...«

Ogden antwortete nicht gleich. Aus dem Handy kamen Störgeräusche, und Queriand fuhr zusammen.

»Also?« fragte er ungeduldig.

»In Ordnung, ich erwarte Sie.«

Im Laufschritt eilte Queriand zu Ogdens Haus. Dieser erwartete ihn an der Tür.

»Was ist denn in Sie gefahren, haben Sie ein Gespenst gesehen?« sagte Ogden, ohne seine Bemerkung selbst besonders witzig zu finden.

»In einem gewissen Sinn... Aber gehen wir doch hinein, ich muß Ihnen etwas zeigen.«

Im Wohnzimmer schob Queriand die Videokassette, die er mitgebracht hatte, in den Recorder.

»Was tun Sie denn da?« protestierte Ogden, während der Film schon über den Schirm flimmerte.

Queriand machte ein Geste, daß er sich still verhalten solle. »Ich habe die Kassette heute nachmittag gekauft. Das Video hat mich nicht überzeugt, also habe ich es einem Freund von mir gezeigt, der Programmierer ist, Fachmann für Computergraphik, und ihm irgendeine dumme Geschichte dazu erzählt...«

Der Agent warf ihm einen blitzenden Blick zu.

»Und Sie kommen zu mir gerannt, um mir von Ihren Zweifeln zu berichten?« fragte er ihn wütend.

»Beruhigen Sie sich, ich bitte Sie, und lassen Sie mich erklären«, sagte Queriand beinahe flehentlich, und Ogden kapitulierte.

»Einverstanden, wenn es Ihnen wirklich wichtig ist. Aber machen Sie schnell.«

Queriand wiederholte, was Gus ihm über die unbegrenzten Möglichkeiten der Computergraphik erzählt hatte. Dann machte er Ogden auf die Kleidung Veronicas aufmerksam.

Ogden hörte schweigend zu und ließ sich noch einmal die Ereignisse der letzten Stunden durch den Kopf gehen. Natürlich hatte er von Anfang an den Verdacht gehabt, daß das Video manipuliert sein könnte und daß Stuart und Casparius ihn hereinlegen wollten. Und doch, nachdem er den Film ein paarmal angesehen hatte, war er zum Entschluß gekommen, ihnen zu glauben, bedingungslos und um jeden Preis.

Doch nun wirkten Queriands Worte auf ihn wie starker Kaffee auf einen Betrunkenen. Er hatte noch furchtbare Kopfschmerzen, doch die Wirklichkeit gewann wieder feste Konturen. Er dachte zurück an das Gespräch mit Stuart. Als er, nach den ersten Momenten starker Erregung, ihm gegenüber Zweifel geäußert hatte, hatte Stuart ihn mit einem gleichgültigen Lächeln angeschaut und die Schultern gezuckt.

»Du mußt dich entscheiden, Ogden«, hatte er ganz ruhig gesagt. »Wenn du es riskieren willst, diese Frau ein zweites Mal zu verlieren, dann behalte nur deine kopierte CD-ROM. Wir werden sie schon auf andere Art bekommen, auch wenn es uns leid tun würde, dir gegenüber Gewalt anzuwenden. Aber entscheide dich schnell. Du hast Zeit bis morgen.«

Ogden hatte klein beigegeben. Doch es war ihm klar, daß

sein Handeln von seinem verzweifelten Wunsch bestimmt wurde, glauben zu können, daß Veronica noch am Leben sei. Vielleicht hatten Stuart und Casparius auch vorhergesehen, daß er sich selbst täuschen und wissentlich in die Falle gehen würde.

Ogden nahm seinen Kopf in die Hände, gequält von der gleichen Angst wie ein Jahr zuvor, als er auf jenem italienischen Friedhof Veronica auf dem Grab ihres Mannes liegen sah und sich über sie gebeugt hatte, um sie ins Leben zurückzuholen. Weil er sich sicher war, daß sie nicht mehr lebte, hatte er sie ins Gras gelegt und war geflohen, um den Mördern zu entkommen, die sie und Guthrie getötet hatten.

Als Stuart ihm das Video brachte, fühlte er sich bei dem Gedanken, daß sie damals noch am Leben gewesen sein könnte, von Hoffnung, aber auch von Schuldgefühlen überwältigt. Bisweilen, so hieß es, geschahen solche Wunder. Vielleicht hatte der Dienst sie ja doch retten können und sie bis zu jenem Zeitpunkt versteckt. Wenn es so war, dann hatte er sie im Stich gelassen, um zu fliehen. Dies war der nagende Zweifel, den Stuart ihm eingeimpft hatte, ein Zweifel, der genau das zunichte machen konnte, was er brauchte, um am Leben zu bleiben: kühlen Kopf und klaren Verstand. Casparius wußte nur zu gut, daß ihm nach Wien nicht mehr allzuviel am Leben lag. Deshalb war er auf die einzige Sache verfallen, die Ogden den Tod fürchten ließ: ihn daran zweifeln zu lassen, ob Veronica wirklich tot war.

Und er wollte sich der Illusion hingeben, und sei es auch nur für eine Stunde oder einen Tag, daß jenes Video die Wirklichkeit zeigte. Darauf hatte der Dienst gesetzt. Doch

Queriand machte ihnen allen einen Strich durch die Rechnung, indem er Stuarts Inszenierung zerstörte und Ogden zwang, wieder zur Vernunft zu kommen.

»Wir können noch auf eine andere Art nach einem Beweis suchen, wenn Sie das, was ich Ihnen gesagt habe, nicht überzeugt…«, erklärte Queriand gerade.

Ogden hörte nicht auf das, was er sagte, und sah ihn traurig an.

»Mir wäre lieber gewesen, Sie hätten weniger unternommen«, sagte er. »Ihre glänzende Beweisführung zwingt mich, meine Illusion aufzugeben, und daran habe ich am meisten gehangen…«

»Eine gefährliche Sentimentalität…«, bemerkte Queriand, der sich gewünscht hätte, Ogden nicht quälen zu müssen. Doch sie hatten keine Zeit. Um ihm zu helfen, mußte er ihn behandeln wie einen, der sich umbringen will und zu viele Pillen geschluckt hat: Er mußte ihn daran hindern zu schlafen.

»Wenige Stunden der Illusion würden Sie das Leben kosten, das wissen Sie sehr gut«, fuhr er fort. »Wenn die anderen erst bekommen haben, was sie wollen, werden sie Sie töten. Sie haben unter allen Umständen glauben wollen, daß dieses Video authentisch ist, als ob Veronica wieder lebendig würde, wenn Sie das tun, und auch, wie ich meine, um sich für ihren Tod zu bestrafen. Jetzt müssen Sie sich entscheiden, ob Sie einem Traum folgen und sich umbringen lassen wollen oder ob Sie zur Vernunft kommen und versuchen, sich zu retten. Der Beweis, von dem ich eben gesprochen habe, könnte Ihnen helfen, eine Entscheidung zu treffen…«

Sie schwiegen eine Weile. Queriand mußte an seine Mutter denken, die ihre Verzweiflung über den Tod Berts dadurch bekämpft hatte, daß sie über ein Medium mit ihm sprach. Vielleicht konnte auch Ogden sein Leben auf die gleiche Art retten.

»Nun, was schlagen Sie mir vor?« fragte der Agent, als Queriand schon glaubte, seine Schlacht verloren zu haben.

»Wir könnten Daisy Cornell bitten, eine Séance abzuhalten...«, murmelte er und fürchtete, daß Ogden ihn zum Teufel schicken würde. Ogden brauchte ein paar Sekunden, doch dann nickte er.

»In Ordnung.«

Ungläubig griff Queriand nach dem Handy und rief Anita Moss an.

Aus seinem Zimmer im Savoy telefonierte Stuart nach Berlin, um Casparius mitzuteilen, welches Ergebnis sein Besuch bei Ogden gehabt hatte.

Er war zufrieden damit, wie das Gespräch abgelaufen war, auch wenn er sich bei der Erinnerung an Ogdens Reaktion auf den Anblick von Veronica, wie sie neben ihm in Stavros' Restaurant saß, immer noch unbehaglich fühlte. Die ganze Geschichte war widerlich, nur ein Perverser wie Casparius konnte sich einen solchen Plan ausdenken, um einem Mann zu schaden, von dem er immer behauptet hatte, daß er wie ein Sohn für ihn sei. Stuart lächelte bitter, denn ähnlich sprach Casparius ja auch über ihn.

Das war keine Art und Weise, einen Agenten auszuschalten, auch wenn er Verrat begangen hatte. Es hätte genügt, Ogden zu schnappen und mit Drogen vollzustopfen, bis er ausplauderte, wo die Kopie der CD-ROM versteckt war. Doch offensichtlich hätte eine saubere Lösung des Problems Casparius nicht befriedigt. Er wollte sich rächen, und deshalb hatte er dieses Schmierentheater inszeniert.

Vom anderen Ende der Leitung erreichte ihn die heisere Stimme des Chefs. »Nun, wie ist es gegangen?«

»Gut. Er hat nachgegeben, obwohl ich glaube, daß er Zweifel an der Echtheit des Videos hat.«

»Was zum Teufel sagst du da!« schimpfte der Alte. »Wenn er einen Verdacht hat, haben wir verloren…«

»Ich habe gesagt, daß er zweifelt, nicht daß er sich geweigert hat, auf die Sache einzugehen. Sein Wunsch zu glauben, daß die Frau noch lebt, hindert ihn daran, sich vernünftig zu verhalten. Auch wenn er einen Verdacht hat, wird er tun, was wir wollen, denn der Gedanke, es könnte nur die geringste Wahrscheinlichkeit geben, daß es wahr ist, was wir behaupten, macht es für ihn unmöglich, unser Angebot abzulehnen.«

»Bist du sicher? Diese Geschichte gefällt mir nicht. Ich habe mich ganz auf die Technik verlassen, die Aufnahmen sind perfekt…«, murmelte Casparius verärgert.

»Und gerade dank dieser Aufnahmen ist es Ihnen ja auch gelungen, ihn in eine solche Verwirrung der Gefühle zu stürzen, daß er unfähig ist, sich zu verteidigen. Sie sollten zufrieden sein.«

»Ich höre einen Anflug von Tadel in deiner Stimme. Billigst du meine Methoden nicht?« fragte Casparius belustigt.

»Es hätte genügt, ihn zum Reden zu bringen, ohne das ganze Theater…«, antwortete Stuart barsch.

»Ja, das mag sein, doch ich wollte ihm eine letzte Chance geben...«

»Das stimmt doch nicht«, unterbrach ihn Stuart. »Glauben Sie, ich weiß nicht, daß er eliminiert wird, sobald Sie die CD-ROM bekommen und sich über Ogdens Gesicht amüsiert haben, wenn er erfährt, daß es keine wiederauferstandene Veronica gibt? Lassen wir das doch, Casparius, wir sind doch nicht umsonst in Ihre Schule gegangen!«

Der Alte antwortete nicht, ein paar Sekunden lang hörte Stuart nur sein Atmen.

»Hallo! Sind Sie noch da?« fragte Stuart ungeduldig.

»Genau das werde ich tun«, gab Casparius schließlich seelenruhig zu. »Doch ich mache mir Sorgen, ob Ogden nicht zum gleichen Schluß gelangt ist. In diesem Fall könnte er fliehen.«

»Vergessen Sie nicht diese minimale Möglichkeit, die ihn hoffen läßt, daß Veronica noch am Leben ist. Ogden hat sich verzweifelt an diese Illusion geklammert, nur ein Elektroschock könnte ihn davon heilen. Doch das ist vollkommen unwahrscheinlich, also können Sie beruhigt sein. Das Schauspiel ist garantiert.«

Stuart räusperte sich und fuhr fort. »Eins ist klar: Wenn ich die CD-ROM habe, sage ich Ogden, daß jemand anderes ihn zu Veronica bringt, und komme zurück nach Berlin. Also treffen Sie entsprechende Vorkehrungen, denn ich will nicht weiter in diese Gemeinheit verwickelt werden.«

Casparius lachte. »Keine Angst, ich habe schon in diesem Sinne vorgesorgt. Du sollst mir nur die CD-ROM bringen, danach kannst du einen verdienten Urlaub auf deiner griechischen Insel antreten. Jetzt hör zu, was du zu tun hast...«

Als Anita Moss Queriands Anruf erhielt, war sie bestürzt. Sie hätte sich gerne Ogden geben lassen, um sich von ihm Erklärungen zu erbitten, doch sie sagte nichts. Wenn Ogden wollte, daß Queriand sie anrief, bedeutete das, daß sie dem Schriftsteller gegenüber weiter so tun mußte, als wisse sie nichts oder so gut wie nichts über ihn.

»Ich werde sehen, was ich tun kann. Es ist schon spät...«, sagte sie, um Zeit zu gewinnen.

»Bitte, Frau Dr. Moss! Sie erinnern sich doch an Ogden, nicht wahr? Sie haben ihn im Hause von Daisy Cornell kennengelernt. Er braucht Ihre Hilfe...«

»Lieber Himmel, Sie machen mir angst!« rief sie aus. Und das stimmte, denn Anita Moss hatte Angst, weil sie ganz und gar nicht wußte, was los war. Sicher war Ogden etwas passiert, sagte sie sich. Und der Gedanke, sie müsse sich um die CD-ROM kümmern, nahm ihr den Atem.

»Aber Ihrem Freund geht es doch gut?« fragte sie.

Ogden, der ahnte, wie unruhig sie war, machte Queriand ein Zeichen, ihm das Telefon zu geben.

»Guten Abend, Frau Dr. Moss. Ich weiß, es ist eine sehr unpassende Zeit, doch ich stecke wirklich in der Klemme. Queriand hat mich überzeugt, daß Daisy Cornell mir helfen könnte, aber ich habe wenig Zeit, und wir müßten sie bitten, noch heute abend eine Séance abzuhalten. Meinen Sie das wäre möglich?«

Der Ton in Ogdens Stimme machte Anita Moss betroffen. Die Dringlichkeit war nicht zu überhören.

»Ich kann es versuchen. Jetzt rufe ich erst einmal Daisy Cornell an, und sobald ich etwas weiß, rufe ich Sie zurück«, schloß sie und legte auf.

»Es ist alles so absurd…«, sagte Ogden und ging im Zimmer auf und ab. Als er bemerkte, daß der Fernseher immer noch lief, schaltete er ihn aus und nahm die Kassette aus dem Recorder.

»Die bringen wir besser in Sicherheit«, meinte er und wandte sich der Treppe zu.

Während sie warteten, rauchte Queriand ununterbrochen. Ogden, der wieder herunter ins Wohnzimmer gekommen war, saß in Gedanken versunken ihm gegenüber. Als das Telefon klingelte, nahm Queriand den Hörer ab. Einen Augenblick später entspannten sich seine Züge, und er dankte Anita Moss überschwenglich.

»Daisy Cornell ist bereit, uns zu empfangen«, sagte er, als er auflegte. »Dr. Moss versucht die anderen zu erreichen, doch wir sollen uns sofort zu den Cornells aufmachen.«

Als sie ankamen, wurden sie von Dr. Cornell empfangen. Queriand begann sich verlegen für die späte Stunde zu entschuldigen. Doch der Doktor lächelte und ließ ihn nicht zu Wort kommen.

»Wenn meine Frau einverstanden ist, dann sicher aus einem mehr als triftigen Grund. Bitte, kommen Sie doch herein.«

In dem Zimmer, wo die Sitzungen stattfanden, wurden sie bereits von Anita Moss, ihrer Tochter Susan und Pater Molteni erwartet. Queriand fiel auf, daß Nina nicht da war.

»Konnte Nina nicht kommen?« fragte er Daisy Cornell.

»Wir haben weder sie noch Max, noch Gomez erreicht«, antwortete Anita Moss. Deshalb hat Daisy mich gebeten, Susan mitzubringen. Es wäre ja auch wirklich seltsam gewesen, wenn wir alle angetroffen hätten…«

Sie gaben sich die Hand. Pater Molteni schien keineswegs darüber verärgert, daß man ihn um diese Stunde noch gestört hatte, eher im Gegenteil. Er klopfte Ogden freundschaftlich auf die Schulter und sprach ihm vertraulich Mut zu.

»Sie haben mich vor einem einsamen Abend bewahrt, und dafür bin ich Ihnen dankbar«, sagte er und zwinkerte. Nur Susan wirkte ein wenig benommen, doch sie begrüßte Queriand und Ogden herzlich.

»Meine Mutter hat mich gebeten mitzukommen, ich hoffe, daß ich Ihnen nützlich sein kann...«

Daisy Cornell sah Ogden an und lächelte verständnisvoll. »Machen Sie sich keine Sorgen, Mr. Ogden. Ich habe gehofft, daß Sie uns um Hilfe bitten würden, meine geistigen Führer haben mir gesagt, daß Sie sich in großer Gefahr befinden. Aber kommen Sie, wir wollen keine Zeit verlieren.«

Nach diesen Worten war niemandem mehr danach zumute, Höflichkeiten auszutauschen. Das Entgegenkommen des Mediums hatte eine beruhigende Wirkung auf Ogden. Zum ersten Mal, seit er Stuart getroffen hatte, ließ seine Anspannung nach.

Wie gewohnt erschien Dr. Cornell und legte eine Kassette mit klassischer Musik ein, um dann den Raum zu verlassen. Die anderen setzten sich auf ihre Plätze an den runden Tisch und faßten sich bei den Händen. Nach wenigen Augenblicken fiel das Medium in Trance.

Anita Moss leitete die Sitzung, während ihre Tochter das Tonbandgerät bediente.

Nach einigen tiefen Seufzern sprach Daisy Cornell mit

der Stimme Esthers, des höheren Geistwesens. »Heute will jemand mit Michaels Freund sprechen. Doch wir möchten, daß Daisy die Botschaft aufschreibt...«

Anita Moss beeilte sich, dem Medium ein paar Blätter Papier und einen Stift hinzulegen. Daisy Cornell begann mit geschlossenen Augen zu schreiben. Es war eine kurze Nachricht, nach ein paar Zeilen ließ sie den Stift sinken und faltete das Blatt, noch immer in Trance, zweimal zusammen. Eine Weile war nur ihr schweres Atmen zu hören, dann kehrte die Stimme Esthers zurück.

»Sie ist da...«, sagte das Geistwesen Esther und verabschiedete sich. Die Stille im Raum war mit Händen zu greifen. Queriand warf einen besorgten Blick auf Ogden, der vor sich hin starrte. Die anderen Mitglieder der Gruppe waren in sich versunken, nur Susan Moss schien ebenso beunruhigt wie der Schriftsteller.

»Ogden, erkennst du meine Stimme wieder?«

Der Agent erbleichte. Er fühlte einen stechenden Schmerz in der Brust, und es verschlug ihm den Atem. Er schluckte mühsam und fixierte das Medium ihm gegenüber, als könnte jeden Moment Veronica aus dem Halbschatten des Zimmers auftauchen, um ihm zu sagen, daß ihr Tod nur ein grausames Theater gewesen sei.

»Antworten Sie.« Anita Moss berührte leicht Ogdens Arm, und dieser schaute sie an, als ob er nicht verstände.

»Sie müssen antworten...«, wiederholte Anita mit einem beruhigenden Lächeln.

Ogden gab sich einen Ruck und nickte.

»Ja...«, brachte er mit Mühe heraus.

»Sie haben dich belogen. Die Wahrheit ist, daß ich lebe,

aber in einer anderen Dimension, wo ich endlich glücklich bin. Du darfst wegen mir nicht traurig sein...«

Ogden atmete mühsam, er war vollkommen verwirrt. Mißtrauen mischte sich mit der starken Emotion, die jene Stimme bei ihm auslöste. Er war unfähig zu beurteilen, was eigentlich geschah.

»Ich glaube dir nicht!« rief er voller Wut und Schmerz und wunderte sich im selben Augenblick über diese Worte, die er beinahe gegen seinen Willen ausgesprochen hatte.

»Wieder nicht, Ogden?« murmelte die Stimme im Ton eines sanften Vorwurfs. »Vertrau mir. Was auf dem Blatt Papier steht, ist etwas, das nur du und ich wissen. Nun muß ich gehen. Du darfst dich für das, was geschehen ist, nicht verantwortlich fühlen. Weder du noch ich hätten den Plan ändern können.«

Das Medium verstummte und schlug wenige Sekunden später die Augen auf, ohne etwas von den Gefühlen zu wissen, die diese dramatische Sitzung bei allen Anwesenden ausgelöst hatte. Queriand betrachtete Ogden verstohlen. Er war wachsbleich und starrte wie versteinert auf den Tisch.

»Wie ist es gegangen?« fragte Daisy Cornell und sah die anderen fragend an.

»Gut, meine Liebe, wie immer«, antwortete Anita Moss und berührte das zusammengefaltete Blatt. »Diese Nachricht muß Mr. Ogden übergeben werden.«

»Ja, gewiß.« Daisy Cornell reichte Ogden das Papier. Er nahm es, öffnete es jedoch nicht.

»Ich kann mir vorstellen, daß Sie allein sein möchten. Wir gehen nach nebenan. Mr. Ogden wird später zu uns kommen.«

»Queriand und Frau Dr. Moss können bleiben«, sagte Ogden.

Als die anderen hinausgegangen waren, sah Ogden die beiden an. Er wirkte, als habe er alle Last der Welt auf seinen Schultern zu tragen.

»Wollen Sie die Botschaft nicht lesen?« fragte Queriand und setzte sich wieder neben ihn. Ogden schüttelte den Kopf.

»Es war schrecklich«, murmelte er. »Und das, was hier aufgeschrieben ist, wird mich sicher nicht heiterer stimmen.«

»Sind Sie jetzt davon überzeugt, daß Veronica tot ist?« fragte Queriand.

Ogden sah ihn an. »Daß ein Medium eine Stimme nachahmen kann, ist etwas Außerordentliches, doch es genügt nicht. Der Beweis für Veronicas Identität hängt hiervon ab«, sagte er und hielt das zusammengefaltete Blatt hoch. »Ich muß nur den Mut haben, es zu lesen. Um sicher zu sein, daß wirklich der Geist Veronicas zu mir gesprochen hat, muß auf diesem Blatt etwas stehen, das nur sie und ich wissen. Und ich glaube nicht, daß das möglich ist...«

»Ich glaube schon. Los, lesen Sie es«, drängte ihn Anita Moss.

Er faltete das Papier auseinander. Anita hatte sich nicht getäuscht. Da wurde tatsächlich etwas genannt, das nur Veronica und er wissen konnten: das Versteck in Wien, in dem sie gemeinsam unauslöschliche Stunden verbracht hatten. Erst an diesem Punkt gab Ogden sich geschlagen und akzeptierte die Realität: Veronica war tot und ihr in Stuarts Film gefangenes Bild nur ein Schatten, mit dem der Dienst ihn in den Wahnsinn treiben wollte. Immer wieder las er die Botschaft, und es war für ihn wie eine Operation ohne Betäubung: ein unmenschlicher Schmerz, der ihm aber das Leben retten konnte. Im Ende der Botschaft kam Veronicas Wesen in aller Deutlichkeit zum Ausdruck, obwohl die Worte aus dem Jenseits eine Hoffnung enthielten, die sie im Leben nie gekannt hatte: »... ich habe dich geliebt, auch wenn meine Seele schwach und erschöpft war und sich nicht mehr erlauben konnte als gewesen ist. Doch jetzt macht diese Liebe mich stark, und ich kann sie dir senden. Glaube mir, der Tod existiert nicht...«

Ogden verharrte lange in Schweigen, ohne daß Anita Moss und Queriand etwas zu sagen wagten. Schließlich gab er sich einen Ruck, öffnete die Augen und sah die beiden an, die an seinen Lippen hingen.

»Ja, die Botschaft stammt von Veronica«, sagte er.

»Es tut mir leid...«, murmelte Queriand.

Ogden faßte sich wieder. »Jetzt können wir nach drüben gehen und allen für ihre Mitarbeit danken«, sagte er und stand auf. »Doch ich habe vor allen Ihnen zu danken, Queriand, Ihnen und Ihrer Beharrlichkeit.«

Queriand lächelte. »Was gedenken Sie jetzt zu tun?«

»Den ursprünglichen Plan durchzuführen...«

»Und das heißt?«

»Lassen Sie es gut sein, Queriand. Sie halten sich da raus. Der Mann mit dem BMW ist noch in London, und bis diese Sache erledigt ist, sollten Sie mir besser ein paar Schritte vom Leib bleiben.«

Wenig überzeugt verzog Queriand das Gesicht, nickte jedoch.

»Versprechen Sie mir wenigstens, daß Sie mich rufen, wenn Sie wieder in der Klemme sitzen.«

»Versprochen. Doch jetzt wollen wir uns bei den anderen bedanken und uns verabschieden. Unsere Gastgeber möchten sicher gerne schlafen gehen«, fügte er hinzu und steckte das zusammengefaltete Blatt in seine Jackentasche.

Als sie zur Jubilee Place zurückfuhren, entschloß sich Queriand zu reden.

»Jetzt, wo Sie von den anderen nicht mehr erpreßt werden können, haben Sie sie in der Hand, nicht wahr?«

Ogden antwortete nicht und fuhr weiter, ohne den Blick von der Straße zu wenden.

»Sie müssen diesem Mann die Sache, die er wollte, nicht mehr aushändigen...«, fuhr der Schriftsteller fort.

»Geben Sie es auf, Queriand«, antwortete Ogden.

Sie waren fast angekommen, der Jaguar bog aus der King's Road in die Jubilee Place ein. Ogden war gerade dabei, an die Seite zu fahren, als er plötzlich wieder Gas gab und das Auto zurück auf die Straße brachte. Er raste die Jubilee Place hinunter, dann mit quietschenden Reifen und wahnsinniger Geschwindigkeit nach links und gleich wieder nach rechts durch die Elystan Street.

»Was ist los?« schrie Queriand und hielt sich am Türgriff fest.

»Schnallen Sie sich an, wir werden verfolgt«, sagte Ogden, ohne sich besonders aufzuregen.

»Von wem? Von dem Mann mit dem BMW?« Queriand legte den Sicherheitsgurt an, wandte sich um und sah die Scheinwerfer des Autos, das ihnen folgte.

»Ich weiß nicht. Doch egal, wer es ist. Sie müssen diese Fahrt jetzt mit mir zusammen machen.«

Der Jaguar bog in die Brompton Road und fuhr weiter mit hoher Geschwindigkeit Richtung Knightsbridge. Zum Glück war es zwei Uhr nachts und kaum noch jemand unterwegs.

Queriand drehte sich wieder um. »Sieht so aus, als hätten Sie den Wagen abgeschüttelt«, sagte er erleichtert. Ogden warf einen Blick in den Rückspiegel.

»Es ist zu früh, das zu sagen. Vielleicht war er nicht allein und benachrichtigt über Funk einen anderen, der sich an uns dranhängt. Behalten Sie die Straße im Auge.«

Queriand gehorchte und wandte sich erneut nach hinten, um durchs Heckfenster die Straße zu beobachten.

»Es scheint alles in Ordnung«, sagte er nach ein paar Minuten.

»Gut, dann drehen wir noch ein paar Runden, bis wir das Auto stehenlassen und die U-Bahn nehmen. Vielleicht war es nur eine Warnung.«

»Was soll das heißen?«

»Sie wollten mir zu verstehen geben, daß sie mich im Auge behalten.«

»Aber sie können doch noch nicht wissen, daß sie durchschaut worden sind!« warf Queriand ein.

»Genau. Und deshalb haben sie uns laufenlassen.«

»Dann«, fuhr Queriand unerschrocken fort, »ist es wohl besser, Sie beeilen sich, den ursprünglichen Plan, wie Sie es heute abend genannt haben, durchzuführen. Sie haben wenig Zeit, deshalb werden Sie mich wohl in Ihr Vorhaben einweihen müssen. Ich kann mir vorstellen, daß Sie möglichst bald die Sache einsetzen wollen, die der Mann mit dem BMW von Ihnen verlangt hat. Oder irre ich mich?«

Ogden seufzte. »Es wäre besser für Sie gewesen, Queriand, wenn Sie die Fälschung bei diesem verdammten Video nicht entdeckt hätten. Dann würden Sie jetzt nicht riskieren, zusammen mit mir umgebracht zu werden. Ich hatte gehofft, Sie aus diesem Schlamassel heraushalten zu können, doch Sie schaffen es wirklich nicht, sich um Ihre eigenen Angelegenheiten zu kümmern...«

»Wieso sind das Ihrer Meinung nach nicht meine Angelegenheiten? Ich träume ständig von dieser Frau, und sie benutzt mich, um Ihnen aus der Klemme zu helfen. Ich sage ja nicht, daß es Ihre Schuld ist, doch bis diese Geschichte begann, führte ich ein ziemlich ruhiges Leben, das können Sie mir glauben. Und warum sollten diese Leute denn etwas gegen mich haben? Ich weiß schließlich von nichts!«

»Das erkläre ich Ihnen später«, sagte Ogden kurz angebunden.

Sie wurden nicht mehr verfolgt. Ogden stellte den Wagen beim Piccadilly Circus ab, dann nahmen sie die U-Bahn, fuhren ein paar Stationen und stiegen in ein Taxi um, das sie nach Kensington brachte. Als Queriand die Adresse hörte, die Ogden dem Fahrer gab, sah er ihn fragend an.

»Es ist nicht empfehlenswert, heute nacht in die Jubilee Place zurückzukehren«, sagte Ogden.

»Na wunderbar!« Queriand holte tief Luft und ließ sich in den Sitz fallen.

Das Taxi hielt vor dem Kensington Close Hotel. Als sie in der Halle waren, gab Ogden Queriand ein Zeichen, auf ihn zu warten, und ging zur Rezeption. Er tuschelte mit dem Portier, der einen diskreten Blick auf Queriand warf und Ogden schließlich den Schlüssel gab.

»Wir können gehen«, sagte Ogden zu dem Schriftsteller, als er wieder bei ihm war. »Heute nacht schlafen wir hier. Es tut mir um Ihre Privatsphäre ebenso leid wie um meine, doch es ist klüger, in einem Zimmer zu schlafen.«

Als sie in Zimmer 307 waren, schloß Ogden die Tür ab, sah sich um und meinte zufrieden: »Es ist nichts Besonderes, doch für eine Nacht wird es gehen. Mit einem guten Trinkgeld habe ich den Portier überredet, mir dieses Zimmer zu geben, das zum Glück frei war...«

Queriand sah ihn verständnislos an. »Und warum, zum Teufel, wollten Sie unbedingt dieses Zimmer?«

Ogden holte zwei Johnny Walker aus der Minibar.

»Das ist sicher nicht Ihre Lieblingsmarke, aber es gibt nichts anderes«, sagte er und zeigte Queriand die Fläschchen. »Wollen Sie einen?«

»Geben Sie her«, antwortete der Schriftsteller und ging auf ihn zu. »Im Moment würde ich alles trinken... Aber sagen Sie mir: Warum haben Sie dieses Hotel ausgesucht, und warum wollten Sie unbedingt dieses Zimmer?«

»Sie wollen über den Stand der Dinge Bescheid wissen, nicht wahr? Nun, leider bin ich gezwungen, Ihnen diesen Wunsch zu erfüllen, denn der Mann mit dem BMW wird bald erfahren, daß wir gemeinsam an einer weiteren Séance bei den Cornells teilgenommen haben, und sich nach dem Grund dafür fragen. Deshalb werden Sie sich mit mir zusammen verstecken müssen, bis ich die Sache in Ordnung gebracht habe. Ich fürchte, daß Stuarts Interesse für Sie in den nächsten Tagen noch zunehmen wird.«

»Stuart?«

»So heißt der Mann, der gestern bei mir war«, sagte Ogden, während er zum Fenster ging. Er hockte sich hin, zog ein Taschenmesser aus der Tasche, klappte es auf und schraubte die Fußleiste von der Wand ab.

»Was tun Sie denn da?« fragte Queriand und kam näher.

Ogden drehte sich um. Er hielt die CD-ROM in der Hand und zeigte sie ihm. »Das ist der Grund, weshalb ich dieses Zimmer wollte.«

»Noch eine Diskette?« rief Queriand verwundert aus.

»Nein, noch eine CD-ROM«, verbesserte ihn Ogden. »Kommen Sie, wir setzen uns hin«, fügte er hinzu, während er die Fußleiste wieder an der Wand befestigte, »und dann erzähle ich Ihnen, was wirklich hinter dieser Geschichte steckt.«

Queriand wusch sich das Gesicht, um die Folgen einer schlaflosen Nacht zu mildern. Er hatte sich in dem fremden Bett im Kensington Close Hotel nur hin- und hergeworfen und darüber nachgedacht, was Ogden ihm eröffnet hatte; und wenn er einmal kurz eingeschlafen war, wurde er von Alpträumen gequält.

Gewiß, jetzt lebte er plötzlich wie eine Romanfigur. Und diese Geschichte würde er irgendwann einmal aufschreiben. Doch das tröstete ihn nicht, denn vielleicht konnte er nie mehr seinen Beruf ausüben. Er hatte doch tatsächlich den Helden spielen wollen, den Retter der Lebenden und der Toten! Und nun saß er hier in diesem Hotelzimmer, in Gesellschaft eines Spions, der etwas in Händen hatte, das schrecklich und explosiv zugleich war. Er versuchte sich vorzustellen, was die Zeitungen schreiben würden, wenn man seine Leiche fand – Ogden und er würden bestimmt in allernächster Zukunft eliminiert werden.

In der Zeitung stände dann vielleicht: »Der bekannte Schriftsteller Michael Queriand ist ermordet worden. Einzelheiten sind noch nicht bekannt, doch die Polizei verfolgt eine Spur in Homosexuellenkreisen ...« Dies würde man aus der Aussage des Nachtportiers ableiten, aus der Hartnäckigkeit, mit der Ogden am Abend zuvor dieses Zimmer verlangt hatte. In diesem Fall war der einzige Trost, daß seine schwulen Freunde dafür sorgen würden, daß die Wahrheit ans Licht käme, wenigstens, was seine sexuellen Neigungen anging. Wahrscheinlicher aber war es, daß dieser ominöse Dienst, für den Ogden arbeitete, in bester Geheimdiensttradition den Mord als Unfall tarnen würde. Dann wäre das Aufsehen nicht so groß ... Doch wie auch immer: In beiden Fällen würde sein Verleger einen sprunghaften Anstieg der Verkaufszahlen registrieren.

Als Queriand zurück ins Zimmer kam, war Ogden schon auf.

»Was wollen Sie heute als erstes tun?« fragte er ihn und begann sich anzukleiden.

»Ich rufe jemanden an, der mir einen Gefallen schuldet und der uns helfen wird, diese Geschichte publik zu machen.«

»Und wer soll dieser Held sein, der bereit ist, seine Haut zu riskieren?« fragte Queriand skeptisch.

»Der Chefredakteur des *Observer*. Und er riskiert nicht seine Haut. Es ist normal, daß eine Zeitung eine Sensationsmeldung veröffentlicht.«

»Mag sein. Doch das heißt auch, daß wir die CD-ROM in die Redaktion bringen müssen. Der Weg vom Hotel zur Zeitung macht mir Sorgen. Außerdem wird Stuart heute anfangen, nach Ihnen zu suchen, und wenn er Sie in der Jubilee Place nicht findet, ist ihm klar, daß Sie nicht in die Falle gegangen sind. Also haben wir ihn am Hals. Ich sage ›wir‹, weil ich Linda zwar am Telefon gesagt habe, ich hielte mich ein paar Tage außerhalb Londons auf, doch nicht erwarte, daß Ihr Kollege das glaubt, wenn er bei mir zu Hause anruft, um zu kontrollieren, ob ich da bin.«

»Genau deshalb müssen wir uns beeilen. Ich bin mir sicher, daß wir gestern abend nicht bis hierher verfolgt worden sind. Also können wir das Hotel mehr oder weniger ohne Bedenken verlassen…«

In diesem Augenblick läutete Ogdens Handy. Es war Anita Moss.

»Wie sieht es aus?« fragte sie besorgt.

»Die Situation hat sich zugespitzt, aber das hast du ja sicher bemerkt. Es kann sein, daß ich deine Hilfe brauche, aber ich hoffe, daß es nicht nötig ist.«

»In Ordnung. Hast du eine Lösung gefunden?«

»Ja, obwohl ich fürchte, was ich vorhabe, ist noch nicht genug. Ich rufe dich auf jeden Fall an und halte dich auf dem laufenden.«

»Ich glaube allerdings auch nicht, daß es genügt, die CD-ROM einer Zeitung zuzuspielen…«, sagte Queriand, als Ogden aufgelegt hatte.

Der Agent nickte. »Da haben Sie recht, und außerdem habe ich nicht vor, die CD-ROM dort zu lassen. Ideal wäre es, Fotos von den verschiedenen Phasen des Absturzes und die wichtigsten Informationen von der CD-ROM herunterzuziehen, damit die Journalisten einen Artikel schreiben können. Doch ich kann ja nicht die Computer vom Markham Square benutzen...«

Queriand überlegte kurz, dann schlug er sich mit der Hand gegen die Stirn. »Vielleicht habe ich die Lösung gefunden!«

Ogden sah ihn fragend an.

»Mein Freund Gus«, sprach Queriand weiter, »der mir gesagt hat, daß das Video gefälscht sein könnte... Er ist Software-Manager und hat in seiner Firma mit Sicherheit die notwendige Ausrüstung. Ich kann ihn anrufen.«

»Wir könnten noch viel mehr tun, als Bilder von der CD-ROM ziehen«, sagte Ogden. »Sie kennen doch das Internet?«

»Ja, manchmal surfe ich gerne ein bißchen im Cyberspace... Aber sicher«, rief Queriand begeistert aus, »jetzt verstehe ich, worauf Sie hinauswollen! Wer könnte uns besser als Gus dabei helfen, das Material der CD-ROM zu verbreiten? Er ist geradezu ideal dafür.«

»Warten Sie. Zuerst rufe ich meinen Freund in der Zeitung an, um sofort einen Termin zu bekommen.«

Ogden sprach kurz mit dem Chefredakteur und vereinbarte ein Treffen für den gleichen Tag. Aus seinem Tonfall schloß Queriand, daß Ogden nicht aus Freundschaft bekommen hatte, was er wollte. Vermutlich eine Schuld, vielleicht ein Geheimnis, das eines bleiben mußte, zwang einen der wichtigsten Männer der englischen Presse, seinen Wünschen nachzukommen.

»Jetzt rufen Sie bitte Gus an«, wandte sich Ogden an

Queriand. »Sagen Sie ihm, daß ein Freund von Ihnen eine CD-ROM kopieren muß, und bitten Sie ihn, uns dabei zu helfen. Wenn er Zeit für uns hat, werden wir sehen, was wir sonst noch erreichen können.«

Queriand griff zum Telefon. Nachdem man ihn ein bißchen hatte warten lassen, wurde er schließlich mit Gus verbunden, der sich sehr über den Anruf zu freuen schien.

»Michael, was für eine Überraschung, ich habe nicht gedacht, daß du dich so bald bei mir meldest. Was kann ich für dich tun?«

»Ich muß dich um einen großen Gefallen bitten. Wie du siehst, nehme ich dich beim Wort und habe keine Skrupel, dich zu stören. Ein Freund von mir muß dringend eine CD-ROM kopieren. Er ist nicht aus London und weiß nicht, an wen er sich wenden soll. Da habe ich gedacht, daß du uns vielleicht helfen kannst.«

»Klar, alter Junge, kein Problem. Ihr müßtet allerdings sofort kommen, weil ich später weggehe und erst am Abend wieder im Büro bin.«

»Wir sind gleich bei dir.« Queriand legte auf und warf Ogden einen zufriedenen Blick zu. »Wir können sofort kommen. Um so besser...«

Queriand zog sich schon den Mantel an, als Ogden ihn mit einer Geste aufhielt.

»Bevor wir gehen, rufen Sie bitte noch Ihre Nummer an und hören den Anrufbeantworter ab.«

Der zufriedene Ausdruck verschwand von Queriands Gesicht. »Wollen Sie kontrollieren, ob Stuart nach mir gesucht hat?«

Ogden nickte. Der Schriftsteller tippte seine Nummer

ein. Zuerst kam die Stimme von Carol, die hinterließ, wo sie zu erreichen war, dann zwei Anrufe, bei denen sich niemand meldete.

»Ein Anruf von Carol, die mir eine Nummer daläßt, und zwei ohne Nachricht«, berichtete er Ogden.

»Das könnte Stuart gewesen sein. Gut, beeilen wir uns, wir haben keine Zeit zu verlieren.«

»Was für ein Typ ist Ihr Freund Gus?« fragte Ogden, als sie im Taxi saßen.

»Ein sympathischer Typ. Wir kennen uns seit vielen Jahren, sind zusammen auf der Universität gewesen und haben uns auch danach, zwar nicht regelmäßig, aber immer wieder einmal getroffen. Er war eine Art Rebell, und das ist er heute noch«, antwortete Queriand lächelnd, »auch wenn er eine bedeutende Firma gegründet hat. Unter der Schale des Kapitalisten verbirgt sich ein wilder Hacker. Wenn er noch jung wäre, wäre er vielleicht ein Informatik-Pirat.«

»Sind Sie sicher, daß er so geblieben ist?«

»Das könnte ich schwören. Er ist sehr eng mit Mitchell Bakor aus Boston befreundet, der Ende der Siebziger die Focus gegründet hat, den Software-Giganten. Das von ihm entwickelte Focus Programm ist das Produkt, das der Firma das meiste Geld eingebracht hat, aber es ist vermutlich auch die größte Raubkopie aller Zeiten. Und natürlich hat er einen Einwahlknoten im Internet. Alles in allem ist Bakor ein Paladin der transnationalen Information, ein mächtiger Mann, der seine Reputation und sein beträchtliches Privatvermögen aufs Spiel gesetzt hat, um das zu unterstützen, woran er glaubt. Jeder in den Vereinigten Staaten, der bei der Frage der Bürgerrechte im Cyberspace mitredet, kennt ihn. Ich weiß nicht, ob ich deutlich gemacht habe, was ich meine.«

»Ja, ich habe von ihm gelesen, ein beachtlicher Mann. Bleibt abzuwarten, ob Gus bereit ist, uns zu helfen und auch Bakor in diese Geschichte hineinzuziehen…«

Queriand nickte. »Bakor ist Unternehmer, genauso wie Gus. Aber wie alle Hacker greift er lieber persönlich und direkt ein. Vor einer Weile hat er diesen Knoten im Internet eingerichtet, mit einem gut organisierten elektronischen Archiv von Dokumenten über Informatik-Bürgerrechte, Schutz der Privatsphäre usw. Es ist eine beachtliche Organisation mit einem eigenen Mitarbeiterstab und der Unterstützung von mehr als zwei Dutzend Anwälten, die auf Bürgerrechte spezialisiert sind und sich zur Verteidigung der Verfassung gratis im Cyberspace engagieren. Was ich sagen will: Er ist kein Typ, dem man etwas vormachen kann. Bakor sieht sich selbst als jemanden, der Information verbreitet, also müssen wir ihn wohl nicht dazu überreden, Millionen Menschen auf der ganzen Welt über seinen Knoten im Internet die Wahrheit über dieses italienische Flugzeug zu enthüllen. Das wird nicht schwierig sein, denn ich könnte wetten, daß er wie ein Wahnsinniger für diese Sache kämpft, wenn Gus ihn um Hilfe bittet. Wir bieten den beiden die Gelegenheit, sich selbst und der ganzen Welt zu beweisen, daß sie noch nicht das Handtuch geworfen haben.« Queriand lächelte versonnen: »Dieser Versuchung können sie nicht widerstehen…«

»Wir werden ihm die CD-ROM zeigen müssen…«, murmelte Ogden.

»Und darauf wird er anspringen«, fügte Queriand zufrieden hinzu.

»Das bezweifle ich gar nicht. Aber Sie bringen ihn damit auch in Gefahr. Machen Sie sich keine Sorgen um ihn?«

Queriand wurde wieder ernst und nickte. »Doch sicher. Aber wenn wir es schaffen, schnell zu handeln – und das können wir mit dem Internet –, dann ist es nicht allzu gefährlich. Außerdem versuchen wir zwar, die Wahrheit ans Licht zu bringen, aber auch, unser Leben zu retten. Oder irre ich mich?«

Verwundert antwortete Ogden: »Wenn meine Beziehungen zum Dienst nicht ein für allemal zerrüttet wären, könnte ich Sie Casparius vorstellen. Mir scheint, Sie haben das Zeug zu diesem Beruf.«

»Man lernt schnell, wenn einem klar wird, daß man mit durchgeschnittener Kehle in der Themse landen könnte. Außerdem bringen wir ja heute nachmittag das Material zum *Observer*. Aus Ihrer Unterhaltung mit dem Chefredakteur habe ich geschlossen, daß der Artikel so schnell wie möglich veröffentlicht wird. Oder irre ich mich?«

Ogden nickte. »Schon morgen. Dieser Mann konnte sich nicht weigern. Er ist mir etwas schuldig, und er weiß genau, daß es das Ende seiner Karriere und seines guten Rufs wäre, wenn er sich nicht daran erinnern würde. Es gefällt mir nicht, jemanden zu erpressen, doch ich muß gestehen, daß ich bei dem Gedanken an unsere durchgeschnittenen Kehlen und das kalte Wasser der Themse meine guten Manieren vergesse. Ich bin überzeugt, daß er auch darauf ›anspringt‹, wenn er sieht, was wir ihm bringen. Im Grunde ist er ein großer Journalist…«

Gus saß am Computertisch und betrachtete bestürzt die Bilder auf dem Schirm. Ogden und Queriand warteten schweigend. Nachdem Gus sich die gesamte CD-ROM angesehen hatte, rieb er sich die Augen und wandte sich zu ihnen um.

»Erschütternd!« sagte er. Dann stand er auf und öffnete ein kleines Mahagoni-Schränkchen neben dem Schreibtisch, in dem eine Reihe Flaschen standen, und holte Whisky und drei Gläser heraus.

»Es ist noch ein bißchen früh, aber ich brauche einen. Leistet ihr mir Gesellschaft?«

Ogden schüttelte den Kopf, während Queriand nickte. »Aber nur einen Schluck – besser, ich bewahre einen klaren Kopf, falls ich mich aus dem Staub machen muß...«

Gus schenkte ein und ging dann mit seinem Glas in der Hand durchs Zimmer. »Dieses Material ist reines Dynamit, und wir werden es hochgehen lassen!«

Queriand warf Ogden einen Blick zu, der so etwas wie ›na, habe ich's nicht gesagt?‹ ausdrückte, blieb aber still.

»Der einzige, der für den Job geeignet ist und diese heiße Kartoffel in den Cyberspace schleudern kann, ist Bakor in Boston. Du weißt doch, wer das ist, Michael? Ich habe dir bestimmt früher schon mal von ihm erzählt...«

»Ja, sicher, wir wissen, wer Bakor ist«, antwortete Queriand und schloß Ogden mit ein. »Meinst du, er würde uns helfen?«

Gus brach in lautes Lachen aus. »Uns helfen?« Das schien ihn zu belustigen. »Wenn wir Mitch bitten, sich um diese Sache zu kümmern, ist es für ihn wie Weihnachten. Er wird seinen Knoten im Internet benutzen und das gesamte Audio- und Videomaterial so anbieten, daß innerhalb weniger Stunden die halbe Welt Bescheid weiß. Dann ist die Sache gelaufen, und wir haben diese Hurensöhne drangekriegt. Ich rufe jetzt gleich in den USA an.«

Ogden warf Queriand einen Blick zu. Er saß in einem Sessel vor Gus' Tisch, sein Gesicht angespannt. Bakor konnte es ablehnen, in die Sache hineingezogen zu werden. Der Schriftsteller hatte ihm sehr geholfen, ohne seine Verbindung zum Spiritismus und ohne seinen Unternehmungsgeist wäre er jetzt Stuart ausgeliefert. Offensichtlich, sagte er sich, war es Schicksal, daß seine Karriere als Agent in London endete, wo sie viele Jahre zuvor begonnen hatte. Der Gedanke, daß er einen Weg eingeschlagen hatte, auf dem es kein Zurück mehr gab, berauschte ihn geradezu: Er war endlich frei. Auch frei zu sterben, wenn es Casparius gelingen sollte, ihn aufzuspüren.

Gus' Baritonstimme schreckte Ogden aus seinen Gedanken.

»Hallo Mitch, alter Junge! Wie geht's dir denn so? Hier ist alles bestens, nur daß wir Scheißwetter haben, wie üblich. Und den Kindern geht's gut? Wunderbar, meinen auch. Ja, alles in Ordnung. Du hast recht..., aber ich werde bald nach Boston kommen, vielleicht nächsten Monat, zu diesem Kongreß, dann machen wir eine schöne Wiedersehensfeier...«

Gus redete ein paar Minuten lang auf diese Art weiter. Queriand warf Ogden einen verwunderten Blick zu, doch der schien sich wegen des Geplänkels keine Sorgen zu machen. Dann veränderte sich Gus' Tonfall fast unmerklich.

»Hör mal, Mitch, Annie hat für dich ein paar Dosen

Orangenmarmelade gekauft, die du so gern ißt. Du kennst ja Annie, sie macht so was immer im großen Stil. Neulich hat sie genau diese Marke gefunden, ich weiß nicht mehr, wie sie heißt, die du vor ein paar Jahren kiloweise gegessen hast, als wir auf den Barbados waren. Wenn du sie immer noch magst, schicke ich sie dir, was meinst du?«

Gus war eine Weile still, hörte zu und nickte. »Okay, ich lasse sie dir gleich schicken. Aber nein, du brauchst dich doch nicht zu bedanken, das würde ja gerade noch fehlen. Ich rufe dich später noch mal an und sage dir, wann genau ich ankomme und in welchem Hotel ich wohne. In Ordnung, bis bald.«

Queriand sah verblüfft, wie sein Freund mit zufriedener Miene auflegte. Gus rieb sich die Hände und lächelte die beiden anderen an.

»Die Sache läuft, er kümmert sich gerne darum. Bevor wir die CD-ROM an Mitch schicken, müssen wir das Material aussuchen, das der *Observer* gebrauchen kann: ein paar der eindrücklichsten Fotos, Radaraufzeichnungen und Telefonate aus den Kontrolltürmen. Was die Filmbilder angeht, dauert die Arbeit etwas länger. Wir müssen die wichtigsten Einstellungen auswählen und ebenfalls als Fotos herausholen. Leider oder zum Glück sind Zeitungen noch nicht multimedial. Kommt, laßt uns mit der Arbeit anfangen.«

Gus unterbrach sich, als er Queriands verwunderten Blick sah.

»Entschuldigt«, rief er aus und schlug sich mit der Hand an die Stirn, »ich hatte vergessen, euch zu sagen, daß ich sicherheitshalber mit Mitch einen Code benutze, den wir uns vor ein paar Jahren ausgedacht haben, als sein Telefon abgehört wurde. Orangenmarmelade ist für uns ein heißes Eisen, eine Sache, die höchste Aufmerksamkeit erfordert und schnell und so weit wie möglich verbreitet werden soll. Wenn er das Material erhält, weiß er, was er damit machen muß, da könnt ihr ganz beruhigt sein. Morgen um diese Zeit werden alle User des Internet wissen, daß dieses Material bei Bakor abrufbereit zur Verfügung steht. Was wir ihm da schicken, ist ein ganz schöner Brocken. Wenn wir es erst an Bakor transferiert haben, wird er dafür sorgen, daß die Welt von der Verfügbarkeit dieser Daten erfährt, und deshalb eine öffentliche Nachricht mit weltweiter Verteilung an alle News Groups absenden. Ich bin sicher, daß es Mitch gelingt, diese Nachricht ganz unwiderstehlich zu gestalten. Ihr werdet sehen, daß selbst Kinder und Großmütterchen sich einschalten... Ich fürchte, daß sein Knoten im Internet überlastet sein wird und man nicht so leicht Zugang bekommt, wenn dann noch der *Observer* die Sache morgen auf der ersten Seite bringt.«

»Sie wird tatsächlich morgen veröffentlicht«, bestätigte Ogden. »Und wir werden Bakors Internet-Adresse im Artikel erwähnen. Zum einen, um die Leser darüber zu informieren, daß alle Beweise für diese schmutzige Aktion für jeden ungekürzt und unzensiert im Internet zugänglich sind, und zum zweiten zur Abschreckung von staatlichen Stellen, denen einfallen könnte, Bakors Knoten zu sabotieren.«

Gus sah ihn an und nickte zufrieden. »Perfekt, mein Freund. Sie haben meine Gedanken gelesen. Jetzt laßt uns aus diesem Mist das Material für die Zeitung aussuchen«, schloß er und gab ihnen ein Zeichen, ihm zu folgen.

Nach ungefähr einer Stunde hatte der Color-Laserdrukker seine Arbeit beendet. Die Fotos und Texte für den *Observer* waren sorgfältig ausgewählt worden, während das gesamte Material der CD-ROM sich auf dem Weg nach Boston befand. Es war erst kurz nach Mittag.

Nina lag auf der Couch, die schlafende Katze in ihrem Schoß, und las ein Buch. Als das Telefon ging, nahm sie den schnurlosen Apparat und meldete sich. Es war Gomez.

»Hallo, Nina.«

»Gomez, schön, daß du anrufst.«

»Hast du schon gehört, daß es gestern abend eine Sitzung bei den Cornells gegeben hat?«

»Nein. Warum hat man mir denn nichts davon gesagt?«

»Sie haben bei dir und bei mir angerufen, aber wir waren beide nicht zu Hause. Es war eine spontane Sitzung, zu später Stunde beschlossen und gleich durchgeführt, und zwar auf Bitte deines Freundes Queriand. Max haben Sie übrigens auch nicht erreicht...«

Nina hatte plötzlich ein Gefühl der Bedrohung, doch sie versuchte, diese Empfindung zurückzudrängen, und erklärte sie sich mit ihrer Hypersensibilität gegenüber allem und jedem, was mit Queriand zu tun hatte.

»Ja, natürlich, Max und ich waren gestern abend im Kino. Wie schade, es tut mir leid, daß ich nicht dabei war... Weißt du, wie es gegangen ist?«

»Gut, wie es scheint. Dieser Freund Queriands, der Verleger, ich komme gerade nicht auf seinen Namen...«

»Ogden, er heißt Ogden«, unterbrach ihn Nina.

»Genau. Ogden. Die Sitzung ist von Queriand für ihn erbeten worden. Deshalb hat Pater Molteni mir aus Diskretion nichts weiter erzählt.«

»Ich verstehe. Was unsere Gruppe angeht, bleibt es aber bei dem Termin morgen abend?«

»Ja, alles wie immer. Hast du denn heute abend schon etwas vor?«

»Am Sonntag gehe ich normalerweise nicht aus. Das ist für mich ein Tag im Schwebezustand. Erinnerst du dich an diesen wunderbaren Film: *Sunday bloody Sunday*? Nun, diese Stimmung meine ich ungefähr...«

Gomez lachte. »Junge Leute können sich diese Art von Idiosynkrasien erlauben. In meinem Alter ist jeder Tag dem Nichts entrissen!« Er wurde ganz melodramatisch. »Doch Schluß jetzt mit der Traurigkeit – magst du nicht mit mir zu einem Abendessen gehen?«

»Was für eine Art Essen?«

»Nichts Besonderes. Erinnerst du dich an die Party neulich? Mehr oder weniger die gleichen Leute. Es ist ein Stehempfang, wir sind also nicht besonders gebunden. Die Leute kommen und gehen...«

Nina hatte nichts zu tun. Am Abend zuvor hatte sie Max gesagt, sie werde den Sonntag zu Hause verbringen und darüber nachdenken, wie sie eine Kinderzahncreme anpreisen könnte. Das stimmte zwar nicht, aber es war ihr lieber gewesen, ihn anzulügen, als ihn ein weiteres Mal zu kränken.

»In Ordnung, ich komme mit. Aber ich unterhalte mich nur mit dir, du bist gewarnt.«

»Was für eine aufregende Perspektive! Ich hole dich um acht ab. Bis später.«

Gomez legte auf. Seine Hände zitterten. Er sah zu dem Mann hoch, der ihm gegenüber stand: Contrera musterte ihn zufrieden.

»Sehr gut, Gomez. Einer meiner Männer wird bis zu der Verabredung bei Ihnen bleiben, damit es Ihnen nicht einfällt, irgendeine Dummheit zu machen. Wenn sich Ihre Freundin an der Sprechanlage meldet, bitten Sie sie, nach oben kommen zu dürfen, um ein dringendes Telefongespräch zu führen. Wir werden schon im Haus sein, und wenn Nina ihre Wohnungstür öffnet, kommt einer meiner Männer aus der Deckung und greift Sie an. Er wird Sie ein bißchen aus dem Verkehr ziehen, während ein zweiter sich um das Mädchen kümmert. Wenn mein Mann zuschlägt, fallen Sie zu Boden und stellen sich bewußtlos, vielleicht sind Sie es ja auch wirklich, das hängt davon ab, wie gut mein Mann seinen Faustschlag dosiert. Jedenfalls halten Sie sich wenigstens fünf Minuten lang aus allem heraus, damit wir Ihre Freundin ungestört mitnehmen können, dann rufen Sie die Polizei. Das ist alles. Scheint mir nicht kompliziert. Sie sollten mir dankbar sein, ich habe die Dinge so organisiert, daß Sie als das zweite Opfer des mysteriösen Entführers dastehen. Sind Sie nicht zufrieden?«

Carol sah sich um. Die vornehme Suite im Grosvenor House gab ihr das Gefühl von Freiheit, das elegante und teure Dinge ihr immer zu bereiten pflegten. Für kurze Zeit verscheuchte dieses Wohlbefinden die Unruhe, in die ihre nutzlosen Anrufe bei Queriand sie versetzt hatten. Sie konnte es nicht glauben, daß Michael beschlossen hatte, einfach so abzureisen, ganz plötzlich, ohne ihr auch nur Bescheid zu geben. Aber die Nachricht auf dem Anrufbeantworter war klar: Er hatte London für einige Tage verlassen.

Sie sah auf die Uhr: Es war fast sechs. Ein Sonntag, der langweiliger gewesen war als die Tage davor, an denen sie wenigstens Streifzüge durch die Geschäfte unternommen hatte.

Sie hatte den Stützpunkt verlassen, kurz bevor Contrera und seine Männer nach beendeter Mission abzogen, war aber wegen Queriand in London geblieben. Doch sie hatte mit ihm nur einen Abend und einen Teil der Nacht verbracht. Sie zündete sich eine Zigarette an, schleuderte das Feuerzeug mit einer ärgerlichen Bewegung auf die Couch und beschloß, noch ein paar Tage zu warten und dann abzureisen. Sie ging ins Ankleidezimmer und bewunderte die letzten Kleider, die sie gekauft hatte. Doch heute abend würde sie allein essen, und all die Eleganz war nutzlos.

In diesem Augenblick läutete das Telefon. Carol meldete sich mit dem sicheren Gefühl, daß es Michael war. Statt dessen hörte sie Contreras Stimme und wußte sofort, daß sie sich die Langeweile der letzten Tage noch zurückwünschen würde.

»Ein wirklich vornehmes Hotel, Carol. Ich habe ja immer gesagt, daß du eine Frau mit erlesenem Geschmack bist.«

»Contrera! Was tust du denn noch hier in London?« fragte sie im fröhlichsten Tonfall, den sie zustande bekam.

»Es gibt Probleme. Wir müssen deinen Freund, den Schriftsteller, ausfindig machen...«

Carol spürte, wie sich ihr Magen zusammenzog.

»Und wieso?« fragte sie gleichgültig.

»Nicht neugierig sein, Schätzchen, du weißt doch, das ist nicht gut. Doch du mußt dir um deinen Hemingway keine Sorgen machen, wir wollen nur wissen, wo er ist. Wir suchen den Unabhängigen und haben Grund zu glauben, daß die beiden zusammen sind. Also, weißt du irgendwas?«

Carol antwortete, ohne zu zögern. »Ich weiß nicht, wo er ist. Wir haben uns zum letzten Mal gesehen, als ich wegen der Sanduhr bei ihm war. Er hat mir gesagt, er würde ein paar Tage nicht in London sein und mich anrufen, wenn er zurück ist. Aber ich habe noch nichts von ihm gehört.« Sie war dem Himmel dankbar, daß Queriand sich bisher nicht wieder gemeldet hatte.

»Warum bist du denn noch nicht abgereist?« fragte Contrera geradeheraus.

»Das habe ich dir doch schon gesagt. Ich wollte ein paar Einkäufe machen. Ich mag es, das Geld zu genießen, das ich verdient habe, und bin ein bißchen durch die Läden gezogen, aber ich hatte vor, morgen abzureisen...«

»Tut mir leid, du mußt bleiben, bis neue Anweisungen kommen. Wir haben zusätzliche Arbeit, und ich will dich hierhaben, weil es sein kann, daß ich dich brauche.«

»Die Mission war doch schon abgeschlossen, oder?«

»Ja, aber ich habe die Order bekommen, den Unabhängigen aufzuspüren. Mehr weiß ich nicht.«

»Was soll ich tun?«

»Im Augenblick nichts, außer regelmäßig bei Queriand anzurufen, um zu erfahren, ob er zurück ist. Hat er deine Handy-Nummer?«

»Ja, ich glaube, ich habe sie ihm gegeben.«

»Dann wollen wir hoffen, daß er dich anruft. Sei vorsichtig, Carol, die Lage ist sehr heikel...«, ermahnte Contrera sie freundlich.

Carol stellte sich dumm. »Was meinst du damit?«

»Das, was ich gesagt habe. Ich weiß auch nicht, was genau gerade läuft, doch es ist mit Sicherheit eine ernste Geschichte. In solchen Fällen müssen Agenten wie wir sehr vorsichtig sein. Wir sind kleine Fische – die ersten, die geopfert werden, wenn irgendwas schiefgeht. Also vergiß Queriands Charme und denk nur an dich, wenn es darauf ankommt. Es täte mir sehr leid, wenn dir etwas passieren sollte.«

»Du kommst ja auf komische Ideen«, tat Carol beleidigt. »Mir hat nie etwas an diesem Idioten gelegen, der sich wer weiß wie großartig vorkommt. Ich dachte, das wäre klar.«

»Um so besser, Schätzchen. Ich melde mich heute abend wieder. Du mußt dich wahrscheinlich um eine Frau kümmern.«

Als Carol auflegte, war sie leichenblaß. Was Contrera da gesagt hatte, ließ keine Zweifel: Queriand steckte deshalb in der Klemme, weil er sich mit dem Unabhängigen zusammengetan hatte. Und jetzt war sein Leben keinen Pfifferling mehr wert.

Sie legte sich aufs Bett, um in Ruhe nachzudenken. Was hatte Contrera mit diesem letzten Satz sagen wollen? Wer war die Frau, um die sie sich kümmern sollte? Plötzlich fiel es ihr wie Schuppen von den Augen. Mit einem Ruck setzte sie sich auf. Ja sicher! Michaels Freundin, diese Nina, die in Queriands Dossier erwähnt wurde, das sie zu Anfang der Mission gelesen hatte. Doch wenn sie nicht wußten, wo er sich aufhielt, wie konnten sie ihm dann mitteilen, daß sie diese Nina als Geisel genommen hatten? Vielleicht würden sie es so machen, daß die Nachricht innerhalb weniger Stunden in allen Zeitungen stand. Also hatten sie Nina vermutlich noch nicht entführt.

Carol wußte nicht, wie sie Queriand erreichen konnte, um ihn zu warnen. Sie überlegte, ob sie bei ihm vorbeigehen und seine Haushälterin fragen sollte, doch sie gab die Idee auf, als ihr einfiel, daß Contrera sie vielleicht beschatten ließ, weil er ihr nicht traute. Ihr waren die Hände gebunden. Sie streckte sich wieder auf dem Bett aus, starrte an die Decke und grübelte.

Nach ihrem Treffen mit dem Chefredakteur des *Observer* kehrten Queriand und Ogden am späten Nachmittag ins Hotel zurück. Langsam wurde es dunkel, und draußen waren die Straßenlaternen schon eingeschaltet.

Ogden zog die Vorhänge zu, knipste die Stehlampe neben der Couch an und ließ sich in einen Sessel fallen.

»Zufrieden?« fragte Queriand.

»Ich würde sagen ja. Der *Observer* erscheint morgen früh mit einem Artikel auf der ersten Seite und einem Farbfoto des Flugzeugs, wie es im Meer treibt. Gleichzeitig wird das Material der CD-ROM im Internet verbreitet. Jetzt müssen wir nur noch warten. Ich möchte Ihnen danken, ohne Sie hätte ich es nicht geschafft.«

»Das stimmt nicht«, wehrte Queriand ab. »Wir haben gut zusammengearbeitet, doch schließlich waren Sie es, der die CD-ROM im Schuber gefunden hat.«

»Wie dem auch sei«, fuhr Ogden fort. »Ich bin Ihnen dankbar, und Sie wissen, warum.«

Queriand nickte, sagte aber nichts weiter. Er griff zum Telefon und wählte seine Nummer, um den Anrufbeantworter abzuhören. Danach wandte er sich wieder Ogden zu, ein verwunderter Ausdruck auf seinem Gesicht.

»Ich habe nur zwei Anrufe bekommen, einen von meinem Verleger und einen von Carol. John war verärgert, weil ich ein Interview im Radio verpaßt habe – wenigstens hat mir unser Versteckspiel eine nervtötende Sache erspart. Aber Carols Anruf war sonderbar...«

»Wieso sonderbar?«

»Ein völlig kindisches Gebrabbel. Sie bittet mich immer wieder, sie sobald wie möglich zurückzurufen, weil sie es ohne mich nicht aushält... Das paßt überhaupt nicht zu ihrem Verhalten bei unserer letzten Begegnung. Ich habe Ihnen doch davon erzählt, erinnern Sie sich? Und bei diesem Anruf wirkt sie jetzt wie eine Parodie ihrer selbst.«

Ogden stand aus seinem Sessel auf und ging zum Telefon.

»Lassen Sie mich einmal den Anrufbeantworter abhören.«

Queriand wählte noch einmal seine Nummer, gab das Signal und wartete. Als der Verleger mit seinen Klagen begann, reicht er den Hörer an Ogden weiter.

»Hier, Carols Anruf kommt gleich danach.«

Ogden wartete, und nach wenigen Sekunden hörte er die Stimme des Mädchens.

»Michael, wo bist du denn? Du hast mich betrogen, das habe ich nicht verdient... Ich vermisse dich so wahnsinnig, bitte ruf mich doch an.« Es folgte eine kurze Pause, als wisse sie nicht mehr, was sie sagen sollte, dann fing sie plötzlich wieder an, offenbar weil sie fürchtete, das Band könnte sich gleich abschalten. »Ruf mich sofort an, oder es passiert etwas Schreckliches: Du siehst mich nie mehr wieder ...«, schloß sie in einem vorgetäuscht bedrohlichen Tonfall.

Ogden legte auf und machte ein nachdenkliches Gesicht.

»Sie ist vollkommen verrückt geworden«, sagte Queriand.

»Das glaube ich eigentlich nicht. Es scheint, als wollte sie Ihnen etwas mitteilen, das niemand sonst verstehen soll. Wahrscheinlich wird sie überwacht, und das heißt, sie ist wieder im Dienst...«

»Die Leute, für die sie arbeitet, hoffen also, daß ich mich mit ihr in Verbindung setze...«

»Mit Sicherheit wird sie dafür benutzt ...«, meinte Ogden. »Warum sagt sie, Sie hätten sie betrogen?«

Queriand machte eine ratlose Geste. »Ich habe nicht die leiseste Ahnung, auch wenn ich gewollt hätte, hätte ich keine Zeit dazu gehabt. Und außerdem ist das Unsinn. Zwischen Carol und mir kann es keinen Betrug geben, weil wir keine Beziehung haben...«

»Und wen haben Sie in letzter Zeit betrogen?« fragte Ogden.

Queriand begann zu verstehen. »Sie meinen die Szene, die Nina mir wegen Carol gemacht hat?«

Ogden nickte. »Wir müßten eigentlich Carol anrufen, um sie zu fragen, was dieses Telefonat bedeutet, aber das wäre gefährlich. Dieses Mädchen, mit dem Sie ›keine‹ Beziehung haben, hat schon zuviel für Sie riskiert. Also versuchen wir das Rätsel allein zu lösen. Es ist möglich, daß Carol uns mitteilen wollte, daß Nina, die Sie betrogen haben, ›etwas Schreckliches‹ passiert. Es kann sein, das sind alles Phantasien, aber da es nicht gelungen ist, uns mit den Toten zu erpressen, versucht man es vielleicht mit den Lebenden.«

Queriand starrte ihn ungläubig an.

»Nina?« rief er aus und wurde blaß. »Glauben Sie wirklich…«

»Es ist möglich. Aber ich will Carols Leben nicht in Gefahr bringen und kann sie deshalb nicht fragen, ob meine Interpretation stimmt. Sie anzurufen hieße sie zu verurteilen. Ich habe für dieses Mädchen etwas übrig, und sei es nur aus Korpsgeist. Wenn wir glauben, daß Nina in Gefahr ist, müssen wir auf gut Glück etwas unternehmen. Geben Sie mir ihre Adresse, dann fahre ich zu ihr. Doch vorher rufen Sie Nina an und sagen ihr, daß ich komme und daß sie außer mir niemandem die Tür aufmachen soll.«

»Ich rufe sie an – aber Sie glauben doch nicht, daß ich in diesem elenden Hotel bleibe und warte. Ich komme mit.«

Queriand griff zum Telefon auf dem Nachttisch und wählte Ninas Nummer. Beim dritten Läuten nahm sie ab.

»Nina, ein Glück, daß du da bist. Ich bin's, Michael.«

Sie antwortete nicht gleich, da sie dabei war, sich anzukleiden, um mit Gomez auszugehen, und gerade halb in ihrem Kleid steckte.

»Warte, Michael…«, sagte sie und legte den Hörer hin.

»Nina, komm zurück ans Telefon!« schrie er aus Leibeskräften.

Sie nahm den Hörer wieder in die Hand. »Einen Moment, ich war gerade dabei, mich anzuziehen! Warum schreist du denn so, bist du verrückt geworden?«

»Hör mir zu, Schatz, du bist in Gefahr«, sagte Queriand aufgeregt. »Wir kommen zu dir. Bis wir da sind, machst du keinem Menschen auf und verbarrikadierst dich in der Wohnung. Hast du verstanden?«

»Was redest du denn da?«

»Mit wem willst du heute abend ausgehen?«

»Das ist meine Sache...«

»Nina, um Himmels willen, hör mir zu! Du sollst entführt werden! Ich kann es dir jetzt nicht erklären, du mußt mir vertrauen.«

Ungläubig hörte Queriand seine eigenen Worte. Warum, fragte er sich, sollte Nina ihm vertrauen? Bei diesem Gedanken fühlte er sich furchtbar hilflos.

»Du mußt mir glauben!« schrie er noch einmal, doch diesmal lag etwas Flehendes in seiner Stimme, das Nina aufhorchen ließ. Seit sie ihn kannte, war es das erste Mal, daß Michael sich um sie sorgte. Deshalb sagte er vielleicht die Wahrheit.

»Gut, ich mache keinem auf, aber jetzt beruhige dich. Ich werde Gomez anrufen, um ihm abzusagen...«

Ogden, der neben Queriand stand und mithörte, schüttelte den Kopf und flüsterte ihm etwas ins Ohr.

»Nein, ruf ihn nicht an!« schärfte er ihr ein. »Laß die Dinge, wie sie sind, und mach keinem auf, nicht einmal ihm. Und schalte die Alarmanlage ein.«

»Ich habe keine Alarmanlage. Was ist denn bloß los, sagst du mir das bitte?« Ninas Tonfall verriet, daß sie unruhig geworden war.

»Ich erkläre dir alles später. Wir kommen jetzt. Hab keine Angst.«

»Okay«, stammelte sie, nun völlig erschrocken.

»Nina?«

»Ja?«

»Ich liebe dich.«

Ogden hatte inzwischen über sein Handy die Polizei alarmiert. Er meldete einen Entführungsversuch und gab Ninas Adresse an, dann stürzten er und Queriand aus dem Zimmer.

Zum Glück fanden sie gleich ein Taxi. Ogden stieg vorne ein und hielt dem Fahrer seine Pistole zwischen die Rippen.

»Tut mir leid, mein Freund, es ist ein Notfall. Du bekommst dein Taxi zurück, aber jetzt steigst du aus.« Der Taxifahrer war ein vernünftiger junger Mann und beeilte sich zu gehorchen.

Ogden kletterte auf den Fahrersitz, legte einen Gang ein, und das Auto tat einen Satz nach vorn. »Seien Sie ganz beruhigt, wir kommen früh genug«, sagte er und sah den totenbleichen Queriand im Rückspiegel an.

Sie verstießen auf der kurzen Strecke bis zu Ninas Wohnung gegen sämtliche Verkehrsregeln. Als sie endlich ankamen, entfuhr Queriand bei dem Bild, das sich ihnen bot, ein Stöhnen. Zwei Krankenwagen mit eingeschaltetem Blaulicht standen vor dem Eingang. In einen davon wurde gerade eine Trage geschoben, auf der ein Mann lag; der andere Wagen war leer. Um drei Polizeiautos herum hatte sich, ungeachtet des Regens und des eiskalten Winds, eine kleine Menge von Schaulustigen versammelt.

Sie fuhren an den Staßenrand und parkten in einiger Entferung vom Haus, wo die Polizei gerade eine Absperrung errichtete.

Queriand stieg aus und lief auf das Haus zu, wurde aber von einem Polizisten zurückgehalten, als er über die Absperrung zu klettern versuchte. Er wollte sich gerade zur Wehr setzen, als Ogden ihn am Arm packte und wegzog.

»Bewahren Sie die Ruhe. Wollen Sie, daß man Sie festnimmt? Sie rühren sich jetzt nicht von der Stelle. Ich gehe mich informieren.«

Queriand beobachtete, wie Ogden auf einen Beamten zuging, der in ein Funkgerät sprach. Ogden wartete, und als der Polizist geendet hatte, hielt er ihm etwas hin, das wie ein Ausweis aussah. Der Polizist nickte und sagte etwas, während er auf das Haus zeigte. Kurz darauf gab Ogden ihm die Hand und kam zu Queriand zurück.

»Was ist passiert?« fragte Queriand, völlig außer sich vor Aufregung.

»Als die Polizei kam, hat sie Gomez und zwei Männer gefunden, die versuchten, die Wohnungstür aufzubrechen«, antwortete Ogden. »Die beiden haben das Feuer eröffnet, und die Polizisten haben zurückgeschossen. Gomez und einer der beiden sind tot, den anderen bringen sie gerade weg, er ist verletzt. Nina ist in der Wohnung, mit einem Beamten, der ihre Aussage aufnimmt. Das alles hat mir der Polizist erzählt, als ich ihm einen Ausweis von Interpol unter die Nase gehalten habe.«

»Gott, ich danke dir…«, sagte Queriand und fuhr sich mit der Hand über die Stirn.

Ogden lächelte ihn an. »Sie gehören auch zu den Menschen, die erst verstehen, woran ihnen wirklich etwas liegt, wenn sie es fast verloren haben. Sie tun gut daran, ihm zu danken. Gott war Ihnen gegenüber sehr verständnisvoll.«

Queriand nickte. »Das stimmt, und ich begreife nicht, warum…«

»Wer weiß, vielleicht haben Sie sich den Ausgang dieser Geschichte in einem anderen Leben verdient«, sagte er und sah ihn mit einem freundschaftlichen Blick an. »Jetzt gehen Sie zu Nina, und wenn die Polizei hier fertig ist, lassen Sie sich mit ihr zusammen von einer Streife in ein Hotel bringen. Es ist sicherer, für diese Nacht, auch wenn ich nicht glaube, daß es nötig ist.«

»Und Sie, was tun Sie?« fragte Queriand besorgt.

»Ich werde auf möglichst diskrete Art verschwinden. Jetzt gerade geht die erste Ausgabe der Zeitung in Druck«, sagte er und sah auf die Uhr. »Und morgen wird die Welt die Wahrheit über dieses Flugzeug wissen. Es sieht so aus, als würde alles glattgehen.«

»Wird Casparius versuchen sich zu rächen?«

»Nicht an euch. Ich habe ihn wissen lassen, Sir Quentin würde erfahren, daß er gleichzeitig für ihn und die bewußten speziellen Gruppen gearbeitet hat, falls auch nur einem der Außenstehenden etwas zustößt. Das wäre das Ende seines Dienstes. Sie können ganz beruhigt sein, der Alte wird gegenüber den betroffenen Regierungen so tun, als hätte er nie etwas von dem Komplott und der CD-ROM gewußt. Und er wird alles unternehmen, um zu beweisen, daß er immer einzig und allein auf der Jagd nach Sachas Diskette gewesen ist. Wahrscheinlich wird er sogar noch mit meiner Initiative prahlen und sie als moralische Anwandlung eines undisziplinierten, doch im Grunde lobenswerten Agenten ausgeben. Insgesamt so etwas wie: Ende gut alles gut.«

»Meinen Sie wirklich, er läßt Sie nicht dafür zahlen?«

»Vielleicht probiert er es nach einer Weile, aber dann werde ich sehr weit weg sein, und vor allem nicht wiederzuerkennen. Jetzt gehen Sie zu Nina. Meinen Sie nicht, Sie haben sie lange genug warten lassen?«

»Ich freue mich, Sie kennengelernt zu haben, Ogden«, murmelte Queriand und reichte ihm die Hand. Und das war die Wahrheit. Denn trotz allem, was geschehen war, hätte Queriand sich einen sicheren Ort für sich und diesen Mann gewünscht, wo sie ihre Freundschaft fortsetzen könnten. Doch er wußte, daß das nicht möglich war. Er drückte ihm herzlich die Hand.

»Melden Sie sich bei mir, wenn Sie können, damit ich weiß, ob alles gutgegangen ist.«

Ogden nickte. »Okay, ich werde Ihnen eine kodierte Nachricht senden, und Sie antworten gemäß den Instruktionen, in Erinnerung an die alten Zeiten. Auch ich würde mich freuen zu erfahren, ob alles gutgegangen ist...«, sagte er und zeigte dabei auf die erleuchteten Fenster von Ninas Wohnung.

»Es wird für uns beide nicht leicht, unser Leben zu ändern«, fuhr er fort, »doch es kommt der Zeitpunkt, da muß man es tun. Dann heißt es achtgeben, damit man den entscheidenden Moment nicht verpaßt. Auf Wiedersehen, Queriand, und viel Glück.«

Ogden wandte sich um und ging auf das Taxi zu. Queriand sah hinter ihm her, bis der weiße Fleck seines Mantels in der Menge verschwunden war, die noch immer um die Polizeiwagen herumstand. Und eine Sekunde lang war er sich sicher, daß er diesen Augenblick schon einmal erlebt hatte.

Liaty Pisani im Diogenes Verlag

Mit Ogden hat Liaty Pisani einen Spion geschaffen, der eine fatale Schwäche hat: Er hat ein Gewissen. Dennoch wird er mit seiner Intelligenz und Schnelligkeit bei den heikelsten Missionen eingesetzt. Für Ogden ist der Dienst seine Familie: als Ziehsohn eines Geheimdienstbosses ist er mit den Umgangsformen in der Welt der Top-Secret-Informationen vertraut. Was ihm nicht jede böse Überraschung erspart.

»Wenn es sich nicht noch herausstellt, daß es sich bei Liaty Pisani um John le Carrés Sekretärin handelt, die ihm die Manuskripte maust, dann haben wir endlich eine weibliche Spionage-Autorin. Noch dazu eine mit literarischem Schreibgefühl.«
Martina I. Kischke/Frankfurter Rundschau

»Ein bemerkenswertes literarisches Talent, das außerhalb der italienischen Tradition, nämlich zwischen Chandler und le Carré, eingereiht werden muß und durch seine versteckten Zitate an Nabokov erinnert.«
La Stampa, Turin

Der Spion und der Analytiker
Roman. Aus dem Italienischen von Linde Birk

Der Spion und der Dichter
Roman. Deutsch von Ulrich Hartmann

Der Spion und der Bankier
Roman. Deutsch von Ulrich Hartmann